To 每一位喜欢《快乐》的读者朋友:

她可以做于我生命里,特别的、重要的、独一无二的那一个,就算是朋友,也想做最好的那一个。

七堇年

Wish you
happiness

希望你，真的很快乐

七小皇叔 著

图书在版编目（CIP）数据

希望你，真的很快乐 / 七小皇叔著 . -- 武汉：长江出版社，2025.5.--ISBN 978-7-5804-0073-4

I.I247.5

中国国家版本馆CIP数据核字第2025UD1956号

希望你，真的很快乐 / 七小皇叔 著
XIWANGNI, ZHENDEHENKUAILE

出　　版	长江出版社
	（武汉市解放大道1863号）
出版统筹	曾英姿
选题策划	黄　欢
市场发行	长江出版社发行部
网　　址	http://www.cjpress.cn
责任编辑	李诗琦
印　　刷	湖南天闻新华印务有限公司
版　　次	2025年5月第1版
印　　次	2025年5月第1次印刷
开　　本	880mm×1230mm　1/32
印　　张	10
字　　数	327千字
书　　号	ISBN 978-7-5804-0073-4
定　　价	49.80元

版权所有，侵权必究。如有质量问题，请与本社联系退换。
电话：027-82926557（总编室）027-82926806（市场营销部）

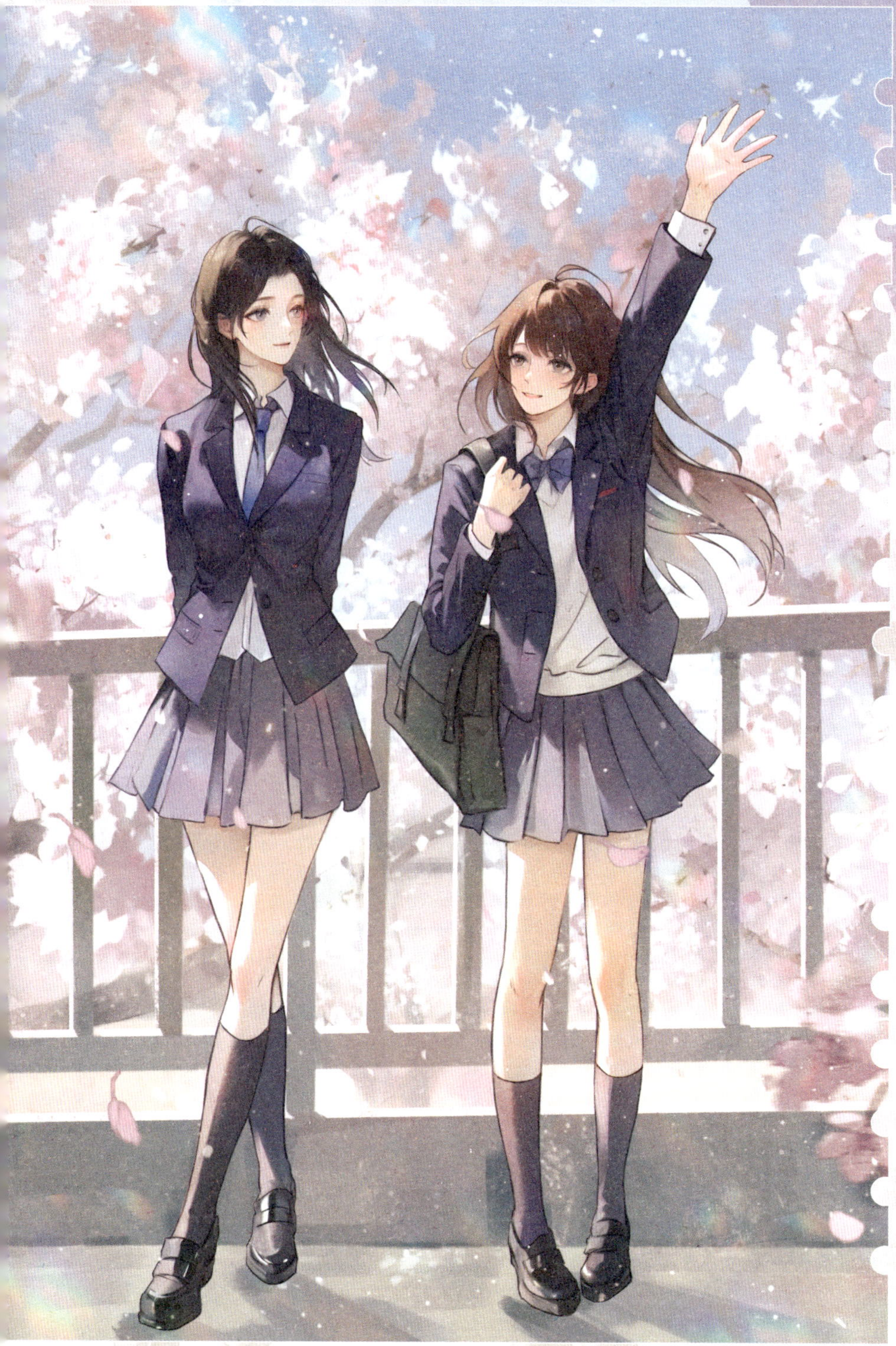

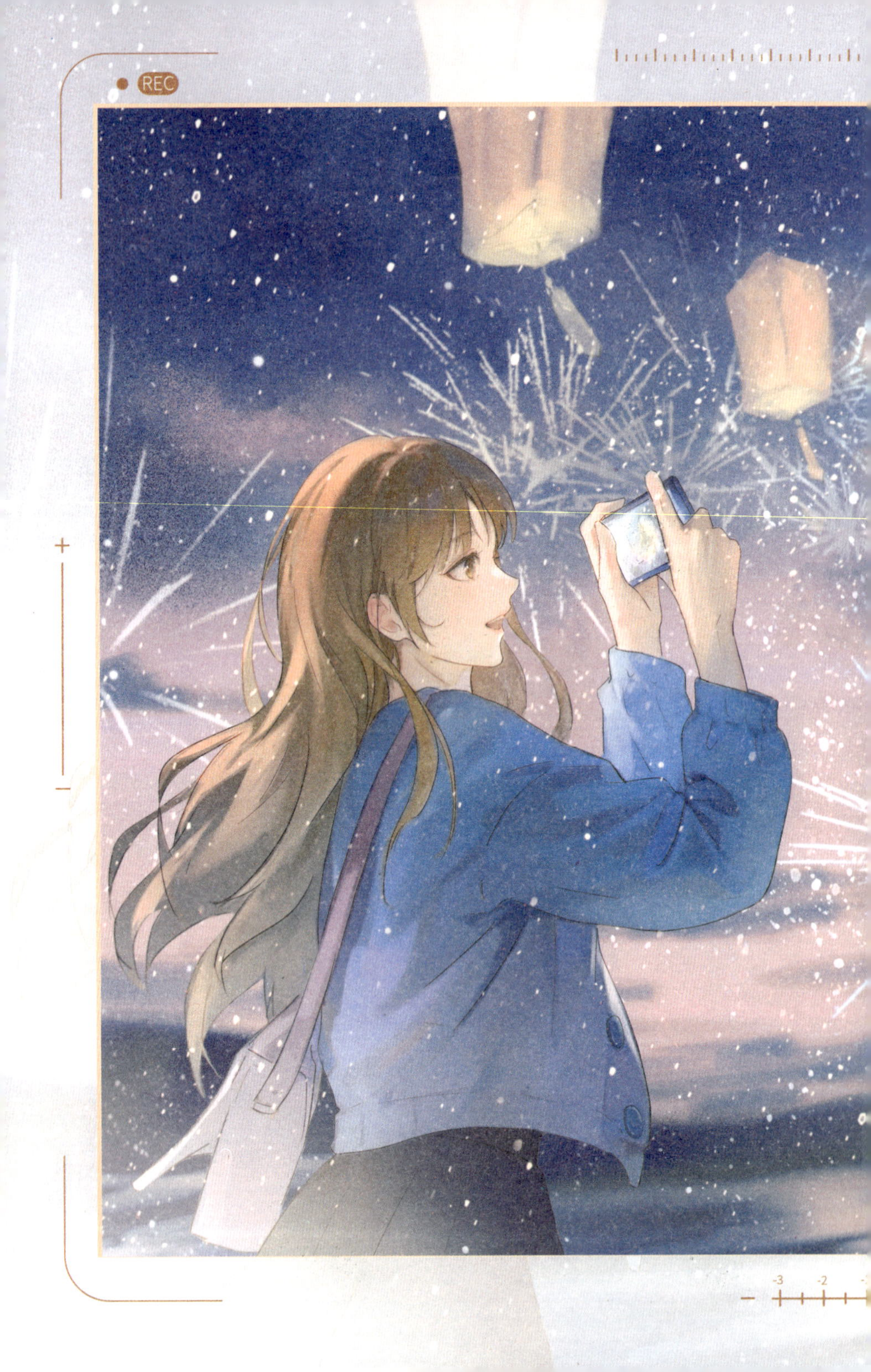
REC
-3
-2

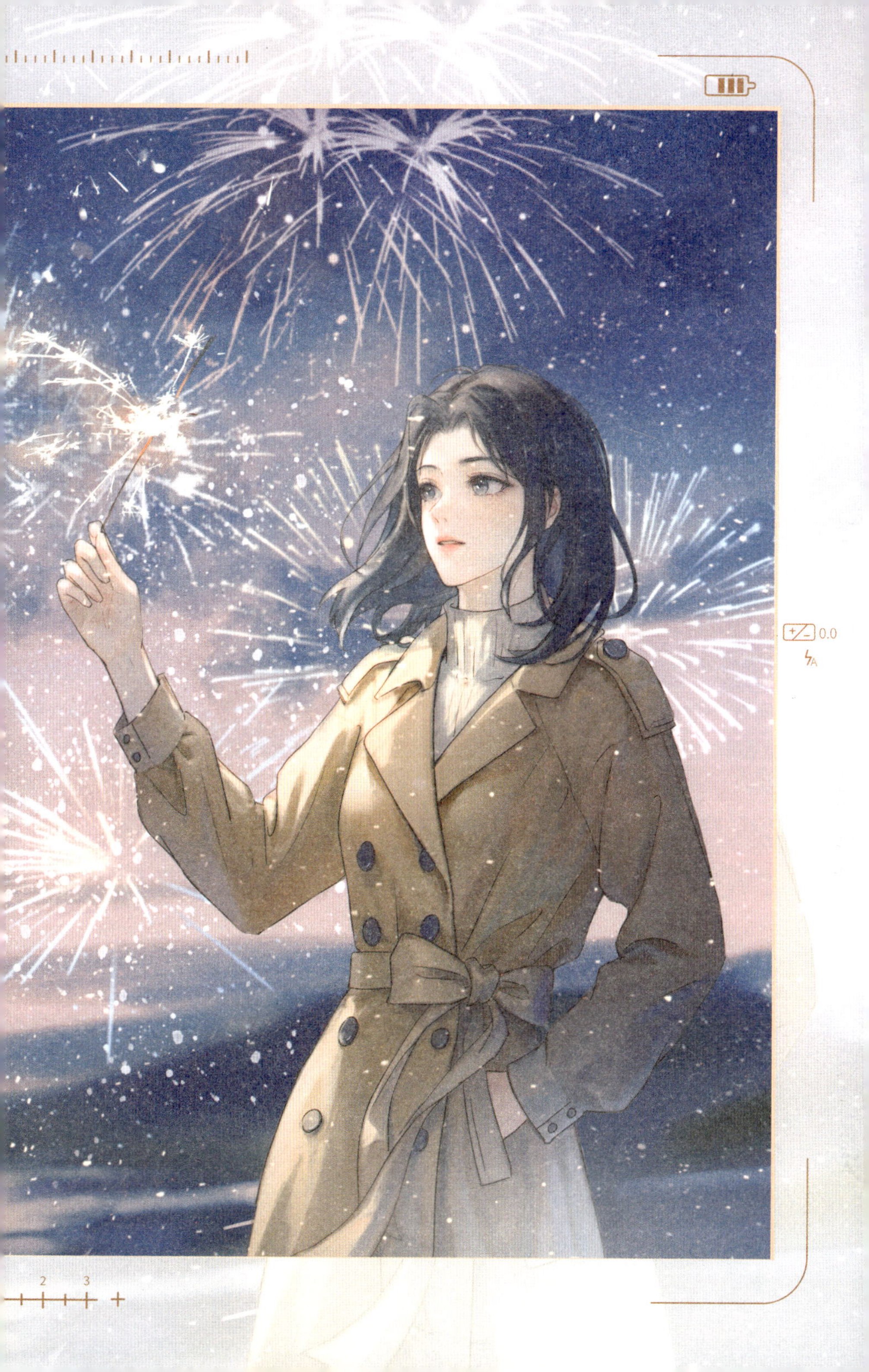
0.0
2
3

目录 Contents

001
第1章
给你打电话，
是一件冒险的事

054
第2章
每个日子上
都有个红圈

105
第3章
平凡生活里的
馈赠

154
第4章
嗯，可以期待

178
第5章
我会教你的

188
第6章
太阳见过了
年轻的月牙儿

210
第7章
我希望你能
一直开心

234
第8章
她想与月亮对话

270
第9章
她只回答，
能够确定的事

309
番外
"流星"划过
雪道

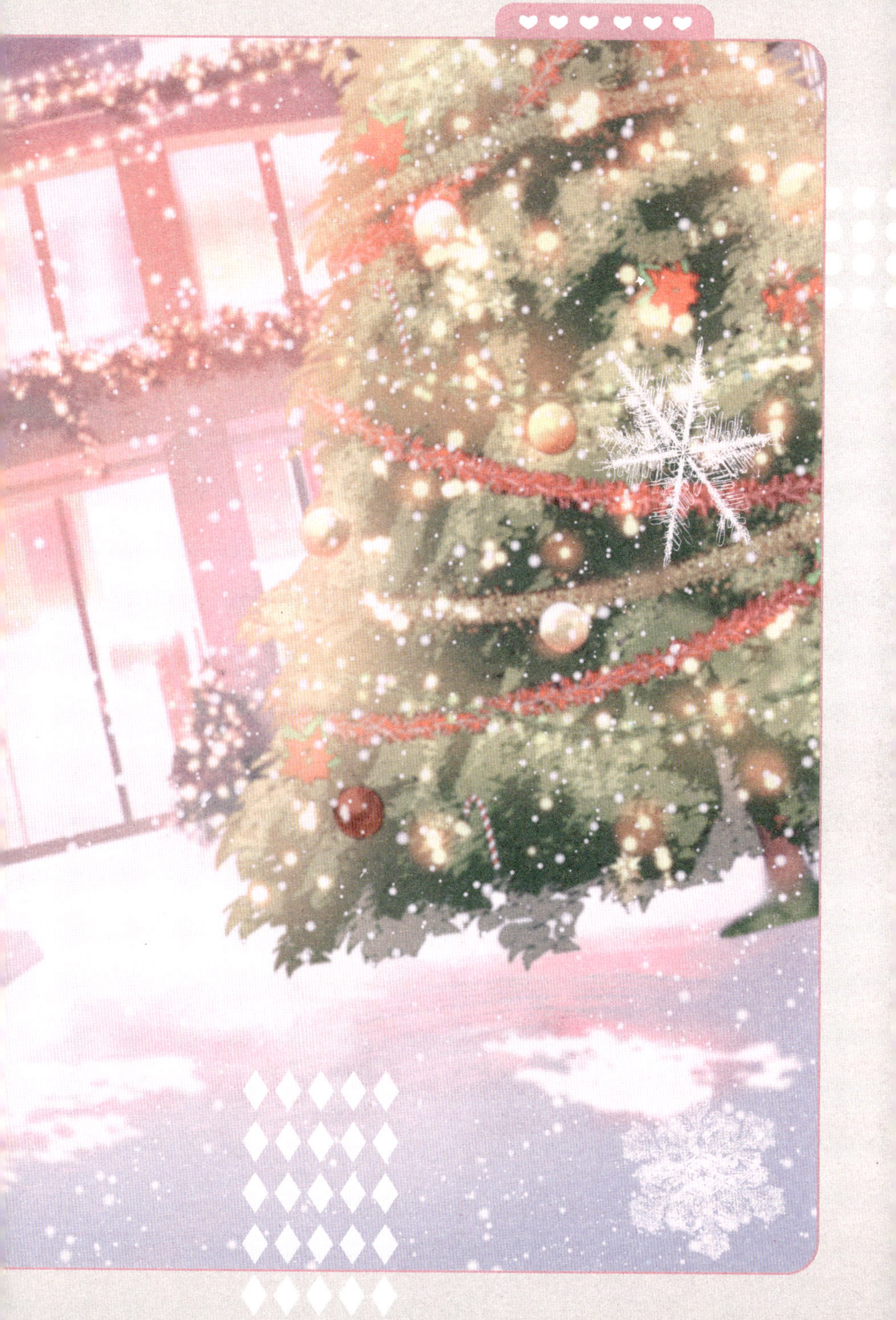

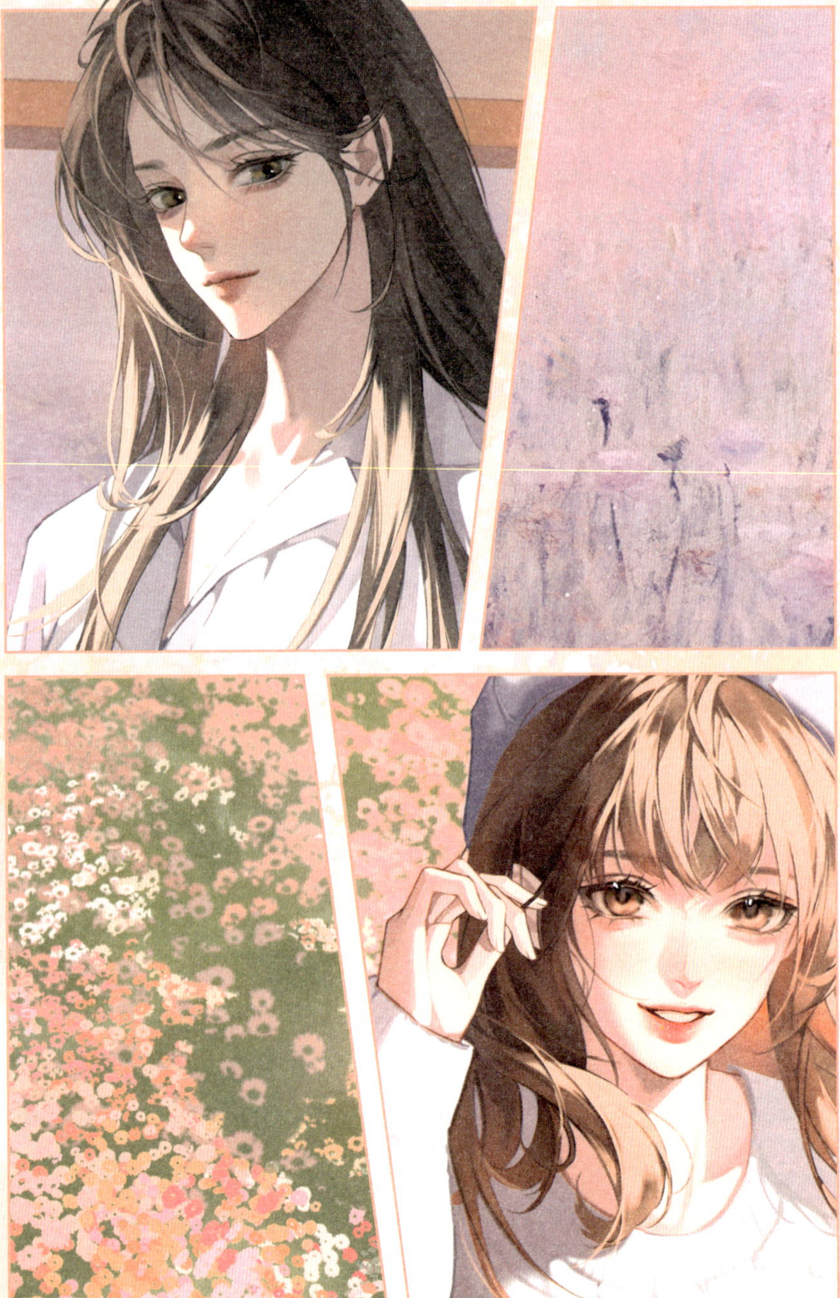

第 1 章

给你打电话，是一件冒险的事

于舟是在二〇一八年的春天遇到苏唱的，她们相遇是在病房，苏唱主动加了于舟的微信。

后来于舟也问过苏唱，当时在医院是不是对自己印象深刻，不然以苏大小姐的性格，怎么可能主动加她的微信。

苏大小姐沉默了一下，摇头说不是，只是当时医生说她的病跟情绪有关，让她多跟朋友聊聊天。可她没什么朋友，在医院遇见于舟，发现这人挺爱说话的，就……

"所以你当时觉得我话多？"于舟把怀疑挂脸上。

"嗯。"苏唱说。

于舟不想理她了。

但当时的于舟并没有把微信列表里多了一位漂亮小姐放在心上，当时她只顾着伤心了。她妈，也就是赵青霞女士，非说做完手术要赶紧下地活动，于是逼着她每天出门遛弯。

江城的春天，和冬天差不多冷。

一位刚做完手术的孱弱少女，身残志坚地在寒风中遛弯。

遛弯的第三天，苏唱出院了。

于舟知道这个讯息是因为她发了一条朋友圈动态，内容为一张照片。

晚上十一点，昏暗的灯光下，流光溢彩的玻璃杯中盛放着澄澈的棕色液体。

这条动态没有文案。

热心的于舟发消息嘱咐她："你出院啦？才做了手术不能喝酒。"

"是中药。"苏唱回复。

这……这个世界上会有人用玻璃杯装中药吗？

或许有钱人会吧。

是她僭越了。

于舟没再说话，跑去刷微博，刷到几个视频说神秘猫语，外放就能把猫喊过来。于舟觉得很神奇，默念着"是不是真的呀"，点开视频才发现自己家没有猫，只有莫名其妙的赵女士拿着衣架在她卧室门上一敲："你要死啊？大晚上念咒。"

于舟悻悻然关掉视频，缩到被窝里，没事干了，于是又点开苏唱的微信。发现这人特别坦荡，都没有设置朋友圈三天可见什么的，但朋友圈动态少得可怜，于舟一下就翻到了对方二〇一五年的动态。

第二个坦荡之处是，她的微信名竟然就叫苏唱。

如果不是这个名字过于好听，于舟肯定以为她是房产中介，或者是卖课的。

说不清楚是这个名字特别，还是因为苏唱太好看，让名字也沾了光。总之这算得上是一个让于舟印象深刻的名字。

后来她才发觉，这实在是一个很有心机的名字。"唱"字并不少见，但做名字的很少，因此让人印象深刻。也正因为"唱"随处可见，所以她偶尔会在看到这个字时，想到微信朋友列表里一个叫苏唱的姑娘。

黑长直的头发，身形瘦削而清冷，鼻子和嘴唇长得尤其好看，皮肤一点瑕疵都没有，仿佛单独加了滤镜一样，是于舟在生活里见过的最接近偶像的人。

不爱说话，但偶尔语出惊人，比如她会笑笑说"既然都看到了"，比如她会把中药拍成洋酒。

再次见到苏唱，是在春天的尾巴。

那时于舟结束了二十八天的病假，返工当"社畜"。没工作几天，领导让胖了一圈儿的小于出差。

新人小于通过玻璃倒影观察自己略微丰腴的脸，把身体不适的婉拒借口憋了回去。

江城双桥国际机场刚投入使用，连灯光都是崭新的，灯光落在浅灰色的大理石上，就俩字儿——高级。

于舟拖着行李箱走到柜台值机时，感觉自己像个明星。

嗯……档次有点高，要不还是当个帮明星办手续的助理吧。

换完登机牌，时间还早，于舟左顾右盼了一下，在十点钟方向看到了一个更适合当明星的人。

是苏唱。

她穿着一件款式简单的黑色大衣，裁剪精良，一看就价值不菲，从上到下都没有扣子，仿佛笃定主人不需要御寒。苏唱本来就高，还穿了一双有一点点跟的踝靴，显得身材更颀长了。还有她的脖子，从漆黑的发丝和大衣中透出来，雪白雪白的，像拢住了旁边奢侈品店的招牌上不近人情的光。

她一只手拿着登机牌，在另一只手的掌心里轻轻地敲，抬头望着二楼。

跟一幅素描似的。

总之，于舟没见过这样的人，她的动作像是在温柔地命令全世界安静，嘈杂的光影从她的眉眼间绕过，但她的睫毛不在意地一落，就没有声响了。

在医院时，她低头玩手机是这样；在机场时，她抬头看店面也是这样。

于舟很开心，觉得能在偌大的江城遇见她，实在是太有缘分了，于是快步走过去，在她背后三两步的地方叫她："嘿，苏唱！"

苏唱转头，不太惊讶，但看清是于舟之后挑了挑眉，笑了："这么巧。"

"嘿嘿。"于舟突然有点不好意思，晃晃自己的登机牌，"对，对，我出差，好巧啊，真是。"

是挺尴尬的，她们都不熟，打了个招呼，也不知道该干吗。

苏唱眨了眨眼，温和地问她："去哪？"

"呃，庆城。"

"周山。"

"哦。"

"嗯。"

两个人在略显空旷的机场大厅站着，于舟把手收回来，揣进兜里，掏出手机想看看时间，又觉得不太礼貌。她的余光瞥到旁边有人在有意无意地看苏唱，想了想，问："你几点登机啊？"

"还早。"

"哦……那，我也还早。"于舟说。

003

"哦。"

"嗯。"

我的天。于舟在心里淡淡地感叹,怎么有这么不会聊天的人啊?在医院里看她社交能力也还好啊,至少……正常吧。

"我打算去吃个早餐来着,你刚也在看是不是?"于舟灵光一闪,"你是不是第一次来这个机场,不知道怎么上去啊?要不,咱俩一块吃点?好巧啊,也真的是。呵呵。"

她看见苏唱抬起软软的眼皮,望她一眼:"好。"

苏唱当时没有告诉于舟,自己是在看快餐店外面的视频广告,她想看看会不会播放自己配音的那一版广告。

二人一前一后地上电梯,并排走进店里,于舟关切地慰问了一下这位病友的身体情况。

你一句我一句的,气氛倒是和谐多了。

取完餐,坐着吃了两根薯条,于舟开始观察对面的人——可乐都是小口小口地喝,喝一口抿抿嘴,跟尝红酒似的,可有意思了。

"怎么了?"苏唱察觉到于舟的目光,拿纸巾擦擦嘴角,问她。

"我突然发现一件事啊,朋友。"于舟托着腮,眼睛眨巴眨巴。

"嗯?"

"从我喊你到现在,你都没叫过我的名字。"于舟怀疑地问,"你还记得我叫什么吗?"

苏唱愣住,无声地望着她。

于舟的表情缓慢而精彩,先是将眼皮扩张开,眉毛扬起,然后幅度不大地张开嘴,最后侧了侧头,把复杂的眼神搁进苏唱的眼底。

然后她清楚地看见,苏唱原本波澜不惊的眼底起了不明显的笑意,她弯弯嘴角,声音很轻。

"于舟。"

至于的于,小舟的舟。

于舟当场就起了鸡皮疙瘩。

这还是她第一次仅仅被人叫了声名字就头皮发麻。

她这才发现,苏唱最让人印象深刻的不是姣好的面容、高挑的身材,或者独特的名字,而是这一副嗓子。

清冽、温润，低音带着小沙砾一样的细腻质感，通常是干脆利落的。但若是她想要表现得意味深长一些，会技巧性地将尾音上挑。

原来嗓子里是能抛出小钩子的，晃晃悠悠地垂到你面前，对你说："愿者，上钩。"

后来其实有很多人领略过这副嗓音的魅力，但鲜少有人如于舟此刻一般，注视着这只言片语的诞生。

她的嘴角扬起"小括号"，她的眼里收敛着顶灯的光晕，甚至她说完"于舟"两个字时，还支起右手，食指轻轻在自己耳垂前方蹭了蹭。

就这么一个不经意的小动作，跟舞蹈卡点似的，卡到了苏唱的声音上。

哈，哈，哈。不知道为什么，于舟当场就想尴尬地笑。

可能是没经历过这种场面。

然后她低头咬住吸管，狠吸了一口可乐，气泡在口腔里炸开的时候，她也在心里小声喊了一句"我的妈呀"。

不过这个小插曲倒没有掀起多少波澜，毕竟，于舟当时没想那么多。

后来有一天，她帮大学室友转发朋友圈投票。

说是一个什么游戏角色的年度投票，室友拉票拉到了老好人于舟这里，还特意嘱咐她，发朋友圈时不仅要带上链接，还要发一张角色的靓照。

乌漆嘛黑的，于舟是看不出来这角色靓在哪里。

不过她还是很敬业地发送："大家走过路过给主人投上一票啊。"

一小会儿就有十个人点赞，点进去看，分别是赵青霞、姨妈、大舅妈、小舅妈……

七大姑八大姨最喜欢朋友圈集赞投票这类活动了，虽然看不明白，但估计觉得于小舟终于和她们提升到了一个层次。

过一会儿，于舟打开衣柜，从里面翻找新睡衣。床上的手机屏幕亮了，竟然有一条微信消息。

苏唱："你喜欢女帝？"

啊？

于舟咬咬指甲，一头雾水地小心确认："你是指……武则天吗？"

苏唱只回过来一个问号。

于舟想了想，这位朋友难得给她发微信，是遇到什么学术问题了吗？调研什么的？

于是她按下语音键:"这……我其实……男皇帝、女皇帝都还好吧,但我觉得女皇帝挺了不起的。不过话又说回来,当皇帝吧,不昏聩就是最好的,意思是,以民为主,注重民生。历史上那几个明君我都觉得挺不错,李世民啥的。"

她看见那边出现了几次"对方正在输入",然后又消失了。

于舟忐忑地等了五分多钟,才看见苏唱回复:"你朋友圈发的那个,不是女帝吗?"

啊?

"哪个啊?"

"你的主人。"

啊这……

"她……她是女帝啊?我不知道啊。"于舟又发了语音过去。

杀千刀的沈萝筠,给她的文案里就有主人,她以为是个什么庄园主之类的,或者什么昵称。

啊这……啊这……

"不知道,还给她投票?"苏唱也回复了一条语音消息,声音有点抖动,好像在走路,最后是稍微紊乱的气息,也听不出来她是不是笑了。

"我大学室友让我发的。"于舟觉得有点没面子了,发过去的语音里带着抱怨。

听起来娇娇的。

只不过当时只跑进了苏唱的耳朵里,于舟自己倒是毫无察觉。

因为下一句她的声音就正常了,她问苏唱:"怎么了?你也喜欢?"

苏唱没回,笑了一下。

于舟等了半天也没等来下一句。她不知道该不该放下手机去洗澡,明明睡衣都抱着了。但她这人就是爱纠结,按理说她抛出问句,对面得回复。如果对面回了,自己又不见了,就显得特别没礼貌。

正当她开始打字,苏唱的消息过来了。

"喜欢看电影吗?"

"啊?"

苏唱没回答她,而是问了一个八竿子打不着的问题。

因为"女帝"的乌龙在前,于舟这次很谨慎:"啥电影啊?"

"刚工作完,甲方给了两张票,是明天《夜聊》首映场的,不知道你会不会有兴趣。"

哈?这种好事……就因为正好跟自己聊着天,就送她了?

但于舟没被人送过电影票,吃不准苏唱的意思:"你的意思是……两张都给我吗?"

话一出口,她就想哀号自己脑子有泡吧。

可能是苏唱的语气太不像要与她同行了,倒像是处理一件不需要的物品那么随意,因此于舟略有些想当然。

她赶紧撤回,觉得不礼貌。

但苏唱的信息又至:"看到了。"

于舟扯扯嘴角,在屏幕这边不自觉地笑起来,缓解尴尬。

"你想要和朋友一起去看吗?"苏唱问她。

虽然是打字,但于舟已经能够想象苏唱温柔的语气了。

"没有啊,我就是看电视里是这么演的。"她一边打字,一边用低低的声音跟着念,"不好意思啊,我确实没有被人送过票,我有点不礼貌了。"

嘶……耳朵好烫。

苏唱那边回过来一条语音,于舟点开,那边先是撩动气息笑了一下,然后说:"没事。"

这是内部的小型首映,邀请了一些影评人KOL(意见领袖)之类的,因此需要登记苏唱的名字和手机号码。

"得跟我一起,需要填我的信息。明天有空吗?下午两点。"

"有的,在哪儿啊?"

"前港。你怎么过去?"

"我在朱园这边,等下查查地铁。"

"我开车接你吧,顺路。"

"哇,好耶,谢谢,谢谢。"于舟发过去一个鞠躬的表情包。

嘿嘿,捡大便宜了,于舟。

首映啊,内部票啊,她都想好微博怎么发了,也想好明天怎么在电影院拍一张票根发给热爱电影的大表弟、二表弟显摆了。

这辈子都没这么有人脉过,于舟乐颠颠地去洗澡。

第二天,于舟早早地就在楼下等着了。

那时候是初夏，是于舟觉得最舒服的季节，阳光和煦，万物可爱，小区里的花草开得并不张扬，连蝉鸣都还没就位。

于舟不喜欢一切攻势太强的东西，植物的长势如此，温度的冷热如此，待人接物的进退也如此。

她那天特意穿了一条小裙子搭配着高腰 T 恤，斜挎一个精致的小包。

其实她不是很喜欢穿小裙子，但听说有网红去，就怕自己穿着打扮太土。

在路边站了一会儿，远远地开来一辆黑色的豪华轿跑，于舟心里咯噔一下，淡淡说了一句："天啊。"

这一句感叹比较无力，说不好是被苏唱震惊习惯了，还是于舟心里本来就有预期——当然是琼浆玉露才滋养得起苏唱这样的人。那气质，看着就不是一般人家里出来的。

于舟打开车门坐上副驾驶座，苏唱摘下墨镜，低头把叠好的墨镜放到盒子里，才抬头对她淡淡一笑："等很久了吗？"

"没有没有，我刚下来。"于舟客气地说，见苏唱单手把眼镜盒的盖子扣好，习惯性地操心道，"你还是戴上吧，现在是中午，太阳挺晃眼睛的。"

苏唱大概是觉得跟于舟没见几次，戴着墨镜聊天不太礼貌，只勾勾嘴角摇摇头，眼睛稍眯几下就适应了光线。

这段路的红绿灯比较多，车辆缓慢前进，两个人有一搭没一搭地聊了两句，又陷入沉默。

于舟这人有个毛病，不见面时胆子要大一点。在网上，她觉得给苏唱发发表情包，彼此也没什么隔阂。

见面就不一样了。

"喀……嗯……"于舟清了清嗓子。

苏唱没反应，摸一把方向盘。

"你这个车是轿跑吗？"于舟揉揉鼻子，小声说。

"嗯，对。"

"我在网上刷到过，你这款车后面好像有尾翼，抬起来很帅的。"

"是吗？"苏唱笑了笑。

啊？她的车，她问"是吗"？

于舟又有点尴尬了，扭头看一眼后排，好似眼神跟尾翼打个照面，就能言行大方一点。

这一眼却落在了后排的抱枕上,她轻轻"呀"了一声,拧起眉头,望着苏唱:"你的靠枕上印的也是女帝吧?"

"你还说你不喜欢,周边都有了。"于舟有点不理解了,喜欢一个游戏角色是多么见不得人的事情吗?

苏唱抬眸,扫了一眼后视镜,轻声说:"别人送的。"

啊?又是别人送的。

票也是,抱枕也是……

"长得好看是省钱哈。"于舟往椅背上一靠,捋捋自己小包的包带,低声嘟囔。

"什么?"

"没什么。话说,你为什么要请我看电影啊?我是说,为什么是我啊?"

苏唱想了想:"我其实对这类电影兴趣平平,今天正好有空。我的朋友也不多,送给别人,我不去的话,她们用不了。"

"那……我……咱俩。"于舟想说,她们好像也不太熟。

苏唱也沉默了,不知道该怎么说。她其实是一个懒得跟别人打交道的人,说尖锐一点,她连跟自己的父母打交道都不多,与圈里的朋友聊天仅限于工作,距离一旦拉近,她的耐心就欠奉了。

因此医生跟她说,她应该多交朋友,多打开自己,保持心情愉悦和作息规律。

她没做到,因此再生病的时候,她一点也不意外。

意外的是在病房里遇到的于舟。

该怎么形容她呢?

一开始像一棵圣诞树,挂着五颜六色的塑料盆、水壶和卷纸。"圣诞树"原本在打电话,看见苏唱时愣住了,眨巴眨巴眼睛,望着她。

苏唱没有见过这样的打量,有的人目光是从上至下的审视,有的人目光是由下往上的冒犯,有的是欣赏,有的是不屑……满满当当全是情绪输出。

但于舟望过来时,什么都没有。她的眼睛偏圆,黑色的瞳仁尤其大,看人的时候似在接纳。

苏唱倒映在她的眼底,她眨了三下眼,第一下是认知,第二下是包容,第三下是储存。

总之,让苏唱觉得很特别。

她曾以为这是于舟作为作者观察世界的技能，无论好坏，先以视线描绘它，并不急着下定义。但不是，只有于舟这样，再也没有第二个人这样。

第一印象是特别，第二印象才是奇妙。

"圣诞树"小心翼翼地走进来，背对着苏唱把东西放下，安静得出奇。午饭后苏唱去茶水间，听见她捂着话筒打电话，嗓音很雀跃："我发现住院真的还行，我的被子上还有小花哎，不过也不是人人都有，我隔壁床就没有。"

有一点小得意，像上帝给她颁了个奖。

嗯，圣诞树成了小喜鹊。

第二天中午，小喜鹊又变成老阿姨，穿着宽宽大大的病号服，把苏唱觉得难以下咽的盒饭嚼得很香，还不忘用过来人的语气劝苏唱："你太瘦了，可得多吃，光喝水不行，小心等下晕在手术台上。"

那语气，仿佛盘腿就要上炕。

第三天，老阿姨化身林妹妹，哭哭啼啼地说："呜呜，我觉得好疼，你看到走廊上的那几个人没？引流管插在肚子上啊，我受不了，我真受不了这个。"

苏唱终于忍不住开口："可是，我们俩的手术都用不上引流管。"

在于舟演完了一百个小剧场以后，苏唱突然觉得她的名字起得很妙。

于舟。

宇宙。

她有多重宇宙。

很久之后，苏唱才发现于舟的特别之处在哪里——别人也许是花，是草，是灌木丛林，但于舟是土地。她接纳花，接纳草，接纳灌木与丛林，然后邀请它们在土地上投射下各种阴影。她时而享受花的阴影，时而享受树的阴影，以此组成丰富而隐蔽的植被。

沉默的时间过于长，小宇宙开始转动。

于舟吸吸鼻子："你喷香水了？很好闻。"

"嗯。"苏唱轻轻说。

"我也喷了，但我一般不喜欢跟别人聊这个话题，我怕人家问我喷的是什么香水，我法文和英文说得不好。"于舟自己打发自己，"哎，现在说这个，因为咱俩在车里不讲话，真的有点尴尬。"

找不到话题了。

苏唱没见过这么坦诚的话题开启方式,轻柔的笑声和转向灯一起响起来。

她一笑,于舟略微缩起的双肩就舒展开了,也跟着她眉眼弯弯地笑,话匣子捧出来,开始慢慢往外掏:"哎,你多大了?"

"二十五。"

"哇。"

"不像?"苏唱看她一眼。

"不是,我想夸你挺年少有为的,但又发现我不知道你有为在哪里。"

苏唱一顿,这次笑得更久一点:"嗯,我是做幕后表演工作的。"

她当时没说自己是配音演员,正如她一直没说女帝的CV(配音演员)是自己。不知道为什么,她就是不想说。

于舟不是很明白幕后表演具体指的是什么,她心里勾勒出的形象很诡异,是皮影戏后面戳棍子的艺术家。

但苏唱怎么看怎么不像。

"那你是本地人吗?"

苏唱没回答,只瞄她一眼,扶着方向盘沉吟。

"怎么?"

"我在想,这些问题,在医院住的那几天,你怎么没问我?"

按常理说,这样的对话应该发生在初识的时候。

于舟低头想了想,说:"我那时候没想跟你做朋友来着,就没什么了解的欲望。毕竟那是医院啊,我那时候想着,咱俩都活着就行。"

"扑哧。"

她听见了忍俊不禁的声音,抬头,撞进苏唱含笑的眼睛里。

这不是于舟第一次见苏唱笑,却是第一次看她忍不住。很漂亮,眼神亮亮的,像有揉碎的珠光。

这幅山水画一下子就活了,水有了源头,云有了方向,微风拂过,山川的阴影缓慢游移。

一如此刻透过玻璃映照在苏唱脸上的光晕。

于舟自己也觉得有点好笑,于是一边乐一边解释:"真的,你不看电视剧吗?我特别怕在病房里遇到一个病友,我们萍水相逢,短暂相交,然后发现对方病情可严重了,那我会哭死的。"

所以病房里当然不能发展友谊，这个理论很正确。于舟觉得。

苏唱认真地听她说，点点头，不知道算不算认可。

但之后她说了一句没头没尾的话，她说："你是我认识的人当中，第一个话很多但听起来很舒服的人。"

说这句话时她的声音很低，却又不乏诚恳。似乎终于找到答案，来解释她为什么送票给于舟。

这话显而易见是一句夸奖。

因此于舟便不好意思了，尤其这话还是从一看就不怎么常夸人的苏唱口中说出来。

于舟这个人吧，一害羞脑子就容易短路，年少时尤其严重，于是她稍稍停顿了一秒，小声问："你那些朋友说话招人烦吗？"

……

她想下车了。

大概是想要掩盖尴尬，于舟迅速换个话题："我发现你笑起来挺好看的，就是刚刚开心的那种笑。但你要是不笑，气场就很强。"

"是吗？"苏唱好像很喜欢说"是吗"，轻轻的，听不出来是肯定还是否定。

"是啊。"偏偏于舟很喜欢接话，她侧了侧身子，认真地对着苏唱，"我刚遇见你的时候，你都不笑，就这样，冷着脸单手拿手机，抬头瞥我一眼，又低下去了。我当时快吓死了。"

"吓死？"

"嗯，我怕你脾气不好，咱俩处不来。反正……"于舟的话软软地拐了个弯，眼角也弯起来，"想不到你人这么好，还请我看电影。"

于舟是个很容易满足的姑娘，别人对她稍微和颜悦色一点，她就认为对方是大好人。

她此刻很开心，因为认识了一个漂亮、有钱、有人脉还温柔的……皮影艺术家。

到了电影院，两个人之间的气氛已经融洽许多。首映的场子很小，在一个商业区，苏唱先去一边的签到台俯身签字。于舟见里面已经有一些网红站在背景板前拍照，也跃跃欲试地想过去看热闹。

苏唱把笔递回去，走过来问她："爆米花，要吗？"

里面可能买不到。

"好呀,你喜欢吃甜食吗?"于舟一边走一边问她。

"不喜欢。"

啊这……

但看于舟的样子,应该喜欢。这句话苏唱思索了三秒,没说。

于是她们又沉默着去买好爆米花和冰可乐,沉默着检票进入放映厅。

苏唱发现了旁边这个女孩更有意思的一面——她来到一个不熟悉的地方,或者见到不熟悉的人,先是安静地观察,像小猫踮脚抬爪子,连呼吸都比在车上要收敛些。

但她又不局促,哪怕她素面朝天地走在妆容完好的KOL中间,还能一边看,一边挑桶里的爆米花吃。

苏唱发现了,于舟会先把糖色比较浓、比较脆的爆米花挑出来吃掉,它们通常在桶的中下部分。

因此苏唱就很自觉地拈一两颗顶部的吃,软绵绵的,没那么甜的。

刚好,她也不太爱吃糖。

这场电影给于舟的感受很不一样,场地小,跟以前在阶梯教室上课似的,影评人们也不怎么大笑,偶尔到较为平缓的对话场面,还有清嗓子咳嗽的声音,就听讲时的那种,给人一种这部电影特别无聊的感觉。

于舟在心里狠狠叹气,不一起哭一起笑,那在电影院看电影的意义是什么?她为什么不缩在家里的沙发上看?电影院的作用,不就是"哄堂大笑"里的那个"堂","举座皆惊"里的那个"座"吗?

瞧瞧,这主角都被折磨成这样了,旁边的观众却一副生死看淡的样子。还有两股香水味在于舟的鼻端打架,左面是苏唱惯用的木香,右面是陌生人的花香。

木香的主人把手伸过来,要抓两颗爆米花。

苏唱拿爆米花的姿势也不太一样,她会先在空气里虚虚地撩半下,然后再将手指落下来。于舟很注意细节,她觉得这个微妙的停顿感很加分,大概连爆米花都能生出一点被宠幸的光荣。

思绪这样跑着跑着,突然她的鼻子一痒,随即难以控制的空虚感自鼻腔深处传来。

她暗暗心惊,伸手抹一把湿漉漉的鼻尖,然后俯身在昏暗的光线中仔细辨认。

天……

于舟迅速捂住鼻子,把爆米花桶塞进苏唱怀里,立马弯腰起身,另一只手推了推苏唱的膝盖,小声说:"借过一下,借过一下。"

"怎么了?"苏唱把二郎腿放下来,偏头去看。

于舟的声音听起来很急切。

"流鼻血了。"于舟悄悄说,抓着自己的包,出座席往洗手间走去。

苏唱也随着起身,将爆米花桶放在扶手上。

问了路,按照工作人员的指引,二人径直来到洗手间。于舟心虚地瞟一眼镜子里的自己,又瞟一眼旁边的苏唱,耳朵"唰"一下就红了,然后在原地将脚尖碾来碾去,左顾右盼。

"看什么?"

"那个……纸巾。"

于舟要尴尬死了,她为了看着得体一点,还特意翻转手腕,手背抵着鼻子,尽量随意点。

苏唱帮她环视一圈:"好像没有。"

啊这……

"你包里,没有吗?"苏唱顿了顿,轻声提醒她。

"啊,有有有。"于舟赶紧低头,想用右手拉开拉链,但小包固定不住,总是乱跑。她抬起膝盖顶了顶,仍旧使不上力。

苏唱见状,正犹豫着,便听见于舟小声叫她:"那个……"

苏唱"嗯"了一声,上前帮她将小包固定住,见她仍旧吃力,索性上手拉开拉链。

于舟一直埋头没看她,脖子都红透了。

"下面一点。"于舟用很轻很轻的声音说,尾音有点抖,听起来要碎了。

她的膝盖仍旧支起来,不知是没顾得上放下去,还是想着这样方便苏唱拿一些。

她低头看着苏唱的手,莹白温润,轻轻扯着她的包带,干净得仿佛从未被弄脏过。

不知道为什么,她突然很想哭。

苏唱也不说话了,抿着嘴把纸巾拆出来,递给她。

于舟现在有些仓皇，有些无措。

她埋头窸窸窣窣地用纸巾擦鼻子，耳后的绒毛随着呼吸幅度微小地轻颤。

纸张的揉搓声，于舟轻轻抽鼻子的吸气声，不知因为离得近，还是因为苏唱对声音天生敏感，总之听得十分清楚。

"那个，让一下。"于舟仍然埋着头，她把膝盖放下来，一只手仍然抵着鼻子，不想让苏唱看见她鼻子里塞着纸的样子，另一只手扯了扯自己的衣服下摆。

苏唱移开步子，细细的水流声响起，洗手间的封闭性给所有声响附上天然的混音。

于舟全程没敢抬头，她仔仔细细地擦拭鼻子周围的血渍，堵住鼻孔的纸打湿了，她又换一张，而后开始洗手。

苏唱低头把手机屏幕解锁，锁上，又解锁，再锁上。

可能是习惯了她一路话不停，也可能是没经历过这样的场面，安静得让苏唱竟然有一点不适应。

水流声仍在继续，苏唱抬头见于舟用手接了小小的一捧水，吃力地往脖子后方够。高腰T恤太短，她想扬起胳膊，又有顾虑。

"你……要做什么？"苏唱抿抿唇，迟疑两秒，问她。

"呃，我以前在家里，流鼻血什么的，我妈会用凉水拍拍我的脖子，这样能止血。"于舟盯着水龙头，嗫嚅道，"我不想塞着纸出去。"

外面都是网红，还老有人拍照，万一拍到她，万一拍到堵着鼻子的她……

她真的要哭了。

怎么会这样啊怎么会这样？怎么能丢脸成这样啊，于舟？

举目茫然之际，苏唱走过来，把抿着的嘴唇松开："我……"

"我帮你？"

"啊？"于舟挤出一个喑哑的单音节，"哦，好，谢谢啊。"

"拍在我脖子正中就行，要凉水。"

她眼看着苏唱的手伸过来，接了一点水。

抬手，轻轻地拍在她的后脖颈上。

于舟脖子一缩，狠狠打了个冷战。

她夹起肩膀，然后从镜子里面看着苏唱笑，说："水滴进去了，好痒。"

苏唱似乎有些好奇这个偏方的效果，轻声问："要擦吗？"

头发也弄湿了。

于舟又把肩膀缩起来,仰着头在衣领上左右蹭了两下,想了想,说:"不用,擦了就没效果了。"

她说这话时瓮声瓮气的,右边鼻孔堵着纸巾。

苏唱见她差不多好了,便抬脚走到洗手池前,弯腰打开水龙头,顺便洗了个手。

于舟不知道说什么,她第一次看电影遇到这种事,还是在不太熟的漂亮姐姐面前。苏唱洗手的样子也很优雅,慢吞吞的,衬得于舟更狼狈了。

于是于舟挪到另一边,又接凉水拍了拍额头,然后小心翼翼地背对着苏唱把纸巾扯松一点,吸吸鼻子,感觉血好像止住了,在心里舒出一口气,不动声色地扔掉纸巾,又在一旁清洗了一下鼻子。

她用纸巾捂着鼻头揩干,又递了一张给苏唱擦手:"给。"

"谢谢。"

苏唱轻咳一声,难得地打破沉默:"怎么突然流鼻血了?"

"可能是燥的。"于舟把纸巾扔掉。

"经常这样吗?"

"没有吧,"于舟摇头,"可能今天吃的爆米花太甜了,上火?有没有可能?"

两个人一前一后往外走,到走廊处放慢脚步。苏唱想了想吃爆米花上火的可能性,接着说:"以前吃,也会这样?"

"以前不这么吃。"

"嗯?"

"你不是说你不喜欢吃甜的吗?我就把太甜的都挑出来吃了。"于舟随口说,齁死她了。

苏唱停下脚步。

旁边的小姑娘在看墙上的壁画,额头因为拍过水仍有些湿意,像绵绵的汗珠,细软的头发略微卷起来。

苏唱看着她,眼神软了一点。

于舟也停下来,不明所以地望着苏唱,食指将右边鼻翼抵住。

"你这是……"苏唱在灯光下问她。

"哦,刚塞了纸,我怕鼻孔被撑大,按住它,缩一下。"

苏唱轻轻扬眉,眼里有了意料之外的笑意。

她这么一笑,于舟觉得挺如沐春风的,刚刚的窘迫也荡然无存,笑着说:"我也不知道有没有用啊,有点心理上的安慰吧,嘿嘿。"

但苏唱不需要,她的鼻子好好看,跟做出来似的,所以她当然不会理解于舟生怕鼻子形状被破坏的担忧了。

于舟暗叹苍天不公,捏着鼻子跟苏唱又进门重新入座。

后半场于舟看得很虚无,就是心里有事的那种虚无。她把自己的生平,哦,不是,和苏唱认识以来寥寥无几的交往内容过了一遍,突然有点绝望——

初次见面是拎着盆的。

见面第三天开始哭。

手术当天问人家是不是看到自己的胸了。

第一次微信留言错把中药当红酒。

在机场偶遇,怀疑她不记得自己的名字。

对着游戏角色发表了自己关于民生民情的皇帝宣言。

被邀请看高大上的内部首映,却狂流鼻血。

…………

啊这……

苏唱会不会想报警把她抓起来,送回医院吧?

但人,想要证明自己是个正常人,其实是很难的。

于舟想了二十分钟也没想出来好办法,眼睁睁地看着灯光大亮。

电影散场,那些网红三三两两地合照,于舟跟个躲避球似的避开镜头,生怕把自己给拍进去。她看见苏唱放下二郎腿,微笑着起身,跟一个四十岁左右的中年人打招呼。

那大叔的气质有点像陈道明,身后还跟着一个助理,看起来像有身份的人。

苏唱欠身颔首,臂弯里搭着薄外套,两个人在一旁小声地说着什么。然后苏唱点点头,注视着对面的人的眼睛认真听,左手拧开矿泉水瓶盖,喝了一小口。

她喝完抿着嘴笑了,看口型是:"好。"

怎么说呢?于舟这辈子都没亲眼见过这种人——游刃有余,落落大方。跟高级的人站在一起的时候,更高级。像款式简单,却色泽温润的珠宝,没什么设计,但你一看就知道是限量款,世间无二的那种。

于舟拿起手机,拍了一张,然后低头,放大看。

真是长得太好了,那头肩比……

即使是偷拍,身量和轮廓都那么好看。

于舟有点心虚,趁苏唱回来之前,把手机放好。

寒暄完,苏唱回来,略微俯身,敲了敲于舟旁边的扶手:"走吗?"

她的教养很好,散场了也没直愣愣地站着妨碍别人拍场地四周的广告牌。

于舟说"好",又把自己的小包挎上,跟着苏唱往外走。

一路到电梯间,两个人也没怎么说话。于舟一直在想,要不要请苏唱吃饭当作回礼。一般来讲她很少考虑这些,或许是因为她看电影时表现得太丢脸,或者是被苏唱刚刚"大人样"十足的social(社交)震慑了。

二十一岁的于舟被莫名其妙地上了一堂社交礼仪课。

她还在想,这眼看着到饭点了,也不知道苏唱愿不愿意跟她一起吃饭,要怎么开口呢?

电梯"叮"的一声响,她跟着苏唱走进去,听见苏唱问:"你回家,是吗?"

哦,这意思是不吃饭了。

"嗯,对。"

"那我……"

"送"字没出口,于舟问:"你有别的安排吗?如果有的话,你去忙你的吧,我可以自己坐地铁回去。"

"打车也行。"想了想,她又补了一句,她不穷的。

"没关系,我也没什么事。"苏唱说。

没什么事,那是不是可以……

"我回家也顺路。"

哦,她想回家,那还是不吃饭了。

显而易见,回去的路上于舟安静了很多,像电量不足的迎客鸟,还是会说"欢迎光临",但说得哑声哑气的。

苏唱看了她两眼,也没过问。

到了家楼下,两个人友好地互相道别。于舟突然有点失落,可能因为自己表现得太差劲,还没有什么"将功补过"的机会。

于舟回到家吃完饭,想要晒票根,翻相册时突然看到苏唱的照片,她想了想，还是觉得不太礼貌，于是给苏唱发微信坦白："我今天偷拍了一张你的照片。"

信息发出时间是晚上七点零二分。

八点没回复。

九点没回复。

十点半，于舟洗完澡，还是没有回复。

于舟睡前看了一眼手机，微信安静得像死了一样。

是没看到吗？于舟想要不要补一句"对不起"，提醒一下，又觉得间隔几个小时的道歉太诡异了。

虽然心里挺不是滋味的，但也没影响于舟睡觉，她还没空想太多，就见周公去了。

第二天，于舟又满血复活了，因为苏唱虽然没回消息，但点赞了自己晒票根的朋友圈动态。于舟这下开心了，那昨天的消息她肯定就是没看到嘛，于是她给苏唱发微信："你请我看了电影，我请你吃个饭吧，你今晚有空吗？"

过了一会儿，微信提示音响起，果然是苏唱发的。

她先是引用了于舟之前的那一句，回复："昨天没看到。"

然后她说："今晚有工作。"

啊这……

于舟又问："那周末呢？"

"也不太行。"

难搞。

于舟咬着指甲，她分不清这是婉拒还是真的有工作了。

救命。

于舟不知道说什么了，其实她脸皮很薄的，别人拒绝了两次，她就不会问第三次。

所以她把手机放下，准备去洗衣服。

但这时手机响了，她点开一看，是苏唱的消息。

"你可以问我下个星期六有没有空。"

"你可以……"是苏唱最喜欢的句式，这是于舟第一次听到。

很突然地，她心里绽开一朵小小的烟花。可能是等了一晚上的缘故，可能是这个漂亮姐姐没有嫌弃她"社死"的缘故，也可能是因为这个句式的缘故。

但她很清楚地听见自己的心脏"怦"了一下，鼓起来，又急速收缩。

原来不是婉拒啊……

于舟在心里默念着这一句，微微含笑。

"你刚刚那么久没回复，是看工作表去了吗？"她问，看来苏唱真的很忙。

苏唱回了一个小猫点头的表情包。

哈？原来她也会用表情包，这个可爱的表情包跟那张高冷脸怎么看怎么不搭。

"那，你下个星期六有空吗？"流程还是要走一下的，于舟觉得。

"中午还是晚上？"

"中午有空，还是晚上有空？"

"都有。"

"哈哈哈哈哈哈哈哈哈哈哈。"于舟觉得这位"皮影戏艺术家"有时候也有点幽默。既然都有，那为什么还要问中午还是晚上啊，难道她也要走流程？

"那就中午，我这周看看有什么好吃的，到时候发你，你挑一挑，可以吗？"于舟礼貌地问。

又是那个小猫点头的表情包。

于舟也发过去一个小狗点头的表情包。

算成交了。

明明是平平无奇的一段对话，但于舟无端有些开心。她动动脚腕，把拖鞋踢了踢，打开微信，给"火锅"发消息。

"我认识了一个特别好看的姐姐。"按完发送键的于舟，下意识地撇了撇嘴。

之前她没跟朋友显摆，是因为觉得自己和苏唱交情不太深。现在看来，她俩已经是朋友了，可持续发展的那种朋友。

某种意义上来说，还是经历过血光之灾的交情。

"火锅"的消息回得比苏唱快多了："看看。"

"她的朋友圈没自拍，反正特好看。"

于舟的手机里有苏唱的照片,但没经过她的同意就给别人看,不太好。

"而且,她是个什么学表演的,学表演的你知道吧,跟一般人不一样,气质好,还特有钱。"于舟发语音过去,顿了顿,斟酌着补充一句,"应该有钱吧,开的车特别好。"

"火锅"震惊了,发过来的微信语音的尾音都开始打拐了,"你俩咋认识的?网上认识的?长点心吧,别是个卖茶叶的。"

网上经常有那种骗局,什么白富美找人投资周转之类的。

"什么啊?"于舟认真解释,"我之前不是做手术吗?病房里认识的,她是我的病友。"

骗子要骗人也不可能以在医院做手术为由结识人,这身体成本多高。

"你能和开豪车的住一间病房?""火锅"发过来一个满头问号的表情包。

"对啊,双人间,那医院最高级的就是双人间了。三甲的,又不是私立医院。"

"嚄,高级病房。""火锅"乐了,"怎么?你家突然挖矿了,你成富二代了?"

于舟继续解释:"不是,那会儿我妈跟我爸吵架。"

"火锅"发来一个问号。

"我妈说,我爸不爱她了,以后可能在外面有私生子,咱娘俩得多花点钱。"

哈哈哈哈。"火锅"笑得想死。

"那我觉得是个机会。"

"嗯?"于舟不解。

"火锅"可能是消息发累了,打电话过来继续聊,一接通就跟倒豆子似的:"你之前不是说,你写文怎么写都不火吗?读者还给你提建议。

"说你天天就写什么顺风车司机,还有小卖部店主,要么就是学霸在自习室里奋斗。

"让你写霸总,你说你没见过霸总。

"那会儿咱俩不是苦恼得够呛,你说你上哪观察有钱人去啊?电视里的那些都浮夸得要死,这下你认识她了,多问问,素材不就有了吗?"

有点道理,但不多。

于舟反驳:"但我写的是无CP(配对),他们想看言情霸总,苏唱是女的。而且,苏唱也不是霸总。"

"她叫苏唱啊?"

"嗯,好听吧?"

"一般。我有个小学同学也叫苏畅,挺招人烦的,老被我打。""火锅"说。

"切,她是唱——歌——的唱!"

于舟的声音突然拔高,吓了"火锅"一跳:"你干吗?"

不想跟她说了,她懂什么是苏唱?

于舟把电话挂了,上阳台洗衣服去了。

十分钟后,电话又响了,她还以为"火锅"又返场了,定睛一看却是赵青霞。

于舟接通电话,赵青霞女士开门见山地问:"粥粥(于舟的小名)呀,去看房子没有?"

"啊,这两天有点忙。"于舟把洗衣液放下,习惯性谨慎地放在洗衣机右侧。

大病初愈后,照顾于舟的赵女士就功成身退回老家了,也从一天一个电话,变成两三天一个。

而且那边还隐约传来了打麻将的声音。

"你就是爱拖,做什么都拖拖拉拉,下个月你大刘阿姨就要回来了,你上哪住呀?回我这里呀?"赵女士一顿,"哎,等下,等下,要碰的。"

大刘阿姨是赵女士的发小,于舟刚去江城上大学,就是她接待的他们一家,大学期间也时不时带于舟出去吃饭,于舟还帮忙教教她家小女儿什么的。

毕业后,于舟忙着找工作,赵女士怕她没社会经验,让大刘阿姨照顾着帮忙找找房子,大刘阿姨说正好他们家要去英国看大女儿,空出来的房子让于舟先住着,算帮她看房了。

这一住就是几个月。

眼看着人家要回国了,虽然大刘阿姨让于舟安心住下,有多余的房间,但她还是觉得很不方便。

"我想着,先去把洗衣液和油、米什么的买好,用了几个月了,得补上吧,然后再看房来着。"于舟按下洗衣机启动键,趿拉着拖鞋往卧室走。

"买东西和看房又不冲突的。"赵女士打出去一张牌,"抓紧点啦,晓得哦?"

"晓得了,晓得了。"于舟呼出一口气。

结束通话,她打开房产中介App(应用软件)。

江城的房价贵得离谱,整租是不太可能了。她熟练地筛选合租房源,算算自己的工资,最多只能租得起次卧。主卧一般是套房,带卫生间,要贵很多。

不过于舟又觉得自己还是要有点生活品质的,至少不能是那种隔断房,有的连窗户都没有的。

她在有限的选择中,找了一个窗户大点的房子。

挺不错了。

于舟对本次饭局很重视,因为这关系到她在新朋友苏唱面前能不能做回一个得体的人。

因此她排除了需要啃骨头的羊蝎子,需要剥壳的小龙虾,以及可能会吭哧吭哧流鼻涕的辣火锅等选项,在美食点评软件上将筛选条件选为"人均"从上往下排列,发现太贵了,又选"环境优先"从上到下排。

挑了五家性价比比较高的店,想着苏唱说过真的很忙,于是她贴心地没有一个个发过去,而是利用上班时间摸鱼,做了个……PPT(演示文稿软件)。

彼时的于舟应该也没想过,自己会成为苏唱所遇到的,为约饭做PPT第一人。

因此苏唱收到PPT半小时后,才回复一个问号。

"我想着你工作忙嘛,一个点进去看挺麻烦的,所以我把每家的环境、地址,还有特色菜的图片都弄上去了,你一眼就能看明白。"于舟解释的语音听起来甜甜的,当时她在单位食堂吃到了相当美味的布丁,感叹这一周的"社畜"生涯都有盼头了。

苏唱那边又安静了。

于舟含着勺子,吸了吸汤汁,然后打字:"你又忙去了吗?没关系,有空的时候看就好。"

三十秒后,苏唱回复:"我在笑。"

于舟困惑:"你笑不打'哈哈哈哈哈'的吗?"

对方正在输入……

又是三十秒,消息提示:"微笑也需要吗?"

"扑哧。"这下于舟笑出声了,她仿佛在人来人往的嘈杂的食堂里,清晰地听到了一声苏唱的轻笑,薄纱似的,铺在视线里,就那么不用力地一扫,一眨眼就没了。

"好像不需要,哈哈。"于舟又抿一口甜品勺子,眼睛弯起来。

她敏锐地发现了自己对苏唱的重视,但她认为这很正常。作为作者,不,或许追溯到更早的时候,她生来就很有好奇心和探索欲,喜欢观察世界、体验世界。而苏唱是她从来没遇见过的人物,或者说,像是另一个世界的人物。

优雅、高贵、含蓄,还有些神秘感。

神秘感对双鱼座的于舟来说太有吸引力了,她们是天生的幻想家,永远爱用想象力探索深不见底的黑洞。

这种探索欲是好的,只要苏唱不反感,于舟非常想跟她做朋友。倒不是像"火锅"所说的收集素材那么功利,但客观讲,作者是海绵,吸收的体验和经历越多,挤出的思想就越多。

作品是最诚实的东西,能让创作者的丰富和浅薄无所遁形。

因此,于舟当然不排斥让自己更丰富一些。

正如和中介打交道时,哪怕并不习惯他的油腔滑调,但于舟也很好地将他说话的语气储存,认为这份夏日炎炎中冒着热汗的看房经历算得上有收获。

这一周对于舟来说,是忙碌而充满期待的一周——房子终于敲定;领导派了一个新项目;和苏唱有一搭没一搭地聊天,友情进度增加了大概百分之五,括号,或许是单方面的。

于舟将有饭局的星期六安排得井井有条——星期六上午签完合同,付好房子的定金,中午正好赶到约好的商场。

西餐厅在四楼,虽然在商场里,但内部环境挺不错。洁白的餐桌整齐排列,高脚杯和刀叉反射出琉璃的流光,悠扬的小提琴声和香味一样若有似无。

人均消费只有三百块钱左右,是于舟呈给苏姓友人的 PPT 里最便宜的一家。

于舟挑了个靠窗的位置,坐了一会儿,远远地就看见了苏唱。她这天穿得很不一样,把袖子翻折上去的 T 恤,扎在十分有设计感的牛仔短裤里,下面一双宽大的长靴,靴筒的长度正好到膝盖下方,纤细而修长的腿显得靴筒里有些空荡。她一边看手机,一边走过来。

帅气逼人。

于舟很少用这四个字来形容女孩子,但苏唱当天给她的第一感觉就是这样。

带着港女范儿的干脆利落,和之前去看电影时的衬衫御姐风截然不同。

于舟无意识地盯着她的膝盖,在心里"哇"了一声。她以前从来没注意过这个,但有些东西还真是要亲眼看才知道——原来保养得好的膝盖这么好看,光滑洁白,凸起的地方骨肉匀称,没有黑色素沉淀的痕迹,也没有多余的肉堆着。

苏唱走过来,摘下口罩,在对面坐下:"久等了。"

那会儿挺少有人戴口罩的,于舟眨了眨眼,眉心蹙起来,盯着不施粉黛的苏唱,忽然产生一种奇妙的想法。

内部票……打招呼的人带着助理……口罩……这么好看……

"来啦。先看看菜单。"于舟挤出一个得体的笑,把菜单递过去。

苏唱挑眉看她一眼,似乎感觉她矜持了些,但也没说什么,低头点菜。

"我想起来一件事。"于舟喝一口水,盯着苏唱咬咬嘴唇。

"什么?"苏唱头也没抬,嗓音轻轻的。

于舟抠着手上的倒刺:"我之前跟你说,我偷拍你了,你怎么没反应啊?"

一般来说,她如果拍了朋友,人家会第一时间说"发我看看",检查一下拍得好不好。拍得好的,拿回去修一下图发朋友圈,配文"都不知道什么时候被拍了,无语";拍得不好的,会凶神恶煞地逼着她删掉,不然就"买凶杀人"。

但苏唱毫不在乎,甚至不想看看那张照片。

果然,苏唱闻言,眨了眨眼,抬眸看她:"需要什么反应?"

于舟"啊"一声,扭了扭坐直的身子:"你经常被偷拍?"

"没有。"苏唱摇头。

只是偶尔有过。

于舟又咬一下嘴唇,凑近些,小声问她:"那你今天为什么要戴口罩啊?"

"前两天过敏了,对花粉。"

听起来很合理,但于舟的眉头拧得更紧了。

苏唱望着她,慢悠悠地笑了,轻声问:"你想说什么?"

说话时,她的食指轻点了点皮质菜单的边缘,于舟扫了一眼,她的指甲都修剪得很精致,不像一般小伙伴,或多或少有死皮什么的。

"我觉得,你有没有可能是'爱豆'?"于舟想了想,补充道,"不太红的那种。"

看这行动自如的样子,应该是个一百八十线吧。然后因为公司原因,不能跟她透露真实身份。

苏唱淡淡一笑:"我不是。"

说完,她又低头看菜单。

从容不迫、不卑不亢的,没有因为被说像明星沾沾自喜,很平静,一点波澜都没有。

"真的?"于舟总觉得她身上有自己应该知道却一无所知的地方,还是挺大的一块地方,但又想不出是哪里。

苏唱翻过一页菜单:"不信的话,你上网搜一下?"

哦,都这么说了,那肯定不是了。

于舟不纠结了,视线落到菜单上,身子靠过去,伸手指指图片:"这个试试吗?网上说这个好吃。"

"好。"苏唱点头。

一顿饭吃下来,苏唱又不怎么说话了,比在微信里聊天时的态度要疏离很多。

于舟突然发现了苏唱异于常人的神秘感来自哪里——来自她的若即若离。

她偶尔会不回信息,但在过了一天之后又向她开启新的话题。她会在看到于舟做的PPT时笑,可真正赴约之后,她又表现得有一些意兴阑珊。

时间线再往前移,她主动邀请于舟看电影,还买了爆米花,但之后顺其自然的晚餐她毫无兴趣,直接说要回家。

回到最初,她主动要了于舟的微信,却只静静地躺在列表里。

于舟有一点难以捉摸她的进退和喜好。

苏唱没有察觉到于舟脑子里的百转千回,只是用叉子叉起一小块牛排,咬一下,慢条斯理地嚼着,左手打开微信,挨个查看消息。

别人发过来的语音,她转文字看,然后以文字回复。

她觉得人似乎是有能量守恒定理的,工作中用多了嗓子,其余时间就不想说太多。

常有人说,苏唱是一个将距离感拿捏得特别好的人。只要她想,她可以

social 得让所有人都如沐春风。

但交往久一些的人会发现，苏唱和所有人都不一样。

一般人可能是在距离一百米的时候觉得冷淡，五十米时温热，五米时滚烫。然而苏唱是，一百米时冷淡，五十米时温和，五米时降到冰点。

匆匆一瞥的人说她生人勿近，与她有工作交集的同事或者通过作品认识她的网络粉丝认为她温柔，但如若想要再近一步，你会得到一个微笑。

微笑，代表仅止于此。

苏唱有时会认为自己在某一部分有所缺失，那部分叫做亲密关系。

她从未有过伴侣，家庭关系不算亲近，也并不想交朋友。

圈内关系近一点的人也就是彭娴之，但也只会多聊两句工作，这还是因为彭娴之总对她耳提面命，要她记得自己的"知遇之恩"。

彭娴之常说，自己就是这位新生代 CV 的伯乐，要不是那次在酒吧捡到了苏唱，至今她还不知道在哪块墙壁面前当哑巴。

彭娴之那时还不是配音导演，但已经显现出了极其优越的"识人"天赋，因为她一眼定义了苏唱的孤独属性。

就是那种全天下的星星都被捧到这弯月亮面前，月亮却只轻轻抬头，望着苍穹的那种孤独。

情绪影响了身体是真的，医嘱也是真的，但医生仅从生理层面给予了治疗方案。苏唱自己更清楚，她的心理问题出现在哪里——她很难从亲密关系里汲取能量。

从小到大，都是这样。

在这件事逐渐影响到她的生活，并令她在声音工作中难以对一些过于亲密的情感产生共情时，她开始想要探索和尝试。

就那么刚刚好，出现的是于舟。

大概因为初见的特别，让苏唱记住了她，也因为她是一个完全意料之外的交集，与苏唱的工作、学业、家庭圈子没有任何联系。她喜欢 5G 上网冲浪，对明星的八卦如数家珍，但偏偏就避开了动漫、游戏、声优这几个领域。她对苏唱有接近的欲望，却毫无滤镜。这一切都意味着，这类朋友，苏唱可以没有任何负担地交往。

因此她主动提出了一两次邀请。

但在距离拉近之后，苏唱又偶尔感到不适应，想要回到自己的安全距离中。

譬如帮于舟拍完后脖颈后,她没有再跟于舟多聊。

又譬如在于舟要请她吃饭时,她如实回复了两次"没有时间"。

如果是别人,这样的进进退退大概会让人觉得怪异,而后退避三舍。

然而来回几次后,苏唱发现于舟是个很自洽的姑娘,她会在自己抛出话题时积极以对,又会在自己懒怠疲倦时及时找补。

那时苏唱和于舟都没有意识到,于舟对于苏唱,有天然的优势——她十分善于在亲密关系中给予能量,无论是亲情,还是友情。

更何况她有趣,天马行空,时常有让人觉得新奇的反应。

她热情,但有分寸,很会为别人着想,很注意不去冒犯。

这样的人,能够在短时间内,和苏唱单独吃第二餐饭、第三餐饭。

不过这些苏唱从未告诉过于舟,她只是简单地将她们的相遇相识概括为自己想要交朋友,而和于舟的相处让她感到舒服。

吃完饭,于舟买完单,两个人在商场里溜达,把商场从上自下遛一圈,消消食,就可以各回各家,各找各妈了。但好巧不巧,于舟在二楼看到了一个密室逃脱的广告。

这家店是刚流行起来的网红连锁店,于舟在网上刷到过推荐。她循着广告看过去,店面就在左前方。小而窄的门脸,但装修得很有腔调,黑灰色的吧台,上面立着几块亚克力宣传板。

老板打扮得像旧时的店小二,见于舟感兴趣,很有眼力见地走过来递给她传单:"美女有没有兴趣?今天打折,最后一天。我们这个经典主题——同花顺,这周过了就要拆了。"

"啊——就是股票主题的那个,我知道的。"于舟好心动,她向来都是这样,明明知道什么"最后一天""马上没有了"是商家揽客的手段,但她就吃这一套。

"试一下嘛。"老板指指店里,"真的好玩,你可以在那些点评软件上搜一下,很多好评的,正好两点半可以开一场。"

"一场几个人啊?"于舟问。

"最多六位,你们两个人也可以。"

于舟又低下头看了看宣传单,然后抬头跟苏唱说:"有点想玩。"

很直接,直接得苏唱差点没反应过来。她们约好的行程里,好像不包括玩密室逃脱这一项。

"你是说,我和你?"苏唱轻声确认。

"嗯,本来想约火锅一起,但她有点笨,你看着聪明点。"于舟老实说,"哦,火锅是我朋友,一个人。"

很直接,夸奖也是。

苏唱扫了一眼店面,不太感兴趣,又看一眼于舟。

她表现出来的期待很二次元,像几根线条画在脸上那样明显。

很莫名地让苏唱回忆起自己昨天完成的那个动画片项目,里面有个配角是只小兔子,一对长长的耳朵通常很精神地立着,但情绪不好时,也会蔫了吧唧地搭下来。

将这个毫无关联的场景慢悠悠地回忆完整后,苏唱睫毛低垂,第一次没有对计划外的距离拉近感到不适。

她说:"嗯,我今天没别的安排。"

苏唱第一次知道,"眼睛一亮"并不是夸张的修辞手法,真的会有小姑娘把纤长细软的睫毛抬起来,卧蚕一堆,瞳孔里就有晶莹的笑意了,或许是因为刚好反射出商场的灯光。

这么爱玩的吗?苏唱嘴角没动,心里跟着收了一缕光。

于舟蹦跶到柜台前,老板绕进里面,在键盘上按了几下,发出声响:"同花顺,两点半这场,两位……打折后五百九十八元,含服装的。"

"嗯,我们不穿。"于舟用余光瞥向苏唱,觉得她应该不会喜欢这种租的服装。

其实,如果她们换上服装,在背景墙前面拍张照,可适合发朋友圈了。于舟有点羡慕地看了一眼一旁墙上的照片,她还没玩过cosplay(角色扮演)呢。

"不穿衣服也不退钱的啊。"老板指指旁边的二维码,"美女,扫这里。"

"嗯嗯,没事。"于舟低头从包里翻出手机,打开扫码。

苏唱站在一旁,手机在她的掌心里转了一圈。

她看见于舟低头,突然愣住了,然后退出微信,又打开再扫了一次。

于舟此刻汗流浃背,她的支付被限额了。

她一边冒汗一边回忆,早上交了租房的定金,然后又请苏唱吃饭,她每天的刷卡最高额度是五千块,现在应该只有……三百左右。

所以五百九十八块,刷不出来了。

啊这……

于舟有些难堪,思考着怎么能快速调额度。她有钱,真的有,然而她感到背后的凉风一阵一阵的。

正紧张地翻着银行官方APP,她闻到旁边有木香掠过,"叮"的一声,苏唱按下指纹,几秒后锁上手机:"好了。"

"好嘞,我看看啊。"老板确认完后,掏出钥匙,从柜台后面绕出来,"走吧,这边。"

于舟已经习惯了,她就知道,跟苏唱出来不出点什么状况,她都不安心,这下好了。她行尸走肉般跟在苏唱后面,小声说:"我被限额了,因为我交了房租。"

"嗯。"苏唱轻轻应她。

于舟无言以对,她想说自己真的不穷,每天的刷卡额度有五千块呢,这只是个意外,但不知道怎么表达好,于是她说:"我那个房租还挺贵的。"

苏唱看她一眼,有些莫名其妙:"嗯。"

"唉——"于舟叹气,还是欣赏一下老板的背影吧。

等到了密室门口,于舟才后知后觉地发现,是她提出要玩的,但苏唱付了钱后,她连"谢谢"都没说。这……

老板轻车熟路地打开密室,门后不过是一个小房间,有种家徒四壁的感觉,尽头有一扇门。老板把她们请进去,拖着嗓子讲了一遍流程:"线索都在屋子里,实在找不到可以按旁边的提示按钮,往里面走有点黑,如果胆子太小不想玩了就按墙上的对讲机。"

于舟没明白这个"胆子太小"的意思:"不是股票相关的主题吗?同花顺。"

"不是,"老板开始检查房间,"这主题里有花,顺嘛,就是图个吉利,顺顺利利出来。"

"同呢?"

"一起出来吧。"老板又开玩笑说,"同道中人的意思。"

老板把大灯关了换小灯,正要走出去,于舟叫住他:"哎,不好意思,你说里面有花,是真花还是假花啊?"

"怎么?"

"我朋友对花粉过敏,如果是真花,我们就换一个吧。"

苏唱回微信的手停下,抬眼看于舟。

于舟很认真地等着老板回复,语气像那天说把爆米花挑出来吃了那样,很随意,仿佛别人考虑惯了。

苏唱没遇到过这样的人,哪怕是家里的阿姨来打扫卫生,什么东西要收起来,什么东西要扔掉,往往也需要她提前嘱咐几次,有时还会弄错。

但于舟似乎能记得她每一句不起眼的话,"不喜欢吃甜的""花粉过敏,所以戴口罩"……不起眼到苏唱自己说完便抛诸脑后了。

"哦,假花,假的,放心,不会过敏。"老板回完,关门离开。

苏唱把手机放下,屋子里只剩她们两个,很小的一间,连影子都铺不完,一半在地上,一半在墙上,苏唱的影子比于舟的要高一些。

她环顾周围,正想问于舟应该怎么玩,就见于舟径直过去按下墙上的提示按钮,得到四个数字,按下密码锁,门开了。

苏唱有点愣怔。

"这种一开始的关卡都是测试智商正不正常的,没什么玩的必要,这屋子又不好看。"于舟解释,"我看人家玩密室的人是这么说的。"

苏唱温柔一笑,跟着她进入里面的房间。

于舟很兴奋,已经跑开了,苏唱在后面不紧不慢地走。这是一条长长的小巷,四周是干枯的树枝,越往里灯光越暗,从昏黄变成暗绿,幽幽的音乐声若有似无,诡异的气氛在廉价的布景中逐渐升腾,塑料味让人有些不适。

苏唱对气味很敏感,她吸吸鼻子,眉头微皱,抬头听见由远及近的脚步声。于舟快步跑回来,一边跑一边碎碎念:"吓死我了,里面看不见了,我还是走你后面吧,你怕不怕?咱俩一块啊。"

一阵风似的,她闪到苏唱身后,瞬间成了苏唱的小尾巴:"还真挺吓人的。

"你觉不觉得?

"我是第一次玩密室逃脱啊,我以前就看过侦探类综艺。

"综艺里不是这样的啊,这里怎么整得跟鬼屋似的。

"你说前面不会有鬼吧,这灯光……

"暗成这样怎么解密啊?

"难怪啊难怪,难怪之前那个老板说胆子太小可能过不去,他都没说如果智商低可能过不去。

"我突然想起老板说里面还有花,这布置加上花,我一想鸡皮疙瘩都起来了,这也太阴森了吧。

"那个花会是什么花啊?可别给我整灵堂、花轿、绣花鞋那种啊,中式恐怖最吓人了。

"苏唱,你说句话啊。"

苏唱停下脚步,回头看她:"我……插不上话。"

耳旁有劣质磁带放出的歌声,于舟的脸被惨绿的灯光照着,只亮了一小半,苏唱能看见她额头上细细密密的冷汗,一只手攥着手机,一只手在自己的裤子侧缝处搓。

她看起来真的很害怕。

之前于舟都尽量表现得体,此刻听这语速和遣词造句她显然是慌了。

"你看清楚了吗?前面还有多久到出口?"于舟用在过奈何桥一般的扭曲语气问苏唱。

"看不太清楚。"苏唱转头瞥了一眼,又望向于舟,声音放得很轻,"怕的话,出去吧。"

她的声音如此动听,像深夜里一艘潜入海底的船。

"啊?"于舟的气也虚了,"可是,还没怎么玩呢,钱都给了,挺可惜的,而且……"

于舟想了想:"万一只有前面是恐怖的氛围,后面就不可怕了呢?密室如果做成鬼屋,他会被投诉的吧。"

"是不是啊?你说……"她用微亮的眼神望着苏唱,尾音弱弱的。

苏唱抿唇,挑了下眉,轻轻说:"是。"

"那你往前走,我跟着你。"于舟伸出食指,在前方的空气里虚虚地戳了一下。

苏唱终于发现于舟像什么了。

鹌鹑,真的很像一只鹌鹑,还是毛被水打湿的那种。

她轻轻呼出一口气,提步往前走,握着手机的无名指稍稍一动。她在想牵着于舟状况是不是会好一点。

但她没说什么,只将脚步放慢。

身后的于舟靠过来,有热源,不近不远的气息打在苏唱后背的右侧部。

前方有隐隐的光亮，就要到甬道出口了。

苏唱正要提醒于舟，忽觉身上一紧，衣服被死死拽住往后拖，拖着它的人在发抖，几个字从嘴里破碎地挤出来："我……他……他……

"他……"

随即是一阵诡异的笑声："呵呵呵呵呵呵呵。"

于舟腿都软了。

她突然踢到了一个洋娃娃，还是破烂不堪的那种，在灯光下对着她笑。心脏仿佛被捏住，她险些惨叫出声，但她最害怕的时候会失声，怕极了只会笑。

独眼洋娃娃还在笑，于舟也笑了，笑得要哭了。

苏唱沉默一阵，而后低头看着自己被拉得紧绷的T恤，像被人捂住一样不适，原本扎在牛仔裤里的T恤下摆也被拉得松动了，凉意自后方蹿上来。

苏唱提了一小口气，又克制地放平呼吸。

五秒左右，于舟回过神，放开苏唱的衣服，见下摆皱巴巴的，愧疚感瞬间战胜恐惧，她忙不迭地走到苏唱面前道歉："对不起，对不起。"

苏唱没说话，用她细长的手指整理衣服。

于舟后悔死了，也顾不上什么洋娃娃了，她从来没这么冒犯过别人，何况对方还是养尊处优的苏唱。她求苏唱来玩这个，又表现成这样，还拉苏唱的衣服。

苏唱都不说话了……

于舟心里挺难受的，可除了对不起，也不知道该说什么，就咬着嘴唇等苏唱整理完。

苏唱反手抚摸腰后，把衣服下摆掖回去，然后抬头看于舟一眼，又垂下眼帘，依然很安静。

于舟拿不准苏唱的意思，只知道自己有点害怕苏唱面无表情的样子。

的确，通常情况下，苏唱是一个不会给人难堪的人，因此她往往会说"没关系"来安抚一切不过分的冒失。

但这次不一样，她反着胳膊，抿唇将腰部的衣摆缓慢抚平。

她的耳郭——在于舟看不到的地方，不动声色地红了。

半晌无言，于舟吸吸鼻子，转头往前面走。她有点无措，觉得应该说些什么来缓解凝重的氛围，于是她快跑两步，探头左右看："我们出去吧，不玩了,我去前面看看有没有退出的按钮。"

话音刚落,她的手腕一紧,被柔软而略凉的手指握住,稍稍用力将她带转身。

于舟站定,看看苏唱拉着她手腕的手,又看看苏唱。

苏唱平静地将于舟放开:"前面有吓人的东西,别看。"

于舟的背后,刚刚她的视线就快要扫到的地方,赫然停着一个大红花轿。

十几分钟前,她碎碎念过最怕这种东西。

于舟闻言僵住,她的想象力很充足,仿佛已经有僵尸的爪子垂在她头顶了,头顶发麻,后脑勺发麻,脸的下半部分也发麻,还听见了隐隐约约的唢呐声。她又怕,又好奇,双眼湿漉漉的,胸腔迅速被胀满。

她颤着眼皮问苏唱:"很……很可怕吗?"

天哪,苏唱应该胆子很大,她都说吓人。

然而苏唱没回答,她在想中式恐怖对于舟的打击程度,直接讲的话,会刺激到她吗?

"要不我看一眼。"见对面没反应,于舟深吸两口气,还是想转身一探究竟,却又被苏唱拉住。

于舟顿住,因为她奇妙地察觉到苏唱也在害怕。

她的害怕很微小,像蝴蝶起飞前颤动的翅膀,连空气都不会被扰动几下。

但于舟的心脏是最敏锐的探测仪,只有她能发现。

苏唱的确在害怕,可她怕的是于舟再一次拉住她的衣服,如刚才那样。

所以她抿抿嘴唇,轻声重复:"别看。"

"那……那……可是……"还要不要走路?

"那我看哪儿啊?"于舟问。

苏唱的呼吸一起一伏,抬眼。

"看我。"

于舟愣住了。

她的睫毛轻轻一颤,眼皮也一跳。

明明灭灭的呼吸,明明灭灭的光晕,明明灭灭的眼神,明明灭灭的苏唱。

四周的环境过于诡异,而苏唱在阴影处,只剩一个轮廓,显得她的声音是从黑暗中捞出来的。

于舟忽然想了很多。

她想起苗疆的驭蛇人，悠扬的短笛吹出几个哨音，蛇便扬起头部，以臣服的姿态跳一支舞。

她想起出门前写到一半的月亮，她找不到合适的词语描述，以至于那个段落一直空着。

她还鬼使神差地想起老板说……

说什么来着？忘了。

于舟听话地望着苏唱，苏唱也看着她，甚至能清晰地看清于舟的双眼皮，她眼皮的折痕也是浅浅的，弧度柔和而圆润。她很少睁着大眼直视人，所以此刻有一点无措。

苏唱缓慢而轻柔地抿起嘴唇，然后注视着于舟。

这一眼两个人都有些用力，打破了平和的氛围。苏唱吸吸鼻子，于舟轻咳一声，然后她们同时移开目光。

一个看右边的墙壁，一个看左边的地面。

"我……"苏唱的嗓子有点哑，她清了两下，低声说，"我的意思是，你还是走我后面。"

"哦。"于舟依然盯着地面，小声说。

然后她安静得出奇，左手掌心轻蹭手机的背面。

不知道为什么，这个小意外之后，于舟就没那么害怕了。离开甬道，有明亮的白炽灯，花轿是喜轿，她们坐上去，一左一右地找线索。

苏唱果然很聪明，至少和"火锅"不是一个等级的，解谜快得出奇，以至于后半场过于顺利，顺利得让于舟略感失落。

她觉得，门票这么贵，应该再玩几个小时才够本。

但她也明白了为什么前面那么诡异，这个主题还没被投诉，因为本子后面的剧情不仅环环相扣，还异常感人——阴阳相隔的恋人没坐上红花轿，甘愿将自己困在青梅竹马的花匠身边，以生生世世的阳寿换花魂。

于舟哭得稀里哗啦，出来的时候眼睛还是红红的。她没掏纸巾，习惯性地用手背擦。苏唱不太擅长安慰人，只温柔地等在一边，然后问她："饿不饿？"

要去吃点东西吗？

于舟有点吃不下，而且看苏唱的神态，她应该很累了，于是抹一把眼睛说："早点回家休息吧。"然后她吸了吸濡湿的鼻子，又道，"而且我今天也没额度了,你又请我了,下次我请你吧。"

还是很伤心,她还是有点想哭。

苏唱却笑了,轻声问她:"那下下次,我又要回请你吗?"

"啊?"于舟抬头看她,"不是,我不是那个意思。"

"你好像是这个意思。"好像是说,一人一次才公平。

"不是,我真不是。"于舟急了,顾不上哭了,脸颊下方和眼圈一样红了。

"哦。"苏唱看一眼她,让步。

于舟想了想,又哑着嗓子说:"而且,我平时也不是这样的。"她家教还可以,不拉人衣服,也不是特别爱哭的人。

她只是嘟囔一句,以为苏唱不会再回,没想到苏唱又笑了,抿唇点点头:"你平时好像也是这样的。"

也是这么天马行空、奇奇怪怪的。

"我……"于舟被噎了两次,有些哀怨地看着苏唱。

怎么回事啊,她不是个温柔的女神姐姐吗?

苏唱垂下眼帘,眨眨眼。她开始体会到三次元友情的美妙,在于鲜活。不同于来自大洋彼岸的父母迟来的叮嘱,也不同于网络上一个又一个方块字,不同于同事因为职业和专注而对情绪的点到即止。

于舟的鲜活、敞开、纯粹,很有及时性。

她的眉毛眼睛像积木,因为苏唱的一句话,拼成各种形状。

哪怕是一个"啊"字,都能有一百八十种情绪,比专业的配音演员能模拟的还要多。

苏唱开始逗她了,于舟知道,但她并不反感。她认为这一次出来,和苏唱又亲近了一些,比如苏唱会在吃饭的时候玩手机了——通常是相处很自在的朋友,才会在约饭时坐着自己玩自己的。

能和苏唱做好朋友,对于舟来说,是件挺了不起的事。

她们没有约定下一次见面的时间,但好在即使不以挑选餐厅做借口,她们也能聊上两句。

星期一,于舟跟苏唱说她差点迟到了,就差半分钟。苏唱回复"幸运"。

星期二,于舟跟苏唱说她让"火锅"去看了,那个主题果然拆了,老板没骗人。苏唱回复"不错"。

星期三,于舟问苏唱,下次什么时候轮到她请客,她想了两天,还是得把密室逃脱这场给还了。苏唱没回复。

周五,苏唱发给于舟一张照片,降下一半的车窗,外面是一块招牌——妙味鱼粥。于舟乐了,问她是在上班路上吗?她说:"嗯,等红绿灯。"

周末,她们聊了三句,结束在于舟的一个问句。

下一个星期一、星期二、星期三、星期四、星期五,她们都没再联系。

星期六于舟有别的事情做。她和几个大学同学聚会,约在家附近的KTV。

"钱柜"这个名字,还是于舟高中时在一个娱乐新闻上看到的,明星在里面唱歌,那时候她觉得好高级;上了大学第一次去,觉得好像除了大一点,也没什么特别的;过几年毕业了,KTV行业萧条,"钱柜"也没那么遥不可及了。

更没几个朋友真的想唱歌,只是借个场子玩玩游戏。

不大的屏幕随便放着几首情歌,红红绿绿的装饰被陈年的烟味一熏,连光都有点臭,茶几上摆了几瓶酒和果盘,西瓜汁在夜场灯光的照射下跟惨案现场的血迹似的。于舟从卫生间出来,与朋友们继续玩游戏。

很老土的游戏——我有你没有,输了的人要惩罚玩真心话大冒险。

同学四年,聚了那么多次,次次都是真心话大冒险,家底都掏干净了,仍然乐此不疲。

后来于舟才明白,每次有人提议玩这个,一定是在场有她或他想要了解的人。

想要了解,却开不了口的人。

于舟的生活经验不复杂,这类"攀比"游戏很容易输,人家问什么,她大概率是没有,连男朋友都没谈过,尺度大的问题更是次次空白,所以她甚至没撑过第三轮。

朋友们一见输的人是于舟,有点好笑,又有点无聊,逗她:"你这真心话也没什么可说的啊。"

"大冒险吧,大冒险。"

沈萝筠和几个室友一起起哄。

"我不想玩大冒险。"上次她们喝多了让郭敏跑五公里,把于舟吓够呛。

"愿赌服输,于舟,你怎么这样啊?"郭敏调侃她。

切,你来。

"这就不好玩了，于舟舟——"沈萝筠对她发嗲。

于舟抖抖鸡皮疙瘩，说："那你们先说惩罚内容，我看看行不行，不行喝酒就是，这不也是游戏规则吗？"

小鹌鹑精得很，反正谁也别想套路她。

郭敏递给她爆米花："行，我想想啊……咱们粥粥不要尺度大的，她没有尺度。"

于舟抓起爆米花吃了几口，蔫了吧唧的，和电影院的比差远了。

电影院，她突然就想到了苏唱。

但也只有一秒。

"这样，"郭敏清清嗓子，"你给手机里的一个朋友打电话，跟TA说你喜欢的人。"

"给男的打还是女的打？"在一边唱歌的桃子来了兴趣，就着话筒问。

郭敏看着于舟笑："都行，随意，看我对你好不？粥粥。"

于舟想了想，又塞了一颗爆米花："你坑我。你看啊，我要是当着你们的面打了，大晚上打电话，说有的没的，算大冒险。但同时，你们又知道了我喜欢的人，这是真心话。你把两个惩罚都往我身上招呼啊？"

这……挺有道理。

"是吧？真心话和大冒险，你们只能选一个。"于舟提醒她们。

"那……"沈萝筠插话，出主意，"这样吧，你出去打，回来告诉我们对方的反应，给我们看看通话记录就行。"

"行。"于舟生怕她们反应过来反悔，迅速拍拍身上的爆米花残渣，用湿纸巾擦干净手，抓着手机就往外跑。

看吧，她就说沈萝筠智商不高，整天玩游戏都玩傻了。

出去打，谁知道她说啥了。

不过……那是遇到鸡贼的人的情况。而于舟，是特别言而有信的于小舟。

她找了个稍微安静点的地方，但也隐隐约约有声音从包厢里传来，好在是一首耐听的情歌，唱得不赖，跟配乐似的。

她在前奏里打开手机，拇指在屏幕上滑动几下，再迟疑地拖回来。

关掉通话界面，打开微信，找到苏唱的聊天框，发送语音邀请。

于舟没有急着把电话放到耳边，而是盯着屏幕，直到屏幕上出现"0：00"开始计时，她才接起来。

"喂？"

明明环境有点吵，苏唱的声音却那么清楚，像置身于一个电台，把夜场的嘈杂都变作了频道的背景音。

"那个，我没有喜欢的人。"于舟望着地面上的logo（标志），轻轻说。

那边愣了三秒，然后才发出一声："嗯？"

于舟心里没来由地叹了一口气，她眨眨眼，解释："我和朋友玩大冒险，我输了，要给一个人打电话，告诉她，我喜欢的人是谁。

"我没有喜欢的人。"

不知道是不是喝了酒的缘故，于舟的眼神虚了，logo有些模糊，身后的包厢好似切了首歌。于舟小心地靠在墙边，腿并拢，支起来。

她以为苏唱会笑，或者习惯性地说"嗯"，然后她们就结束这段对话。但苏唱沉默了一会儿后，用比刚才更轻的嗓音问："为什么？"

"什么为什么？"于舟没反应过来。

"为什么选我做你大冒险的对象？"

于舟听到了一滴水落下的声音，不像真实的，像从苏唱充满质感的声音里带出来的。

背后包厢里传出来的曲调闷闷的，是一首于舟没太听过的英文歌。

于舟转过身，侧靠在墙上，用食指抠包厢门。

她看着自己的指甲剐蹭出细微的碎屑，她说："因为这一周你都没有找我，我觉得你应该很忙。我想，给你打电话是一件冒险的事。"

苏唱曾在国外看过一个小镇。

那晚她独自在外过年，欧洲的小镇沉睡得很早，更没有什么春节的年味。她把手揣在外套的兜里，站在半山腰的湖边，冰结了一小半，另一半的水面仍旧波光粼粼。她看了一会儿湖，又转头看安睡的小镇。

兜里的手机突然振动起来，应该是零点了。就这么巧，远处的屋子亮了一盏小灯。

一盏灯并不稀罕，稀罕的是出现在万籁俱寂里，稀罕的是出现得恰合时宜。

很奇妙，苏唱在几年后这个嘈杂的夜晚，想到了这个场景。干枯的冬夜，寂寥的冬夜，点了一盏灯，晃悠悠的，颤巍巍的，怯生生的，很快就要熄灭。

她静静地呼吸几秒，对于舟温柔地说："上周回了一趟加拿大。"

所以才没有联系你。

但她不习惯解释,后半句没说。

于舟没料到她的回复是这个,但心里莫名其妙地蹦出一只小兔子,轻轻地踹了她一下,跑了。

于舟对字句很细心,苏唱说的是"回",不是"去",意味着她并不是去旅游或者出差,加拿大应该是她学习或者生活过的地方,很熟悉,才下意识这样讲。

或者,是她的家人在那里吗?

于舟这才发现,苏唱在自己这里,信息量少得可怜。

她想了想,问:"你是中国人吗?"

"啊?"电话那头轻轻愣住。

"这个……"

"怎么?"

"我就是……"于舟捋捋头发,"我不喜欢跟外国人交朋友。"

"歧视外国人?"

苏唱的语气听起来有点疑惑,于舟赶紧解释:"不,不,不是,就是文化差异挺大的吧。我看书、看剧什么的都不爱看外国的,感觉聊不到一起去。"

听筒那边的人笑了,有一点愉悦的样子,让于舟分不清苏唱刚才那句"歧视"是不是在逗她。

于舟自己也觉得挺搞笑的,笑着小声说一句:"干吗呀?"

苏唱很轻地,带点认真地说:"我是中国人。"

也许是有一阵子没联系了,也许隔着电话太像雾里看花,于舟轻易地从这句话里读出了潜台词,好像苏唱在说:"你可以跟我做朋友。"

不知道还要讲什么,于舟看一眼 KTV 的走廊,说:"我该进去了。"

"嗯,"苏唱顿了顿,又说,"出来吃饭吧,明天。"

"啊?"于舟本能地反问,随即笑了,"好呀。你有没有什么想吃的?"

"Bru Bro 吧,那里的牛排应该不错。"见于舟没反应,苏唱补了一句,"在你做的 PPT 的第二页。"

于舟果然是没想起来,经提醒才有印象,暗暗佩服:"你竟然还记得那几家店和招牌菜啊。"

"不是,"苏唱温软一笑,"昨天看了一下。"

"昨天？"她为什么要去看自己的PPT啊？做得也没有多惊人吧。

"嗯，昨天刚回来。"

苏唱没有再说什么，也没有聊下去的意思，回了个"玩得开心，明天见"，便结束了通话。

KTV的走廊并不长，于舟在高低交织的歌声里走着，在想苏唱的话到底是什么意思。

她昨天刚回来，然后点进去自己和她的聊天记录，看了看PPT，然后呢？然后呢……

什么意思啊？

于舟的CPU（中央处理器）有点过载。

推开包厢门，扑面而来的是热浪。姐妹几个并没有等于舟，自己玩得嗨着呢。沈萝筠摇完骰子，抬头："回来啦？怎么样，怎么样？"

"说啦。"于舟突然觉得好累，绕过几条腿，虚脱一样瘫在沙发上。

"咋说的？"桃子凑过来，"看看，看看手机。"

于舟解锁手机，打开聊天界面，她和苏唱之前的聊天内容很日常，不涉及什么隐私，所以她也没遮遮掩掩，径直放到茶几上供几位"领导"检阅："我就说我没有喜欢的人，对方说'哦'。"

几人凑过来，听到她说没喜欢的人，瞬间又撤了。

只有沈萝筠撤之前扫了一眼微信记录："嚄，还是个'i唱'。"

她心想：这个只怕是个狂热"i唱"吧？都用"苏唱"当昵称了，可见爱得不轻。

"什么？"于舟没听清。

"没啥，你又不懂，"沈萝筠啃一口西瓜，转头对桃子招手，"哎，这首我的，我的。"

关掉淋浴的水，苏唱一边擦头发一边从浴室出来，带着朦胧的水汽，她显得更不真实了。蓝牙音响里放着刚刚电话里隐约听到的那首歌，当时觉得有些好听，她挂了电话后便搜到了，叫做《陌生人》。

穿着睡衣屈腿坐到床上，她照例开始看上一次漫展收回来的粉丝的信件。

不管这首歌本身的内容是什么，但它的名字此刻如此契合。

也许这个世界上，有很多人和她一样，无法对亲密关系有所托付，所以才满腔热情地爱着一个陌生人。

歌放到尾声时,她放下信件,想起于舟。

这是她回来之后第二次想起于舟。第一次是刚下飞机,经过机场旁边的快餐店,她这次等到了自己配音的广告,青春洋溢的声音说着"黏稠咸香的皮蛋瘦肉粥"。机场、快餐店、粥,这三个关键词很精准地指向同一个人。

于是她在车上打开微信,想看看自己是不是又忘了回复于舟。

但没回的那两次,时间都有点远了,再翻出来显得很突兀。

车上很无聊,她又打开 PPT 看了一下,然后关掉,望着车窗外飞速后退的行人发呆。

她想问问于舟在做什么,又有一点疲惫,回家倒着时差,还没太清醒,就接到了于舟的电话。

也许是喝了酒的缘故,于舟的那句话有那么一点委屈,委屈得让苏唱觉得很奇妙。她收到过很多种挂念,父母的很天经地义,粉丝的很热切丰厚,但于舟的……是委屈。

苏唱小时候捡回家一只流浪狗,其实第一次只是蹲下来喂点狗粮,第二次,那只狗在路口等她,看着她的眼神,就有那么一点委屈,好像在说:"你应该做更多呀,苏唱,你为什么不呢?"

为什么不呢?

于是小小的苏唱把那只流浪狗带回了家。

于是昨晚的苏唱在挂电话之前对于舟说"出来吃饭吧"。

手机屏幕亮起,苏唱收到一条消息。

十五分钟后,于舟也收到一条微信,是苏唱发来的:"明天的午餐可以换个地方吗?"

"好呀,换哪儿?"于舟穿着睡衣趴在床上,双手捧着手机回得很快。

"我下午两点有个线上会议,在家里比较方便,想改到离我家比较近的地方。"

原来如此,那当然没问题。

于舟问她:"你家在哪儿?我搜一下附近的吃的吧,一会儿发你。"

"去 STP 吧,那里挺多好吃的。"

STP 是个囊括了几乎所有奢侈品牌的商场,很高级,拍电影、电视喜欢在那一片取景,明星也老在那里被偷拍。

"行。"

说定之后，于舟在床上滚了个圈，举起手机躺着玩。

刷了下微博，她又给"火锅"发语音："我明天要去STP，怎么才能装作经常去的样子？在线等，挺急的。"

有点干巴巴的玩笑，但"火锅"永远会搭茬："跟你那苏畅啊？"

发完又打了个补丁："苏唱。"

"你那……"是小姐妹们开玩笑的时候常用的句式，但于舟忽然有点不舒服。

她现在对苏唱的感觉很奇怪，对方忽冷忽热、忽远忽近，让她这条小双鱼游得很拘束，时常被柔软的海草照拂，但偶尔又闯进缺氧的夹道。她打电话说，这是一件冒险的事，是真的，如果换个人，这么冷落她，她根本就不会再打电话。

但也许苏唱太温柔了，每一次接触时多问的那一句，都可以把偶尔少说的那一句抵消。

甚至还有富余可以抵扣。

双鱼座的于舟，富有冒险精神的于舟，最怕被钓又最容易上钩的小鱼小舟，体会到了什么是牵挂。

手机里放着那首英文歌，第一句是"I've got a hole in my pocket（我的口袋里有个洞）"。

于舟觉得现在自己的口袋也破了一个洞，知道钱会从里面掉下去，所以她用手捂着，硬币就这样攥在她手心里，沉甸甸的。她感到苦恼，因为不知道要这样窘迫地捂多久。但她又庆幸，因为手心比衣服更能感受到钱币的重量。

这是一份有价值的、昂贵的东西。

于舟没有再回"火锅"，而是打开和苏唱的对话框。

她决定直接问苏唱："你喜欢跟我做朋友吗？"

"你喜欢我找你吗？"

于舟不想再去揣测她星期二没回消息是不是在忙，周末不理人是不是不方便。

如果苏唱说想交这个朋友，于舟就不猜了。

一分钟后，苏唱回复了。

她引用了之前的那句"你喜欢跟我做朋友吗"，回复："喜欢。"

带着句号,很笃定的回答。

原本于舟应该开心,但不知道为什么,明明自己发送了两句,可苏唱只引用了第一句。

啊……挠心,挠肝,挠心,挠肝,挠心,挠肝……

于舟觉得自己如果再想下去就要废了。

睡觉。

第二天,酒醒了的于舟照例替太阳值班,变身人间小太阳。她翻衣柜找出一条斥巨资买的连衣裙,搭配单肩包、平底鞋。洗完头吹干后,她还用夹板不熟练地弄了两下,然后打车去STP。

STP果然很高级,里面的香水味闻着都不便宜,周末没几个人,商场内部也没个凳子什么的,于舟一会儿靠着栏杆等,一会儿来回溜达着等。

约定的时间是十一点三十分,但按前几次来看,苏唱应该会早到十五分钟。

十一点十五分,苏唱没来。

十一点二十分,苏唱没来。

于舟去上了个厕所,十一点二十五分,在洗手间收到苏唱的消息:"不好意思,可以改天吗?我身体不太舒服。"

可能怕于舟误会,三十秒后,她又补了一条:"很不舒服。"

心里的电路断了一下。

于舟立马回语音消息:"怎么了啊?哪里不舒服?严重吗?要不要去医院?你在哪儿?"

等不及回复,于舟决定打电话过去:"怎么回事?"

"肚子疼。"苏唱说话虚成气音,到尾音时疼得抽了一口气。

啊这……

于舟的心也跟着抽了一下。

"吃坏肚子了?"于舟快步走出来,抓着商场中央的栏杆。

"不是。"

"胃?"

"不是。"

啊……

于舟小声问她:"那个啊?"

"嗯。"

理解，太理解了。虽然于舟平时不痛经，但她见过痛得死去活来的室友，有一次抓着于舟的胳膊号啕大哭，说："于舟，你答应我下辈子千万别做女的了。"

于舟当时一边照顾室友，一边想着上网搜一搜痛经有没有可能造成脑损伤。

她于舟又不痛，干吗让她不做女人？

扯远了，于舟舔舔下唇，问她："家里有人吗？吃药没？你那个……午饭怎么办啊？"

苏唱深深呼吸两下，几乎是裹着气息说出几个碎音："不知道。"

乖乖，痛成这样了。

看来家里没人。

"我上你家看看你去，你住哪？"于舟想也没想就问她，"给你带点药，再给你带点饭。"

电话另一端沉默了。

苏唱从来没想过有人这么直接地提出来她家，而且于舟用的是春节拜年的那种语气。

后来她才知道，于舟就是这样的。

在于舟眼里，人文关怀比天大，无论是她去别人家，还是别人来她家，都很合理。

"你别不好意思，"于舟的碎碎念在苏唱耳边绕，"我来都来了，反正就在你家附近，而且你又说没别人。更何况，咱俩是病友啊，你忘了？你几天没洗头，从卫生间里出来的样子我都见过。"

那边的气息颤了颤，不知道是不是疼的。

其实于舟也不记得苏唱没洗头的样子，但她一着急嘴就收不住，见苏唱没反应，有点怕伤人家自尊心，于是摸了摸手下的栏杆，放低嗓音："不好意思啊，不太方便是不是？"

她的声音糯糯的，像是用兜子把早前的话往回收。

确实，苏唱跟她又不是多好的朋友，凭什么让她来自己家？

"那……"于舟在琢磨，要不问问她地址，给她点外卖送去也行。

措辞还没斟酌好，她听见苏唱轻声问："江南书院，你能找到吗？"

于舟马上回:"我搜一下,你把门牌号发我。"

然后她举着手机往外走,四处张望,寻找附近的指示牌:"你有什么想吃的或者缺的跟我说,喝粥行不行?皮蛋瘦肉粥?药,我就买一般的止痛药了啊。卫生巾够吗?"

等她一席话秃噜完,才听苏唱虚声回了一句:"够。"

只答了最后一个问题。

"行,"于舟叹气,"我看着带吧,你躺会儿,别忘了发我地址啊。"

苏唱挂断电话,疼得倒吸一口凉气,一动,又有一点控制不住。她小心翼翼地坐起来,应该没有侧漏,但小腹绞得厉害了。其实平时她还好,可能这一周太累了,时差的关系导致经期提前,并且异常汹涌。

她等痛感平稳一些后,下床穿好拖鞋,到客厅坐着等于舟。

按常理说,她应该拒绝,但想到是自己主动邀约,又听到于舟那一句"我都过来了",有点不忍心。

苏唱叹了一口气,捂着小腹坐在沙发上,又俯下身,将上半身贴着大腿。

吸气,呼气,吸气,呼气……

她熟练地忍耐着痛苦,但不熟练地等待着即将上门的关心。

于舟拎着三个袋子气喘吁吁地跑到门口,才刚按了一下门铃,门就开了。于舟正在整理自己被汗打湿的头发,看见苏唱有点发愣。

她站在门口,颀长的身子靠在玄关处,穿着深蓝色的睡衣套装,除了脸色有些苍白,嘴唇没什么血色,其他的还好,没有想象中那样蜷着缩着,只用手轻轻扶着鞋柜。

但她应该不太方便弯腰,用脚尖将一双粉色拖鞋带过去,伸手要接过袋子:"麻烦你了。"

于舟把手往后一缩,这个动作特别像赵青霞,不由分说的样子也像。

她躲过苏唱的手,仍旧自己拎得牢牢的,低头换鞋:"你站在这儿干啥啊?过去坐着,先把粥喝了,二十分钟之后吃止痛药。你别招呼我了,我也不是来做客的。"

苏唱看她忙忙碌碌像小蚂蚁的样子,有点好笑,小腹好似也没那么疼了,于是抬手掩一下腹部,带着她往餐厅走。

"小蚂蚁"把搬来的东西往餐桌上一放,一样样往外掏,很细心地拆开外卖的包装,摆到苏唱面前,连勺子也拆好,平放在碗上,然后向她挨个展示配菜。

"酸豆角吃吗?腌萝卜?榨菜?"她晃晃透明的小盒子。

苏唱摇头。

于舟又装回去:"就知道你不吃,不过这是送的,我还是让他们装了点,你不吃我带回去吃。"

"扑哧。"苏唱又一次忍俊不禁,低头望着粥,笑得很克制。

于舟停下动作,歪着头看她,也开心了:"还能笑,看来这会儿不太疼了。"

她愉快地抿着嘴唇,又帮苏唱拆止痛药的外包装。

"你吃,别看我,赶紧吃。"她掏出说明书,仔细查看禁忌,然后小声地念着用量。

苏唱喝半口粥,看一眼于舟;喝半口粥,再看一眼于舟。

"对了,你那个会议怎么样,不是说两点吗?你还能开吗?水壶在哪儿,我帮你烧点水?"于舟抬头看她。

苏唱咽下一口粥:"有热水,在客厅那边,等下我自己去倒。"

"哦,我刚还问了啥来着?"

"会议。"

"啊,对,对,对。"

"推到明天了,和围读一起。"

围……什么?

于舟听不懂,找了个杯子去帮苏唱倒水。

她还穿着精心打扮的小裙子。可能觉得头发碍事,等水接满的过程中,她抬起胳膊用手腕上的头绳扎了个马尾。她头骨很圆,马尾翘翘的,这一来,阳光描绘出的轮廓就更好看了。

"你这房子好大,你一个人住啊?"于舟端着水走过来,放到苏唱手边,坐在餐桌旁,双手交叠地看着苏唱,顿了顿,她又说,"你要是疼的话别管我,我自己说自己的。"

苏唱淡淡一笑,润润干燥的嘴唇:"好多了,没事。我平常是自己住。"

"哦,那你收拾得还挺好的。"这么大的一个复式,干干净净,纤尘不染的。

"每周有阿姨上门。"

不得了,有钱人是这样的。

047

于舟觉得自己好像有点没人性，拉着苏唱问东问西。但她第一次见这种豪宅，确实忍不住好奇。

"我找的那个房子估计也就你的厨房那么大，不过采光还挺好的。"

"厨房？"苏唱一怔。

"嗯，我跟人合租，我住次卧，就大概七平方米还是九平方米。说起来离你这里也不远，比我现在住的地方近，我现在住在我阿姨家里，就是上次你去接我的那个地方。"

苏唱的房子让于舟对自己的新生活产生了向往，这还是第一次自己租房，意味着她可以随意布置，弄个小矮桌，或者蒲团什么的，就当是餐客一体了。

苏唱捧着温水看着她，好像真的没那么疼了。

她抿一口水："那你是……还没搬？"

"嗯，下周末。"

"嗯。"

于舟低头看看手机："这时间差不多了吧？你把药吃了，本来买了点红糖想给你熬的，但看你状态还行，还是算了吧，有点麻烦。"

苏唱又笑了："哦。"

"还是说你想喝？"

倒也没有……

吃完药，于舟让苏唱进卧室去躺着，然后她去了趟卫生间，回来后挎着单肩包说："那你休息吧，不痛了跟我说一声，我先回去了。"

苏唱静静地靠坐在床上："嗯。"

于舟转头要走，又看到了什么，一边蹲下来一边说："你这盏落地灯的线怎么都在外面？就在你拖鞋这里，很危险的知不知道？万一绊到脚，灯砸下来怎么办？"

她细心地把线绕到落地灯的后方去，灯光打在她认真的脸上。

苏唱望着于舟，她的马尾扎得不规整，有碎头发散落在两侧，大夏天的，额头上有一点沁出的汗珠，看上去是很小很乖的一个姑娘。但她操心得很老练，仿佛是骨子里自带的。

我自己弄吧。苏唱想说。

于舟站起来说："好了，我走了啊。"

她低下头掏出手机打车，甚至没有再次跟苏唱道别。

不知是不是缺少这次道别的缘故，苏唱睡不着的这一会儿，想了三次于舟——侧躺一次，平躺一次，翻身坐起来的时候一次。

她去客厅看了一眼，餐桌被收拾得干干净净，连垃圾都带走了。然后她抿抿唇，去了洗手间。

开热水洗手时，苏唱瞥了一眼旁边的马桶，愣住了。

走到洁白无瑕的器具面前，她低头仔细看。

几个小时之前，马桶的右侧壁上有她更换卫生巾时不小心弄上的血渍，她当时看到了，但腹部实在太疼，想着等好一点再清理。

现在就是好一点的时候，然而……

没有了。

怦，怦，怦……

苏唱听见了自己心跳的声音，她的眉头微微蹙起，抿了抿嘴唇，打开旁边的垃圾桶。最上方有几张纸巾，上面有一点血迹，还有一张消毒纸巾。

垃圾桶合上，苏唱有一会儿没说话。

和因为工作上门清理的阿姨不一样，她和于舟甚至还没有成为亲密的至交好友。

她感到自己的心在发麻，淡淡的、迅速的、轻轻的、重重的，像是运转良好的部位突然陷入瘫痪，又像是死亡已久的脉搏重新挣扎。

她深吸一口气，回到卧室，拿起手机，给于舟发消息："卫生间……是你清理的吗？"

于舟回得永远那么快："嗯，对，我看见了，就顺手清理了。"

苏唱没言语。

于舟的消息又发来："你好一点了？"

苏唱没回复。

于舟的电话打了过来。她好像刚上电梯，有门关闭的声音："怎么了？"

她有点忐忑，是不是自己太没有分寸感，让苏唱不舒服了？

她以为苏唱没注意，身体又难受，所以才帮着弄了一下。

苏唱沉吟片刻，终于出声："脏。"

于舟听了这话，轻轻笑了，小声安慰她："都是女孩子，这很正常，不脏。"

见苏唱依然沉默，她又说："真的，我最近上网，老看到大家说不要月经羞耻,真的,不脏。"

苏唱没有月经羞耻,月经本身不脏,但于舟这个举动让苏唱不舒服。

不是被冒犯的不舒服,她仔细回想,在垃圾桶前,她有一秒钟,产生了一个奇怪的想法——不想让于舟对别人这么好。

不想。

结束对话,苏唱头一次觉得耳朵胀胀的。

这种生理反应很特别,一半是尴尬,另一半说不上来。她虽然朋友不多,但绝对不是没有享受过照拂,相反,她得到过不计其数的帮助。

可于舟的不一样,听她的语气,甚至不知道苏唱发现了这个小污点。她每一次为苏唱多问的那一句,多抽出的那张纸,多看的那一眼,都像是顺便而为之。

甚至还因为别人发现了而窘迫、尴尬,生怕有失分寸。

她总是想让别人舒适一点,似一种自然而然的本能,以至于苏唱会想要探究,这个"别人"到底包括哪些人。

苏唱是将各个圈层分得很清楚的人,什么样的人处于什么样的距离。但于舟不是,她是一个散发着淡淡光晕的发光体,只要有人处于她照料的范围,她从不吝惜温暖。

墙上的时钟片刻不停地走,是不知疲倦的夜旅人。

苏唱在夜里醒来,一看时间已是十一点半。她起床喝了一杯温水,换了片卫生巾,坐回床上。她的身体好了很多,看来止痛药确实很有效。

但她拿起手机,觉得反常。

因为于舟没有再给她发消息,没过问她是不是好一点了,也没有嘱咐她止痛药要怎么吃。

苏唱垂下睫毛,轻轻扇动两下,给她发微信:"睡了吗?"

十五分钟后,于舟才回复:"没,怎么了?"

往常她不会回得这么慢,但苏唱也不知道该说什么,迟疑着打下三个字:"在干吗?"

在干吗?这三个字很平常,却从来不会由苏唱发出。她对别人的动态没有太多探索欲,也向来不习惯用这种类似于没话找话的句式。

苏唱不适应地删掉,好在于舟的下一句话来了:"还是不舒服?"

"没有。"

于舟把拖鞋一踢,坐到床上。

这对话,有点让人费解啊。

她咬咬指甲,觉得苏唱应该是无聊了,所以回她:"那……聊会儿?"

十秒后,苏唱发来语音电话。

欸,倒不是说这种聊。

不过于舟挺开心的,心想:又进步了,粥。

她和好姐妹"火锅"就是这样,打着字,突然一个电话就过来了。

煲电话粥,这个"鱼粥粥"算擅长。

她接通电话时躺到床上,耳朵和话筒贴着枕头,语调也变得像填充的鹅绒:"还不睡啊?"

那边的苏唱愣了一下。很少,或者说印象里没听过这样的开场白,她能听见于舟躺下时轻哼出的气声,还有她头发摩擦被单时窸窸窣窣的动静。

"你呢?"苏唱问。

于舟笑了:"刚躺下。"说着,她调整了一下姿势,仰卧。

"所以你刚才是洗澡去了?"

"不是,早就洗了,刚在视频通话,'火锅'要去酒吧跟暗恋对象约会。但她说她家的猫快生了,她怕今晚有动静,就说把监控开着,让我帮她盯着。"

哦,原来她真的对所有人都这么热心,甚至包括一只临盆的猫。

苏唱意味不明地笑了笑。

于舟沉吟片刻,忽然说:"下午的事,不好意思啊。"

"嗯?"

"其实我看监控时想了好一会儿,觉得那样挺不好的,你发现的时候肯定很尴尬。"所以她一晚上都没再找苏唱,哪怕她确实担心。

而苏唱想的是,自己有一点了解于舟了,她果然是怕给自己带来不便。

于是苏唱低声回应:"比起那个,你的道歉更让我不适应。"停了两秒,她又问,"我们不是朋友吗?"

不要总是对她那么忐忑。

然后她听见于舟愉悦的笑声,细细短短的:"是啊。"

她和别的朋友是不会想这么多的。

上大学时,室友有时还会弄一点到地上,见她拖地,只会给她一个隔空亲,说:"于舟,我真想把你娶回家。"

于舟就杵着拖把说她绝对不会嫁一个不收拾卫生间的女人,连垃圾桶满了都不晓得倒,懒得要命。

回忆完毕,两个人陷入沉默。

一秒,两秒,三秒……

于舟和朋友也不会有这么长时间的沉默,像在纵容什么东西滋生。

十几秒后,于舟"扑哧"一声笑了。

"嗯?"苏唱发出短暂的气声。

"我觉得咱俩好神奇,真的。我吧,经常一上头就觉得咱俩挺好了,你看我都冲到你家了。但我偶尔又觉得尴尬,感觉没熟到那份上。"于舟把免提开着,手机放在枕头边,望着天花板发呆。

"那……"苏唱想了想,提议,"下周把今天的饭补上,或许会熟悉一点?"

于舟摇头:"不了吧,我总觉得咱俩每次吃饭都会出点状况,不适合,要不去看电影?"

"我不太爱看电影。"

"啊?"于舟侧身看着通话界面,"可你第一次约我,就是去看电影。"

苏唱眨眨眼,带了一点鼻音:"通常我对合作伙伴送的票没什么兴趣。但当时我正在准备参与一个项目,这个电影的夜生活主题和项目有关,想去感受一下,算……做做功课?"

于舟耐心地听她解释,很少听到她说那么长一段,声音真是好听得要命。她等苏唱的尾音下沉完毕,才琢磨着问:"你要研究这个,靠电影也太不切实际了。去酒吧走一圈呀,跟人喝喝酒,问一问,不比那个直接?"

二人有一句没一句地聊着,于舟在苏唱的嗓音里勾勒出她的样子,清冷,温柔,自信,从容,不疾不徐,甚至还有一丝捉摸不透。在酒吧里应该很受欢迎吧?

"嗯……苏唱,"于舟咬咬下唇,翻身侧躺对着手机屏幕,脸颊枕在手背上,"我有个问题想问你。"

"你说。"

"那天我问你喜不喜欢跟我做朋友,其实我问了两个问题,你为什么只回答了一个啊?"

苏唱淡淡笑道:"因为我只想回答能够确定的问题。

"第二个问题,听起来会像一个'我随时有空'的承诺。但实际上不是,我经常很忙。"所以……

"明白了。"于舟说。

她深吸一口气,看看时间:"挺晚了,咱去睡吧,你早点休息。"

"好,晚安。"苏唱说。

"晚安。"

第 2 章

每个日子上都有个红圈

于舟总觉得五月是勤劳的一个月,大概是以劳动节开头的关系。

到月底,她收获满满。领导交给她的新项目完成得很顺利,她将穿着职业装去做PPT汇报,当年幻想过的女强人事业旅途似乎并不遥远。

忙碌的一周中,她和苏唱成了微信聊天搭子。

星期一,于舟发朋友圈说星期五要做个PPT汇报,但她穿职业装看起来很土,询问万能的朋友圈有没有提升气质一点的牌子。苏姓友人光点赞没评论,于舟忍不住找她,她说没穿过职业装。

"那你还点赞?"于舟还以为她知道,略失望,因此语气里带了微薄的怪罪。

"不可以?"

"可。"

"以。"

"可就是可,不需要在后面加'以'。"

"谁说的?"

"我们年轻人都这样。"于舟抖机灵。

苏唱没回复。

星期二,苏唱难得发了一条朋友圈——抹茶红豆蛋糕卷的照片,没文案。

于舟冲上去评论:"好吃吗?"

"一般。"

"一般还发朋友圈啊?"你朋友圈不是寸土寸金,需要收费的吗?

"不可以？"

"可。"

"以。"

"哈哈哈——"于舟在屏幕那头笑出声，和苏唱熟了之后，突然发现她有点点幼稚。

还有点固执。

她把跟苏唱的交情定义为经历过"流血事件"的交情。

你看，第一次拉近距离是流鼻血，第二次是……嗯……总之，离过命之交也不是太远。

星期三到星期五，于舟没有发朋友圈，苏唱也没有，两个人各自忙工作。

星期五晚上，苏唱结束一天的录音，刚回到家，就收到配音导演的消息："苏苏，这一句需要补录一下，收漏了，就两个字，你在家补就行，下个星期三之前给我。"

然后是一段前后语境的参考音频。

苏唱没回，直接来到书房打开电脑，翻出剧本截图，根据音频确认好情绪，然后对着录音设备用三种情绪各录一次，存好后直接发了过去。

"好快，谢谢宝。"配音导演很善交际，见谁都喊"宝"。

苏唱懒得打字，想发握手的表情包，又好像略显无趣，于是点开表情包，把"小猫点头"发过去。

配音导演没有回复她小猫点头的表情包，而是发来语音，尖叫着说："啊啊啊，这个猫猫好可爱，第一次见你用表情包哎！"

苏唱按下手机锁屏键，在电脑前坐了一会儿，抬手想把电脑合拢，抚上边缘时迟疑了一下。她用食指和中指抵住，将屏幕轻轻一推，坐正身体，打开浏览器，点击搜索页面。

苏唱单手在键盘上敲出"于舟"两个字，又删掉，想起住院时于舟说过她的笔名叫"八大钦差"。

笔名很特别，以至于搜索结果没什么乱七八糟的条目，第一条就是她写作专栏的主页。

苏唱只是用表情包时突然想起来，于舟说星期五要做汇报，很重要的一场汇报。但现在已经晚上了，她没有发朋友圈说结果，更没有对自己讲。

苏唱可以直接问，但她不想。

她点开于舟的专栏主页，星期四更新了一章，在晚上十二点三十八分。

评论数显示"8"，点进去一看，读者评论 4 条，于舟认真回复了 4 条。

她回复的字数，比读者给她的评论还要多。

于舟跟所有人都有很多话可以讲，不只是苏唱。

苏唱挑了下眉，兴致不太高，本想关掉网页，却瞥到倒数第二条评论——某个看起来与于舟相熟的读者说："柴柴，你上次说要去观察霸总，回来给咱们写'霸道总裁爱上我'，你观察得咋样了？"

于舟的回复仿佛有声音："不是霸总啦，只是最近认识了一个蛮有腔调的朋友，有点打开新世界大门的感觉。不过，越观察，我越困惑了。"

或许是太糊了，没人在意的缘故，于舟习惯性地跟几个老读者在评论区聊天。

三个小时前的对话，读者没有再回她。

苏唱的食指摸了摸键盘格子的凹凸处，停了一会儿，想要回复："什么困惑？"

她的预感很强烈，觉得于舟说的那个朋友应该是自己。

网站弹出让她注册的对话框。苏唱不想注册，关掉网页。

她从冰箱里拿出一杯酸奶，用勺子小口小口挖着吃，又看了一会儿剧本，才揉揉脖子，拿起手机，点开刚才的评论区。

刷新时，她竟然隐隐好奇。

这种感觉称得上罕见，因为网络上对她的评价很多，无论是好是坏，她已日益习惯，连偶尔刷到带着自己大名的帖子都懒得点进去。

但她想看看于舟怎么评价她。

怎么评价这个……不太好交流的新朋友。

评论又增加了两条。

读者说："啥困惑啊？"

于舟回："我发现有钱人都可忙可忙了，没事根本不敢找人家，你说真霸总哪来这么多时间搞些有的没的啊？"

新鲜的评价，在三十八秒前。

苏唱看了一会儿，笑了。

原来上次自己说比较忙，听在于舟的耳朵里，是这个意思。难怪，这周她的交流都很被动，每次都是苏唱先表示有空，她才适时聊两句。

机灵的小双鱼，游得很有分寸。

但也不至于不敢找吧……

苏唱想了想，拿起手机，打开跟于舟的对话框，打下几个字："明天搬家？"

地上的箱子摊开，于舟还在叠衣服，累得想死。幸好刚毕业，东西不多，也就这么一个箱子，但她还是累得想死。

她挠挠发痒的头皮，盘腿坐在床边的地板上，把耷拉的头歪着靠在床沿，继续叠衣服。

至少这样可以省省脖子举着头的力气。

半分钟前她听到了手机响，还以为是读者又回复了。

对，糊作者就是这样，读者评论都要设置提醒。她也不知道自己有没有评论量提示"99+"的那一天。

抬了抬酸不拉几的胳膊，她摸到手机打开一看，竟然是苏唱。

啊，她还记得自己明天搬家。

于舟心里有点甜，看看这人缘。

押韵了。

她没力气打字，用语音回："对啊，正在收拾。"

"怎么这个语气？"苏唱也回以语音。

"我要累死了。"于舟幽怨至极。

于舟点开白色的语音条，先听到一声含着笑意的短促气音，然后苏唱问："怎么搬？"

"我就一个箱子，也没想着请搬家公司了，打车就行。"

"几点？我帮你。"

啊这……

于舟没有立马回复。

苏唱的语音又发过来，她笑得淡淡的、懒懒的，稍稍悠着嗓子："你要跟我客气吗？"

好像在提醒，当时于舟去她家照顾她的时候，也很不由分说。

做朋友要有来有回。于舟教的。

"不是，我是在想，我竟然……有朋友开豪车来帮我搬家的一天啊。"

于舟"嘿嘿嘿"地笑着，觉得自己出息了，挺不好意思。

于舟觉得自己的身体很势利眼，这体现在她得知有人开豪车为自己搬家之后，腰不酸了，腿不疼了，叠衣服也不用把头搭在床上了，实在太有劲了，力气多到了晚上该睡觉时也没用完，她失眠了。

她从小就这样，特别不争气，一有点什么新鲜事，头天晚上指定失眠。她想自己的小屋子，记忆有点模糊了，又从手机相册里把看房时拍的照片翻出来看看。

直到天蒙蒙亮，她才迷迷糊糊做了个梦。

她梦见自己在纸上写下苏唱的那句话："你要跟我客气吗？"

她想要把这句类似于"霸总语录"的话语当素材，但每次写上去就马上消失，一点痕迹都没有。

梦里的于舟很着急，也很用力，写了一遍又一遍。

第二天顶着黑眼圈下楼的于舟不可谓不懊恼，连等在路边的苏唱都愣了一下。

而苏唱，穿着米色略收腰的无袖羊毛针织衫上衣，肩膀处针织衫松松垮垮地搭在她清俊的骨架上，下身是oversize（特大号）的浅灰色长裤。

于舟看看人家的穿搭，再看看自己的T恤、牛仔裤，想不通怎么会有人把随性和精致结合得那么好？连高级都高级得毫不费力。

她想给"老天奶"打电话唠唠嗑："都是孙女，尊称您一声'奶'，您对我能上点心吗？

"我……那个……"于舟打了个巨大的哈欠，突然到她都来不及上手捂，然后带着眼角的泪痕说，"早上好。"

对面的苏唱克制地笑出声："怎么困成这样？"

"兴奋的吧。"于舟又打了个哈欠。

"小麻雀"被"小熊猫"附身以后，也不叽叽喳喳了，上车还连打了三四个哈欠，打得泪痕铺了小半张脸。

她一边用手指擦，一边吸鼻子："谢谢你啊，你人真好。但咱这是去哪儿啊？我都没跟你说地址，你就开车了。"

好像是的。

苏唱被她惊人的困倦模式吸引，瞟了她好几眼，习惯性地往家开了。

"你不是说离我家近吗？我先往那边开。"苏唱不动声色地抚了一把方向盘。

她怎么这么聪明呢？

于舟拿出手机打开导航，然后在车辆平稳的前进中，睡着了。

但她也就睡了十几分钟，本能地觉得不礼貌，挣扎着让自己清醒，然后跟木头一样望着前挡风玻璃。晃悠七八分钟后，头一歪，又睡了过去。这次睡得很沉。

苏唱默不作声地淡淡一笑。

在车上充好电后，下车时的于舟能量很充足。她拉着箱子等苏唱停好车，便一起往小区走，行李箱在有纹路的地面上发出骨碌碌的声响。

于舟看看大门，也还行。二〇一〇年建的小区，是复古风格的，也不显得很旧，门厅还有整齐的信箱收件处，走廊的灯黄白交错，一看便知换过一些。

她俩来得早，周末很少有人这个点出门，因此等电梯也很顺利。

于舟望着攀升的数字说："我还是挺幸运的，我同学的房子月租跟我的差不多，还没电梯呢，每天都要爬五楼，日常还好，要是搬家不得累够呛。

"而且这房子是南北通透的板楼，不是鸽子笼，户数少，虽然只有两部电梯，但上班不会等太久。"

于舟有点小得意，她找房子是花了心思的，想着不经意地闲聊起，苏唱也许会觉得自己成熟一点。

但为什么想给苏唱一个更成熟的印象呢？她没往这方面想。

快到了，苏唱才开口问她："等下是不是要去买日用品？"

"嗯，我提前买了一些，如果缺了什么可能一会儿还要去楼下的超市，我刚在车里看了，大门旁边就有个生活超市。"

"嗯。"

两个人走到门口，于舟凭记忆输入之前中介给的密码，密码错误。她愣了一下，翻出微信记录，对照着再输入一次，密码错误。

她再看一眼，一个数字一个数字地念一遍。

密码错误。

三次密码输入错误后，密码锁里响起冰冷的女声提示音："即将锁定。"

于舟不敢轻举妄动了，给中介发微信："密码改了吗？我进不去。"

她捧着手机等回复，有礼貌地跟苏唱说了句"不好意思，可能要在这儿站一会儿"，然后又埋头查看，等待时的样子虔诚得像烧香。苏唱忽然发现她的头发长得很规整，一低头总是整齐地从脖子后方分叉，乖巧地往两边走，露出后颈的皮肤。上一次看到，是在她流鼻血的时候。

但这回不大一样，她脖子正中央好像生了一颗痣，黑黑的，小小的，上次看还没有。

于舟转头，见苏唱望着她，低声问："怎么了？"

"你脖子后面有颗痣？"苏唱轻轻问。

"嗯？没有啊。"于舟又低头看手机，左手绕到右边颈部，手指从发丝间穿过去，抚摸一把，"灰吧？"

果然是灰尘，被她摸一下，马上没了，皮肤干净白皙得像牛奶一样。

她又顺势用中指和无名指当梳子，把长发从指间顺下来，再挽回耳后。

这个动作非常不像小姑娘，和于舟的气质格格不入，甚至有点违和。

中介还没回复，于舟有点着急，咬着下唇给他打语音电话。第二通才接，那边嗓门很大，苏唱听得十分清楚："哎哟姐，您没看消息啊？这房子不租了，被下架了。前阵子查隔断，这三卧四卧都是隔出来的，被要求整改，不能往外租了。"

于舟有点蒙："不是，你怎么没跟我说呢？"

"我给您打电话您没接啊，后来我们的系统给您发短信了。"

中介每次给她打电话的号码都不一样，打来会提示是推销，这类电话她通常都不接，或者挂断。

"那你……那你怎么不给我发微信呢？"于舟心里惴惴的，说话的声音也小了。

"姐，我这微信问房的人很多，一般租出去我就删聊天会话了，这不是找不着您嘛。我以前也没遇到过这种事。对不住，对不住啊姐，那个……您看一眼短信。没事，姐，我再帮您找几套好的，您一句话的事。"

于舟没应，把电话挂断，而后点开有"99+"个红标消息的短信界面，打开通知消息。果然，一周前租房网站有给她发消息，说因条款（四）中不可抗力因素，合同要作废，订金将于十五个工作日内原卡退回，收到该信息三个工作日内无异议表示已知悉。

于舟安静得令苏唱眉头轻蹙，从她的角度只能看到于舟埋头翻信息，头发又垂下来了。可这次她没工夫挽起来，就那样静静地看着手机屏幕，嘴唇闭得很紧。

呼吸稍重，一起，一伏。

她没再跟中介掰扯，吸了吸鼻子，又打开租房App，搜索自己租的这个小房子。

确实下架了，不过上面写的是——已成交。

系统记录的成交金额，比之前自己谈的要高四百块，成交时间是上周。

她望着那个界面，用拇指擦了擦屏幕上的灰尘，没擦干净，再擦一擦。

苏唱又听到了吸鼻子的声音，很轻。

于舟的眼圈红了，几秒后鼻头也红了。

一刻钟之前，她还在兴致勃勃地说自己很幸运，很会挑房子。前一阵子，她说自己的房子虽然只有苏唱的厨房大，但采光很好。她连小矮桌和蒲团都看好了，还好，还好没下单。

她把手机收起来，抬头跟苏唱说："走吧，他们不租了，先下去。"

她不想站在这。

苏唱轻轻呼出一口气，没说什么，帮她推着箱子往回走。

走到大门处，于舟才出声："我平时不爱接推销电话，通知消息也不看，本来人家通知了的。"

但苏唱明明看到刚才屏幕上的"已成交"三个字了。

而且，也不该是这个通知流程，她明摆着是被中介欺负了，于舟自己很清楚。

两个人又回到车里，于舟望着窗外，听着不太大的空调声。

"去哪儿？回去？"苏唱问。

于舟又把手机掏出来，小声说："等下啊，我找间酒店吧。"

嗯？

"为什么要找酒店？"苏唱侧头看她。

"我定在今天搬家，是因为明天大刘阿姨她们就回来了，我要是这会儿说租不了了回去再住几天，她肯定要留我，而且还会跟我妈说。我妈会一直问我是不是被骗钱了，十五个工作日钱能不能回来。"于舟打开预订酒店的App，输入公司地址，浏览附近的酒店。

"我先在酒店住几天，找房子应该也挺快。"

于舟终于撑不住了，闷闷不乐的。她不想住酒店，好离谱，拎着全部家当住酒店，让人看到自己无家可归的样子。

还很贵。

发动机的声音像镜头的底噪声,苏唱静静地等她,手无意识地在方向盘上敲。

一下,两下,三下……

苏唱眼皮一抬,偏头看于舟。她的嘴唇抿得紧紧的,看屏幕的视线好像有点模糊,她用力眨了两下眼睛,把干扰目光的坏东西眨回去,继续一声不吭地对比酒店的价格和位置。

苏唱转回头,往座椅上一靠,右手搭在方向盘上,侧身看左边的车窗。

形形色色的行人,忙忙碌碌的车流,安静的于舟,时断时续的点击屏幕的摩擦声。

苏唱忽然想了很多,零零散散,毫无章法。

她想起和于舟同住一间病房,于舟的生活习惯很好——早睡早起,如果不被允许打开话匣子,一般不会吵人。

她想起于舟拎着三袋东西到她家,用没留指甲的手仔细地抠止痛药外包装的塑料膜。

她还想起卫生间垃圾桶内的那几张纸。

之后很莫名其妙地,她想起小时候遇到的那只流浪小狗,它等在路口,见到两手空空的小苏唱,委屈地叫了一小声。

然后苏唱决定带它回家。

她小心翼翼地将它抱起来时,心里很忐忑,像在做一个未知的冒险。

车内的苏唱无名指一动,不用力地拨弄一下方向盘旁边的按钮,对于舟说:"你愿意去我家吗?"

"啊?"于舟愣愣地看她。

"我家你去过的,有多余的房间,应该比住酒店方便。"怕于舟误会,她又补充,"你可以先住几天,然后找房子。"

又一个第一次。

苏唱第一次在友情里生出保护欲,对象是副驾驶座上攥着手机的于舟。

但当时苏唱对这种情绪很陌生,她只觉得于舟的胳膊怎么那么细呢?在袖管里空荡荡的,好像一不小心就要折了。

还有她的锁骨,难过的时候仿佛要比正常的时候突出一些,因为她刚刚憋情绪憋得很辛苦,吸气时锁骨上方深深地凹陷进去。

其实苏唱有更好的办法替她解决,至少能拿回一笔赔偿,但看于舟的反应,知道她不想,她极力在自己面前故作轻松,尽量把事情说得很轻松。

于舟就是这样的姑娘,在小事上会软软地撑人,有时还有些张牙舞爪。但当她真正受伤害时,是没有眼泪的,她会本能地隐忍,把一切情绪往回收。

越难过,越藏得密不透风。

车里安静了一会儿,因为苏唱的提议出乎于舟的意料,甚至出乎苏唱本人的意料。

于舟不懂,其实她和苏唱在医院里就同住过一个屋檐下,并且相处融洽,但为什么自己不觉得借住在苏唱家里应该算一个备选方案呢?

刚才找酒店时,她甚至想问问"火锅",去她那儿抢半张床。

可是……如果要住苏唱那里……

苏唱又拨了一下转向灯,清了清嗓子。

两个人同时开口。

"那我……"送你去酒店吧。

"那我……"还是去找"火锅"吧。

话音同时卡顿,苏唱的胳膊叠在方向盘上,趴在上面侧头看她,笑了。

于舟也笑了,然后她想了想,说:"去你家会不会不方便啊?"

这个说法,潜台词是她想去。

苏唱听懂了,发动车子,转动方向盘,起步:"可能会不方便。"

"啊?"

"我家离地铁站有点远,你要重新规划一下上班路线。"

于舟觉得自己的嗓子眼被苏唱拎起来又放回去,扯得心脏也有一点酥酥的。她抱着背包,小声说:"那儿有公交站吗?"

苏唱偏头想了想:"好像没有。"

"那我骑共享单车。"于舟努努嘴,又把腮帮子鼓起来。

其实她有一点开心,但情绪如果转换得太快,会显得她癫癫的。于是她控制了一下,觉得还是不要让眼睛变月牙儿比较好。

江南书院于舟是第二次来,这次她没做访客登记,跟在苏唱后面迈着小碎步进去。苏唱没帮她推箱子,回着微信走在前面,像一个房东。

"房东姐"站在大门前,抬眸扫一眼门锁,自动识别,门"咔嗒"一下开了。

于舟欲言又止,因为这次苏唱没给她拿拖鞋。

苏唱进去得很急,趿拉着拖鞋往客厅走,手机下端靠近双唇:"风哥,我最近的时间是十五号到十八号,你看看能收完吗?"

风哥?

于舟换上粉红拖鞋,竖起耳朵。她不是故意偷听的,但……"风哥"这个自带年代感的称呼,配上苏唱冷淡的表情,好像两个人在哪个码头接头似的。

对面应该说了句什么,苏唱放松地将高挑的身子斜靠在沙发上,笑道:"好呀。"

苏唱讲话极少用语气词,尽管这个"呀"很轻,像是咬着舌尖发出来的,但很明显她心情不错,不知道是因为项目刚好能卡上时间,还是因为别的。

苏唱放下手机,抬眼看向于舟,她抱着背包站在客厅中央,做足了将要被收留的姿态。

于舟也不想显得这么可怜,但她有个毛病,心情不好时习惯抱着东西,要么是抱枕,要么是书包。

"你的箱子呢?"苏唱温声问她。

"哦,那个在外面拖着走的,轮子很脏,我看你家挺干净的,想直接拎到卧室去,我住哪儿啊?"于舟清清嗓子,左右看看。

苏唱若有所思地望着于舟,幅度微小地动了动嘴角。她还以为于舟会和上次一样自来熟,但不知道为什么此刻局促了很多。难道之前是因为紧张她,没顾得上?

苏唱离开沙发:"我住楼上,你住楼下吧。"

她一般会工作到很晚,这样不会互相打扰。

推开电视背景墙旁边的隐形门,是一个比于舟租的那套房子的客厅还大的卧室,没拉窗帘,阳光被巨大的落地窗"孵化",流淌得很均匀。中央是灰色现代风的床,用品也很整齐。苏唱有时会在楼下住,因此阿姨打扫得很仔细,床品是新换的,苏唱还没有睡过。

"这里是书桌,那边的衣柜是空的,我挂了两套衣服,一会儿收走,你用吧。"苏唱说。

"不用,"于舟把箱子放到墙边,"我用箱子就好了,只住几天,而且我也没什么要挂着的衣服。"

她蹲下把箱子打开，平摊在地上，这样就有了一个小小的收纳空间："你不用招呼我，你忙你的吧。等下想吃什么？我做饭还行。不过你家里有菜吗？"

她收回胳膊，揣在蹲着的大腿中间，仰头看苏唱。

白白的，像只小兔子。

暂住几天谈房租好像有点见外，她决定付出劳动。

"没有。"

"嗯，上次给你带吃的，我好像看到有个超市来着，我收拾好休息一下，一会儿去买。"

"今天挺累的，别做了，点外卖吧。"苏唱的声音带着慵懒倦意，尤其是回到家就想赶紧换衣服。

于舟点头，坐到一边点外卖。

苏唱把门给她带上，于舟买好饭，又换上家居服，然后背着手走到落地窗前。

好漂亮、好金贵的一个花园，水系蜿蜒，绿植蓊郁，夏天的晚上去小区里走走，一定舒服极了。

她坐到床上跷跷双脚，顶起毛茸茸的拖鞋。这屋子的控温效果很好，连拖鞋的触感都那么舒适。

开门往外走，是一个中间挑空的大复式，全屋侘寂风。上次她都没仔细看，原来楼梯在客厅的右边，二楼的挑空处有一个小小的休息厅。一般人家会放套小桌子小椅子喝喝茶什么的，但苏唱只立了一大幅油画，旁边是一把做旧的藤椅，藤椅上有一条银鼠灰色的毯子。

楼梯设计得很漂亮，黑色的，利落简约。于舟一直很喜欢这样的楼梯，但她家的小别墅被父母装修成了不太地道的美式风格，白色底土黄色栏杆，显得有点笨。

她正独自欣赏，苏唱从楼上下来，蓝黑色的套装，带白色竖条纹，丝质的衬衣款，袖子挽一小半上去，竖条纹衬得人很高。

又一套家居服，于舟出街衫都没换得这么勤。

哈哈，她决定把有钱人喜欢换家居服这点写进书里。

"笑什么？"苏唱淡淡地勾起嘴角，看她。

"没什么。"于舟也把自己的小熊棉质家居服的袖子挽起，"外卖应该到了，我去拿。"

这家外卖是预制菜，只有包装好，苏唱夹了两筷子就不吃了，坐在餐桌旁用手机看剧本。

于舟不想打扰她，自觉地收拾好垃圾，打包放到门口。

再回来时，她越过苏唱的椅背，去拿餐桌另一头的餐巾纸，想擦擦桌子。

阴影笼罩过来，原本专注的苏唱抬头："嗯？"

"哦，我拿纸。"

"给。"苏唱给她递过去，又轻声问，"明天几点上班？"

餐厅的灯光不太亮，苏唱坐在于舟面前，于舟靠在桌边，两个人一个低头一个抬头地小声说话。于舟忽然有点恍惚，她能看见苏唱手机里的文件被"宠幸"了一半，等待着被继续阅读。而苏唱抽了张纸巾在手里把玩，仰头看着她。

这个场景很日常，但可能因为太日常，不像应该出现在于舟和苏唱的身上。

"明天星期天，不上班。"于舟低头，用纸擦餐桌边缘。

"哦。"鼻翼微动，苏唱笑了笑，也低头看手机。

忘了。

洗完澡，于舟躺在床上，又睡不着了。被子有淡淡的木香，和苏唱身上的味道很像。

于舟翻来覆去睡不着，她抬起沉甸甸的头爬起来，想去客厅倒杯水喝。

她看了一眼手机，凌晨三点钟。

而客厅并不是漆黑一片，二楼的走廊处透出一点点灯光。

苏唱还没睡？

于舟望着楼上的油画，被未眠的灯光照亮一小半，纹路影影绰绰。

她忽然生出了一种可望而不可即的心理。

这么晚了，苏唱是在工作吗？她到底是做什么的？

于舟该怎么形容自己在苏唱家里住下这件事呢？是喜欢里掺杂着隐隐的不安。就好比你在路上遇到一只特别有缘分的流浪猫，它非要跟你走，你也觉得它很可爱。但领回家之后，你发现它有些桀骜不驯，偶尔用防备的眼神看着你，你又想爱它，又畏惧它的野性，怕它狠狠给你一爪。

这只小白猫在于舟的心里，大体睡得很乖巧。

第二天，苏唱睡到上午十点左右起床，不大清醒地揉着脖颈来到厨房，看到于舟时愣了一下。

正在热牛奶的于舟有点无语："你不会是忘了我住你家吧？"

"怎么这么早？"苏唱的声音有点懒。

"早吗？我都从超市回来了。"于舟回身从塑料袋里拿鸡蛋，"煎蛋吃吗？还是吃水煮的？不过我没看到你家的煮蛋器在哪儿。"

苏唱弯腰从柜子里拿出来。

于舟暗暗好笑，这姐也挺不客气的，一句"我自己来"都没说，直接就把煮蛋器递给她了。

"溏心蛋还是全熟？"于舟拿起煮蛋器看。

"还能煮溏心蛋？"

煮蛋器是以前阿姨用的，苏唱不知道。她之前是有住家保姆的，去年冬天她收了一批漫展的信，放在书桌上，按主办方的活动要求抽其中的一些回寄签名明信片。那个阿姨好奇她是做什么的，大概是上网搜了一下，后来问她能不能给自己的小侄女也签一张。

苏唱给她签了，然后跟中介说下个月不续约了，改为钟点工上门。

所以苏唱也不知道于舟几次与"正确答案"擦肩而过，对自己来说，算不算得上是一件有安全感的事？

她能感觉得到，于舟对她一无所知，但很信任她。

两个人简单闲聊，苏唱打开冰箱，里面被塞得满满当当，之前只有一点西班牙火腿和几瓶果汁。

身后的于舟一边给她倒热牛奶，一边跟她确认中午的菜谱。

午饭是凉拌鸡胸肉、土豆炖牛腩、清炒四季豆和丝瓜汤。于舟很谦虚，她做得何止是还行，苏唱从来没吃过这么好吃的凉拌鸡胸肉，调料里加了一点小米辣和蒜末，鸡肉里还铺了几片黄瓜提鲜。

于舟很满足，虽然苏唱只说了一句"好吃"，但她吃了大半碗米饭，这比简单的夸赞有说服力多了。

于舟很喜欢投喂别人的感觉，只要对方吃得香，她扒饭也扒得笑眯眯的。

"你那个火腿，如果想吃的话，晚上我也可以切一点，你从酒柜里选一瓶酒来搭。"于舟开心地收着碗筷。

苏唱帮忙拿到厨房，有点惊讶："你喝酒的吗？"

"我不大懂，但可以喝一点。以前我爸就喜欢切点火腿配酒，不过不是你这种洋酒。他喜欢喝绍兴老黄酒，没有火腿的时候，他也切腊肉。"于舟洗着碗，笑出声。

"有洗碗机。"苏唱想过去打开洗碗机，把碗放进去。

"我看到啦，但就这几个碗，我顺手就洗了。你别管我啦，不让我干活，我住得很难受的，你这儿太豪华了，嘿嘿。"而且她还怂恿苏唱把火腿"杀了"。

于舟轻轻哼着小调，连转抹布的动作都很认真。

苏唱靠着墙看了一会儿，然后说："那我先上去，下午还有工作，要出去一下。"

星期天还有工作啊？

"那你大概几点回来？我看着时间煮饭。"于舟抬手把碗放进柜子里。

苏唱望着墙说："六点吧。"

"好。"

收拾完，苏唱就出门了。

于舟在家里找房源。苏唱进棚录音，配音导演马璐听说她来了，过来打招呼，然后在顺本子时问她："唱啊，我发你的那个剧本，你看了没？"

"在看，挺有意思的。"

"行，我们大概在七月初录音，你帮我留点时间呗。广播剧平台'执耳'的负责人要来盯棚，这是那边的大项目，挺上心的。"

大 IP（有商业价值的作品），感觉这个项目会很不错。

"璐儿，你的七月才录，着啥急啊？赶紧出去，我们这儿赶着呢。"监听前的彭婉之跟她开玩笑。

马璐拍她："你们刚录，我说两句话咋啦？"

"你唱姐今天五点要收工，你说我赶不赶？"

彭婉之阴阳怪气的，这天苏唱一来就跟她说只能录到下午五点，说有事，明天早点来单收。

彭婉之撑她，说："你说早点就早点啊，姐要睡美容觉的。"

闹归闹，彭婉之不可能不同意，毕竟苏唱很少有事。

下午六点不到，苏唱就回来了，先是洗澡，然后换上家居服。晚饭吃得少，她们收拾完一起切火腿和备酒。于舟一边喝，一边看苏唱拼乐高。

"你平时也玩这个吗？"她把香槟杯放下，帮苏唱确认说明书上的零件顺序。

"平时不玩,这是……嗯,朋友送的生日礼物。"进入六月,粉丝们早早便为庆生筹备起来,这个乐高玩具是一位比较熟的老粉丝寄来的,是苏唱微博超话的主持人,也……算是朋友吧。

于舟坐直身体:"哈?你生日啊?"

"没有,没到,"苏唱认真地拼着,语调轻软,"六月底,六月二十七日。"

六月二十七日……那也不远了。于舟暗暗记住。

于舟喝得不多,说了一会儿话,刷刷手机,酒差不多就醒了,她拿起睡衣去洗澡。苏唱拼了一半,又坐到沙发上看书。

十点左右,于舟带着一身水汽出来,依然穿的是肉粉色的棉质睡衣,没吹头发,好似就顺手擦了擦,正湿漉漉地贴在背上。她站在不远处看了一会儿手机,然后走过来,缠着馥郁的沐浴香气停在苏唱身边,叫她:"苏唱。"

她刚从浴室出来,声音哑哑的,软软的,前半个字还藏在嗓子里,像被吃掉了。

这种语气,听得出来是有事。

苏唱放下书:"怎么了?"

于舟的鼻子有点痒,抬手揉了揉,右腿屈起来,轻轻靠在沙发扶手上。

她低头跟苏唱说:"我妈想看我的新家,我的室友,还要跟我视频。昨天我说搬家太累,刚才我说网还没弄好,她说明天……"

于舟的膝盖在扶手上稍稍抵了一下,身体语言在表示为难。

"嗯……"苏唱抿抿唇,看于舟咬住的嘴唇,"然后呢?"

她的声音一轻就掺着气,跟空气拉扯似的。

"那个……你那个卧室特别大,一看就不是我能租的,我想给她看个厨房的角落,然后你可不可以……就是说,打个招呼,我就说'我跟室友一起做饭呢,要看火,不说了'。"

于舟说完,感觉头发湿得难受,她抓起发尾,用手上的毛巾擦了擦。

苏唱缓缓地呼吸,用了半分钟时间才把于舟的请求接收完整,然后她抬眼看于舟,头微微一偏:"条件呢?"

不知道为什么,就想逗她。很突然,但就是想。

意料之中,于舟愣怔了三秒。

苏唱本以为她会说,给自己多做两道好吃的,但她认真地想了想,说:

"我陪你去酒吧,行吗?"

为什么是这个?

苏唱出乎意料,用眼神询问她。

于舟看进她眼里,抿嘴笑:"你不是在准备那个项目吗?上次我说去酒吧,感觉你一个人不行,但我可以陪你去,当你的经纪人。如果有人问你要电话啊,请你喝酒啊什么的,我就说不方便,嘿嘿嘿。"

"经纪人?"苏唱蹙眉,去酒吧要什么经纪人?

一被反问,于舟也从想象中回神,觉得自己挺搞笑:"对哦,你又不是明星,那其实……"

"当我助理,"苏唱的手搭在靠背上,思考的样子仿佛很认真,以至于停顿了足足三秒才递上下一句,"会不会合理一点?"

"啊?"于舟愣了,想了想才发现苏唱在跟自己开玩笑,调侃于舟没有经纪人的气场。

于舟也不生气,毕竟苏唱答应她了。她在苏唱坐的沙发旁边蹲下来,两手搭着扶手,猫儿似的嗓子悄声问她:"你是不是说真的啊?你跟我去酒吧。"

于舟双眼亮亮的,有点兴奋。

她和苏唱的对视换了上下位,苏唱因为她出人意料的反应而噙着笑:"这么开心的?"

于舟净着一张脸,湿漉漉的头发似素描的黑线:"有一点吧,感觉很刺激,我还没去过酒吧呢。"

她的眼神跃跃欲试,觉得自己和苏唱又亲近了很多。女孩建立关系往往在一瞬间,在于同盟感,在于共同拥有一个秘密。

"那你想想,我去洗漱。"苏唱的食指在于舟的手旁边敲了敲,站起身来,往浴室走去。

因为下午洗过澡,所以苏唱没回楼上的浴室,而是在楼下刷牙洗脸,做好护肤。再出来时,于舟也没回房,而是蹲在沙发旁边,用纸巾擦地。

苏唱走过去:"在做什么?"

于舟很懊恼:"我刚发现头发上的水滴到地板上了,都有水渍了,我用抹布擦了半天还是有,而且更花了,怎么会这样……"

她认真地研究,影子蜷成一团。

苏唱站在她旁边,低头看:"没事,星期三阿姨会来,她应该有专用护理剂。"

于舟咬手,好像听说过有的地板特别不好打理,有一点点水雾都不行:"那万一搞不好怎么办?我要赔不?"

苏唱笑了一下:"弄不好再说,起来吧。"

"哦。"于舟想起身,还没动作却忽然发出"啊"的一声,然后用拳头抵住脚背。

"怎么了?"

"蹲麻了。"于舟呵呵地笑,吓了苏唱一跳。

于舟也不想,但她就是这样,怕了会笑,痛了会笑,麻了也会笑。

苏唱又笑了,没弯腰,却把手递给她,虚虚地动了两下手指。于舟攀着她的胳膊站起来,单脚跳两下,扶住旁边的墙:"谢谢。"

苏唱想转身上楼,又停住,想起了什么:"明天要上班吧?"

"对啊,明天星期一。"

"我带你去地铁站。"刚来两天,估计她不太好找共享单车。

没等于舟客气,苏唱又说:"正好我明天要早点去工作。"

哦,原来是顺便,一脚油门的事,那于舟就心安理得一点了,转了转不麻的脚腕,站好。

"没见过你这么贴心的房东大人,三生有幸遇到你。"于舟感叹,恭维虽然夸张了点,但苏大小姐是真的人美心善。

房东?

苏唱挑眉,没说什么,上楼回卧室。

这个星期一两个人都很忙,于舟在午餐的间隙约好了一处房源,是同事现在租的,同事买房结婚去了,正好六月退房,房源委托方也是有口碑的大中介,同事直接把维护房源的中介推给于舟,于舟觉得靠谱,赶紧定下来。

下午摸鱼时,于舟给苏唱发微信:"我找到房子了,我同事的,就在我公司旁边。她六月十七日退房,我打算六月十八日搬过去,正好是假期。"

半小时后,苏唱语音回复:"六月十八日我要工作一整天,往后挪一周吧,六月二十三日?"

好呀。于舟跟她说定了,然后跟中介聊合同。

下午下班早,于舟和同事先去看了看房,挺满意的,于是在楼下的中介门店走完流程。回到家已经快晚上八点了,过了不到十五分钟,苏唱也刚好到家。

她们按照昨天说好的,给赵青霞女士打视频电话。

于舟先拍了案板上切好等下锅的肉,然后把视频有意无意地对着看不出什么的窗棂,很家常的样子。

"哦哟,你这个房子装修还很好。"赵女士凑近屏幕看,那个窗沿啊、柜台啊一点溢出来的胶都没有的,一点不像出租屋。

"是呀,本来人家是不租的,装修的婚房,这是第一次出租。"于舟用中介糊弄她的话术糊弄赵女士。

按剧本走进来的苏唱脚步一顿,看了一眼张口就来的于舟。

"哦,妈,你等一下啊,我室友进来拿东西。"于舟晃了一下苏唱的背影,然后翻转摄像头,对着自己。

"我没看清,是女孩子吧?"赵女士问。

"是呀,当然了,我让她跟你打个招呼。"

"阿姨好。"苏唱靠在酒柜旁边,喝了一口刚拿出来的牛奶。

无语,会不会装?是室友妈妈这个阿姨,不是保姆阿姨的阿姨。她这公事公办的语气,好像于舟在她家打工一样。

于舟有点担心周末的酒吧局了,然而苏唱应该不会想到,此时此刻,有人在心里质疑她的声音表演。

果然,赵女士愣了一下,跟于舟说:"我看看,我看看。"

"看什么啊,这不礼貌,刚搬来,都不太熟。"于舟小声说。

"哦,你说婚房,那为什么要出租啊?"赵女士也看不清,索性坐回去,对着视频打毛线。

"闹掰了啊,又不结了。"

"怎么搞的?"

"说是彩礼没谈拢。"于舟信口胡诌。

"哦哟,彩礼要多少钱,出不起呀?江城的房子都买了,彩礼钱出不起呀?"

"那我怎么知道咯。"

苏唱神色复杂地听着这对母女旁若无人地八卦她的"婚房",拿着牛奶离开厨房。

离开时,她把门给于舟带上。

住在苏唱家的第一周过得既快又慢。

星期二，于舟做了意大利面，番茄奶油味的，上面加了一点点芝士，热量爆炸但很对苏唱的胃口。两个人都吃了不少，吃完于舟在客厅里走来走去消食。

星期三，于舟去中介那儿签正式合同和进行水电燃气卡及钥匙交接。她不得不感叹大中介确实靠谱很多，上次都没有这些流程，就告诉她去了再说。

于舟又长知识了，顺便催了一遍自己应该退回的定金。

流程上午就搞定了，年假没用完，于舟便回家给苏唱做饭。她又惊奇地发现苏唱的工作不是按工作日排的，很像个自由职业者。吃完饭，苏唱让她别动了，下午阿姨会来打扫。

于舟如临大敌。

苏唱惊讶地看着这个原本松弛的"小蚂蚁"忙碌起来，仿佛突然就被架上了热锅，一溜烟跑去自己的卧室开始收拾。

苏唱跟到门边，怀疑自己没说清楚："我说，一会儿阿姨会来打扫。"

"我听到了呀，所以现在先整理一下嘛。"于舟右腿搭在床上，开始铺床。

然后她又收拾好书桌上的充电线。

苏唱不理解："你现在弄干净了，阿姨打扫什么？"

但于舟还是很不好意思："我觉得，就算是家政阿姨，看到家里乱乱的，也不太好吧……"人家会说小姑娘看着体面，家里可真脏。

她说话时脸红了，看起来很乖，认真把充电线理成一团的样子，让人想揉揉她的脑袋。

苏唱没有理解这个逻辑，她双手环胸，看了一会儿于舟，靠着门笑了。

阿姨按门铃时，于舟殷勤地跑去开门，递拖鞋。苏唱以前向来是待在房间里，但这次听着于舟"吧嗒吧嗒"的拖鞋声，也鬼使神差地跟了过去，坐在沙发上看她。

于舟活络的样子，让整个屋子都生动起来，像终于有了主人。

阿姨操着一点亲切的南方口音，拎着桶，看到于舟先是愣了一下，笑着"哎哎"两声，然后跟苏唱说："我还是先打扫楼上吧。"

"好，谢谢阿姨。"苏唱温柔地把手里的杂志放下。

于舟目送她上楼，随即走到苏唱身边坐下，想了想，又把几本杂志码好。

苏唱俯身抽出一本，翻两页放在最上面，于舟动了动嘴唇，过了一会儿又把它码好。

苏唱眼里隐隐带着笑意。

她抿着唇从抽屉里拿出一包开心果,一边看手机一边剥着吃,还时不时递几颗果肉给于舟,"小鹌鹑"也跟着吃。

过了一会儿,见苏唱拍拍手,于舟问:"不吃了?"

"不吃了。"苏唱喝一口水,声音湿漉漉的。

于舟立马把散落的几颗开心果装回去,封好包装袋,放回抽屉里。

"粥粥。"苏唱跷着二郎腿靠着沙发,在她身后,第一次用这个称呼叫她。

以至于于舟没反应过来:"啊?"

"如果我现在还想开一瓶酒,切一点火腿,你会不会很忙?"苏唱轻飘飘地问。

嗯……这个样子有点坏,她故意的。

于舟哼了一声,没理她。

苏唱笑了笑,拿起手机回消息,然后说:"这是阿姨的工作,她不是来我们家做客的。"

我们家。

于舟突然被这三个字搞得有点不知所措,她偷看苏唱一眼,微微蹙眉,像在思考刚刚那句话是不是随口说的。

她又想了想,自己现在确实住在这里,如果苏唱说"我家",也不太合适。

嗯,确实,但于舟就是脸热了。余光里有苏唱的侧脸,于舟抬起左手,不动声色地在自己耳朵旁扇了扇风。

其实道理于舟都懂,但她就是做不到阿姨干活她坐着。后来跟苏唱正式合租之后,有一段时间她也这样,阿姨在一边打扫,她在旁边跟着收拾;阿姨在楼上拖地,她在楼下摆弄吸尘器。再后来,她跟苏唱说,可不可以不要让阿姨来了?她还是喜欢家里每样东西的摆放和收纳都经她手的感觉,这样会熟悉一点。

于舟那时也很不明白,怎么会有人在阿姨来了以后还总赖在床上睡觉。甚至……甚至有些东西,苏唱也没想着收一下。

苏唱虽然清冷,自带距离感,偶尔还会因为打破边界而感到不适,但她其实对很多东西都很坦然,熟悉之后,于舟还发现她有点懒。

那几天苏唱家里送来了不少快递,可能是临近生日的关系,大部分是合作方送的礼物。

于舟看着大大小小的箱子很困惑,她不是说自己没什么朋友吗?这堆得都快能开店了。

但她没有窥探更多,只是在觉得玄关快没地儿下脚的时候,问苏唱:"你能不能把这些东西收一下?放里面去吧。"

苏大小姐也很无奈,她是真的没时间,而且她很讨厌拆快递箱。很脏,又难拆,所以连网购都很少。

于舟看出来了,问她:"要不我帮你拆?都只是些礼物,对吧?"

没有啥贵重物品、保密文件吧?

"谢谢。"

苏唱有点高兴,尽管她没说,但她第二个尾音稍稍翘起来了。住了几天,于舟渐渐发现苏唱的可爱,高冷里带点幼稚,幼稚里还藏着傲娇。懒得拆快递也不说,就想人家猜。

该说不说,于舟还挺喜欢拆礼物的,每年"双十一"快递一到,她都要先拍一张,觉得很有成就感,跟战利品似的。她搬着小板凳坐到玄关,用拆盲盒的心态来对付这堆礼物。

一个印着浅褐色的纸盒子,不知道干什么用的,闻着有点香,于舟把它放到一边。

然后是两个印着合作方 logo 的纪念品,于舟新奇地看着,有个平台于舟经常在里面刷视频,市面上都没见过的定制玩偶竟然送到了苏唱家里,她觉得还挺奇妙的。

苏唱到底是做什么工作的?怎么会收这些礼物呢?

星期六,苏唱和于舟终于去了酒吧。

俗语说:"该省省,该花花,骑自行车上酒吧。"

这天苏唱穿得很帅,铁灰色的长袖大 T 恤,刚刚盖过极短的热裤——那些年挺流行的"下半身失踪"式搭法,一双铁锈色的直筒骑士长靴,还戴了顶鸭舌帽。

暗影、流灯、音乐、酒香,还有节奏间人们不甘示弱的只言片语,在掩藏间压抑地释放,给目之所及都加上了一层迷人的滤镜。

坐在卡座的苏唱也不例外。

她仍旧跷着二郎腿,鸭舌帽摘了搁在手边。一般人摘下帽子头发会塌,但她左手脱帽,右手从前方将头发往后一拨,规整的"黑长直"乱得慵懒,松松地簇拥着她生人勿近的脸。

看得出来,在这样的场合她会随性一些,因为平常她勾起来的脚尖是不晃的,但刚才喝酒时晃了两下。

于舟这才发现,以苏唱对酒吧的适应度和点酒的熟悉度,她根本没有任何必要来酒吧观察,她看起来是会上酒吧的,虽然她总是独自坐着。

不怎么来酒吧的是于舟。

她整个星期六都很兴奋,还打电话问"火锅":"怎么穿比较适合?头发要不要卷一下,显得成熟些?化妆呢,要化妆吗?"

"火锅"很有本领,只说了三个字就让于舟不紧张了,她说:"谁看你。"

所以于舟穿着T恤和牛仔短裤就去了。

白色T恤,你别说,在夜里可显眼了。

"火锅"说得很对,酒吧和于舟想的很不一样,没什么搭讪、撩闲的,大家都自己聊自己的,气氛也并不太过,甚至有人穿着职业装的衬衫就过来了,挽着袖子跟对面的人小声说话,表情十分矜持。

于舟待着还挺舒服的。虽然舒服,却又有点无聊,没有酒吧奇遇。

而且为了满足卡座的最低消费,两个人还点了三瓶洋酒,也不知道怎么处理。

"会不会'十五二十'?"

"不会。"苏唱说。

"划拳呢?"

"不会。"

"好吧,我也不会。"于舟拿起骰子,"那我们比大小吧。"

于是她们无聊地一边摇骰子,一边喝酒。

喝了一瓶半,于舟也没醉,还是觉得无聊。

她跟苏唱说:"我看小说里,好像卫生间那边会精彩一点,我有点想去看一眼。"

"是吗?"又是这句话。

于舟已经摸清这两个字的底层含义了,于是领着苏唱往厕所去。

厕所何止精彩一些,她们还没走近,就听到缠绵的气息从音乐的缝隙中钻过来。

于舟的脸"唰"一下就红了,本来想尽量镇定,装作上厕所快步走过去,趁乱瞥一眼。但看清之后,她愣是没敢迈步。

就是刚刚她觉得矜持的那两个人,白衬衣被揉乱了,正抵着对面那位轻言细语的长发姑娘接吻。

听到动静,"白衬衣"要往这边看。

于舟赶紧拉着苏唱闪到墙后面,躲一躲。

苏唱没看清,不明所以地探出身子想再看看,手腕被于舟一把抓住,扯回来:"哎呀,你干吗?"

小小声的,像做贼。

苏唱任由她拉着,立在她的对面,问:"怎么了?里面的人在做什么?"

于舟放开苏唱,靠着墙壁,双手贴在自己腿旁的瓷砖上,望着她,用口型说:"接吻。"

苏唱笑了,是那种松松垮垮的笑,然后她又偏了偏头,有点好奇:"我看看。"

这死孩子,于舟心道,人家在接吻,她闲闲地说"我看看",跟要去当评委似的。

于舟又一次发现,以优雅为底色的苏唱比她想象中还要更坏一点。

对面没了动静,应该是又察觉到了什么。

于舟一把把苏唱拽回来,很着急:"你看什么啊,你看?小心人打你。"

"打我?"苏唱一愣,轻声反问。

看她的表情,好像从来没想过会有人打她这件事。

"是啊,反正你别看。"于舟摇了摇她的手腕。

像管制着一名不安分的逃犯。

"逃犯"没有抵抗的心思,不动声色地任由于舟晃她的手腕,轻轻地笑道:"那我看哪儿?"

这句话太像密室里那一句了,于舟对上苏唱的目光,停顿两三秒,鬼使神差地轻声说:"看我。"

苏唱垂下眼,说:"哦。"

于舟有点醉了,这酒的后劲原来这么大,像和苏唱这段不平凡的友谊,刚开始很好入口，很甜；喝到喉咙里，又被冰得直冲脑门；最后是晕，无法思考的晕。

于舟此刻看苏唱，整个人像被从阴影里捞出来，她的眉她的眼她比往常更清晰，但她的呼吸和话语像被延迟了，就是那种，电视转播信号延迟的延迟。

于舟看到苏唱微张嘴唇，带着混响的声音才延迟地轻传入耳："回去吧。"

于舟重重点头。

回去叫了代驾，两个人坐在后排，一人靠着一边的窗户，谁都没有说话。

苏唱支着头，有一点难受，耷拉着眼皮看于舟。于舟正在对着车窗哈气，白雾里伸出食指无章法地描两下，再哈气，盖住，最后难耐地闭上眼，头一点一点地睡了过去。

于舟的酒品很好，不吵也不闹，只是乖乖地睡着。

苏唱将她挪下车，扶着进了屋。

看着骨架很轻的一个姑娘，喝醉了像灌了铅，苏唱很费劲才将她搬到卧室躺好，帮她脱掉鞋袜。然后苏唱去洗手间简单整理了一下，拆开卸妆湿巾，坐到床边给于舟洗脸。

于舟没有化妆，但酒吧的空气很黏糊，湿巾细细一擦，就有一层脏脏的黑印。苏唱看了一眼，挑眉，将湿巾扔进垃圾桶，又拆开一张，擦另一边脸。

很奇妙，像在擦捡回来的小猫小狗，看上去白白净净的，一擦一身泥。

而于舟比小猫小狗要乖得多，她静静地呼吸着，鬓发被打湿，也没有抵触地伸手薅一把。

她是全天下最乖的小猫，偶尔龇牙咧嘴，但永远不会咬人。

擦过脸和手，苏唱又看一眼于舟的脚，按理应该清洁，但她实在有点下不去手，毕竟从没做过这样的事。转念想想于舟蹲着给她清理血渍的样子，又有些迟疑。

她决定折中，轻轻地擦了擦于舟的脚踝，于舟痒得稍稍把腿缩起来。

苏唱笑了笑，扔掉湿纸巾，另拆一张擦手。

简单照料完于舟，苏唱有点累了，深呼一口气坐在床边。

于舟迷迷糊糊地喊了一句："苏唱。"

她想问苏唱："到家了吗？"

她觉得整个身体都有点痒，好像有狗狗在闻她的手。

但她舌头大了，说不出来。

苏唱忽然想逗逗她,反手撑在床边,歪头,用薄雾般的嗓音轻声问:"为什么不叫姐姐,于舟?"

于舟没有回答,苏唱觉得自己可能也有点醉了,于是起身往卧室去。

这一晚她们都睡得很沉。

于舟像被人打了一样,第二天顶着肿眼泡醒来,被镜子里的自己给丑伤心了。她心疼地敷了张面膜,决定做点家务,用运动的方式去水肿。

想到苏唱还没醒,她没用吸尘器,刻意放轻了动作。擦完茶几,刚拿起拖把,就听见有人轻轻地喊她:"粥粥。"

她转头,苏唱站在二楼的休息厅,换了一身月牙白的睡衣,双手交叠在栏杆上,懒洋洋地跟她打招呼。

于舟盯了她三秒,两个人同时笑了。

"早上好。"苏唱看着忙碌的"小蚂蚁",把头枕在臂弯里,轻轻蹭了蹭。

哇,好像一只没睡醒的布偶猫在撒娇。

于舟皱皱鼻子,觉得她这样子好可爱,仰头问:"你下来吗?头疼不疼?要不要吃解酒药啊?"

"不吃。"苏唱确实头有点疼,换了个方向趴着。

"那你下来吧,我又拆了几个快递,咱俩一起搬去你的书房。"

于舟从来不去自己卧室以外的房间,因此苏唱没醒时,她不会直接把东西拿进去。

苏唱"嗯"了一声,下楼来搬东西。

这还是于舟第一次参观苏唱的书房,整整一排书墙,但看上去是装饰,因为她从没见苏唱翻过。而且书都很新,封皮的搭配和装修色调一致,一看就不是为了阅读而挑的。

于舟暗暗笑她,看向中央的工作区。

很简约的升降式智能电脑桌;椅子是人体工学椅,深灰色的,看着就舒服;电脑摆了两台,一台是台式的一体机,另一台常用的办公笔记本电脑合着放在书桌右端。

引人注意的是,一体机上插着录音设备——内置声卡的专业麦克风、防喷罩、监听耳机。

书房的墙也不一样,铺了一整面厚厚的隔音棉,只不过颜色和款式很时髦,于舟还以为是装饰。

她看看麦克风，看看苏唱；看看耳机，再看看苏唱。

恍然大悟。

难怪啊，难怪苏唱的工作时间不固定；难怪她这么有钱；难怪她虽然不是明星，但很有那种范儿；难怪有平台给她送生日礼物；难怪她有一把好嗓子。

还有这种设备，也不可能是主播，毕竟苏唱那么不爱说话，所以……

应该是网络歌手。

于舟望着苏唱，下了结论。

苏唱不明所以地看着突然睁大眼的于舟，整个房间安静了十几秒。

于舟仍处于震惊中，苏唱原来是个"唱见"（网络歌手）啊？她倒吸一口凉气。

苏唱，苏唱。

她怎么早没想到呢？一般起这种名字都会有点天赋。

搞不好是什么文艺世家。

心理建设完，于舟眼巴巴地看着麦克风，对苏唱稍稍起了点尊敬之意："你是不是……唱歌很好听啊？"

一首歌很贵吧，这么有钱。

苏唱欲言又止，走到书桌旁，不用力地靠着，反问："唱歌好不好听，重要吗？"

很平静的一句话，但气氛稍稍不对劲。

于舟老实答："一个人唱歌好听挺加分的吧。"

苏唱第二次欲言又止，瞥了她一眼，手搭在桌面边缘："你喜欢唱歌好听的朋友？"

怕有歧义，"人"没说出口，改为"朋友"。

苏唱的声音很轻、很柔和，应该心情不错吧？尽管她没什么表情，但于舟觉得她大概率是不好意思了。

于是她真诚地恭维这位"唱见"："巨喜欢，唱歌好听的人简直是天神。"

苏唱笑了，很短促的半声，眼睛里一丁点内容都没有。

她随即离开书桌，径直回卧室。

没再理于舟。

苏唱唱歌很难听。

尽管她音色很好，但乐感不行，节奏和音准都差一点，唱出来还是大白嗓。第一部广播剧播放量过一百万时，剧组跟她商量福利可不可以是唱主役（主演）版主题曲。

苏唱拒绝了，策划有点失落。于是她晚上回家跟着主题曲学了几遍，录制一版干音发过去。

策划开心了，后期伤心了，她修了很久。

后来苏唱看评论区，大家对着她快修成电音的歌声说"简直是天籁"，她生出了一种听众也挺遭罪的感想，自此再也没唱过主题曲。

圈内逐渐知道，苏唱主演的广播剧，没有主役版主题曲。

好死不死，有这么一只小蚂蚁，晃晃悠悠、忙忙碌碌，伸出一只脚，精准地踏入无坚不摧的小象的雷区。

如果做剧的话，后期应该在这里加一点"轰然倒塌"的特效。

但这只"小蚂蚁"还并不知道自己做了什么，只觉得很莫名其妙。她再迟钝也能感觉到苏唱生气了，这是她第一次见苏唱生气，越平静，事越大。

她揣着七上八下的心靠到苏唱卧室门边，敲一敲。

没人应。

"苏唱，你吃东西吗？"她哑着嗓子弱弱地问。

苏唱有些不爽，于舟仍然是叫她苏唱。但她被这种不爽吓了一跳，她向来很有教养，况且也没有因为别人称呼她姓名而令心脏拧起来的理由。

"我熬了粥。"

偏偏于舟的小名叫粥粥，显得熬粥这件事，像一个微妙的投诚。

"你……喝粥吗？"糯糯的声音在挠门。

苏唱蹙眉，放下手机，起身开门。

仍然是皎月一般的眉眼，那点烦躁被压得很好，都没有到她的嘴边。而于舟立在门边，有些不知所措。

心里鼓起来的泡泡被于舟欲言又止的眼神戳了一下，"砰"一声破了。

苏唱的声音很小，藏在呼吸间。她抿抿唇，开口："这么早起来熬粥？没有多睡一会儿吗？"

没记错的话，于舟昨天醉得不轻。

舌尖抵着的话语没控制好，比想象中温柔，甚至还带着关心，就更显得雾蒙蒙了。

于舟愣了愣，说："对，头一疼，就更睡不着了。"

苏唱提了小半口气，手机在食指和中指之间转了半圈，停一停，才问："头还疼？"

"有一点。"于舟盯着她的手机。

不知道为什么，气氛很怪，像刚和好。

她清清嗓子，抬眼问："你刚才不开心啊？"

苏唱偷了于舟的上一句话，不过把语气放得更轻一些："有一点。"

"啊？为什么？"

"我不是歌手，我唱歌不好听。"苏唱又把手机转半圈。

啊这……

她猜错了。

"对不起，对不起，对不起。"于舟想了想刚刚的对话，想穿越回去捂自己的嘴。

苏唱看她一眼，动了动嘴角。

奇怪了，她懊恼的样子又令苏唱一扫阴霾。

曾经有个工作人员对苏唱有很严重的不尊重行为，她以罕见的强势姿态交涉，收到对方的正式道歉时，她也没有很开心。

而这件不起眼的小事，让苏唱的心情一波三折，她能清晰地感到于舟在自己心里叠纸——横折，竖折，每一个步骤都将苏唱的情绪压出痕迹，最后她叠出一只可爱的千纸鹤，手心掂一掂，好似它能飞起来。

"我是配音演员。"苏唱靠着门，跟于舟轻声说。

她看见于舟眨了眨眼睛，黑色瞳孔里倒映出自己的轮廓。

于舟眼角一弯，看起来有一点开心。

就是开心，苏唱没有生气，还主动向她解释职业。

陡然松快，于舟活了过来："配音演员啊，也挺了不起的。"

这样也就说得通了，这把嗓子就是老天爷赏饭吃。

"哪里了不起？"苏唱问她，"你也关注这个？"

"不关注，"于舟老实说，"我就认识晁新，还是因为我妈总放她那个《青鹤》。哦，她还上过综艺。"

于舟认真解释的样子乖巧中带点茫然，苏唱倚靠在门边，望着她淡淡地笑。

于舟走近一小步:"那你配过什么啊?你说说是什么角色,我有没有可能看过?"

她还是有点雀跃的,如果真是晁新那样,那还挺有面儿,她可以跟"火锅"吹:"你知道那个××(代指角色名)吗?是苏唱配的哎。"

春节回老家,看到什么电视剧重播,也能装作不经意地说:"你们看这个啊,配音的是我朋友,关系特好。"

唉,虚荣心啊,人类的耻辱。

"没有,"苏唱摇头,"我没怎么配影视,年前有一个,不过你应该没听说过,好像还没播。"

哦。

"那你们一般配什么啊?"

于舟对这方面真是不太了解,除了电影和电视,还有什么?

"我配游戏和有声作品比较多,最近也接了一些广告,但不多。"

"有声作品指什么?"于舟认真求科普。

"嗯……广播剧,有声书,你有听过吗?"

她边思考边说话的时候带着淡淡的鼻音,于舟越听越觉得好听得要命。

不过广播剧和有声书,她还真未曾涉猎,以为就是那种评书的形式,在车载广播里播的,把小说念一遍的那种。

和苏唱的气质怎么看怎么不搭。

于舟那时还不知道有配娱(配音娱乐、配音表演、比赛、综艺节目等)这回事,也不知道苏唱在广播剧圈已经算得上炙手可热,新完结的一部科幻题材的大女主广播剧,播放量超过千万。

制作精良,口碑还很好,被许多听众誉为科幻题材的标杆之作。

这部剧的女主人设很飒,感情线像个点缀,主旨是人物成长,因此吸了一大批粉丝,女性居多。

但广播剧和影视等泛娱乐体裁相比,只能说是小众体裁,对于没有将眼光投射到这个领域的于舟来说,相关知识一片空白。

因此她很自然,又很刻板印象地给配音演员的地位排序,认为影视位列最高级,而苏唱还没给影视配过音,属于混得不太行的。

当然,体贴的"小鹌鹑"不会说。

毕竟她也是个糊作者,作品每章评论只有四条。

"我没有听过那些,因为我平时也不听广播,"于舟用安慰的语气对苏唱说,"不过我觉得你很厉害,声音又好听,肯定有一天可以给电影、电视配音的,到时候我就可以在电视上听到你的声音了。天哪,上电视哎!呵呵。"

她把自己给想乐了,人脉又广了,粥。

苏唱看着她开心的样子,也笑出了声,站直了身子,把门带上:"走吧。"

"啊?去哪儿?"

"喝粥。"

"哦对。哇,你'喝粥'这两个字也说得很好听。"

"……"

"哎,你笑起来也很好听。"

"……"

"连呼吸声都很好听。"

"……"

"你想笑就笑呀,为什么这么别扭呢?被人夸很开心是正常的。我夸你,你没有反应,那才不正常。"于舟蹦跶着下楼梯,碎碎念,"你是配音演员,也算半个演员了,以后你红了,去采访什么的,这个样子可不行。"

"应该什么样子?"苏唱走在她后面。

"当然要说'谢谢'。"

苏唱不置可否。

"你还是缓缓再红吧,太不会营业了。"于舟轻轻跳下最后一级台阶。

星期天中午,苏唱请于舟出门吃菌菇火锅,下午回家两个人睡得昏天黑地,到晚上就都睡不着了。

于舟爬起来打麻将,欢乐麻将。

和"火锅"、桃子,还有桃子的男朋友。

桃子的新男朋友有点猥琐,总是"美女,美女"地叫,还夸于舟的声音好听。于舟听得暗暗翻白眼,一边等牌一边给"火锅"发消息抱怨,说:"这人这么差劲桃子都不分手,是要把那男的带回去杀年猪吗?"

火锅哈哈地笑,然后回:"于小舟,我发现你最近抱怨得越来越多了。"

啊?是吗?于舟没注意。

说着话,桃子和她男朋友有事先走了,"火锅"说她再去微信上喊两个人,等人的间隙里跟于舟语音聊天。

"火锅"接着刚才的话题:"最近你干吗呢?"

"没干吗啊。"于舟在床上滚了一圈,把手机举起来。

于舟打开微信界面,这几天住苏唱家里,她的头像都掉到下面去了。于舟觉得上面那些领导的聊天框看着挺让人紧张的,于是把苏唱设为置顶。

哎,对了,还是纯蓝色头像看着舒服。

点进去,跟苏唱的聊天还停留在工作日。

刚刚打游戏时,于舟特意开了语音,想听听麻将的配音,听了几局,都没苏唱声音好听。

苏唱说她会配游戏,搞不好就是这种,想象她对着麦克风说"八饼,杠,胡了"的样子,于舟又忍不住笑出声。真逗。

"你笑啥?咯咯咯的。""火锅"莫名其妙。

"没啥。"

"你打麻将的时候就一直点那个语音条,有病。""火锅"觉得她像撞了邪。

于舟翻过来,趴在床上,左手在手机旁边弹钢琴一样地敲,右手撑着太阳穴的位置。

"你说,苏唱在干吗呢?咱俩昨天喝大了,下午睡了好久,她会不会也睡不着啊?"

"你有病啊?""火锅"骂她。

"干吗?"于舟回得有点软。

"火锅"受不了了:"你不是住她家吗?你问我?"

"哦。"于舟无聊得用嘴唇打嘟嘟。

"火锅"倒了杯水,喝一口,有点失落地说:"你俩现在这么好了啊?"

这才几天啊,于舟,张口苏唱,闭口苏唱。

"就觉得跟她挺合得来的。"于舟撩着自己前面垂下的床单玩。

她和苏唱是同住过的交情了,是一起去过酒吧的交情了,是知道苏唱职业的交情了。苏唱跟她一样,也在一些小众的圈子里努力,更像知己了。

"那你以后还跟我打麻将吗?""火锅"真的难受了。

于舟"扑哧"一声笑出来:"干吗啊?打,我以后还把苏唱拉来一块打。"

"你说的。"

"如果她愿意的话。"于舟乐了,想想苏唱一脸冷淡地坐在麻将桌前面的样子,她撑着下巴笑眯眯的。

楼上此时也亮了一盏灯,透过门的缝隙,亮光悄悄探出来,似不小心泄露的液体。

苏唱醒来,口干舌燥,穿上拖鞋去小横厅倒了一杯水。楼下隐约有动静,她下楼,在转角处听了一会儿,"碰""杠""胡"的,很热闹——于舟在打麻将。

网络麻将。

苏唱捧着温水回到卧室,关上门。她把水杯放在套房内的茶几上,然后挨着茶几坐在地毯上发呆。旁边明明有沙发,但她只用沙发的下半部分当靠背。

地毯被清理得很干净,然而再干净,穿着家居服坐在上面,也难免让人觉得脏,因此她每回坐过之后,都会换家居服。

最近换得有点勤。

因为以前不那么爱坐在地上,只有发呆时才坐在地上。

不知道是不是所有人都有这个怪癖,思考时想要与地面贴近一些,好似能贴近纷纷扰扰的根源。

她拿起茶几上的日历,六月快过半了,几乎每个日期上都有个红圈,密密麻麻的。

她拿起一旁的红色马克笔,想把当天的日期也勾上,迟疑片刻,又将笔搁在一旁。

思绪又回到刚才。于舟醒了,但她没有找自己,也没有在微信上说一声。她在打麻将,说明她很闲,不是在忙,可她没想过找自己。

她找了别人,和她一起打麻将的,应该有那么几个朋友吧。

陌生又熟悉的烦躁感又来了,跟鬼魅一样,神出鬼没,如影随形。

苏唱没有跟家人以外的人这么亲近过,她没有这么要好的朋友,但她本能地觉得这样不正常。

与于舟同住的这几天,她没有再感到距离被拉近的不适,一切都顺利得不像话,似终于被疏通的水源,它只管往前奔跑,往小溪去,往河流去,往海洋去。

没有任何阻拦它的东西，它的前进天经地义。

可路途过于吵闹，像酒吧那么吵闹，以至于到了此时此刻，苏唱安静下来，才开始思考。

她不知道这该不该被定义为亲密的友谊，但她又不大舒服了。

这一次她想明白了，她不喜欢这种思绪被人牵引的感觉。

苏唱是一个很独立的人，几乎不会被别的东西左右，这个特质甚至体现在配音上。

很多人都说，苏唱之所以红，是因为音色特别漂亮，在圈内找不到代餐，曾经还有人分析过她配音的独特性。

她是一个极其有天赋，并且有本我特质的配音演员。

一些配音演员配音，是在还原，在想办法贴近，而苏唱是在补全。人们对原本的人物没有想象，或者有很多种想象，但苏唱会将人物定义得只有一种想象。

她会告诉你，这个人物应该这么讲话。

她声音的创造性和主观能动性很强，听众能感受到她在编织，在创造。

很难说这种配音方式是好还是不好，但从工作风格就可以看出，苏唱不是一个被动的人，她需要掌握主动性。

然而于舟让她感受到了被动。

向来稳定的内核频频波动，因为于舟的态度而开心、烦恼、不忍、幼稚。再仔细想想，那点牵引她的东西，在态度里，可能都算微小的那一种。

距离感无法把控，苏唱再一次生出不适感，又想拉开距离了。

苏唱永远是一杯水。

澄澈透明，装在昂贵的水晶杯里，杯壁上有薄薄的雾气。如果你没有靠近的话，根本看不清是未散的热气，还是挂着的凉霜。

她所有微小的情绪，细过水雾的分子，就连真正的疏远，都疏远得不着痕迹。

那是阳光明媚的一周。

星期一，于舟做了三杯鸡。九层塔很香，苏唱吃了小半碗米饭。于舟问她是不是太甜了，苏唱说有一点，她不大能吃糖。于舟一边收碗筷一边说："记住了，下次改进。"

星期二，于舟用剩下的一半鸡肉做了葡国鸡，然后她们聊起之前去澳门的见闻。两个人一致认为澳门比香港好逛，穿梭在威尼斯人那几个酒店的商场里，不用被阳光暴晒。

于舟去澳门是在去年十月，而苏唱是在九月，于舟说"好巧啊"，下一句又是"好不巧啊"。

她们也许听过同一位撑船人唱歌，也许闻过同一家蛋挞的香味。

星期四，苏唱的一部剧杀青，第三季最后两期，她录得有点困，手里端着美式，让录音师帮她翻一下屏幕上的剧本，她再看看。

她之前看过原著，但录音时间拉得有点长，中间又插了几个项目，导致她不太熟悉了。

配音导演彭婉之趁机休息，在微博上翻了几条评论："啊，又说我。"

"怎么啦？谁说你？"冒冒靠了过去。

"你的粉丝，"彭婉之佯装愤恨地对苏唱说，"说我不会导，说你在这剧里的声音没游戏里的好听。"

知道是开玩笑的，冒冒笑了。彭婉之也跟着笑，做作地说："那我将功补过，好吧？下一场就有各位客官最喜欢的。"

冒冒来兴趣了："什么，什么，什么？"

"嘿嘿，那个小郡主死活要嫁给小将军，小将军是女扮男装嘛，那肯定不行，就拒绝了人家，但是小郡主一哭，小将军又不忍心了，晚上便搬了一盆小郡主最喜欢的十八学士放到府前。啧啧。"彭婉之兴致勃勃地跟冒冒讲剧情。

"最近这种本子挺多的，唱姐这两个月好像录了两三场这种本子了。"这个录音棚就是冒冒家里开的，她没事常来听。

"不是最近这种本子多，"彭婉之反手搭在椅背上，摇头，"是最近爱找你唱姐配这样的。"

"啊？为啥啊？"

"招小姑娘喜欢呗。"彭婉之含着吸管猛喝一口生咖。

说话间"小郡主"也到了，跑着来的，脸红彤彤、汗津津的，高马尾，白T恤，背着小书包，青春逼人。

"来啦，刚好收完前面的，你要休息一下还是直接来？"时间紧，彭婉之也不寒暄了。

"我直接进吧。"小姑娘把背包放下。

她的声音娇软里带点沙哑，软软的。苏唱抬头看她一眼。

"行，苏唱在里面呢，你俩直接搭。"彭妁之按下麦克风："唱啊，小郡主来了，我让她进去啊。"

"好。"苏唱清冽的声音从音响里传来，跟加了混响似的。

小姑娘停下步子，跟彭妁之说："苏老师是不是在休息啊？要不，喀喀，我先，那个……那个啥，收一下我的……我，那个啥，前面好像有一场，喀喀，自己在府里的，那个独白。"

苏唱坐在旁边听她录那场的话，她有点怕自己会紧张得卡壳。

如果苏唱再在旁边盯着她的剧本，慢悠悠地喝一口咖啡，她估计想当场上吊。

想到这场面，彭妁之心里嘎嘎乐。

苏唱笑了笑，端着咖啡起身："你先录吧，我去一下洗手间。"

她没有去洗手间，而是靠在桌旁，打开手机看了看。

四点了，没有任何人发来的消息。

彭妁之在她耳边解释："风哥收的'小萝卜'，有点社恐，爱紧张，但配得特好，一会儿你听听。配起来就不紧张了，还小，九七年的，刚二十岁出头。"

她俩向来就是这样，一个吧唧吧唧地说，一个不说话。

彭妁之没指望得到回应，却听见苏唱悠悠地跟了一句："九七年？"

"啊，咋了？"彭妁之打个哈欠。

"你说九七年跟我们也没差几岁，但我总觉得有时候看她们跟看外星人似的，是不是靠近'00后'的原因啊？咱俩靠'90'。"彭妁之撇嘴。

于是苏唱很自然地想起了一只"小蚂蚁"，的确，有一点像外星蚂蚁——一紧张就乱说话，还担心她不会营业，红不了。

她的食指在桌面上画出一条短短的竖痕，笑了，挺愉悦的。

彭妁之老怀甚慰："你终于觉得我的笑话好笑了，原来你的笑点是外星人。"

六点杀青，七点和碰到的几个朋友一起吃饭。本来彭妁之没指望不爱社交的苏唱答应，但苏唱想了想，手机在手里转一圈，说："好。"

八脸震惊。

九个人来到火锅店，彭婉之点菜，其他人三三两两地聊天，苏唱坐着喝茶。

包厢的环境很雅致，中国风的窗棂在她身后，她垂着好看的睫毛，给于舟发消息："晚上剧组聚餐，不回来吃饭了。"

发送完这行字，看了一会儿，顶上还是"于舟"两个字，没有任何变化。

苏唱退出聊天界面，翻看工作消息，竟然每一句都回复了，她锁上手机，放在一边。

跟冒冒聊了两句，她按下解锁键，才过了三分钟。

苏唱又拿起手机，打开微信，继续溜一圈。昨天有个策划给她发了个"好的"，苏唱见自己没回，便把小猫点头的表情包发了过去。

她抬眸看一眼时间，又过了一分钟。

手机振动了一下，策划回消息："可爱。"

苏唱抿唇，再次把手机放到旁边。

"唱，你看看你要加什么吧？"彭婉之把菜单递给她。

苏唱接过来，认真地看了每一行菜品的图片，浏览完毕后，却什么也没记住，于是她点开购物车扫了一眼："挺好的。"

火锅店的菜上得很快，一会儿就满满当当地摆了一桌。苏唱望着热腾腾的火锅，忽然没了兴致。她更习惯不太吵闹的用餐环境。

她是声音工作者，下班之后，再听到嘈杂的交叉音频波动，耳朵会有点累。

在这样的环境下，忽然亮起的手机屏幕像是救赎，或者说，像是割破屏障的一把小刀，戳了个芝麻大小的洞，新鲜空气便进来了。

收到一条微信消息。

苏唱拿起来，但心里却毫不在意地、淡淡地重复着一句话："应该又是那位策划吧。"

是于舟。

苏唱抿了抿嘴唇。

她打字都很轻盈："哦，好吧，我今天做了你爱吃的烧牛肉，带皮的那种。不过没事，这种菜第二次烧也很好吃，明天我给你热一热。"

又一条："还好我没放土豆，再热就沙了。"

苏唱开始想象土豆沙了是什么质感。

"怎么这么晚才回复？"苏唱看了一眼消息间隔的时间，半小时了。

"我刚睡了一会儿。"于舟发过来一个困困的表情包。

睡了一会儿？

"你几点回来呀？"没等苏唱的回复，于舟又问。

应该九点左右，苏唱想了想，但没回这句，而是慢慢地打字："怎么了？"

回复是一条很长的语音消息，然后于舟又发来几个字："我懒得打字，你转换成文字看。"

她看见于舟的话被慢慢显示出来："你回来的时候，在楼下买包卫生巾吧，我算着你上个月差不多也是这个时候。昨天我下班回家，换卷纸的时候发现柜子里没卫生巾了，正好阿姨还没走，我就问她楼上还有卫生巾吗？她说也没有了。"

苏唱愣了，看着这段话眨了眨眼睛。因为没有耳机，苏唱不知道她说这话的语气是像刚睡醒般慢慢悠悠的，还是像往常一样絮絮叨叨的。

她忽然很想见于舟。

于是她关掉手机，对彭婉之说："家里有点事，我先回去了。

"下次再请你。"

车门关上，一个小小的私密空间。

苏唱系好安全带，将于舟的那条微信点开，挂挡，踩油门，车轮行进的声音是最好的环境音。

晚上比较堵，回家的路途花了一个多小时，打开大门进入玄关，家里一片寂静。灯也没开，大落地窗上通风的小窗开一条缝隙，月光和冷风一起进来，像极了无数个苏唱独自回家的夜晚。

深灰色的窗帘一动不动，薄薄的纱帘浅浅撩起。

苏唱换好拖鞋，将车钥匙扔在柜子上，看一眼时间，已经过了九点。

餐桌收拾得很干净，厨房也是，但还有牛肉残留的香味。苏唱打开冰箱看了一眼，那道烧牛肉用保鲜膜裹得很仔细。她关上冰箱，在旁边的酒柜里挑了一瓶酒。

她正在餐厅的餐边柜里找醒酒器，听见走廊处传来轻轻的脚步声。

于舟吸了吸鼻子，问她："你回来啦？"

她一出声，死气沉沉的屋子就活了过来，也跟睡醒了似的。

于舟"啪"一声把灯打开,还不忘低头用手背抵着眼眶,半是揉眼睛,半是遮光。

两秒后,于舟才抬头朝苏唱走来,坐到餐桌旁看她。

"这么早就睡觉了?"苏唱把红酒倒入醒酒器里,看一眼于舟。

"有点不舒服。"于舟侧脸趴着。

不舒服?苏唱看她脸色:"哪里不舒服?"

"不知道,好像也没有。"于舟望着醒酒器,丝绸般质感的酒,以及收纳着灯光的玻璃壁。

"你吃的什么啊?"于舟哑着嗓子问她,慢吞吞的,说完又吸了吸鼻子。

"火锅。"苏唱看了看时间,拉开凳子坐到她对面,"我身上有味道,你闻着不舒服是不是?"

于舟摇头:"没有啊。"

但她真的很不舒服,不知道是不是因为睡了两觉,头晕。

"要去看医生吗?"苏唱有点担心,于舟看起来无精打采的,"晚上吃坏东西了?"

"没有啊,我都没吃饭。"

"嗯?"苏唱透过醒酒器看她,放轻了声音,"怎么不吃?不是做了牛肉吗?"

"我……"

于舟能听见自己的呼吸声,绵长又温软,好像在提醒她,不要说。

但她还是说了:"你不在,我有点吃不下去。可能因为,嗯,做得比较多。"

收到苏唱的消息时,她很失落,但又觉得不应该失落,苏唱本来就没有义务每天回家陪她吃饭,更没有义务报备行程,是什么时候养成的这个习惯的呢?好像也没几天。

她想,可能是精心准备了一餐饭,做饭时想的都是苏唱会不会吃得比昨天多半碗,但等了一会儿,等来的结果却是一粒米都不会吃。

空落落的。

于舟认为这样不好,本来她做这些也不是为了求什么回报。

苏唱不回来,她也不知道该干什么,就跑去睡觉了,越睡越头晕,闭着眼睛都难受。

两个人有一会儿没说话。

酒醒了十分钟，香气慢慢被开采。

"那……我再陪你吃一点？"苏唱看看于舟搭在餐桌上的手，软绵绵的，想拉起来摇一摇，像捏捏小猫的爪子，说："你不要不开心了。"

果然，"小猫"抬头："你不是吃过了吗？"

"不好吃，没吃几口。"

于舟咬咬嘴唇，笑了："外面的火锅本来就不好吃啊，很多放的是地沟油，辣椒也没有多好，吃了'烧心'，味道还很大。"

苏唱托腮，手指轻轻地搭在脸颊，也弯弯嘴角："你刚才说我身上没有味道的。"

"哦，我那时候刚醒，鼻子有点堵，现在闻到了，是有点味道的。"

苏唱没说话，只温温柔柔地笑。于舟站起来，去厨房热饭："你要吃饭吗？还是只吃牛肉啊？"

"你想让我吃饭吗？"苏唱反问。她发现"小蚂蚁"好得真快，头不晕了，眼也不花了。

"什么叫我想让你吃饭吗？"于舟把牛肉端出来，揭开保鲜膜，加了一点点温开水，然后放进微波炉，"你自己想不想吃饭，你不知道啊？"

"不知道。你如果要热的话，我就吃一点。"

莫名其妙的回答，于舟打开了电饭锅，还在保温呢。

"那你的酒给我喝吗？"她一边盛饭一边问。

"你不是不舒服吗？"

"我好了。"

"这么快？"

"不行吗？"

"可。"

"以。哈哈哈。你学会了啊？"于舟大笑。

"你听错了。"苏唱风轻云淡地说。

"你就是学会了。"

好"小学鸡"，于舟对她俩的对话无语了。

苏唱骗了于舟。

她其实吃了不少火锅，在百无聊赖等消息的时候。但于舟给她热了饭，她仍旧吃了小半碗。

准确地说,她在欺骗自己的胃。

"怎么样?"她最喜欢于舟吃饭时问她这一句。

本就很难说出"不怎么样",更何况于舟的厨艺真的很好,苏唱的夸张也显得并不夸张了:"很好吃。"

"是吧,外面的炖牛肉和我们家的做法不一样,土豆啊、肉啊什么的都喜欢炸一下,但不香的。而且炖牛肉一定要多放点干辣椒,不辣的话,香菜也没那么香了。"于舟也不管苏唱能不能听懂,自顾自地介绍。

吃完饭,她们站着洗碗时聊天消食,然后才开始喝酒。

酒醒的时间过长,混了侵略性很强的红烧味,香气变得复杂。

杯子是于舟蹲在柜子前挑的两个香槟杯,她不讲究杯子的种类,只是觉得细细长长的杯子比胖肚子的好看。

不过这杯酒她不大喜欢,之前苏唱给她挑的都是好入口的甜味款,这款很涩,她喝了一点,直皱眉头。

于是于舟在征得苏唱同意后,又去开了一瓶气泡酒。苏唱提醒她混着喝容易醉,于舟笑眯眯地满上说她洗过澡了,等下醉了就可以直接睡觉。

苏唱就不再管她了,她们一起喝酒聊天,时不时碰个杯。

清脆的响声,在寂静的夜里,似倾盆大雨前预告的雨滴。

于舟问苏唱是不是很爱喝酒,苏唱拿着旁边的打火机,弹开,关上,又弹开,靠近桌边的香薰蜡烛,但没点燃。

她没回答,只说:"这蜡烛是之前买衣服送的,不过还蛮好闻,你闻闻看?"

她把蜡烛递给于舟,于舟嗅了两下:"什么店还送这么高级的蜡烛啊?"

"喜欢?"苏唱的嗓音一旦低下来,就有颗粒的质感。

"有点吧。"

"那你用吧。"

这家店时常给她送一些小礼物,挺精致的,她不需要,但她也不是浪费的人,不会随手扔掉。

还好于舟喜欢。

还好她遇见了于舟。

于舟能把每一份微小的馈赠都妥善收藏,像积了大德一样感激,把苏唱当成是她的贵人。

她时常觉得苏唱是贵人，不仅体现在收留她，帮助她，还因为苏唱真的很贵。

哪怕她们只是楼上楼下，那么近的距离，但苏唱和她那个甚少被于舟涉足的二楼一样，像个高高在上的秘密。

于舟要等她下来，像现在这样坐在地毯上，才能平视她的眼睛，说一些压低嗓音的话。

于舟忽然很难过，她没有交过这样的朋友。

她之前不想去琢磨，但此刻喝了酒，思绪不受控了。

就快要搬出去了，于舟一直在想，苏唱当初是怎么让自己住进她家的，她的边界感那么强。

后来于舟渐渐明白，苏唱允许自己踏入她家，是因为这个家里有二楼。

于舟和之前的住家保姆一样，和每周上门的阿姨一样，可以在这个房间里做分内的事，但并不等同于已跨进苏唱的领地。

如果是"火锅"，于舟会跟她挤在一张床上。她没什么钱，也是跟人合租，但她俩可以分享一切私密空间。

"苏唱，你是不是很爱喝酒啊？"于舟又把之前的问题问了一遍。

她想要更了解苏唱一点，因此不允许问题被跳过。

"嗯……"苏唱撑着额角，想了想，"不知道，但无聊的时候会喝。"

微醺状态下比较好入眠，但代价是，她的胃变得不太好，也没有什么具体的病症，是那种经年累月被磨砂纸磨着的不好。

"你呢？"

"我以前还好，但喜欢跟你喝酒。"

"嗯？为什么？"

"嗯。"于舟的眼皮微微一跳。

"因为……你家的杯子都很漂亮，"于舟用指尖隔着玻璃杯壁碰里面流光溢彩的液体，"应该装着漂亮的酒，然后就很衬你。"

"衬我？"苏唱轻轻地笑了，这个说法很新鲜。

"对，说不上来。"

"那什么衬你呢？"苏唱的酒杯轻轻地碰了一下于舟的。

于舟认真思考："哈哈哈，白米饭衬我。"

这话说出来的时候,她又难过了,眼圈都发红,很突如其来,也很莫名其妙。但她觉得自己的心脏涨得难受,酒一点都不好喝,哪怕是换了气泡酒,之前的涩味还在,让她喉咙很苦。

苏唱执酒杯的手很好看,很金贵,一定在很小的时候就有人跟她说,什么酒杯应该装什么酒,什么酒杯应该怎么拿。

而于舟不是,以前她跟电视里学,用掌心托着红酒杯;后来听人说手的温度会影响口感,只能捏着杯脚。

"怎么了?"苏唱见她沉默,靠过来。

于舟什么也没说,又开始喝酒,这次她嫌气泡酒太甜,问苏唱要那边的红酒。

"这个不好喝。"苏唱轻声提醒她。

"你也喝的这个啊。"于舟看她。

手探过来,搁在苏唱身前的茶几上。

手又往前挪两下,想拿红酒。

苏唱按住她的指尖:"可以了。"不喝了,真的会醉。

于舟便不再贪杯。苏唱拿起手机,回同事发来的项目相关信息。

苏唱手里的这个项目,在三月就开始接触了。

作者写得挺好的,每一处心动都有迹可循,主人公之间的感情,比之前配的几本要更百转千回。苏唱一边阅读原著,一边设计配音的技巧——距离的远近,音色的高低,咬字的吞吐,情绪的收放。

当初苏唱是被彭姁之拉入行的,当然也是苏唱主动选择将配音作为职业的。原因是,配音演员,时常像孤独的外向者。

他们在小小的录音棚里坐着,他们掩藏自己的外表、身材、表情,然后将情绪放大。

确实是像皮影戏,只不过他们以声音牵引。

苏唱可以用故事当躯壳,名正言顺地体会喜怒哀乐。

她哭,她笑,她愤怒;她生,她死,她旁观。

这些看不见、摸不着的小生命是她的情绪价值,并且是一种很安全的情绪价值,因为它们不强迫苏唱去经历,也不会给她留下难以愈合的伤痕。

在声音的世界里,她不只是做苏唱。

苏唱没有对任何人说过，她之所以需要这些大开大合的情感，是因为她害怕。

有没有人曾经清晰地看到过每个人与自己相连的情感血管？苏唱看到的是断的。她像躺在床上惧怕四肢僵硬一样，惧怕自己情感上的僵硬。

连吃饭都提不起兴趣。

很长一段时间里，苏唱不喜欢任何亲密关系，过度接触会令她没有安全感。遇到于舟之后，她的想法发生了改变，她有一种预感，假如真的有一个亲近的朋友，她将颠覆此前二十多年的生活轨迹。

那是她不断试错后才建立起来的安全屋，也是她可以在任何时候都游刃有余的小小花圃。

于舟把膝盖抱起来，双脚并拢踩在地板上。苏唱想起帮她清理脚踝那天，发现的她不为人知的小习惯——她睡得舒服的时候会蜷一下脚，然后又伸展开。

不过那天没开灯，苏唱没看见她脚指甲上涂着薄薄的一层指甲油，粉色系的，和肤色差不多。

苏唱有点惊讶，因为于舟向来素面朝天，也没做过什么美甲，看起来不像涂脚指甲的人。

于是苏唱轻声问："你会涂脚指甲？"

于舟低头看了一眼，动动右脚，笑了，带着醉意的声音软得似云朵："不像这么爱打扮的，是吧？"

苏唱半侧头，用眉睫下湿润的眼神收纳她的笑。

于舟陷入回忆，舔舔上唇，说："我之前喜欢一个男生。有一次聊天，他说觉得女生做美甲还挺好看的，我也想做，但我不敢。我从小就不喜欢那种很张扬的感觉，递个东西的时候人家都要看看你的手，所以想来想去呢，就没进美甲店。过了几天，我在精品店看到一瓶挺好看的指甲油，就买下来在脚上试试。很便宜，才二十五块。"

她又低头看看，后来她不喜欢那个男生了，但她心疼没用完的指甲油，偶尔也涂一涂。

苏唱若有所思地看着于舟。她是一个二十出头的，很软的一个小姑娘，她有大部分小姑娘的情感历程，总之不会是像苏唱那样。她对苏唱好，是因为她对所有朋友都好，她还会扒拉着椅背给沈萝筠发消息，叫她"宝"。

她还会观察苏唱,然后去写她想象中的霸总。

苏唱放下酒杯,拿起旁边的打火机,"咔嗒咔嗒"轻轻敲。于舟还想说话,但苏唱不用力地咳嗽两声,笑得很温柔:"还不困吗?"

"你想睡觉了啊?"于舟轻声细语。

"嗯,我先上去了,晚安。"苏唱起身回卧室。

轻巧的脚步声消失,停留在门被带上的响动里。

于舟双手捧着脸醒醒神,然后简单收拾了一下桌子,换过衣服洗漱好,躺在床上,辗转反侧。

她又一次在苏唱转身回房的时候,感受到了距离感,让她有点难受。

于舟打开手机,想找"火锅",却又退出来。她越躺越清醒,于是起床,收拾行李。

这一晚两个人都没再提。

十五日以后,苏唱忙碌起来,之前答应过风哥,三天收完一个项目,她的时间很赶。

由于要录到深夜,苏唱也没怎么回来吃饭。于舟一个人吃饭,一个人收拾箱子,一个人把家里里里外外都打扫和整理好。厨房用品按照她的习惯换过位置,所以她将什么东西放在哪儿写下来,贴到冰箱侧面。

这一周,苏唱偶尔会在清晨从楼上下来,于舟正在剥鸡蛋,问她要不要。

苏唱困得不行,摇摇头,给自己倒了杯蜂蜜水。

于舟搬家那天,苏唱请了假,还约了深度保洁。她有点粉尘过敏,所以两个人在新家楼下的咖啡厅坐着喝东西,等打扫完再上去。

苏唱肉眼可见地忙,喝着冰美式还在不停回消息。

于舟也没打扰她,她在购物软件上给苏唱挑生日礼物。

她想,要继续好好跟苏唱做朋友,苏唱帮了自己这么大一个忙,一直对自己很好,这么困还出来陪她搬家。

至少作为朋友和共同生活了一段时间的好室友,生日是要陪她好好过的。

于舟算算日子,二十三日了,苏唱的生日就在下个星期三。她会请一天年假,正好阿姨上门打扫,然后她就悄悄地潜伏回去,给苏唱的家里布置一点花,她找了那种挺贵的永生花,没有花粉,苏唱不会过敏。

她打算定黑天鹅的蛋糕,倒不是觉得有档次什么的,只是觉得天鹅特别衬她。

她还定了一款酒,是九三年的,口味也是苏唱喜欢的,不太甜,偏酸。

不过她总觉得不太够,就一瓶酒……苏唱最不缺酒了。

于舟咬咬手指,余光瞥到苏唱端咖啡的手,忽然心被拽了一下。她好像忘了问苏唱,下个星期三有时间吗?

应该有吧,不会有人不过生日吧?而且,住在一起这么久,她好像没别的朋友,也没有别的社交。

但于舟的心怦怦跳,有不太好的预感,苏唱怎么一直没提这件事呢?于是她放下手机,问苏唱:"下周是你生日,对吧?"

苏唱回着微信,笑一下:"嗯。"

"那……那……那你打算怎么过啊?"她的语气里有隐约的期待。

苏唱一愣,她出道以来,每年生日都是跟粉丝一起过的,这年也不例外。直播通知早就发出去了,应该有听众朋友准备挺久了。

她没有将生日看得太重要,习惯当作与听众交流的特殊日期。

并且,她不想告诉于舟这件事,不想于舟去听她直播,听她讲自己的作品,听她感谢听众,她……有点害羞。

于是她沉吟着回避:"嗯,我有安排了。"

啊?于舟没反应过来,放到腿上的手机掉了,"啪"的一声。她回神,弯腰下去捡。

头轻轻碰了一下桌角,疼得她龇牙咧嘴。

于舟很会收拾心情,像收拾房间那么熟练。

她也不怕难过,因为她知道自己能调整好。

但刚刚苏唱的那句话,伤害值比于舟预想的要大一点。

好像在说,她是要过生日的,但安排里不包括于舟。而且,也并没有告知于舟的必要。

是于舟自作多情了。

于舟捂着额头捡起手机,听见苏唱有些关切地问:"怎么了?"

好烦啊,她还是那么温柔的样子,好像于舟是她唯一的、最重要的朋友。

于舟鼻子一酸,眼泪快要冒出来,她赶紧眨眨眼,另一只手慌不择路地在旁边扇风:"刚磕到了,好痛。"

她咽两下口水,又把捂住额头的手挪下来,不动声色地揉揉眼眶。

苏唱认真地看她的额角。

于舟低头，掩饰性地打开手机，还停留在选礼物界面。她退出去，无意识地打开QQ，看大学同学群的消息。

她听见苏唱又开口："你刚问我……"生日的事情，是想一起过吗？

"哦，"于舟盯着屏幕，打断她，"对，刚问你生日，我想你要是没事的话，就请你吃个饭；要有事就算了，咱们可以下次约。星期二和星期三我也挺忙的，年假七月要清零，很多同事要休假，都在赶项目。"

聊天记录翻到三月，翻不动了。

再往上拉一拉，拇指松开，也拉不动。

苏唱的呼吸浅浅的，也低下头看微信："嗯。那就再约吧。"

她第一次对这个日子有了短暂的期待，但也不过半分钟。

"我上去了，"于舟收到一条消息，"家政给我发消息，说打扫好了。"

她把消息打开给苏唱看，像证明什么似的。向对方，也向自己。

"好。"苏唱扫一眼，准备拿包。

"我自己上去吧，"于舟阻止她，"我看你消息挺多的，应该很忙。要是不忙就回去睡一会儿。我东西不多，自己弄就好，而且都打扫好了，你也帮不上什么忙。"

最后一句说得很小声，她对着苏唱冷月似的脸还是有点难受。

苏唱微微一怔，无意识地点点头，点了三下，才笑笑说："好，那我先回去，如果有需要帮忙的，随时找我。"

"好，我知道了。"于舟盯着咖啡说。

于舟又拿出手机收微信消息，然后一边浏览聊天界面，一边起身："走了啊。"

"拜拜。"

"拜拜。"

于舟不需要苏唱了，苏唱也想不到如果去她的新家，自己可以帮上什么忙。

苏唱隔着玻璃窗，望向外面的街道。

于舟推门出去，仍然低头看着手机。前面有一堆停着的自行车和摩托车，她在最近的那个外卖箱上扶了一把，防止撞上，转个弯就进了小区。

这次告别，和那些说着"下次再约"的点头之交，看起来没什么两样。

夏日的蝉鸣每年都不会缺席，在这个新的出租屋就更明显一点。

这房子跟苏唱的比是差远了，挨着大马路，晚上能听见车流声和周边店铺的大喇叭声，偶尔还有回收旧空调的广告扯着嗓子路过，甚至时不时还能听见狗叫和几句争吵。

很热闹的一个房间，算得上不经意的陪伴和救济。

更好的是，它一眼望得到头——一张床、一个衣柜，书桌上面有几排架子，窗帘很省布料，只刚刚好盖过窗棂，下面是摆放在室内的晾衣架。书桌旁边有块小小的空地，于舟打算买个懒人沙发，只能一人窝进去的那种，再配盏落地灯，也挺有情调。

以后她就坐在那里追剧，坐在那里看书，坐在那里给"火锅"她们打电话聊八卦。

她看了一眼手机，不知道苏唱到家了没有，也没给她发个信息。

她叹口气，打开购物软件把永生花什么的退了，酒是不退不换的，她打算自己喝。处理完后，她拎着小篮子去共用的卫生间洗澡，穿着睡裙出来，遇到回来的室友。

半扎的头发，很帅的那种，也很高很瘦，穿着宽大的卫衣和短裤，黑色的英伦平底鞋，黑色的及膝长袜，单肩背着双肩包，关上门，瞥一眼于舟。

拎着洗漱篮子，穿着睡裙的于舟。

"你好啊，我是今天刚搬来的。"于舟对自己这身打扮感到有点尴尬，因为没穿内衣，她不由自主地缩了缩胸部，跟人打招呼。

"你好。"室友挺冷淡的，而且不打算开灯，去冰箱里拿了一瓶可乐，喝着进了门。

也是，这种合租室友，本来就不与别人打交道的，和苏唱那种不一样。

洗完澡用干发帽包着头，于舟躺到床上，正好接到"火锅"的电话。

"我失恋了。"第一句就是这个。

"啊？"她恋过吗？

"就上次那个人，官宣了。"

"同情。"

这套流程于舟很熟，她干巴巴地安慰"火锅"，然后"火锅"要死不活地求她："咱俩出去玩吧。"

"你的同事都在休假，你也休呗，你的年假还有八天吧？我说你们外企年假是真多啊，你刚入职都有。"火锅咂嘴。

于舟有点心动，很久没出去玩了，况且还能换换晕乎乎的脑子。

她的脑子就像被刚才洗澡时的蒸汽灌了似的。

她想了想，说："我全请了啊？去哪儿啊？要这么久？"

"出国吧，咱去泰国，网上有办那种加急的。实在不行，落地签。""火锅"只想越快走越好。

"我想想吧，问问我妈。"于舟把干发帽摘下来。

听她这么说，感觉有戏，"火锅"兴致勃勃地爬起来做攻略。

还没聊几句，灯"啪"一声熄掉了，于舟本能地惊呼一声，挂断电话，按了几下开关都没反应。于是她打开手机上的电筒，穿过客厅，走到玄关处，打开电箱看看是不是跳闸了。

但刚来这边，她望着一排排的开关，也很困惑。

身后响起开门的声音，然后是拖鞋声，停在她身后。

"这三天电路检修，每晚九点断电，别看了。"

于舟回头，穿着宽大T恤家居服的室友站在身后。

嗓音跟她的长相一样冷。

"哦，不好意思啊，我没看短信通知。"于舟踮脚把电箱关上。然后她听见身后的人笑了一声，类似嗤笑的那种："你跟我说什么不好意思。"

啊这……

虽然她说得没错，但……唉，感觉新室友不太好接近。

于舟默默担忧，但没说什么，湿着头发往回走。

门一关，黑漆漆的房间显得有点可怖。

同样沉睡在黑暗里的还有江南书院的这一间复式，苏唱又如往常一样把车钥匙抛在柜子上，仍旧没开灯，换拖鞋的时候感到腰部隐隐作痛，她见怪不怪地停下来忍了忍，然后往里走。

其实于舟没来的时候，苏唱回家是很少开一楼的灯的。以至于于舟刚搬来时，苏唱还不习惯家里这么亮。

她没有像任何人以为的那样不适应家里的冷清。事实上，这才是她熟悉的生活，每一寸皮肤都在疏离感里如鱼得水。

苏唱不想吃饭，径直上了二楼，洗个澡准备睡觉。

她睡前看了看手机，于舟没有告诉她搬家的情况，点开微信，也没发朋友圈。

最近于舟很少在网上分享生活了,只不过前段时间在苏唱家里,她没有意识到这件事。

这个没有灯的夜晚,两个人都睡得不好。就这么顺理成章地,却也戒断式地,退回了不太熟悉的朋友的距离。

苏唱生日的这一周,她的手机足够热闹。可是于舟发来的消息很少。

星期一,于舟终于发了一条朋友圈,说:"新房子,你干得好啊,现在我可以八点三十分再起床。"

苏唱点了个赞。

星期二,中午剧组吃饭,苏唱要了红烧牛肉,发现真的和于舟说的一样,是炸过的,吃起来就不新鲜了。她拍照发朋友圈,配文:"果然。"

一个小时后,收到于舟的评论:"我说的对吧,都是炸的。"

苏唱又回她:"嗯。"

于舟也回复:"还是我做的好吃。"

苏唱说:"没错。"

那天下午,苏唱的心情不错,同组的纪鸣橙可能是出于"关爱牙齿健康"的想法,也可能是因为她发现总有同事在棚里吃冰棍之类的甜食,提出可以在棚里放一些漱口水,苏唱罕见搭话表示赞同。

晚上,苏唱点了一份番茄肉酱面外卖,但时间来不及,她只动了两口,就匆匆擦嘴角,准备直播。

八点到十二点,直播了四个小时,她很开心,但也很疲惫。她微笑着跟听众朋友们连线,耐心地、有礼貌地回答问题,然后一一感谢他们。

凉了的面条静静放在一边,是现实生活里唯一的陪伴。

下播时已经过了十二点,苏唱打开微信,顺着很多小红点往下翻,找到于舟的那一条零点发来的"生日快乐"。

没有华丽的辞藻,没有逗趣的表情包,没有多余的信息量,甚至没用感叹号。

苏唱回复她:"谢谢。"

收到于舟的消息:"你不是在和朋友聚会吗?回这么快?"

"嗯,聚会完了。"

"哈哈,吃得咋样?吃长寿面了吗?要吃长寿面。"

苏唱看一眼黏黏糊糊的面条,抿唇笑了笑,说:"吃了。"

"那就好。"

于舟不知道说什么了,她回话时脸上还本能地带着一点笑,但她的眼神很失落。她不知道苏唱和朋友的聚会是什么样的,会不会开很贵的酒,是不是在那种上流社会的包厢,小视频里刷到的那种。

她叹了一口气,本以为对话结束了,却收到苏唱的消息——"小猫点头"的表情包。

于舟笑了笑,回过去"小狗点头"的表情包。

又是"小猫点头"的表情包。

仍然回过去"小狗点头"。

然后苏唱说:"晚安。"

于舟回复:"晚安。"

晚安,生日快乐。

第 3 章
平凡生活里的馈赠

六月二十七日，苏唱在想要不要约于舟吃饭，但想到昨天那句带着客气的"生日快乐"，便没再行动。

进入七月，江城开始热起来了，或许是前段时间太忙，苏唱的经期姗姗来迟，不过还好这次不太痛。糟糕的是，她想起来上次忘了买卫生巾。

她当时赶着回家见于舟，把语音听了两三遍，偏偏忽略了这个内容。

她打开手机，想点外送送上门，突然想到了什么，下楼打开卫生间的门，洗手池下方的收纳柜里，满满当当的卷纸、卫生巾、牙膏，分门别类地放置着。

都是苏唱常用的几个牌子。

当时的于舟发现苏唱没买，但她没说，自己默默购置好，生怕苏唱没得用。

从来没有人这样不动声色地照顾过自己，连家人都没有这么做过。家政要付出工资，得到父母的赞赏需要表现优异，可于舟不需要，或者说，她只需要苏唱给她一点点重视。

苏唱觉得喉咙发紧，陌生的情绪让她有点难受。

她坐在马桶盖上拆卫生巾的包装，然后就开始想念于舟。

心里有个小鬼，闹脾气似的抱怨，外卖一点都不好吃，也不喜欢一个人喝酒，她还是想要一个点着蜡烛的生日蛋糕，晚上回家时开灯的房间其实好看多了。

这个小鬼不是苏唱，她们从未打过照面，但它喋喋不休。

苏唱整理好，洗手出去，第一次发现如果脚步声重一点是会有回音的。

她莫名其妙地回头，长长的走廊尽头有一盏亮度不高的壁灯，她按下墙上的开关，顶上的射灯坏了，像一个黑漆漆的洞。

她现在应该给管家发信息，马上就会有人来修理，但她没有。她望着坏掉的灯，把开关关上，又打开，再关上。她不知道自己在期待什么，或许是想看，灯假如有生命的话，会不会挣扎着再接通一回钨丝。

闪一下就好。

但坏了就是坏了。

她停住动作，绕过餐厅，迈上楼梯，走到二楼的横厅前，趴在栏杆上望着窗外。

她之前就很喜欢挑空，而这套房子的特别之处在于层高很高，往下看沙发和茶几的尺寸都更小了些，跟加大号的玩具似的。她喜欢冷眼看自己生活的痕迹，像拿着天文望远镜观测浩瀚宇宙里的星球。

没捕捉到什么特别的，直到于舟来为止。

有时她会搬着凳子坐在玄关处拆东西；有时她也会将小凳子搬到客厅，拿塑料袋垫着，一边看电视一边剥蒜；有时她会趴在沙发边研究苏唱的乐高玩具；有时她会抖抖窗帘的灰，看脏不脏；有一次苏唱醒来，看见她捧着一碗麦片坐在茶几旁，一边刷手机一边喝，笑得差点呛到，她怕弄脏苏唱的地板，赶紧用手捂住嘴，然后拆开湿纸巾，很乖巧、细致地擦干净。

她还会蹲在地上清理地板，挪一小步，又挪一小步，是后退着的。

于舟让整个家变得很热闹，而且是不过分的，不嘈杂的热闹，她的小动作都是无声的，似弹奏钢琴时踩下静音踏板。

在那个酒醉后的清晨，苏唱趴在栏杆上跟于舟打招呼，于舟扶着吸尘器笑盈盈地说："早上好。"

她仰着头，用眼睛把窗户外的阳光递给苏唱。

原来有些情绪是后知后觉的，要用时间发酵。听说大脑感知到吃饱需要二十分钟，米酒酿成大概要一个星期，而苏唱意识到想念于舟这个朋友，用了十一天。

她打开微信，给于舟发消息。

她不知道说什么，发了个"猫猫点头"的表情包。

从晚上九点等到十一点，手机都没有再响。

苏唱思忖片刻，发了第二条："卫生间的东西是你买的吗？"

她用了问句,正常情况下,于舟一定会回答。

但这次没有。

第二天、第三天,于舟都没有回复。

苏唱坐在录音棚的地下停车场里,给于舟打微信语音电话,无人接听。

她抿唇,再打一次,还是无人接听。

她退出界面,翻于舟的朋友圈,三天可见,上方没有任何内容。右边是她的头像——一只在雪地里打滚的猫,相册封面是一碗八宝粥。

苏唱点开她的头像,看了看,又点回去,然后垂下睫毛,再打一次。

她和于舟的聊天界面变得很孤独,最上方是一个表情包,然后是一句没有得到回答的话,后面是三个未接听的语音电话。

苏唱拿着手机,在方向盘上轻轻地敲,轻轻地咬了咬下唇内侧,又放开,低低"啧"了一声。

她有点慌了。

因为她突然意识到自己跟于舟的联系方式就只有微信。

她不知道于舟的微博,不知道她的公司,两个人没有共同好友,甚至没有交换电话号码。

她们一直都是微信语音通话。

苏唱心里酸酸胀胀的,像被人捏住了,她尽量平缓呼吸,低下头想办法。

去于舟的小区吗?那天搬家,于舟都没让她上去。小区很大,她在小区门口扫过一眼,大概有二十几栋楼,而且还是于舟说的那种塔楼,一层有很多户。

苏唱打开网站,于舟上一次更新停留在六月,翻完寥寥无几的留言,也没有任何有效信息。上微博搜"八大钦差",除了两条推文微博提到她,其他的都是历史科普。

提到的那两条推文微博也并没有她的微博账号。

心脏跳得有点疼了,苏唱深呼吸几次,仍旧没有好转,只因她越来越清楚地认识到自己和于舟的关系是多么薄弱。

脆弱到如果微信没有办法找到于舟,她们就可能完全失联。

没有任何工作和其他圈子的交集,她都不知道去问谁;没有一个朋友知道于舟这个人,她们从来都是单线联系,以至于可以在好友圈肆无忌惮地闲聊,连别人的点赞都看不到。

这就是友情吗？大概是吧，普通朋友就是要被普通地失去。

即使不是突然断联，也会渐行渐远。

于舟的消失，让苏唱忽然生出了一种诡异的错觉。她好像做了一场梦，遇到一个人，这个人蹦跶着在医院出现，蹦跶着在她家里住了两周，然后她就醒了。

她跟旁边的人说："我真的遇到过她。"

旁边的人说："是吗？长什么样子啊？"

连合照都没有。

苏唱在停车场发了很久的呆。

七月八日，苏唱接到于舟打来的电话。

那时她正在录一个游戏语音，手机响了，她原本只扫了一眼，心就惴惴地跳起来，比大脑更先做出反应。之后她摘掉耳机，跟配音导演说："不好意思，接个电话。"

走出录音棚，走到茶水间，她靠在墙壁上，听见了自己的心脏轻轻扯动的声音："粥粥？"

心脏仍然有点疼，但这样的疼像嫩芽要钻破土地，终于能够享用稀薄的空气。

那边很吵，苏唱按下音量键，调大声些，她听见于舟说："苏唱，你给我打电话啦？"

"嗯。"苏唱轻轻地说，然后压抑地吸了一下鼻子。

刚刚她的声音状态还蛮好的，但现在有点"嗯"不出来。

她清清嗓子，问于舟："你在哪儿？"

怎么那么久都不回消息？

"我在泰国，我请年假了，跟'火锅'出来玩儿。我本来买了那个happy（快乐）卡，就没有弄我这个卡，结果一到泰国就没信号，我上网搜，说要用那个App开国际漫游，但是很贵。我又想我开了happy卡，就没必要弄那个了，我这张卡的流量都用不完呢。不过我后来还是弄了，因为怕有人给我打电话。"

她有点急，颠三倒四地说。

"那……你的微信呢？"苏唱仍旧很轻地问她。

心脏状态有所缓和。

"我有两个微信,有一个是工作的,一般在公司电脑上挂着,但我这次休的时间比较长,怕公司的人找我有事,就登了那个,我想着朋友如果有事会给我打电话,我……"

唯一不知道她电话号码的朋友,就是苏唱。

还有一点她没跟苏唱说,她有些害怕被苏唱牵引的"错觉",怕自己忍不住总找她,怕再一次像生日那样自作多情地越界,所以之前几天都没有登私人微信。

这不只是"火锅"的疗愈之旅,于舟认为,也是自己的。

苏唱听着她的解释,心里涩涩的,眉心也微微皱起。她该回棚里了,但又不想挂电话。

于舟的碎碎念让整个工作室变得异常安静,偏偏和电话接触的那一片耳郭有些烫,可能是有一阵子没听到她的声音了。

呼吸中,她听见于舟沉默了一会儿后,很小声地叫她:"苏唱。"

电话的另一头仍然很吵。

"嗯?"

"我好想你啊。"

于舟说这句话的时候,正在普吉岛的一个夜市。

说是夜市,其实开得很早,下午就挺热闹了。当地的夜市都很鲜艳,用琳琅满目的热带瓜果妆点,带着东南亚特有的清香。海鲜串穿得很大,香蕉和榴梿也很大,旁边的榨汁机嗡嗡嗡地工作,当地的朋友买卖做得多了,总会两句中文,一边比画一边说"五十,五十"。

来了几天,她已经本能地把泰铢换算成人民币。

"火锅"吃不惯泰餐,但特别喜欢这里的甜点,手里捧着一份芒果糯米饭,还想尝尝隔壁小摊的奶昔。

七月去泰国并不是很好的选择,热得于舟心慌,大中午根本不敢出门,不知道是不是学生放暑假的原因,人比想象中多,显得更热了。

太阳快下山了,她还戴着遮阳帽和墨镜,穿着红色的吊带长裙,出发前买的,网上说在沙滩上拍照很出片,买了才发现根本不是那么回事。她走在烫脚的海滩上,感觉自己像个熟透了的火龙果。

回到酒店,人都臭了,头发也必须一天一洗,偶尔还能洗出沙子来。总之,就是精疲力竭。

打卡完几个网红景点后,当天的行程还好,两个人吃吃喝喝,还去做了鱼疗。小鱼轻轻啄吻于舟的双脚时,她感觉到了片刻的松弛,然后就在这个见缝插针的松弛里想起了苏唱。

她在做什么?她有没有找自己?好像也没什么好让她找自己的事情。

其实出来之前,于舟想过要不要跟苏唱说一声。但她有点怕,她能想象得到苏唱会温和地笑笑,然后说:"玩得开心。"

像一个普通朋友那样。

毕竟于舟是苏唱生日都不会邀请的那一类朋友,毕竟她们在春天认识,现在才夏天。

朋友关系一旦不对等,其中一方就容易变得"玻璃心",哪怕对方的态度冷漠一分一毫,都令人难过。通常人们会装鸵鸟,故意不联系,假装自己更潇洒一点,自己更不在乎一点。

更何况于舟知道,贪心不足的是她自己。

打开微信之前,她做好了不会收到苏唱的消息的准备,她只是打算看看苏唱的朋友圈。

手机收消息延迟,卡了一会儿以后才出现几个红点。于舟的心怦怦跳,在人来人往的异国街头愣住了,随之而来的是一阵慌乱,怎么打了这么多电话?她不会有什么事吧?

于舟扯了一把埋头吃糯米饭的"火锅":"我要去打个电话。"

"啥?"

"我去那边打个电话!"于舟大声说,然后跑到一个稍微安静点的地方,想也没想就给苏唱打过去了。

一秒、两秒、三秒……接通之后,是她永远波澜不惊的声音:"粥粥?"

于舟挺多愁善感的,听到这两个字就想哭了,可能是因为在国外感到疲惫时听到来自江城的声音,可能只是因为那是苏唱的声音。

所以她没忍住,颠三倒四地解释完之后,就陷入了沉默。

她也不知道自己在说什么。

抬头看看霓虹灯,是她不认识的泰语,闪烁得又热情又陌生,在这样一个将想念拦截的地方,很容易说一些应该落在故土的话。

于舟想,如果现在一起出来的是苏唱该多好啊,她整个人清清淡淡的。

她们可以去租一辆摩托车,她如果不会骑,于舟就骑车带她,苏唱坐在后座一定不会跟"火锅"似的哇哇乱叫,她只会笑一笑,问:"去哪里?"

所以于舟说了,她说,好想念苏唱啊。

说完这句话,她被旁边的人撞了一下,她本能地捂好包,心跳得很快,怕包被偷了。

苏唱那边没说话,而于舟这里又太吵,听不见她的呼吸声,所以于舟又补充一句:"这儿还挺好玩的,如果你也来就好了。对了,你找我干吗?"

这下她听见了,苏唱淡淡地呼出一口气,说:"看你没回消息,有点担心。"

她很担心于舟会出事,甚至在想要不要报警。但翻翻她和于舟的聊天记录,除了住在她家那几天,两个人都只是隔三岔五地联系,在没有联系的时候,她并不知道于舟的消失属不属于常态。

她想,如果超过三天没有消息,那就再想办法。

好在于舟联系她了。

"哦,"于舟心里颤了颤,苏唱的在意让她很开心,于是语调也扬起来了,"没事,我休假呢。下次,嗯……要不下次我提前跟你说。"

苏唱笑了,声音懒而软:"好。"

她也有点愉悦,于舟听出来了,低头望着自己的影子,抿住上扬的嘴角。

"那……"

"什么时候回来?"苏唱又问。

"后天。"

"航班信息发给我。"

她的意思是……

于舟心里的小兔子突如其来地伸伸腿:"你要来接机啊?"

"嗯,"苏唱顿了顿,她真的该回棚里了,所以抓紧时间讲重点,"你的手机号码也发我一下。"

"哦。"于舟轻轻踩旁边电线杆的影子,又添一句,"等一下就发你。"

她喜欢这种苏唱说什么她做什么的感觉,她知道苏唱也喜欢。

"嗯……"电话那头沉吟片刻,轻声问她,"接下来两天去哪里?"

于舟的后背被拍了一下,她转头,"火锅"挤了过来,吸完奶昔,用口型问她:"还没打完呢?"

于舟摇头,示意她等一会儿,然后给苏唱报备:"行程都差不多结束了,明天随便逛逛。哦，'火锅'还想去夜店，后天就回去了。"

"什么夜店？"

"那个……"于舟没记住，问"火锅"，"什么夜店啊？"

"火锅"一口奶昔差点呛到，那个夜店有尺度稍大的表演，本来就是忽悠于舟陪她去的，所以用气声叮嘱她："干吗？你妈啊？别跟她说。"

啊这……姐，这么大声，是家长也听到了。

于舟无语。

然后她就听见电话那头的苏唱轻轻笑了一下，接着温声道："那个不好玩，可以考虑一下别的行程。"

啊？她猜到了啊？而且不建议我去？

于舟脸都红了。

她又低声答："哦。"

耳朵也烫了。

打完电话，她捂着起火的耳垂，跟"火锅"说回去。"火锅"打了辆出租车，问她："谁啊？"

"苏唱。"

"哦，吓死我，还以为是你妈，那你那么紧张干吗？"

于舟把手机号码给苏唱发过去："她说这边的夜店不好玩，咱们换别的吧。"

"咋？她去过？""火锅"狐疑道。

"她没去过！"于舟提高音量。

"你咋知道？那她咋知道不好玩？"

"她什么都知道。"看杂志不行啊？刷攻略不行啊？听朋友说不行啊？

"火锅"哼哼唧唧地笑，看于舟反应大，故意耍贱："她肯定去过。"

"不跟你说了。"于舟拉开车门上车。

晚上九点刚过，于舟就收到苏唱的视频通话请求。

算算国内应该是刚过晚上十点，于舟梳梳头发，坐在床上接起来，但摄像头对着被子。很巧，苏唱那边也是对着地面。

两个人同时笑了。

于舟看着镜头里摇摇晃晃的灰色水泥地，像是在地下车库。问她："你才回家啊?"

"嗯,刚到。现在要上电梯。"苏唱按上行键。

"那你干吗给我打视频电话啊?"以前都是语音通话的。

"本来想要打语音电话,不知道怎么点到这个了。"苏唱说。

于舟问她:"这么晚才回去,吃饭了吗?"

"没有,不饿。"苏唱进电梯,看一眼于舟那边的画面,卡卡的,信号不太好。

刚洗完澡的"火锅"走出来,往床上一坐,被子陷下去,画面里出现了"火锅"的腿。

苏唱愣了:"这是……"

"哦,火锅,她刚洗完澡。"于舟调整一下角度,对着自己这边的床面。

苏唱没太反应过来:"你们……一起住?"

"火锅"瞟一眼于舟,再瞟一眼手机,啥意思?

"嗯,对。"于舟跟她解释,"我们出来得比较急嘛,好多网红酒店都订不上了,'火锅'想住这里,因为有个小院子,还有泳池,不过就只剩大床房了。"

于舟下床,趿拉着拖鞋,推开院门给苏唱看:"你看,漂亮吧?昨天晚上还有灯,我觉得浪费电,让酒店给关了。幸好有懂中文的服务员,不然我说英语她们都听不懂。"

于舟傻傻地笑,举着手机围着泳池绕一圈。

"大床房也没有两间吗?"苏唱看了一会儿泳池,轻声问于舟。

于舟吃不准她的意思,她的语气里什么都没有,仿佛真的就只是一个不食人间烟火的大小姐在询问。

于舟蹲下来,望着倒映月色的水池,老实地说:"嗯,因为我们没有那么多钱。"

她说这话时很乖,很认真,没有一点自卑,但有一点不好意思。

苏唱不会懂她们这样的女孩的,不算贫穷,也想享受,能说走就走地出国游,但还是要精打细算。如果能搭伙分摊旅行开销,她们也想要住更好的、带无边泳池的房间,而不是定两间普通的大床房。

对于舟这样的女孩来说,享受不是取悦自己,而是见世面。她宁愿牺牲平常就有的、一半的床,跟"火锅"挤一挤,然后见见平时不太常见的、

113

有无边泳池的小院子。

　　旅行时，酒店的意义不在于睡得安稳，更多是在于看到漂亮环境时"哇"的那一下，在于晚上坐在池边看着月亮倒影的这一刻。

　　"总之我觉得这个酒店还挺好的。"于舟捡起旁边掉落的树枝，扔到垃圾桶里。

　　"是还不错。"苏唱那边的画面变成家里，她打开一盏落地灯，坐到沙发上，像月色一样柔和地笑了笑。

　　于舟因为苏唱的理解而有些高兴，又听苏唱道："如果你觉得好，把酒店记下来，下次我们可以住。"

　　下次？

　　"你不是说泰国很好玩，希望我也去吗？"苏唱趴到沙发扶手上，"客气话？"

　　啊这……

　　于舟觉得那不是客套话，但也算不得真话。如果是跟苏唱一起的话，她觉得可以去人更少、更享受一点的地方，不过要等她攒攒钱。

　　她挺疑惑的。

　　出国前，明明两个人的交流很一般，才过了几天，苏唱就变得这么主动。

　　挂断电话，于舟又在院子里坐了会儿，感到身上发黏，才回去洗澡。

　　第二天，她们去了一家很有名的泰式奶茶店，墙上密密麻麻都是中文的小字条，很多人把无法宣之于口的爱慕留在对方永远看不到的地方。于舟无聊地看了看，拍下桌上的奶茶，发给苏唱。

　　因为早上苏唱也给她发了张等红绿灯的照片，说："开工了。"

　　她们开始有了分享行踪的默契。

　　苏唱没有回复，可能是在工作。于舟放下手机，用吸管搅了搅奶茶里的冰块。

　　之后她若有所思地喝完最后几口奶茶。

　　门口的风铃声飘过，店外开过去一辆摁着喇叭发出"嘟嘟"声的摩托车。

　　江城的夏天比泰国的干燥很多，苏唱这天没有安排工作，算好时间开车往机场去。她父母家不在江城，因此光顾机场的次数不少，但这次不一样。

　　经过这一次分别，苏唱对于舟的态度又不同了。

她一如既往地讨厌被动。一开始她试图远离，以为拉开距离就能够回归正轨。在她意识到不能之后，又迅速地判断形势，想要拿回主动权。

苏唱是一个从来没有被选择过的人，即便是初入行试音，只要找到她，只要她交音，那个角色就一定是她的。

在苏唱身上，不可能发生眼睁睁看着于舟搅动她的情绪，而她无能为力的情况。

于舟比她想象中狡猾。

苏唱曾以为自带安定感的于舟是一座山，但于舟告诉她，小舟真的是小舟，此刻停靠在这里，下一秒或许就将随波逐流。

巨蟹座的苏唱对安定感永远着迷，既然小舟已经出现在生命里，她希望能够靠岸。

她可以做于舟生命里，特别的、重要的、独一无二的那一个。就算是朋友，也想做最好的那一个。

否则患得患失等不良情绪会对她耀武扬威。

机场永远明亮，因为无论分离与重逢，都值得每个人收进眼底，好好珍藏。

于舟从没觉得等待飞机停稳、下机和拿行李的过程这么漫长，她连洗手间都没去，站在行李传送带的出口处踮着脚看，好不容易等行李出来了，一把拎起放到行李车上。

推着行李出来，接机的地方人很多，但于舟一眼就看到了苏唱。

她站在离人群稍远一点的地方，穿着宽大的白色衬衣，V领的。她叠戴了两条项链，短一点的白金链挂在锁骨处，长一点的是一枚圆润的小珍珠，垂着的弧度和V领一致。下身是咖色的阔腿裤，整个配色很简洁、清爽。

她的穿搭简单，但发型换了——半扎丸子头，稍稍凌乱，显得很慵懒。但仔细看，披散下来的头发里藏着一根小辫子，有点帅，又有点精致。

苏唱一只手插兜，一只手回微信，见于舟出来了，扬手挥一挥，示意她过来。

于舟突然就不好意思了。

她跟苏唱僵硬地点点头表示看到了，然后低下头，好似在检查行李有没有漏掉，最后转头跟"火锅"说话。

明明只有一个人等在那儿，但她觉得全世界的聚光灯都打在自己身上，路都不会走了。

苏唱站在圆柱旁等埋着头的"小鹌鹑"过来。她穿着米白色吊带裙,可能是在飞机上睡乱了头发,所以戴了一顶米色的鸭舌帽。旁边的小姑娘应该就是"火锅",大咧咧地穿着柠檬黄的度假套装,脚上一双人字拖,特别像卖水果的。

于舟不自然地捋着头发,到苏唱面前停住,瞄她一眼:"哈喽。"

苏唱抬头吸吸鼻子,抿着嘴唇笑,也慢慢地说:"到了啊。"

"嗯。"于舟又捋捋自己的头发,在飞机上睡弯了,好烦,早知道沾湿点水了。

这什么情况?"火锅"看看苏唱,又看看于舟。

"哦,"于舟见"火锅"仿佛没事找事地上手把行李拿下来,便赶紧介绍,"这就是'火锅'。'火锅',这是苏唱。"

她说完舔了舔嘴唇,有点干。

"你好。"苏唱笑了笑。

"火锅"如坐针毡。苏唱还真是女神,就是那种让人感觉自己身上的衣服吊牌都没摘,并且上面写着"原价19.9元"的那种,挺让人局促和露怯的女神。

"你好,你好。""火锅"感觉该握手,但苏唱没动,她就也没动。

于舟和苏唱都没说话,"火锅"头一次见这么诡异的接机,当下就想溜,思考两秒,尴尬地问苏唱:"你来接她啊?"

"嗯。"苏唱说。

"那行,那行,""火锅"推着自己的箱子,"那我就坐地铁回去了。"

于舟没反应过来,"火锅"看看苏唱,苏唱看着于舟,轻轻点头:"好。"

"火锅"差点没被逗笑。这姐真逗,一般人不得客气客气说"一起啊",然后顺带送到地铁站啥的啊。苏唱就看着于舟来了句"好"。

于是她憋着笑就跑路,跑了两步又倒回来跟于舟说:"包,包。"

"哦。"于舟这才回神,把自己身上的书包递给"火锅"——"火锅"行李有点多,她帮着背了个小的。

"火锅"接过去,背着包走了。

苏唱也没说话,走到一旁按下按钮等电梯。于舟跟过来,行李车的轮子骨碌碌作响。

两个人站成一排，苏唱才侧头看她，淡淡一笑："黑了。"

于舟抬手按自己的帽子："嗯，那儿的太阳可毒了，我用了两瓶防晒霜，戴了帽子，撑了伞，还是黑了。"

说了两句话，就不尴尬了。于舟现在比较担心什么时候才能把"肤白，貌还行"的自己养回来。

她们有一搭没一搭地聊天，到地下车库取车。等坐上去了，于舟才问："去哪儿啊？"

苏唱扶着方向盘，想了想："有点晚了，饿不饿，要吃饭吗？"

"饿。"

"去餐厅还是去我家？家里有些食材，想吃自己做的饭吗？"

于舟乐了，坐在副驾驶座望天："我第一次见有人请吃饭说'你来我家吧，你做饭'，哈哈哈哈。"

苏唱发动车子："我买了点菜，想着万一你想吃自己弄的东西呢，毕竟你说外面的不好吃，你那里大概也不太方便做饭。"

"那你还蛮贴心的。"于舟侧头笑着看她。

"谢谢。"苏唱看了一眼后视镜，勾勾嘴角。

开回家要一个多小时，于舟困了，摘了帽子抱在怀里，在车上睡得很香。

下车时，她有些晕乎，跟在苏唱后面走，以为自己还住江南书院呢。

还是熟悉的、带着淡淡木香的住所，家居摆设也都没变，于舟还是穿的那双小粉拖鞋。

近一天的路途奔波，于舟又累又饿。但苏唱说得对，她确实不想在外面吃，于是煮了两碗酸辣面。苏唱在外间调中央空调和环境灯。

两个人坐在茶几旁的坐垫上，一边聊天一边吃面。

于舟主讲。

"我们还去了皇帝岛，那里的海比普吉岛的漂亮很多，而且我们定的那个酒店巨好，还有私人沙滩。不过我不敢玩海上项目，还蛮遗憾的。

"你见到的那个我的朋友'火锅'，她真名叫霍元艺。以前她妈喜欢霍元甲，非要给她起名霍元乙，她外婆以死相逼。据她说的啊，我不知道有没有夸张，然后就改成了艺术的'艺'。

"但她还是不喜欢这个名字，我们就叫她'火锅'。她爱吃火锅。"

于舟越说越精神，竟然挺醒困。

苏唱就安静地听她说，时不时淡淡一笑。酸辣面的辣度对她来说有点超了，鼻头红红的，眼圈也湿湿的。

于舟看得心疼，对她说："你吃不了辣的就不吃了吧，我给你煮碗清汤面，好不好？"

"没事，我差不多吃好了。"苏唱又夹起一根面条，抿着吃。

于舟怕辣着苏唱，去打了两杯果汁，西瓜和西柚的。

西柚的不太甜，给苏唱。

刚坐下，"火锅"的消息就来了，开门见山地问："她就是你说的那个有钱姐姐？"

于舟差点被西瓜汁呛到。

她侧过身子，背对着苏唱，小心翼翼地回复："啥？"

"你到家了？"她又发一句。

"火锅"："刚到。她为啥来接你？"

于舟："我也不知道啊。"

苏唱在一旁喝果汁，于舟把手机屏幕锁上，打算回家再和"火锅"唠。

她正要起身去拿东西，却见苏唱开口："现在回去，会不会太晚了？"

"啊？"于舟又看一眼手机，"刚过十点，还好吧。"

不想坐地铁，也不想麻烦苏唱送她，她可以打车。

苏唱清清嗓子，侧着头想了想，很温柔地提议："到家就该十一点了，出去这么久，还要打扫屋子和换床单，再洗澡，会很晚很累。你带了行李，可以先在这边住一晚，休息好了，明天我送你回去。"

反正之前也住过，她的建议听起来很周全，挑不出错。

于舟安静地咬咬嘴唇，面对波澜不惊的苏唱，熟悉的心酸感又来了。

你看，无论对方说什么，于舟都想本能地答应。

于舟觉得挺折磨人的，她握着细长的玻璃杯，摩挲几下，用细细的语调问苏唱："你为什么要来接我啊？"

苏唱一愣，没料到于舟的反应。

于舟软软地坐在一边，琢磨措辞："嗯，我不知道应该怎么说，其实我没怎么被接过机，只有上学的时候我爸妈会来接我。我想，会来接机什么的应该得是闺蜜吧，就是特别特别好的那种。"

"苏唱，我是你特别好的朋友吗？"于舟不明白了，直接问她。

苏唱一口气含在嘴边，拢了拢眼神，她感觉自己的心脏在漂浮，她想要拉住的"小舟"在郑重其事地询问跟自己的关系。

她没面对过这样的情况，但她想，最好的办法是不要回避。

于是，她点头："嗯。"

她想做于舟第一顺位的朋友，做什么都可以跟自己分享的那种，不会因为突然断联而难受，而无措，而影响自己的情绪。

"那你为什么……"于舟低头，有点紧张，鼓起半边腮帮子，又迅速收回，"就是你生日，我本来想跟你过来着，但你好像也没想喊我。"

她很窘迫，很尴尬，这种问人家生日为什么不请自己的话，真的挺难说出口。

于舟感到自己额头上有细细的汗，心也怦怦跳，幸好灯光不算强，照不到她忐忑不安的表情。

苏唱迟疑片刻，然后放软声音，温和地解释："我之前和几个网络上的朋友约好了，在遇到你之前。我想，嗯，你们也不大认识。"

她抿抿嘴唇，手指也捏了捏面前的玻璃杯。

原来于舟想给她过生日，但她误会了。她觉得嘴里的西柚味开始回甘，比刚入口时甜。

而于舟挺直的脊背也放松下来，捧着杯子喝一口，门牙在杯沿上轻轻咬了两下，瓮声瓮气地说："哦。"

些许没咬住的笑意，被她藏在杯子里。

原来她是怕自己跟她的朋友不熟，原来她也想约自己来着。

"那我去洗澡了。"于舟倏然站起身，跑到箱子前蹲下，找睡衣。

苏唱一愣，几秒后才反应过来，她这晚是要在这里住了。

十一点十分，苏唱坐在单人沙发上看书，浴室门开了，于舟带着一身水汽走出来，苏唱瞥了一眼。

入夏后，于舟穿的是深蓝底白色小花的睡裙，而且是细肩带的那种，绑在脖子后面，裙身是修身款，显得腰线很漂亮。

于舟走过来，习惯性地靠到沙发扶手上，问苏唱："我刚去卧室里看了，我之前用的床品都收起来了，洗了吗？收在哪里了？我去铺上吧。"

苏唱把书合上，抬眼看她，轻声说："去楼上睡吧？"

"啊？"这一声也很轻，带点沙哑。

"楼上不是你的房间吗?"她用细细的声音问。

苏唱把右手搭在沙发扶手上,就在于舟腿边,动了动指尖,才顺着于舟的话反问:"嗯。怎么了?你和'火锅',你们不是也住一间房吗?"

"火锅"可以,她不可以?不是说是最重要的朋友吗?

她的眼神认真,又带点漫不经心,耐心地等于舟回答。但于舟显然没想过其中差别,怔怔地望着她。

"你又不是没有多余的房间……"于舟用力抠自己食指上的倒刺,用近似自语的声调说。

膝盖又无意识地抵了抵沙发扶手。

苏唱温和地笑着,轻轻说:"可是没铺床。"

"那我可以铺啊。"

"你很累。"

"铺床的力气还是有的。"

哦。苏唱轻轻地安抚:"楼上有别的房间。你之前不知道吗?"

"我之前又没上去过。"于舟嘀嘀咕咕。

"走吧,我带你去。"苏唱放下书,站起身来。

苏唱家的二楼有三个房间,主卧和次卧都是套房,主卧带二百七十度的环景飘窗。苏唱将飘窗部分设计得小巧而精致,坐在上面喝喝东西、看看书,能将奢华的庭院设计尽收眼底。次卧房间要小一些,带一个近似小露台的阳台。

在江城,带阳台的房间是很稀缺的。于舟想起自己只能把衣服晾在窗台底下的小出租屋。

于舟不大懂为什么阳台算是奢侈的设计,在她的老家,一个小地方,每个房间都有一个小阳台,但江城就没有。

此刻站在次卧阳台的玻璃护栏旁,看着远处星星点点的城市夜景,还有隔壁公园里的湖泊。这么晚了还点着渔火一样的灯,反射在波光粼粼的水面上。

吹到脸上的风都贵了起来。

所以奢侈的不是阳台,奢侈的是站在城市顶端俯瞰万家烟火的底气,奢侈的是面对城市天际线毫无压力,痛快饮风的闲暇。

除了两个卧室，二楼还有书房，旁边是客卫。衣帽间和楼下的家政间差不多，不算大，可能是因为卧室里的衣柜空间已经足够。

苏唱带着她随便看，于舟看得真心好羡慕。

她老家的小别墅也挺大的，但真不像大城市的豪宅，处处都是设计，连灰色门框的拉丝工艺都很精致。

她家的房子是请熟人装修的，家具在套餐里选，整体美式风格，主卧摆放的却是中式红木家具，次卧是英伦风，客房还是榻榻米。哈哈，她父母总觉得多种多样的装修风格比较划算。

送她到次卧，苏唱就回房间拿衣服洗澡。

于舟趴到床上给"火锅"打语音电话。

"回家啦？舍得找我啦？""火锅"在啃棒骨。从泰国回来馋死她了。

"没有，我在她家住了。"于舟放低嗓音。

"火锅"有点震惊，忽然认真地问："你们这么熟啦？"

于舟沉默一会儿，挨个刮每个手指的指甲盖："还行吧。"

她和"火锅"是发小，老家在一个地方。上小学时，她们会在楼下喊对方一起走。中学分到不同的班，她俩还特矫情地每周给对方写信。后来，"火锅"考到了隔壁市的大学，但偶尔会坐大巴来找她。游玩几次之后，"火锅"爱上了江城，毕业后也来了。

这会儿，苏唱从浴室出来，换上丝质睡衣，又是那身深蓝色的。她本想直接睡觉，思忖片刻，却来到于舟的门前，听见里面有不流畅的音乐声，于是敲敲门，两三下。

于舟轻轻应了一声。

苏唱问："还没睡？"

"没有，"于舟转头对着门，"你进来吧。"

苏唱开门进去，于舟从被窝里坐起来，把床头放歌的手机关掉，问："洗完啦？"

"嗯，跟你说声晚安。"苏唱站在床边，略微垂着头，笑了笑。

于舟拥着被子，突然觉得好像又回到在医院初见的时候，有一次苏唱也是站在自己的病床前跟自己说话，她高高瘦瘦的，穿着病号服。只不过她那时候是黑长直，现在头发梳成了辫子。

于舟好奇地伸着脖子打量:"你没洗头啊?辫子也没拆。"

"等下去房间里拆。"

于舟想象着苏唱坐在梳妆台前编辫子的样子,跟苏唱悄悄说:"你可不可以弯下腰?我有点想做一件事,或者你坐到床边也行。"

苏唱挑眉,侧坐到床边。

于舟靠过来,说:"有点不太好哈,但是……"

她伸手,拽了拽苏唱的辫子。

苏唱没反应过来,看看辫子,又看看于舟的手。

于舟连忙道歉:"对不起,我手贱。"

见苏唱没生气,她又大着胆子问:"你这个学了多久啊?我就不会弄发型,哎,要不我帮你拆辫子吧?"

于舟说着,直起身子。

"好。"苏唱垂眼看着她弄。

于舟挺小心地拆。

"好了吗?"苏唱问她。

于舟低声回:"好了。"

苏唱偏头,微微一笑:"谢谢。"

"不客气。"

"睡觉吧,明天你还在假期是不是?我也没有工作。可以一起玩。"苏唱说道。

于舟钻到被子里,说:"晚安。"紧接着又添一句,"明天见。"

苏唱轻声回她:"明天见。"

于舟本以为自己会失眠,但她睡得出奇的好,次卧的被子也是深灰色的,内里浅灰色,不晓得苏唱家用的是什么床垫和枕头,总之特别舒服。

后来于舟才知道,她是睡过了几家酒店,找到其中一家去定制的枕头。

有时候于舟觉得自己和苏唱这种有钱人的区别就在这里——不是住不起贵价酒店,但她不会因为一晚的舒服想到去定制枕头,没这个必要。

分开以后,于舟也在网上买过所谓的酒店同款,但她发现,和苏唱定制的还是有差距的。

不知道是不是心理作用。

于舟是被太阳晃醒的,昨天忘了拉窗帘,玻璃阳台令光线更加张牙舞爪,非要床上的人起来享受阳光。她看了一眼手机,十点半了,没有任何动静,苏唱应该还在睡觉。

于舟揉揉脸。

她下床,准备直接去找苏唱,想了想又折返回来,在箱子里翻翻找找。

于舟来到苏唱的房门前,敲门,听见她的声音后走进去。

苏唱已经醒了,洗漱后又觉得困,抱着枕头赖床。

"你都醒了还不起啊?"于舟看看窗帘,也是拉开的,于是站在床边问她。

很奇妙,昨天她来说"晚安",今天自己来说"早安",还是同样的姿势。

"困死了。"苏唱阖着眼,脸在枕头上蹭一蹭,眉心微微一蹙,才张开湿漉漉的睫毛看于舟。

"昨晚做贼了?"于舟偏头,用赵青霞女士的话逗苏唱。

苏唱笑了笑,也调侃:"做了。"

苏唱抬手把床边的被子拉开,于舟顺势坐下,说:"你要是起来,我给你个东西。"

"什么东西?"苏唱侧卧,抱着另一个枕头。

于舟放在床上的右手握着一个小物件:"我从泰国给你带了礼物,你说想跟我一起过生日,这就当作是给你补生日礼物了。怎么样?"

苏唱看看她的手,握得严严实实的,又抬眼看看她,还没苏醒的嗓音软软的:"如果我昨天没解释,你就不给我了?"

"看情况吧。"于舟低头捋捋自己的睡裙,故意别扭地说。

"是什么?"苏唱笑了,脸又靠了靠枕头,望着于舟问她。

于舟伸手,挑挑眉示意苏唱接住。苏唱抬起有气无力的胳膊,翻转手腕,手心放在于舟的手下面,有些期待。

然而于舟并没有动作,苏唱动了动无名指,看她。

"算了。"于舟把手收回去,另一只手把苏唱的手放回床上。

"嗯?"

"有点便宜,还是算了,显得怪没诚意的。"于舟双手掐着那个小礼物,朝缝隙里吹口气,挺不好意思。

苏唱扬眉,伸手去戳她的手腕:"我的礼物。"

"还没送呢,不是你的。"于舟摇头。

苏唱又戳她的腰:"给我。"

于舟又痒又好笑,乐得花枝乱颤:"有你这样的啊?"

苏唱也含笑回敬她:"有你这样的?"

于舟笑够了,一只手拉住苏唱的手腕,翻转朝上,另一只手把礼物放到她手里,垂眼碎碎念:"我买的是香薰蜡牌,我经常觉得你很香,应该喜欢香料、香水什么的吧。免税店里的那些香水你应该都有,但这个当地的东西还挺少见的,也挺好闻,是你喜欢的木香。我忘了什么成分了,当时我还特意问了,但没记住,就记得有檀香。

"反正是挺便宜的,你要想用的话,用用也可以,我问过了是天然的。其实这个也不是很便宜,换算成人民币要五百多块呢,应该不是那种劣质香精。"

她有点紧张,说完才觉得自己有病,没见过送人礼物把价格说出来的。

唉……又尴尬了。

苏唱握着那块香牌,坐起来,正反面来回翻着看,又闻一闻:"是挺好闻的。"

她看一眼于舟:"谢谢。"

于舟也看她。

苏唱昨天拆完的头发变成了大卷,慵懒地簇拥在她的脸旁,连刚起床都好看得不得了,自带天然的骄傲。她很认真地欣赏礼物,说"谢谢"时似乎还有些不好意思。

于舟又感到满足了,挠挠自己的手心,说:"喜欢就好。起来吧,想吃什么?我给你做,还是出去吃?"

"出去吃吧,我请你吃饭。"苏唱掀开被子起床。

"好耶,苏女士买单。"

"小鹌鹑"很开心,蹦跶着去换衣服。

收拾完出门已经是中午了,两个人去 STP 吃了顿法餐后,苏唱送于舟回家。

这次苏唱没有习惯性地玩手机,而是认真地观察环境,记下单元号和门牌号。于舟输密码时见苏唱侧头回避,小声问她:"你要吗?我一会儿发你?"

"嗯?"苏唱愣了。

"啊这……"于舟也觉得有点突然,一边开门一边解释,"我就是想着,我不是有你家的密码吗?感觉这样的话,公平点吧。"

什么乱七八糟的?她摸摸鼻子。

苏唱抿唇笑,没说话。

"要不你把你家的密码改了?反正我也搬出来了。"短路"鹌鹑"琢磨着救场。

见苏唱又愣住,于舟在心里捶墙:我今天是不是有病啊?

她清清嗓子,决定不说话了。但当她看见苏唱找拖鞋时,她又忍不住出声:"我们这儿进门不换鞋。合租都是这样的。"

一个公用的客厅,还是暗厅,没窗户的那种,因为有窗户的那边隔断成了一间卧室,大落地窗租金高,目前还没租出去。主卧也没人租,套房租金也高,所以现在只有她和戴萱两个人住在这里。

戴萱就是她的新室友。

虽然有公用客厅,但很小,也没人用,因此里面没有一点摆设,只有一个冰箱。冰箱上是Wi-Fi(无线网络)设备,墙上贴着Wi-Fi密码,还挂着几把卫生间的备用钥匙什么的。

于舟卧室旁边就是卫生间,屋子隔音不好,都能听见室友洗澡和冲水的声音,她想要是再搬来一个,晚上估计就挺吵了。

卫生间比起苏唱家的称得上简陋,没有干湿分离,只有一个淋浴的花洒和立式的陶瓷洗脸池,旁边的架子上还有洗衣机,洗澡时要很小心,不能把水灌进去,洗完澡马桶盖上全是水。

"我打算拉个帘子,就不会到处都是水了。"于舟见苏唱往里面看,便给她讲解。

但看苏唱的表情,她仿佛根本想象不到要怎么拉防水帘。

嗐,大小姐来体验生活。

尽管她什么也没说,但看得出来她很少见到这样的房子。于舟觉得也挺逗。

于舟现在的工作加上奖金,一个月能到手八千多块。这房子的地段好,尽管是合租,租金也要两千八百块,加上分摊的服务费和中介费,还有网费、水电费什么的,得三千多块一个月,也快占工资的一半了。其实她还能租更好的,但生活就有点紧张了。

于舟不打算跟苏唱说这些,她没必要知道。

她正要进卧室,戴萱从房间里出来,看到苏唱愣了一下,然后跟于舟打招呼:"回来了?"

"嘿嘿,对。"旅行前相处了几天,她俩现在也能聊两句了。

破冰大概是因为有一天晚上,于舟去敲戴萱的房门,说自己要用厨房,想充天然气的卡,如果戴萱不用的话,她就自己交。戴萱表示没问题,她乐颠颠地说了声"谢谢"。

戴萱这次没上回那么冷了,但还是嗤笑一声,问她:"你又跟我说谢谢干吗?"

"哈哈,我也不知道。"于舟耸耸肩,笑着说。

然后戴萱说:"加个微信吧,之前水、电、气都是我交的,以后我按月跟你AA。"

"好的,麻烦你了。"于舟扫了她的二维码。

去泰国前,戴萱问于舟要去多久,于舟答连着周末小十天。戴萱说那让于舟这个月少付点,于舟说不用,戴萱很坚持,于舟也就没再推拉,想着给她买个小礼物,交流交流感情。

于舟领着苏唱进了屋,习惯性地唠叨:"我还没买沙发和坐垫,你看看坐床上可以吗?或者坐那个书桌旁边的椅子。还是坐床上吧,床上舒服点。"

"我没换衣服。"苏唱说。

"没事,我一会儿也要重新铺床的。"于舟把头发扎起来,蹲下拉开箱子,见苏唱仍在打量她的房间,道,"你等我一下啊。"

她掏出一个东西,往隔壁去。

这房子的隔音真的很差,苏唱能听见于舟倚着门框敲开戴萱的门,轻轻笑着说:"哈喽,给你带了个小礼物。"

也许是因为不太熟,她轻柔的嗓音里带着些不好意思,很像送香薰给苏唱的时候。

她们又聊了两句,于舟才回来,因为和新室友的社交成功而有点小开心,幅度小小地摆动肩膀,蹲下一边继续整理箱子,一边问苏唱:"你喝不喝水呀?冰箱里应该还有可乐。"

现烧应该是来不及了。

"我不爱喝可乐。"苏唱说。

太甜了。而且于舟平时也不喜欢这种碳酸饮料，现在冰箱里竟然会有。

很不适，苏唱的心倏然收缩几下，她坐在床沿仔细思考，觉得自己在这个环境里像个外人。于舟住在她家时，很安定，安定得似高中时的固定同桌，会讲两个人才知道的悄悄话。

苏唱觉得，这样就很好。

但回到于舟的住所，苏唱猛然发觉，也许于舟跟别人的悄悄话会更多，更有话聊。

她看着于舟房门背后的拖鞋，意味不明地轻声说："你的室友，没穿裤子。"

啊？于舟抬头看她，好像刚才是穿了件大T恤来着，下面穿没穿她没注意。

于舟"扑哧"一声笑了，压低嗓音："她在自己家，不穿裤子也正常吧。"

"正常吗？"苏唱看着于舟挑眉。

"你小点声。"于舟笑着打她一下。

苏唱也抿抿唇笑了，但还是有点不舒服。

"下午做什么？"她问于舟。

"我明天要上班了，今天得收拾收拾屋子。嗯，一会儿想去趟家居卖场，把小桌子和沙发什么的买了，"于舟埋头拿洗漱包，"你有空吗？"

"没有。"

"你说你今天没有安排的啊。"于舟抬头看她，一脸疑惑。

"你记得，那还问我？"

于舟哼笑一声："我这不是尊重你吗？早知道你这么幼稚，我就不尊重了。"

苏唱眼里带着笑，低头打开手机，查去家居卖场的开车路线。

明明是工作日，家居卖场的人还是那么多。

这是附近最大的一家，于舟带苏唱直奔三楼，推了辆巨大的推车，上电梯时拣两边的小东西看。

苏唱没来过这种卖场，她的家具装饰都是当时的设计师团队包了的。于舟之前馋她家的落地灯，吃完饭偷偷打听价格和购买途径，但她不记得，只说要等比较久的时间，她定了半年。

于舟缩回沙发上，心道：僭越了。

她在想，如果是从前的自己，是很有可能仇富的。

哈哈哈，开个玩笑。

于舟直奔三楼是有小心思的，她先去买了一份热狗，然后找桃子雪糕，也给苏唱买了一个。大小姐体验生活吃这些小吃肯定会觉得特有意思，电视里都是这么演的。

但苏唱吃得很平静，平静得好像在鄙视于舟，她又不是连冰激凌都没吃过的巨婴。

吃饱喝足，两个人悠闲地逛家居区。于舟很好玩，看到舒服的沙发就要去坐一下，看到高高的床垫也喜欢去按一按，她觉得自己这样挺没素质的，但她这种时候就是没素质。她小时候去超市也喜欢用铲子搅一搅米，从小就没素质。

她带着苏唱走过一格一格的装修样板间，说如果她的屋子能放下这种高低床和折叠沙发就好了，过了一会儿又讲这些装修都般子，跟苏唱家的比差远了。

苏唱问她"般子"是什么意思。

于舟说就是一般的意思，"火锅"喜欢这么说，她也学。

观光完毕，她才认真地挑选自己需要的小矮桌。

家居卖场的种类很丰富，于舟看到合适的会记下来，拍一拍标签上的尺寸和价格，然后再对比挑选。苏唱很耐心，没有因为于舟对比五十九块钱和四十九块钱的桌子哪个比较划算而笑她，还很温柔地给她建议，说之前那款比较耐看，色彩和她想要的坐垫也更搭。

于舟无端地很感激苏唱的温柔，因为在这个阶段，哪怕她露出一点不理解或者没必要的表情，于舟可能都会玻璃心。

定好桌子，两个人又逛到厨具区，于舟太想要一套好看的餐具了，这样她可以每天拍自己做的饭。苏唱看中一套厚瓷的，莫兰迪色系，很文艺，问她喜不喜欢。

于舟望着微垂脖颈的苏唱，觉得置身于人间烟火中的她更迷人了，肌肤莹润，侧脸的线条又很清冷，微弯的长发掖在耳后。她穿着浅灰色与白色相间的无袖雪纺衬衣，扎在深灰色的大号阔腿西裤里面。西裤的腰身不知道怎么设计的，没有皮带，整个腰围有点松弛却又刚刚好，走起路来很风流。

她站在一旁拿着瓷盘,手看起来比瓷器还要精巧。

于舟靠过去,伸手挽住苏唱的胳膊,自然地说:"我看看。"

苏唱偏头看了于舟一眼,任由她挽着,然后对她轻声说:"这个,挺好看的。"

于舟看着盘子说:"有点浅,装不住菜的。"

"哦。"苏唱放下盘子。

于舟放开她,走到另一边的架子旁抬头看。

于舟正看着,又被熟悉的香气笼罩,随即肩上有了点外来的重量。她一愣,三秒后才反应过来,是苏唱过来了。

苏唱站在于舟的侧后方,问她:"在看上面那个吗?"

然后自然而然地把小臂搭在了于舟的肩头,手指慵懒地垂着,像走累了放松地搭一下。

于舟侧头看苏唱,苏唱抬眸扫一圈架子,然后低头看她。

"怎么了?"苏唱淡淡地笑了笑。

"没什么,你觉得哪个好看?"于舟问。

"你这句话,我可以理解为,你会经常邀请我去你家吃饭吗?"苏唱想了想,问她。

于舟笑了:"没问题啊,你要是不嫌弃的话,随时来。"

苏唱把胳膊从于舟身上放下来:"怎么会嫌弃?你做的饭很好吃。"

"真的啊?骗人是狗。"于舟拿起面前的白瓷餐具看。

还是买这种吧,基本款,搭什么菜都很好看,尤其是苏唱爱吃的西餐。

选好东西后,已经到了饭点,但之前吃过热狗,两个人都不太饿。于舟带苏唱去吃一家很地道的蟹粉小笼,天黑得差不多时,苏唱把于舟送回家。

"唉,真不想上班,我心都玩野了,打开 Excel(电子表格软件)就头疼。"于舟立在电梯里哀叹。

苏唱没说别的,只干巴巴地鼓励了一句:"加油。"

于舟看她一眼,无语苦笑,脸皱成一团的样子很可爱。

到了门口,于舟把东西接过来,礼貌地跟她道别:"回去吧,今天麻烦你了,回去慢点开车,到家了给我发消息。"

幸好大件家具用了邮寄的方式,但也挺累人的。

苏唱呼出一口气,是真的疲惫。她颔首刚要转身,忽然又想起什么,问于舟："你在泰国的时候，说你还有一个工作微信？"

"啊，对啊，咋了？"于舟拎着塑料袋，眨眨眼看她。

苏唱在楼道昏黄的灯光下注视着她，轻声说："微信号应该是用手机号码注册的吧，你可以把工作的手机号码也发给我吗？"

略微唐突的一个要求。

于舟扇动睫毛，看一眼苏唱，应道："哦。"她退后半步，"我进去了。"

"嗯。"

"拜拜。"于舟握上门把手。

"拜拜。"

关上房门，把东西放在地上，于舟的心还在隐隐地颤抖。洗过澡后，平静些许，于舟决定给"火锅"打电话。

闲聊两句，说到苏唱。

"火锅"在床上架着大爷腿，把平板电脑里播放的综艺暂停："你那个朋友长得这么漂亮，你又说她挺有钱，我就在想她到底多有钱，于是去搜她衣服的牌子，裤子没搜到，但那件衬衣的款式挺特别，是Kiton的，一万五千八百块。

"是你俩月工资，不吃不喝的那种……"她就这么日常穿出来接机了。

"火锅"省略后半句，没彻底伤害她。

于舟闭嘴了，她父母偶尔也会花点钱买一些上档次的衣服，两三万什么的，但都是冬天的外套，不会是夏天随便一件上衣。

很多有钱人，有钱的地方其实不在于某一件物品花销的上线，而在于平均线。

于舟又想起被苏唱握在手里的香牌，想起苏唱认真地说五十九元的桌子比较耐看时的样子。

她咬咬嘴唇："那……你想说什么呢？"

"你确定你和她是同一个世界的人，能做朋友？""火锅"又问。

于舟沉默了一会儿，说："我也不知道。"

可是，苏唱真的很好，好到让于舟觉得，能遇见她是自己平凡生活里的馈赠。

她看看窗外，白天忘了买遮光帘，现在挂着的窗帘特别薄，一看就很劣质，即使拉得严严实实也挡不住路灯的光。

她抬头时在想，如果能看见月亮，就代表上天有一点想要鼓励她，鼓励这只忙忙碌碌的小蚂蚁。但窗户就那么大，她看不见。

挂断电话后，于舟把窗户打开，发现月亮挂在右侧，很清晰，很明亮，只不过刚好被窗棂遮住。

一开窗，这不就看见了？

刚才许的愿，也没有限制不能开窗吧？

于舟笑了笑，缩缩肩膀，跟月亮说："晚安。"

人越着急，日子过得越慢。

跟"火锅"聊过之后，于舟很想约苏唱出来玩。

但她一直加班赶项目进度，接连两周都忙得昏天黑地。

第三周，于舟空下来，但苏唱又忙起来了。她的工作本来就没有周末，项目排期定好后也不方便请假。

于舟学会了要提前跟苏唱敲时间。

因此下一次再见，已是八月初。

虽然其间没见面，但她们时不时会语音通话，偶尔晚上还会视频。

同样是用后置摄像头，有一次于舟说这样真的很搞笑，能不能翻转过来。于是苏唱露出她的小半边右脸，而于舟露出了自己的额头和眼睛，下半部分埋在衣袖里，趴在桌子上。

两个人又同时笑了。

盛夏就这样来临了，气温将情绪炙烤，公司里的人都变得比春天要躁。每当被前辈不耐烦地要资料，于舟就愈加意识到苏唱的可贵——永远不疾不徐、淡定从容。

有一次领导让她复印文件，整整二百九十八页，又不让她拆装订的钉。刚入职场的菜鸟没什么好办法，只能守着打印机一页一页地印。同事来来去去，没有人帮她。

那时，她收到苏唱发来的消息，说："今天录得不好，嗓子总是哑。"

于舟莫名其妙地眼酸，在打印机的"滋滋"声中回她，要不要自己在网上搜一搜保养嗓子的胖大海什么的给她寄过去，平时泡一泡。

和苏唱聊天，于舟被安抚不少。她和苏唱同时遇到了困难，有了一些共通的感受，于舟整理资料时的腰酸背痛便减轻了一些。

八月的那次见面，是踩着暑气的。

于舟选了一件白色高腰短款针织上衣，腰收得很细，搭配格子短裙和棕色单肩细绳小包。

于舟挺忐忑的，毕竟有阵子没见苏唱了。

她和苏唱总是这样，其实挺熟了，但每次上车，两个人还是会有片刻的尴尬，自顾自地一个看看车况，一个埋头系安全带，然后才打招呼。

很巧，那天苏唱穿的也是白色高腰短款上衣，不过是宽松款，比于舟的更短一些，行动间隐隐露出腰腹。下身搭抽绳系带工装裤，但又不太像，没那么多口袋，质感也更垂坠。

总之，于舟觉着特好看。

苏唱打招呼的方式是看她一眼："烫头发了？"

"嗯，"于舟用食指绕着自己的大卷，"上周去洗头，被忽悠着办了张卡，又说烫头打五折。"

苏唱笑了，抚一把方向盘，看向车的左前方："挺好看的。"

"真的啊？"于舟眼巴巴问她。

"嗯，骗人是狗。"苏唱一本正经地说。

哈哈，又用于舟的话来回她，下次于舟要收费了。

"去哪儿啊？"坐稳后，于舟问。

"我要先去一趟棚里，路上配导给我发消息，要补个音。"挺着急，当天就要，苏唱不想提前结束见面回去补，因此决定先将工作完成。

"可以吗？"她轻轻问。

于舟很喜欢苏唱软语温言征求她意见的样子："当然没问题，工作重要，那我在旁边等你。"

"好，然后你想想等一下吃什么。"

"好。"

那是于舟第一次去录音棚，没记住名字。录音棚很小，只有一个茶水间和一个录音室。苏唱把她带到外间的沙发上坐下，刚巧碰到出来透气的马璐。马璐常年泡在棚里，听苏唱说要过来补音，表示正好录着，休息时可以让她收一下。

"唱，来了。"马璐端着水走过来，狠狠地清嗓子。

"嗯。"苏唱跟她走到一边。

"等两分钟,熙姐她们出来,我让你插个缝。"马璐拽拽她裤子上的抽绳,"哎,你这条裤子挺好看。"

苏唱淡淡一笑,不动声色地绕了绕身子,靠到墙边,然后看一眼于舟。

于舟捧着一次性纸杯喝水。

马璐看过去:"你朋友啊?"

"嗯。"苏唱抿抿唇,又靠了靠墙,轻轻应了一声。

回答时,她没看于舟,看的是地面,也没打算向马璐介绍。

马璐看看于舟,又看看苏唱,再清清疲惫的嗓子,说:"我先进去。"

苏唱点头,等她的脚步声消失,才朝于舟走来,轻声道:"我要进去了。"

"去吧,去吧。"于舟说。

有人过来,苏唱直起身子,低头看了眼手机,径直进了棚。

才等二十几分钟,苏唱就出来了,揉揉脖颈,对于舟招了招手。于舟乐颠颠地起来,跟着她出去。两个人下楼,上车。于舟说:"你录得太快了,我还没搜到好吃的,我看你这儿离我大学挺近的,要不去我学校的食堂?好久没吃了,我还怪想念的。"

苏唱关上车门,问:"你学校?"

"对,江城科技大学。"

"哦,我去录音时经常路过。"

"嘿嘿,我们学校还挺漂亮的。"她们一边聊天,一边往江城科技大学开去。

江城科技大学的绿化一直做得很好,大门旁参天的古树让整个校园显得很有老时光的质感。从门口进去是一条宽阔的林荫道,葱葱郁郁,阳光从缝隙中跳下来,支离破碎,和行人的影子一起玩拼图。

于舟踩着碎光,看她和苏唱的影子。不知道是不是从没在学生时期谈过恋爱的原因,她一直对校园恋情有向往。她此刻穿得很青春,还挺像大学生的。

她热心地向苏唱介绍:"那边是老楼,你看墙上有很多蔓藤,拍照很出片的。以前,我上学那阵子,挺多网红来这儿拍照。

"那是图书馆,刚入校时,我觉得可高大上了。但因为懒,我一次都没去过。哦,去过两次吧。

"那栋楼,是浴室。你在国外念书,有没有这种楼外的大澡堂啊?哎,你看,你看,这个点就有人拎着篮子去洗澡了。我们那会儿也这样,有时风沙大,洗了也白洗。"

于舟倒退着走,把自己给回忆笑了。

苏唱看她身后有台阶,怕她跌倒,伸手拉住她的手腕。

于舟顺势走到苏唱身旁。

苏唱忽然偏头思考:"你是九七年的,现在就工作了?"

"我上学早,因为我们那儿是小地方,没有那么严格,加上小学又跳了一级,那时候成绩好。其实我初中成绩也还行,高中就不好了,主要是数学不好,所以只上了个二本。"

"嗯。"苏唱安静又认真地听她讲述。难怪于舟的年纪这么小,她在树荫间抑扬顿挫说话的样子,显得更乖巧、可爱了。

于舟很开心,因为苏唱想要了解自己的过去,想要知道自己更多的事情。

"我去年就毕业了,刚毕业的时候在另一家公司。是为了学校就业率,辅导员劝我签的校招的公司。我不太喜欢,干了没多久就跑了,然后自己找了现在这个工作,实习半年,刚转正不久,所以……"

所以,她现在没有积蓄,去泰国回来以后更是捉襟见肘,接下来几个月的房租还要仰仗赵女士。

但她在努力攒钱,不知道以后她能不能送得起苏唱一万五千块的衬衣。哈哈。

于舟突然觉得很搞笑,苏唱只是问了一句,自己就一五一十地倒豆子似的说个不停。

她不打算过问苏唱任何事情,她觉得苏唱无论有什么样的过往,都不太重要。

她们还没走到食堂,迎面遇见一个端着饭盒、穿着运动服的男生,停下步子,扬声喊于舟:"于同学?"

于舟一愣,觉得好巧啊,回神笑着打招呼:"学长。"

他是之前于舟在学生会认识的学长,比她高一届,和她暗恋的学长一个班,后来他俩好像都留校读研了。

学长挺高兴:"回母校看看啊?"

"对。"

"挺好。"学长寒暄两句,问了一下于舟的近况,又说,"上次那谁还说要约你吃饭呢,说好久没见到小学妹啦,你又不发朋友圈。"

"嗯,好呀,"于舟客客气气地应下,"那回头微信联系。"

和学长道别,于舟有几分尴尬,挎着单肩包慢悠悠地走在树木的阴影里。

苏唱在回微信,于舟百无聊赖地鼓了鼓腮帮子,踏上旁边花圃的路缘石,高一步低一步地走着。

正走着,她忽然听到苏唱头也没抬地轻声问:"他就是……你为了他涂脚指甲的那个吗?"

"啊?"于舟的心被轻轻一拽,她停下来看向苏唱。

苏唱就么漫不经心地随口一问,她的眼神没有重量地落在手机屏幕上,但她在思考。

苏唱觉得现在自己已经和于舟成为至交了,于舟的热情与周到似向日葵,会一直朝着她的方向。一切都在良好发展,像顺畅的、没有堵塞的河流。

她们交谈,打趣,偶尔约饭,允许对方参与自己的一小部分生活,也给对方过问自己生活的权利。

苏唱觉得这样就很好。她的生活的岛屿边缘添了一只小舟,彼此都没有过分渴求什么,也没有过多的期待,让双方都很松弛。

只是偶尔,苏唱也会发现自己没有那么了解于舟,这让她感到不太舒服。

这种情绪的产生,提醒苏唱要与于舟多加交流,亲密的朋友都是建立在互相了解的基础上的,但苏唱不太想这样做。

苏唱是一个善于深思熟虑后再行动的人,只想做确定的事情,正如她只回答足够确定的问题一样。

她不喜欢做无用功。

苏唱认为于舟可爱,偶尔想要关心她,爱护她。

但苏唱无法想象于舟和自己的生活有更多交集,例如让她知道自己的每一件衣服、每一个饰品和每一双拖鞋的样子。

毫无惊喜,也毫无隐私。

骄阳下的于舟望着苏唱,手拧在细细的包带上,她的胳膊和双腿都很细,整个人单薄得像从纸上剪下来的。但她的眉眼生动极了,哪怕是额头沁出的一点汗珠,都比苏唱见过的任何人要鲜活。

她说:"不是,不是这个。"

苏唱眨了眨眼睛,把手机屏幕锁上,放下,随后抬眸轻轻笑:"有几个啊?"

于舟瞄了一眼苏唱:"嗯……也没有几个,不过我为了他涂脚指甲的那个,比这个学长帅很多。"

"我的审美还是很好的。"她咬住嘴唇,止住一点隐隐的笑意。

于舟从花圃边缘下来:"但我现在不喜欢了啊,我之前大冒险给你打过电话的,说我没有喜欢的人,你忘了?"接着,她没头没尾地抛下一句:"你不热吗?"

"嗯?"

"没什么。"于舟仰着头,缩着肩膀,小碎步往前走。

苏唱伸手轻轻钩住她的包带,微微笑着说:"你这是什么表情?"

"啊,快乐。"于舟说。

"快乐?"

"嗯,这个点去,估计还能有麻酱饼,不快乐吗?"于舟撇了两下头。

"麻酱饼……好吃吗?"

"超级好吃。不好吃赔三。"

"什么意思?"

"就是如果你觉得不好吃,我还可以再吃三块赔罪的意思。"

苏唱再次被思维方式清奇的于舟逗笑,挺愉悦的样子。

于舟没有吃三块麻酱饼,因为食堂里只剩两块了,但她还是很满足。

吃过饭,两个人去看电影,看的是刚上映的玄幻题材电影,特效一如既往地炫酷,电影院里的空调效果也刚刚好。

她们坐在最后一排,除了最右边有一对情侣,两边都没人。中间放了一小桶爆米花,捞着捞着就吃完了。苏唱把湿巾递给于舟,又将空桶拿出来,放到自己右手边的扶手上。

于舟暗暗观察,苏唱看得很认真,偶尔跟着笑点淡淡一笑,也会因为空调温度低而吸吸鼻子,或者手机一振,她拿出来点开,安静地回微信。

于舟曾经去过敦煌,看到了壁画上的神女,她们穿着撞色的服饰,是很世俗的颜色,但仙气飘飘。而电影的色彩打在苏唱冷如皎月的脸上时也是这样,如声色犬马、过眼云烟,却让她的眉目更淡漠,更置身事外,更遥远寂静,宛如谪仙。

那晚，苏唱把车停在小区外面，陪于舟走进去。她们借着路灯的光在花园里走了两圈半，然后于舟说："今天喷泉开了，是不是挺好看的？"

她的小区不好，为了省水省电，小区喷泉和夜灯一般都不开。

但就是这么巧，此刻开了，流水潺潺，像在催促人说一些需要被喷泉见证的话。

于舟背着手，眼睛里装着星辰，望向苏唱。但苏唱什么也没说。

她沉默了一会儿，说："晚安。"

"晚安。"于舟垂下头，有点失落。

然后她跳下花坛旁的石板，上楼了。

推开门厅的玻璃门时，她看见苏唱仍站在喷泉旁，亭亭玉立，对她勾着嘴角笑，像清贵的明月。

八月的最后一个周末，她们去了一个很古老的胡同，四周都是灰墙墨瓦的老房子。但现在成了旅游胜地，一整条街都是杂货小铺、当地小吃和咖啡厅。

于舟是为了买双皮奶来的，但她不喜欢人挤人的感觉。

苏唱向来爱清净，也陪着她走在涌动的人潮里，好脾气地给她排队买双皮奶。

那时于舟还不知道，苏唱的有些干音是按时长收费的，而她又十分不喜欢浪费时间，从来没有为什么事排过四十分钟的队。

于舟钩着她的胳膊，站累了便靠着她，用二十分钟一起玩了消消乐，又用二十分钟思考究竟买红豆的，还是抹茶的。

后来她们在咖啡厅里坐了一下午，各自玩手机，看看玻璃外骑自行车的人。于舟狡黠地笑，戳戳苏唱，让她悄悄看外边那个自带团队的网红。

她说："你看，你看，明明打光板都带着，还要假装是偷拍。"

苏唱便撑着下巴望过去，眉眼淡淡的。

她忽然觉得，其实浪费时间也很好，没必要把生活过得像在录音棚里一样，逐字逐句地输出为分分秒秒。

晚上，苏唱送于舟回家。两个人仍然互道晚安，但这次于舟没有回到自己几平方米的小卧室里。她站在瓷砖脱落的楼道里发呆。

楼道的通风处做得很粗糙，没有贴瓷砖，就是水泥的，但好歹有穿堂风。

台面很脏,应该很少有人打扫,角落里还有几个烟头。于舟打开自己的小包,拿出几张纸巾,平铺在水泥台面上,然后胳膊撑上去,通过缝隙仰望月亮。

回来时,她心里有事,忘了观察这个夜晚是不是晴天。

有柔软的纸巾垫着,水泥台面仍旧粗糙地硌着胳膊,挺疼的。于舟趴在通风处,百无聊赖地踮了踮脚。

身后响起干脆的脚步声,有人在楼道的回音里叫她:"于舟?"

把不太灵敏的声控灯叫亮了。

于舟回头,是戴萱。

她从阴影里走出来,All black(全黑)的打扮,黑衬衫、黑短裙、黑长靴,有点暗黑学院风,手揣在西装外套里。

"这楼里住的人可乱了,大晚上站这儿干吗?"戴萱打量她。

"哦,我想透透气来着。"于舟把用过的纸巾收好,看了下周围没有垃圾桶,便捏在手里,然后问她,"哎,你剪齐刘海啦?"

"假的,"戴萱又是没有温度地笑了笑,仍旧双手揣兜,问于舟,"心情不好?"

戴萱扫了一眼旁边的烟头。

"没有啊,"于舟叠着手里的纸,想了想,又说,"嗯,有点吧。"

戴萱看她这样,觉得挺有意思的——"社畜姐"("社畜"为网络词,指疲于工作的职员)深夜楼道抽烟,颓废都颓废得不像样。室友一场,她问:"要不跟我出去?带你玩。"

"啊?"她俩也没熟到这份上吧,于舟问,"这么晚,你出去啊?去哪儿?"

"走吧。"戴萱揣在兜里的手晃了晃。

刚吹干的发丝弄得脖子痒痒的,一股薄薄的香根鸢尾的味道。苏唱拨弄着头发走到主卧的沙发前,将日历拿起来,照例在上头画个红圈。

前面几天忘记了,她回忆不起来,但也顺手勾上。

没开灯的房间,有潜入的暗光晕染成的薄雾,空调温度很低,透过玻璃望出去,外面的月色也是凉的。

她打开手机,聊天记录停留在晚上九点过,她跟于舟说"到了",于舟回"早点休息"。

现在是十点零三分,她想问问于舟睡了没有。

电话还没拨出去,便收到来电,语音通话,姓名显示"粥粥"。

苏唱的笑意来得比接通电话的动作更快:"还没睡啊?"

电话那头愣了一下,那边的嘈杂也让苏唱愣了一下,然后是陌生的女声说:"是于舟的朋友吗?她喝醉了,你方不方便来接她一下?"

苏唱问了地址,挂断电话,换好衣服,开车直奔而去。

酒吧的地址在外海的夜场一条街,灯红酒绿排列在蜿蜒的小河边,霓虹将清澈的水源染红,胭脂水粉似的,空洞而绚烂。

苏唱把车停到路边,抬头看看招牌,然后在烟味、Livehouse(小型现场演出)乐队的歌声和散漫的人声中接到了于舟。

她浸泡在酒气里,趴在卡座上睡觉。戴萱向苏唱招招手,帮忙把于舟扶起来,靠到苏唱身上,皱眉:"你把她弄回去吧,我那边还有几个朋友等着。"

苏唱点头,搂着于舟的肩,轻轻拍了拍,然后将她带去车里。

声色被留在身后,渐渐隐匿。苏唱打开车门,小心地将于舟安置在副驾驶座,于舟头一偏,睡了过去。苏唱低头将座椅放下来一些,然后给于舟系安全带。

不紧不慢地系完,她看看于舟闭得很用力的双眼,偏头淡淡一笑:"没醉。"

于舟如果真睡了,眼睛是闭不太牢靠的,刚走路时肩上也不太沉,于舟的重心仍在她自己身上。

于舟没睁眼,睫毛颤巍巍的,小声说:"醉了的吧。"

要不再仔细看看呢?

苏唱被逗得浅浅地笑出声。

三十分钟前,在刚才的酒吧里,于舟用喝茶的姿势捧着啤酒喝,跟戴萱说:"等下我喝多了,你可不可以给她打电话?"

戴萱看看于舟翻出微信通讯录,指指那个叫苏唱的,然后又喝了一口酒。

戴萱当场就乐了,觉得"社畜姐"是真的很逗。她这回的笑显得真心实意多了:"我是工具人啊?"

于舟摇头,很真诚。她本来就醉了,只不过有芝麻绿豆大点的小心思,又不过分,对吧?

两个人又聊了一会儿,原来戴萱比于舟还小几个月,在隔壁的音乐学院上培训课。她独立得很早,会参加一些演出,偶尔晚上来这里帮朋友的乐队唱唱歌。没钱的时候,她也去给网店拍拍平面照。

难怪于舟有时看她工作日也在家里。

"为什么装醉?"

苏唱勾勾嘴角,轻声问她。

于舟睁眼,却看向车门。车门敞着,有街边的轻音乐跑进来。她不喜欢,想要苏唱也上车,陪她说说话。

苏唱一眼便懂了,将座椅再放平一些。她往后拨按钮,座椅缓缓后移,前排空间变得更宽敞。

接着苏唱将车门关好。车内顿时安静下来,于舟这才老实答:"想跟你多待一会儿,又找不到好的借口。"

苏唱随即轻声交代接下来的事项:"你现在醉了,我为了方便照顾你,会把你带回我家,次卧的床还铺着。"

于舟的肩膀微微颤动,笑了,然后躺在座椅上思考:"好,我为了报答你,明天早上给你做醪糟鸡蛋汤。"

"清汤面可以吗?"苏唱问。

"可以。"

"嗯,那你醉着吧。"

谈妥,成交,两个人都笑了笑。

第二天,苏唱没有吃到清汤面,因为她十点有工作。于舟起来的时候,她已经出门了,于是于舟揉揉有点疼的脑袋,给自己煮了个鸡蛋。

她三两口吃完鸡蛋,洗过手,坐到沙发上,想给苏唱发微信。

有两个显示有未读消息的小红点。

于舟点开。

第一条是苏唱翻聊天记录,找到了很久之前被跳过的那句"你喜欢我找你吗",引用并回复:"喜欢。"

第二条,苏唱说:"其他的问题,可以等等我吗?"

于舟很感动,原来,不只是她总抬头看月亮,月亮洒下月光的时候,也在安静地注视着她。

星座运势上说,二〇一八年九月是变动很多的一个月。巨蟹座的关键词是成长，而双鱼座的是守候。

于舟觉得真的很准，因为她和苏唱面临了一场意料之外的、时间不短的分离。

九月初，于舟去机场送苏唱飞往多伦多。

这是她们第三次共处于机场，但这次时间很赶，没有吃快餐。

于舟送苏唱去安检。在机场的播报声中，苏唱停下来，对她笑了笑。

"怎么回去？"苏唱问。

"坐地铁。"

"打车好不好？"

"好。"

就这么简短的四句话，没有再多说。

苏唱消失在安检口的时候，于舟回想起穿薄衫和长裤的苏唱，莫名其妙地觉得她长大了一点点。从夏天到秋天，她们才彼此熟悉了一个季度，却好像认识了很多年。

苏唱在飞机上向来是睡觉，毕竟醒着坐国际航班真的很痛苦，但她这次买了全程Wi-Fi，她给于舟发了"小猫看书"的表情包。

她现在有一系列的表情包了，是于舟给她下载的。

于舟在回去的出租车上与她频繁聊天，就好像两个人都在江城一样。

苏唱说不知道自己会去多久，但她带了最大尺寸的行李箱，还额外付费了，所以于舟也体贴地没有多问。

她知道苏唱不想太快回来，因为她这次是去看望她重病的外婆，按目前的病势，假如很快回来，那多半意味着情况不是很乐观。

于舟知道她此行会很忙，便没多打扰她，也就嘱咐她一句好好吃饭睡觉什么的。

有了时差之后，关心也变得很无力。在于舟最百无聊赖的下午，苏唱那边进入凌晨；在于舟精神抖擞的清早，苏唱享受疲惫而孤独的深夜。

她们用早安回应晚安，用晚安陪伴早安。

刚开始的两三天，于舟并没有感到多不适应，而在一周后她发现这已经影响了自己的工作状态。她对微信的消息提示音比以往任何时候都要敏锐，因为她们需要凑时间才能体验一点即时聊天的状态。

她像初中时等着"火锅"来信一样等着苏唱。初中的于小舟会在星期五下午跑下楼梯，跑到收发室，从一封封信里找熟悉的字迹。而这种感受反之一般出现在成年以后。

于舟开始犯懒了，工作不太积极，回家也不想做饭，就自己点外卖。

她偶尔跟戴萱搭伙吃两顿，然后去酒吧听戴萱唱歌。

几次以后，她们亲近很多了，她会叫戴萱"萱萱"，戴萱叫她"粥粥"。

其实不过是两三周，之前她和苏唱的见面偶尔也会间隔这么长时间。但感觉就是不一样，因为她知道，这次的再见不那么容易，不是几十分钟、一个小时，而是隔着万水千山。

她没有像文章里写的那样，想得很痛苦，或者备受折磨。她只是越来越觉得无聊，工作无聊，生活也无聊。她去便利店买瓶牛奶，看着一瓶瓶的液体琳琅满目地排列在冷柜中，拿起这瓶，拿起那瓶，觉得哪瓶都不想要，又哪瓶都行。

然后她看了眼手机，没消息，随便拎一瓶结账。

排队时，她忽然倒回去，想着上次给苏唱发早餐时，配图是草莓牛奶，这次换个香蕉的会丰富一点，所以换了香蕉的。

她们有时也通话，但于舟不想把日子表现得太积极，担心苏唱在医院心情不太好，又不想表现得太颓废，怕给苏唱带去负能量。

于舟从来没有过过这样一段情绪好似在平衡木上左右摇摆的日子。

下午工作时偷懒，她对着键盘打字，眼睛却在看窗外的鸟。各个项目进度很慢，她不愿意去催，领导来问她有没有和谁谁谁对接。

于舟的第一句话都是"没有呢"。

她开始在工作中找拖延的借口，略微频繁地说"没有呢"，但她觉得自己说的好像是"没有呢，没回来呢"。

九月底，于舟开了她的第一篇文，名叫《白露》，是秋天的节气。

苏唱走的那天是九月八日，刚好是白露。

十月中旬，于舟终于在电话里问苏唱："什么时候回来呀？"

然后她立马说："嗯，我没别的意思，就是想说，已经一个多月了，你需要我去你家帮你看看吗？就……水电费啊什么的有没有照常交。"

她嗓子哑哑的，一边说一边抠手上的倒刺。

苏唱叹了一口气，然后轻轻笑了，说："明天。"

"真的假的啊？"

"真的，工作拖太久了。"苏唱说。

于舟挣扎着想站起来："那你怎么不早说呢？"

"打算等你下班了再告诉你的。"

她们多半在于舟午休时通话。

这意味着苏唱会熬夜等她下班，因为想听"小蚂蚁"不被工作环境压制的开心。她应该会从床上跳起来，然后问自己："真的？"

然后她才想起来问苏唱的航班信息，她要去接机。

那天下午，于舟一口气推进了三个项目。算算时间，苏唱后天早上到，正好是星期天。星期六下午她先去剪头，把鬈发吹个造型，然后去买身衣服。

星期天一早，于舟换上新买的衣服，灰紫色的宽松短袖字母T恤，扎在米白色不规则半身裙里，鞋是新买的，近似Tiffany（蒂芙尼）蓝的平底帆布鞋。她觉得很好看，嘿嘿。

她对着镜头练习扎丸子头，但怎么扎都扎不出鼓鼓的效果，于是散开一头长鬈发，用小说里的话来讲，就像海藻似的，别有气质。

于舟在书桌前坐下，拿出粉色的化妆包，给自己上了一层薄薄的粉底；眼线和睫毛她都画不好，遂放弃；眉毛嘛，天生就浓，画了反而显得做作。然后她拧出上次去澳门玩买的细管口红，涂一圈。

啊，老了十岁。

怎么会这样？别人化妆和于舟化妆仿佛是两码事。

于是她灰溜溜地擦掉口红。

她坐下收拾小包包，带上餐巾纸、湿纸巾、门禁卡、充电宝，还有防止新鞋打脚的创可贴。然后，她从衣柜里找出新买的睡裙、压缩毛巾和便携牙刷。

万一，她是说万一。呃，接机啊，吃饭什么的，又搞晚了，像上次一样要去苏唱家住呢？

于舟没有可以装这些洗漱用品的大包，只有一个黄绿色的包，配上当天的穿搭，像要去化缘似的。因此她找了个手提袋，黑色的，蛮低调，拎着走。

这个样子像她去买了点化妆品，顺便接机。看起来还挺高级的，她的手也知道怎么放了。

于舟双手交叠把袋子拎在身前，站在接机大厅里。旁边的大哥讲了二十分钟电话了，声音大得于舟快聋了。因为昨晚没睡，她感到自己脑子里绷了根弦，太阳穴突突地跳，眼睛也发酸，但精神又很亢奋。

苏唱原本也想在飞机上跟于舟聊天，但实在撑不住，没讲几句就困了。三十分钟前，苏唱跟于舟说到了，于舟忙跑去上了个厕所，顺便用水整理整理发型，然后就守在这里翘首以盼。

盼过了一拨又一拨人，苏唱还是没出来。

这么久没见，于舟开始在脑子里想，她出来时是会特别突出呢，还是淹没在人群中，等自己仔细看才能发现？

后来于舟才意识到，前面的想象通通不对，因为从苏唱只出现一个模糊的影子的时候，自己就只能看到她了。

她身着一件很宽松的衬衣外套，大概是为了适应长途飞行，打扮得很舒适。她的头发又长了，低头一边推车一边回微信，在将要出来的转角处停了一下，左手在打字，右手把垂下来的头发捋到后面去。

于舟很少出国，英语不好，学历不高，见识也不广。有时朋友的留学朋友回来一起聚餐，她都觉得聊不来，她们讲的那些英文名词，于舟都听不太懂。

于舟听不太懂。

她像参加小学跳大绳活动时那样，别人一个个接进去，很流畅，而她要做好一会儿的心理建设，才能故作轻松地插一句话。

所以她才说，不太喜欢跟外国人做朋友。

苏唱之前没有给于舟一种"她有海外生活背景"的感觉，但此刻无端就有了，让于舟有点不安。

自认为熟悉的人出现了不熟悉的部分，挺让人难受的。

于舟低头看手机，在心里默默地数数。在数到第七十八下时，她的余光里出现了一辆行李车和熟悉的大尺寸行李箱，清贵的嗓子带点沙哑："这么接人啊？"

真没诚意啊，于舟。

于舟突然就笑了，把手机锁了，笑眯眯地抬头看苏唱，问她："怎么接？给你买花啊？"

说完，她抿着嘴唇，亮亮的笑眼跟苏唱对视。苏唱也在笑："不应该吗？"

"你又不是明星。"于舟笑着撑她。

排队打车时,两个人没怎么说话。苏唱把口罩拿出来戴好,直到上车才摘掉,她好像一旦换了环境就非常容易过敏。

然后她望着窗外熟悉的城市景色,睫毛扇动,像在发呆。

她的左手克制地扶着座椅边缘,右手有一下没一下地轻轻挠着车门开关上方的边框。

嗒嗒,嗒嗒,嗒嗒。

"你……那个……别玩那个,等下把车门弄开了。"于舟小声跟她说,又有点无语。多大人了,跟小朋友似的,还要人教啊?

车门锁着,并且苏唱只拨弄了边框,没有任何问题。但于舟爱操心,苏唱便从善如流地把手放下来,看她一眼,抬手将头发掖至耳后。

视线下移,她注意到于舟脚边的购物袋,有点好奇:"买东西了?"

啊这……

于舟很尴尬,支支吾吾的。

于舟的神色很反常,苏唱挑眉,原本按她的习惯是不会动别人东西的,但"小鹌鹑"这个样子……她抬手,钩住纸袋边缘,状似随意地看了一眼。

于舟慌里慌张地"喂"了一声。

洗漱用品,印着小碎花的睡衣。

于舟顿时感到五雷轰顶,"小鹌鹑"被西红柿上身。

她把袋子收好,放到另一边,深呼吸几下才说:"我朋友约我出去玩来着,我先把东西收拾好。"

"然后带来机场?"苏唱看着她轻轻笑。

"啊,"于舟破罐子破摔,"有什么意见吗?"

"没有。"苏唱抿着嘴唇笑。

切,明知故问。于舟突然好烦她。

于舟也烦自己,多少因为丢脸而生闷气,遂决定暂时装成鸵鸟看窗外。可下一秒,熟悉的木香靠过来,苏唱将头轻轻搁在她肩上。

"困了,靠一会儿。"

似曾相识的话,和于舟在电影院里说的那句一样。区别是,苏唱真的很困,因为时差的关系,头很晕。

"那你睡会儿,到了我叫你。"于舟靠在椅背上,让她休息得更舒服些。

到家不算晚，才下午三点多。于舟惦记着苏唱想吃的清汤面，早早地买好了食材——半只鸡、一把小油菜和鸡蛋面。

苏唱困极了，到家简单洗漱完，便换衣服睡觉倒时差。她往床上一趴，僵了许久的腰塌陷下来，疼得她狠狠地"啊"了一声。于舟过来帮她把被子搭上，然后下楼熬鸡汤。

原本清汤面是不用鸡汤的，但于舟觉得苏唱需要补一补。

小火炖着砂锅里的汤，厚厚的一层油也挡不住香味，于舟搬着小板凳坐在厨房里翻网页，看菜谱，再时不时看一眼手机上的时间。

算算时间，苏唱再睡一会儿，刚好起来就能喝汤了。如果她想吃清淡点，可以另外起锅烧水煮面；如果她觉得汤的口感还不错，那就改成鸡汤面，烫上一把小油菜，洒上小葱花，不要太香。

于舟自己都点了好几天外卖，根本没心思洗手做羹汤。可人家一回来，她巴巴地守着灶台炖鸡汤，坐在这儿的姿势特别像在大锅灶旁边添柴。

于舟想让苏唱多休息一会儿，过了六点才上楼叫她。她敲了一会儿门没反应，觉得不太对劲，于是直接开门进去。苏唱还是保持着趴在床上的姿势，睡得昏天黑地。

于舟蹲到她面前，小声叫她："苏唱，苏唱。"

"嗯。"苏唱声音沙哑地应了一声。

"起床了好不好？先吃点东西，然后再睡，不然我怕你的胃受不了。"于舟哄她。

苏唱皱眉，答："好。"

于舟说自己先去煮面，嘱咐她记得起来，随后关门下楼。

面盛好，还没见苏唱的身影，于舟又上楼叫她。房间里没开灯，床上已经空了，主卧的卫生间隐隐透出光亮，但没什么动静。于舟去敲敲门，问："好了吗？"

里面的人没说话，于舟皱眉，担心她晕倒，于是又敲门说："你没事吧？我进来了啊。"

说着，她拧动把手。

主卧的卫生间很大，灯也装了很多，苏唱刚醒，受不了刺眼的灯光，只开了一盏镜前的小灯。她站在墙边的阴影里，是正要伸手开门的状态。见到于舟，她收回手，斜倚着墙站着。

"怎么了？"于舟把呼吸放得很轻，因为苏唱这副面无血色的样子，特别像快要碎掉的玻璃。

苏唱摇头。

于舟拿不准她的意思，又眨眨眼睛，轻声说："你是要洗漱吗？那我出去，我就是想说快一点，不然面坨了不好吃了。"

"嗯。"苏唱抽抽鼻子，两个人一起下楼。

席间，于舟跟苏唱讲这一个来月的八卦，说萱萱朋友的那个乐队还挺厉害的，要报名参加什么选秀，也不知道是不是真的。她问萱萱是不是也跟着去，萱萱说自己不喜欢搞乐队。

苏唱一开始没反应过来，蹙眉问她："萱萱？"

得到解释之后，她便垂下眼帘喝汤。

于舟欲言又止，她讲了这么多，是想让苏唱也跟自己说一说加拿大的情况。但苏唱偶尔讲的两句，都是飞机上吃了什么，在机场看到什么书之类的。

于舟也看出来，苏唱的胃口不太好，哪怕她真的很努力在吃，但看上去也挺勉强的。于是于舟主动说："多少吃一点就行了，不用都吃光。你吃好了就上楼休息吧，我刚听你有点咳嗽，是不是感冒了？"

苏唱清清嗓子，说："没有，就是嗓子有点难受。"

她的声音一直很哑，从机场到家里越来越哑。本来于舟以为是刚睡醒的原因，但她在吃饭的过程中清了几次嗓子，都不见好转。

于舟洗碗时隐隐忧心。

都收拾好后，苏唱又去睡觉了。

苏唱没有交代是不是想让于舟留宿，于舟思来想去，觉得自己在这里也照顾不了什么，明天上班还挺麻烦，于是拎着购物袋又回家了。走之前，她给苏唱发了微信，说剩的鸡汤在冰箱里，如果要喝，盛出来用微波炉热一下就好了，一碗热两分钟。

回到家，于舟看看自己的购物袋，觉得有点搞笑，也不知道自己瞎准备什么。

晚上十一点四十七分，于舟收到苏唱的微信："睡了吗？"

于舟从床上坐起来："没有。你醒啦？"

苏唱直接打电话过来："怎么回去了？"

嗓子还是哑的,美好的声带被粘住了,声音自缝隙里虚虚地挤出来。

于舟心里咯噔一下:"你的喉咙怎么了?"

苏唱又用力清嗓:"可能睡太久了。"

下一句是:"回去是有什么事吗?"

"没有,没有,"于舟不想她再过度用嗓,赶紧解释,"我就是看你睡着了,饭也吃过了,也没什么能帮上忙的地方。我想到明天还要上班,就回来了。"

苏唱沉默了一会儿,轻声叫她:"粥粥……"

苏唱想问,不是都带东西了吗?

她明天可以送于舟的,但想到是自己没提前留于舟,于舟这样做也在情理之中。于是她道歉:"对不起,我没想到会睡到这么晚,我……"

她太累了。

苏唱沉默三秒,温声叫她:"粥粥。"

"嗯?"

"我去找你,好不好?"

"你刚回来,而且现在太晚了。明天吧,明天下班我去找你,行吗?"

苏唱答应了,她们互道晚安。

星期一,苏唱请于舟吃了顿饭,是于舟在网站上收藏的那家韩国烤肉。

星期二、星期三,苏唱赶工。

星期四,她开车去了徽城,为星期六的漫展做准备。

两个人再见面,已是下个星期一。

苏唱的状态永远那么好,脸跟上过保险似的,疲惫和病气都不会侵袭她的五官。只有在微笑时,她的眼睛会虚虚地眯起来。但于舟知道,她的体力已经被透支。

星期一晚上,她们哪儿也没去,在家吃饭。苏唱在楼上补音,迟迟没下来。于舟去叫她,听见书房里传来打电话的声音。

"莉姐,要不您把我换了吧。"于舟本来想走,却猝不及防地听到了这句。

她心一沉,脚就动不了了,粘在原地机械地听。

于舟听不到电话那头的配音导演毛莉说的话。毛莉因为等苏唱,已经将录音时间推迟到十月了,整个项目就差她的音。回来之后,苏唱赶着补了两次,星期二那一次,她的状态很差,嗓子根本发不出声音;星期天晚上,苏唱觉得嗓子的状态还行，赶回来进棚，能正常配，但需要掐嗓，并且离毛莉的声线要求还有一定距离。

"录出来是闷的，"毛莉说，"你这音我没法用啊，唱唱。"

"我知道，"苏唱垂着秀丽的脖颈，右手支在书桌的边缘，站成了一道剪影，"不能耽误项目，您换人录吧。"

这是她遭遇的第一次换角，即便是这样，她也仍然很温柔。

于舟觉得嘴唇发干，不由自主地润了润，呼吸钝得她难受。苏唱挂断电话，还是没动，就站在书桌旁，手指在书桌边缘慢腾腾地划来划去。她低着头，也不知道在想什么。

于舟不懂配音行业，不知道换角到底算不算大事，更不清楚这个机会对于苏唱来说意味着什么。但她很能共情，受不了有人在自己的理想上受一点挫折，更何况这个人是苏唱。

嗓子对声音工作者来说，是作者的笔，是战士的剑，是乒乓球运动员的球拍。或许嗓子比这些还要更不可替代，作者可以口述，战士可以赤手空拳，哪怕球拍突然损坏，运动员也可以换一副趁手的。

可声音工作者没办法换声带，声带一旦出问题，不仅仅影响成绩，还很可能被取消上场资格。

比于舟所能想象的，更残忍，更无力。

吃饭时，苏唱的神情还是很轻松，笑着跟于舟说好吃。于舟想她保养一下嗓子，便没有再叽叽喳喳，沉默地给苏唱盛汤。

收拾碗筷时，她才问："你病了一周了，要不要去医院看看啊？"

"看过了，"苏唱说，"星期三下午去的，医生说肺部有小淋巴结，应该是之前有过感染，但炎症已经消下去了。嗓子可能会哑一段时间，得慢慢养。"

"哦。"于舟埋头拾掇筷子。

也不知道她是什么时候感染的，在国外那阵子也没听她说过。

这一周于舟过得像在打仗，她在做项目的间隙上网搜恢复嗓子的偏方。网上都说要多喝温水，她便准备了一个保温杯，让苏唱工作时带上装热水喝，自己也每天晚上到苏唱家去做饭。

给她做凉拌银耳，榨芹菜汁，换着花样给苏唱食疗。

下班早时，她会跑去中药店细细询问，搭配好花茶，熬给苏唱喝。

她买了个专门煮花茶的小机器，能"咕嘟咕嘟"地在茶几上热着。她特意把这个机器放在显眼的地方，提醒苏唱，自己不在的时候记得倒来喝。

于舟没过问太多，但日日拎着大袋小袋到苏唱家里，忙碌一阵后又拎着小包回去。苏唱留她在家里住，但她说住这儿上班不方便，要倒两次地铁，她也不愿意苏唱送她。她早上从家里出发能睡到八点半。

第二周周末，她终于留宿了。

那时苏唱的嗓子已经好很多了，尽管还是哑哑的，但有些对声线的清澈度要求不太高的角色能录了。她还跟于舟说，自己接了个小男孩的角色，以前声音压得难受，现在还挺自然。

于舟看她故作轻松的样子，依然心疼。但她配合地笑着，鼓励苏唱："行，戏路又拓宽了。"

她知道，苏唱不可能不慌，毕竟最能轻易勾起恐惧的就是未知。嗓子哑了不可怕，磨人的是苏唱也不知道自己什么时候能好，能恢复到什么程度。

她俩看了场电影，又在花园里遛弯，十一月的凉风凉月终于关照了江城。于舟漫步在金钱味十足的花园里，仍然习惯性地走在花圃的路缘石上。

晚上，苏唱说想喝点酒，于舟气得教训她，说："你正在养嗓子你不知道啊？还要喝酒，我看你像瓶酒。"

这是小时候赵青霞常用的家长句式，但苏唱好似第一次听，被逗得直笑。

于舟也觉得好笑："你小时候没听过吗？"

"没有。"苏唱坐在床边，说。

于舟坐在主卧的飘窗上，月亮洒在她的身上，苏唱的目光也在她的身上。天边月在玻璃外，人间月在她身边。

"我回来的时候，我爸让我给我外婆挑块墓地。"

苏唱看了一会儿于舟，突然轻声说。说这话时，她的眼睛眨得很慢，双手撑在身体两侧，松松地握着床沿，用随意聊天的语气。

于舟突然就蒙了，像被人打了一闷棍似的，心脏狠狠缩起来，问她："你……你外婆……"

苏唱摇头："没有，还没有。"

"她还在医院。"

哑哑的嗓音淌在月夜里，这次于舟没有阻止她。

"我在医院时，除了护工，病房里就只有我和她。我们大概已经四五年没有见面了，这次去，她又老了很多。

"我很小的时候，十岁的样子吧，她带过我一个暑假。她以前是数学老师，给我带了小朋友喜欢玩的数学玩具，珠子从一边拨过来，又拨回去。我妈说我十岁了，不玩这种了。外婆说，我妈小时候也玩的，所以才很聪明。

"我外婆不大会做饭，给我做过几顿，只有炒土豆丝好吃。我说好吃之后，她每天都做。再好吃的东西，多吃几顿，也不好吃了。更何况，她的土豆丝只是相比之下的好吃。"苏唱笑了。

然后她眨眨眼，叹了一口气。

于舟动动嘴唇，没说话。

"我本来没打算待这么久的，但这一个月里，就姨妈来了一次。"

姨妈背着手站在病床旁问苏唱外婆的情况，然后没什么情绪地"噢"了一声，又说："老太太这辈子太操劳了。"

姨妈和苏唱没什么话说，甚至都没坐下。等外婆醒了，姨妈俯下身，喊她："妈。"

弯腰时，姨妈一只手将单肩包放到身后去，另一只手拍了拍外婆的肩膀。

苏唱的妈妈特别忙，发消息来说她托人问了什么专家，随即嘱咐："等下 Ada（艾达）会推给你。小唱，你联系一下。"

苏唱也不明白自己在守着什么，她像是在眼睁睁地看着一些东西流逝，又像是证明有些东西从未存在过的过程。

像解一道很难很难的大题，反复运算，反复推演。外婆身上的仪器就是那些繁复的解题过程，最后解出"$x=0$"。

不知道是不是正确答案。

她花时间弄懂了外婆的病症，弄懂了那些仪器和指标的作用，好像她知道得更多一点，就能弥补一些被搁置了几十年的交流。她不知道外婆爱吃什么，爱穿什么，了解得最多的，是外婆生命最后一段进程里那些生硬的数值。

"我外婆的阿尔茨海默病很严重，她根本认不出我。嗯，可能没病的时候也不太能认得出现在的我。"苏唱抿唇，"她有时对着我叫我妈的名字，有时叫姨妈的名字。"

"有一天她状态很好，我说我是苏唱，她记得了，说'长这么大了'，语气很夸张。然后她跟我撒娇，说她好想回江城。她闹小孩子脾气，说外国的床不舒服，床也硬，水也硬。"

苏唱笑一下:"然后她问我,是不是从江城来的?有没有吃过江城的糯米酿圆子?以前过年,每年都吃的。

"大年初一,要吃糯米酿圆子的。"

说这句话时,外婆有点不高兴,别扭地躺在病床上,也不知道在生谁的气。

"我跟我爸妈说,外婆大概还是想回国,回江城。我妈说现在她的病不能折腾。我爸说,给老太太挑块墓地吧,风景好一点的地方,落叶归根。就我一个人在国内,让我帮忙找一找。"

讲到最后,苏唱才说:"你可以陪我去吗?"

她很少对别人提要求,可她最近真的很累,很想要于舟陪在她身边。

在多伦多,每次回到公寓,她都想要找于舟,但想到于舟在忙,又把手机放下。她在空荡荡的房间里想,要是有只猫就好了,小小的,软软的,白白的。它偶尔会龇牙咧嘴;会自己在旁边玩毛线球;无聊了会过来用大大的眼睛盯着她,然后张开嘴,软软地"喵"一声。

叫她的时候,能看到它尖尖的小牙齿,好像在说:"苏唱,你如果不理我,我就要咬你啦。"

连虚张声势都那么可爱。

分开的这段时间,苏唱想,如果可以的话,于舟能一直一直陪着她吗?

因为苏唱有一瞬间突然想到,假如有一天,躺在病床上的是于舟,自己也愿意为了她去开单子缴费,去不厌其烦地问医生,去跑上跑下地了解情况,去给她送饭,去喂她喝水。

她希望于舟也可以这样。那么她们不需要别人来探望,她们可以互相说话,或许都不用说话。

"好,我陪你去。"于舟双手抱着膝盖,低声说。

苏唱淡淡一笑,想要下床去一下卫生间,却没找到拖鞋。

"这里,这里。"于舟起身,把自己脚边的拖鞋拎起来,蹲下去,放到苏唱的脚边。

苏唱愣住了,于舟蹲着给她递拖鞋的动作让她很不舒服,于是想伸手拉于舟起来。

但于舟蹲在她面前,望着她的拖鞋,哭了。

一开始她很克制,很快身子渐渐颤抖起来,然后哭得上气不接下气,抽泣声在夜晚显得格外清晰。

苏唱把她拉起来,坐到旁边。她仍然低头抹眼泪,鼻子红红,眼睛也红红。苏唱很温柔地低下头看她:"怎么了?"

像当初在病房里那样。

那时,于舟因为看到了走廊上病人腹部的引流管,共情了,共情得肚子都疼了,疼得她直哭。

而现在,于舟因为看到了苏唱心里的引流管,共情了,共情得心脏都疼了,疼得她直哭。

这是于舟第一次为了苏唱哭。苏唱咽了一下喉头的酸涩,抽出一张纸,想要递给于舟,却没递出去,攥在手里。

苏唱很认真地看着于舟的侧脸,这段时间于舟为了给她食疗,每天来回奔波,瘦了小半圈。

于舟的心思很重,很善良,也很爱操心。苏唱不知道她花了多少时间弄这些东西,也不知道她有没有在独处的时候,因为自己而焦虑,而难过,而哭。

苏唱想,她不会再让于舟这么为她担心了,有些话她宁愿永远都不说。

这年她们才刚刚相识,于舟不会想到几年以后,苏唱将遮掩的伤疤再次敞开时,自己会无助而崩溃地问她:"为什么都不说呢?"

很多时候,处于当下的经历者未必知道,命运的齿轮,或许正是自己。

第4章
嗯，可以期待

　　于舟和苏唱都很年轻，交朋友总是倾尽所有，一个拼命照顾对方的身体，一个拼命照顾对方的心理。

　　她们笨拙，却赤诚。

　　于舟仍在啜泣，苏唱蹲在她面前，捏捏她的手腕，又以哄小猫的姿态，由下往上地注视她。

　　苏唱发现了自己的弱项——不大会劝慰哭泣的人，尤其是不会哄哭泣的于舟。

　　她只知道于舟爱吃，哪怕是多年后，她都只会问于舟："想不想吃好吃的？"

　　因此她轻声问："楼下有蛋糕，吃吗？"想了想又添了一句，"很甜。"

　　"你怎么会有蛋糕啊？你都不爱吃甜食。"于舟抽抽搭搭地揉眼睛，苏唱把攥了一会儿的纸巾递给她。

　　"你上次说Melon终于在江城开店了，想去吃。晚上我看到外卖软件上有，就买了，刚才给我发短信，说到了。"苏唱轻轻摇摇于舟的膝盖。

　　如果是往常，于舟要开心死，但她现在心里还是有点闷闷的。她哽咽着说："等一下吧，我哭完再去，不然容易吃岔气。"

　　苏唱又被逗笑了，忍不住抬手帮她擦眼泪。怎么有人连哭都这么可爱呢？睫毛根部被粘住，显得秃秃的，眼睛看起来更圆了，哭起来时还生着气，下巴不自觉地鼓鼓的，嘴唇下面有凹进去的小横线。

　　苏唱点头，又对她说："下周我不忙了，晚上都可以去接你，你想想有没有要去的餐厅,我提前订。如果想做饭,就去你那边吧,然后我自己开车回来。"

前两周苏唱忙,于舟总不让送,可每次她回去,苏唱都有些担心。

话毕,于舟看着她,泪痕还没干,蓦地沉默了。

她望着不常用蹲下姿势的苏唱,咬咬嘴唇,随后道:"我上周想帮你恢复嗓子,没有别的意思,就是担心影响你工作,想你快点好起来。如果是别的朋友,我也会尽力帮忙的。"

苏唱不是很明白她的意思,眨了眨眼睛。

"真的,以前我小姑的前夫二婚生的女儿生病住院,她爸妈在外地打工,老人家照顾不过来,很可怜。我妈看不下去了,就去给她送饭,我放学后也带过几次。"

"青霞家的人就是心肠很热。"亲戚们都这么说。

"我就是想说,如果是'火锅'啊什么的,我也会帮忙的,就……虽然我……"于舟一顿,没说下去,"你不用觉得要还我人情什么的。"

苏唱听懂了。

她和于舟在此时此刻,同时尝到了一些陌生的情绪。

苏唱的叫作"亏欠感",她认为于舟太好了,而自己需要花时间去思考和学习,怎样能不亏欠这份好。

于舟的叫作"恐慌感",她害怕苏唱是因为自己对她好,而感激自己,想投桃报李。

二人相对呼吸,十几秒后,才听到苏唱问:"虽然你什么?"

她的眼底带着通透的笑,同时有点期待。

于舟反应过来,轻轻打了她一下。很烦,她又是故意的。

好在苏唱没有继续追问,她认真地想了想,说:"不是你想的那样。只是我也想……"

照顾你。

虽然她不太会,但真心喜欢一个朋友,会想要照顾和保护,都是本能。

"你要是愿意去我家的话,也行,这样我上班真的方便点。你这里什么都好,就是离地铁远。你们有钱人买房真的不看公共交通的吗?是不是都有车,就不在乎了啊?说不定还觉得离地铁远点挺好,清净。""小鹌鹑"开心了之后,又开始碎碎念。

苏唱笑笑，拉着她下楼吃蛋糕。

第二周，苏唱在于舟的公司门口接她下班，副驾驶座保持着适合她的座椅距离和躺下的幅度。

星期三，驼峰日，于舟最难熬的一天，却突然收到礼物。

挺大的盒子，被直接送到了公司。听到"于女士签收"的时候，于舟一时没反应过来，但还没等她拆开，预感就来了。她挺不好意思的，偷偷把盒子放在地上，弯腰把外包装拆掉。看到带山茶花的礼盒时，她知道了，是一个包。

天哪……

当年这个牌子还没有涨价到现在这么高，但二〇一七年上市的爆款流浪包，到二〇一八年仍旧大热，夸张点说，算得上一包难求。

盒子里正好是这一款。

于舟心里的小人儿缩着肩膀摇头：这姐是不是疯了？

她把盒子放到工位下方，跑到楼梯间给苏唱打电话："你干吗？"

说不激动是假的，因此"兴师问罪"里也没憋住笑。

有钱的大小姐真的跟电视里一样啊？出手就送包，过段时间是不是要带她去店里说："这个，这个，这个，都给我按于小姐的尺寸包起来。"

哈哈哈——

"这个包的大小还可以，"苏唱刚好收工，嗓子恢复得差不多了，"应该能装得下一点洗漱用品。"

于舟头一回想踹她。

"这个太贵重了，"于舟按电视里的流程走，"我不能要。"

但苏唱没按流程走，她坐进车里，说："你在我家怂恿我开的那些酒，还有你爱吃的火腿，其实够买三四个包了。"

呵呵。真有她的。

"那你要送我，一会儿在车里给我不就行了吗？为什么要送到公司啊？"于舟踏上一步楼梯。

"你不是说，你同事在办公室里被人送花，看起来很拉风,很了不起吗？"

啊这……她就随口这么一说，口嗨是口嗨，但真让她当显眼包，她做不出来。

浑身都难受。

她不跟苏唱说了，挂断电话回到工位，打字时又看了看脚边的礼盒，其实心里还是有点甜的。嘿嘿。

星期五，苏唱带于舟去吃一家新中式私房菜，环境看着就很高级。于舟偷偷搜了一下，人均两千多块。纸醉金迷，真的是纸醉金迷。她本欲推辞一下，但想到自己喝了人家几万块的酒，又把话憋回去了，只默默地决定下次还是自己做选择餐厅的PPT。

她们在婆娑的竹影和雕花的红木间用完了一餐饭，中央的池子喷出白雾，有仙气飘飘的表演者在弹竖琴。

于舟撑着下巴欣赏，在琴弦被拨弄的弧度里生出了强烈的不真实感。

她也有所谓的少女心，也做过白日梦，和无数人一样不能免俗。在最容易被童话影响的稚嫩时期，她也曾幻想过什么白马王子。长大了，她知道脚踏实地，知道要自己奋斗，看童话也逐渐跟看灵异片或者科幻片似的。

但苏唱一旦对人好，真的像个童话，好像她什么都能办到，什么都能送到你手边，做什么都毫不费力，还能让你觉得自己什么都值得。

更好的是，苏唱是个女孩子，温软清冷的女孩子，她的给予没有任何压迫感，也没有任何目的性，让于舟觉得很真实，很踏实。

她在纸醉金迷里看到的最贵的东西，是一个女孩子想要把最好的东西捧给眼前人的真心。

吃完饭，她们没急着开车回家，而是沿着胡同向外走。十一月，天气已经转凉了。苏唱把手揣在风衣的兜里，于舟穿着厚厚的高领毛衣外套，她学会了扎丸子头，当天也特意梳了。

走出胡同，是车水马龙的大街。STP这一带，到处是银行和大厂总部，金融公司也很多。大厦林立，贵气逼人，连干净的街道都仿佛有香水味。

白天，咖啡厅里会有很多拿着电脑、戴着蓝牙耳机的白领。晚上就没几个人了，只剩冷冰冰的玻璃幕墙映出疾驰而过的车。

她们信步闲逛，听见哗啦啦的水流声。

于舟抬头看，前方的夜灯晕染出淡黄色，打在法式建筑的砖墙上，特别有质感。

从右侧的阶梯往上走，有一个小小的广场，广场中央是圆形的喷泉，四周都没人，只有孤零零的水流和孤零零的灯带。

于舟跑上去,看着喷泉说:"以前我看电影、电视什么的,最喜欢看有喷泉的部分。"

"为什么?"苏唱跟过来,手仍旧揣在兜里。黑长直的头发和如皎月的脸,置身于水光中,也没那么有距离感了。

"因为在这样的场景下,通常会发生一些很浪漫的事,嗯……比如告白啊,或者抛硬币许愿啊什么的。或者好玩的事儿,例如不小心掉进去,淋成狗。而且,喷泉和圣诞节很搭。"

于舟偏头看她,这是她们第二次在喷泉下说话。

她听着喷泉规律的水声,轻轻地叫身边人的名字:"苏唱。"

"嗯?"身边人也看向她。

"你和我想的一样吗?"

她看见流光溢彩的水珠旁边,苏唱轻轻地、有默契地笑了,回应她:"一样。"

"叮——"许愿池里,一枚硬币落地。

落在两个人的心里。

于舟也在笑,笑得眼睛有点发酸,她吸吸鼻子,低声问苏唱:"也许我们可以一起过圣诞节?"

"圣诞节不一定有时间,但我争取节日都跟你一起过。"苏唱思考着回答。

于舟回以软软的目光:"那我会期待接下来的每一个节日。"

"嗯,可以期待。"苏唱站在喷泉下,微笑着轻声说。

十二月底,圣诞节说它排好队了。

于舟提前三天练习了怎么画眼线,在质疑为什么外企这种节日不放假的怨念中,一大早画了个还算满意的淡妆。只是她的眼睛一旦上妆,就跟被贴了符一样,酸酸的,下午差点没睡过去。

这时候,于舟的大卷已经不大明显了,她索性将其弄直。因为和苏唱相遇时,她就是直发。

她也有小小的、不为人知的仪式感。

而苏唱很坏,让于舟等了整整一天。上午没有说约她,中午没有说约她,下午一点问她中午吃了什么。直到她开始转移注意力,去挑同事发的圣诞玩偶时，微信的深蓝色头像才发来消息："今晚有安排吗？"

像是一个暗语，于舟知道，当苏唱告诉她可以保持期待的时候，就不会令她的期待落空。

她突然明白，苏唱为什么要让她等待了。女孩子在充满期待的时候最好看，她们是舞会前盛装打扮的公主，装点她们的不是水晶鞋与钻石冠，而是对舞池灯光的憧憬，对舞曲旋律的幻想。

不同的是，于舟不幻想王子伸出的手，她可以自己跳舞，更妙的是还有另一位公主结伴而行。

她回复："没有啊。"

于舟也很坏的，也许她们以后都不会再有这样装傻充愣的游戏了，因此她也乐此不疲。

三分钟后，苏唱问她："要一起过节吗？"

于舟心领神会地笑着，仍旧兜圈子："哈？我们有什么'过节'吗？"

有的，苏唱曾经在喷泉下给于舟的心里打了一个结，是时候用拆礼物的手解开了。

意料之中，没动静。

于舟第三百二十次教她："跟你说过了，笑的话要打'哈哈哈哈哈哈'，不然玩笑白开了。"

"哈哈哈哈哈。"

"'哈哈哈哈哈'是不用加标点的，不然看起来一点也不快乐！"

苏唱很配合地发来"哈哈哈哈哈"。

她们完成了邀请仪式的第一步，一起回忆当初"牛头不对马嘴"的微信交流。

一个天马行空，一个执着且想法清奇。但很巧的是，她们就是能说到一起。

"六点半。"苏唱发来时间。已经接过她很多次，所以苏唱对她的下班时间和地点都很熟悉。

以前于舟看一些关于结伴旅行的综艺，她当时不太理解，为什么会在看到一些风景之后激动到流泪。后来她才发现，只要与好朋友共同完成一个承诺，无论在什么地方，无论是什么年纪，都永远青春。

于舟提前二十分钟整理完工作，下楼时正好是六点二十七分。

她在楼下看到了提前等在那里的苏唱。

苏唱没有下车，她在车里听歌，是 For All We Know（我们都知道）。在她很小的时候，父母在花园里办宴会，他们在漫天的彩灯中相拥着起舞，当时放的就是这首歌。

她还记得那年烧烤的香味，来客起哄的笑语，和父母脸上醉人的红晕。

后来，他们因为工作时常天各一方，但苏唱每次听到这首歌，总觉得他们仍然相爱。

她在 *"we've got a lifetime to share*（我们有一生可以分享）"的歌词中看到于舟上车，略施粉黛的脸，并未直视的眼神，眼下有淡淡的红晕。

苏唱把胳膊搭在方向盘上对她微笑，于舟低头系安全带的一秒，她轻咳一声，转头通过后视镜看车况，然后她听见于舟说："嗨。"

苏唱也轻声答："嗨。"

于舟吸了吸鼻子，问苏唱："去哪儿啊？"

"嗯……想去哪儿？"

啊？没安排啊？于舟倒是没想到，看她一眼："不是你约我的吗？"

苏唱笑了，知道于舟在想什么，答得很随意："但我只是想约你而已。"

这句话有两层意思，好像是在说没有想好去哪家餐厅，又好像是在讲："于舟，你期待错了，我只是想约你随便吃一顿饭而已。"

于舟打开点评软件转移视线："那……要不去……"

"吃饭吧？"

"你有什么想吃的吗？"

"广东菜。"

于舟笑了，刚刚还说没想好，现在又有了。

这一餐饭很平价，也很家常。后来她们迎着晚间的冷风推门出去，车停得比较远，她们沿着路口慢慢走，各自揣着各自的兜，影子被路灯拉长。

她们看商业区繁华的夜景，她们看圣诞节红绿色的灯带，她们欣赏每一棵挂满礼物的圣诞树，她们听小孩子吵吵嚷嚷的歌声。

她们像经过橱窗一样走过人间烟色，当万家灯火的过客。

她们还路过了一个手工姜饼摊，于舟很感兴趣，苏唱靠过来给她买了两块。

苏唱掏钱掏得自然而然，但于舟有一点别扭。

一晚上了,她什么都没说,好似默认了她应该为自己付钱。

可是凭什么呢?为什么呢?

于是于舟软软地撑她:"你干吗?"

她不许苏唱再付钱了,心里又暗暗添了一句,包也还给她。

而苏唱给了一个特别好的理由,她说:"我今天没有准备礼物。"

那么买两块姜饼也并不过分。

好吧,于舟接受。她的脚踮起来,放下去,又踮起来,低声说:"那我也没有给你准备啊。"

那苏唱想要什么呢?

苏唱抿唇笑了笑,说:"你不需要。"

那时候,于舟才理解苏唱所谓的仪式感。她们没有交换礼物——没有任何刻板印象中的所谓"仪式感"。

苏唱给于舟的仪式感,是记忆,她想让于舟记住这个日子。这天全世界都张灯结彩,把记忆打扮得很出众。但记忆里不需要昂贵的餐厅,也不需要精致的礼物,因为这些她们日常可以做,并不算特殊。

苏唱想让她的回忆里没有重点,而是源源不断的喷泉水,她们站在旁边,记住对方说的每一句话。

一、二、三、四……

在一棵巨大的圣诞树前,于舟的回忆铺天盖地,她突然想到了很多。她像第一次闯入病房那样,拿着盆和卷纸,慌里慌张,满头大汗,然后在兵荒马乱中遇见了一个姑娘。

孱弱的她穿着病号服,但美得不可方物。那时候,于舟也曾跟她四目相对。

逛完街,于舟和苏唱一起回到车里。车外情侣在牵手,大叔在遛狗,小孩儿举着气球蹦蹦跳跳地走,补完课的学生抛着手里的苹果。

世界是一个大型的走马灯,交错着五光十色的秘密。

于舟悄悄地给"火锅"发了条消息,然后把手机扣在大腿上,趴回车窗前。

苏唱侧头看她,觉得很有意思。于舟从上车起就没怎么跟她说话,安静地发微信,安静地刷微博,然后安静地看窗外。

苏唱清清嗓子，问："去哪儿？"

于舟一怔，回头看她，把车窗关好："有点晚了，我得回去了，明天还要上班。"

等红绿灯时，苏唱把车停下，头往她那边偏了偏："可以不上班吗？"

"我明天也不上班。"苏唱继续缓缓地说道。

"你当然不上班啊，你本来也不坐班。"于舟咬了咬下唇内侧，"而且，你最近也没什么活。"

声音低到车的空调缝里。

苏唱一愣，难以置信地皱眉，眉心往中间堆了堆，有些好笑地坐直身子，手在方向盘上无规律地敲，等红绿灯变换。

啊这……

于舟悔意顿生。

扎心了啊，苏唱一个小 CV，本来奋斗就不容易，活少了也是因为嗓子没好，作为好朋友应该鼓励她重整旗鼓，勇攀高峰吧。

想到这里，于舟又忽然好奇，CV 这行到底能挣多少啊？苏大小姐工作一个月，能买半只火腿吗？这么一盘，苏唱还真挺有理想的。

"那……"车起步时，她听见苏唱说，"去我家，明天开车送你。"

七点刚过，闹铃没响，于舟就醒了，翻来覆去越来越清醒，抱了一会儿枕头，决定去主卧找苏唱。

于舟轻手轻脚地开门进去，她的房间好香。

床上有浅浅的起伏，苏唱侧身睡在中央。

她的睡眠很浅，听见于舟的脚步声就醒了，眯了眯惺忪的眼，朝于舟笑道："这么早？"

懒懒的鼻音，她说完伸出胳膊，把头枕在上面。

于舟还是觉得不真实，她长得跟明星似的，刚睡醒都那么好看。

她的眉毛精细，不像"火锅"，卸了妆后像颗卤蛋。

嘴唇红润，形状也很漂亮，尤其抿着的时候，特别有腔调，不像二羊上学时喜欢撕上面的死皮。

还有苏唱的鼻子。大学时，沈萝筠的鼻子已经够漂亮了，但还嫌自己的鼻头不够立体，在网上买了韩国流行的夹子，每天在脸上上刑。可苏唱的鼻子不仅挺翘，而且连毛孔都很小。

苏唱的脸精致到你会觉得角质、皮屑什么的，都跟她没有关系。

于舟心里捏着嗓子号了一下，她高考成绩不好，校招没进好单位，两岁时得脑炎差点挂了，怎么自己遇到过这么多困难，老天还是没有补偿她漂亮的脸蛋呢？

躺在床上的人不会想到，在这两分钟内，于舟在心里把认识的朋友都拉踩了一遍，也把自己前半生的坎坷都细数了一遍。

"你还不起来啊？"于舟拍了一下苏唱的被子，突然就扭捏起来，拍完又觉得自己的动作跟赵青霞似的。

苏唱困困地看手机："才七点。"

"一日之计在于晨。"于舟背着手，晃晃身子。

苏唱说："再去睡会儿。"

好吧，于舟从善如流地睡了一个回笼觉，醒来已经过了十点。

她倒吸一口凉气，坐起来手忙脚乱地翻手机："我的闹铃没响。"

天哪，工作群里已经有十几条消息了，领导给她发的微信没回，还有一个同事打来的电话她也没接到。

完了，完了，完了。于舟特别怕迟到，从小就怕，她坐在床上一阵心慌。

于舟赶紧给领导回复："不好意思，吴姐，我……"

打了又删掉，直接说她睡过头了吗？

苏唱也刚醒，过来找她，见她一副生无可恋的样子，问："怎么了？晚了？"

"嗯，都过十点了。"于舟又着急，又懊恼。

"那请假，不去了。"

"不行啊，我很少请假。"于舟还是急，"而且我用什么理由请假呢？我特别不会说谎。"

她瞥到苏唱毫不在意的样子，有点不高兴，软软地撑苏唱："都是你。"

"我？"

"对啊，你总怂恿我逃班。我今天发现你特别懒，早上总要睡很久。我说，你是不是因为想睡懒觉才干这行的？"于舟数落她。

苏唱笑了，倚在门边看她："嗯，是。"

"啊？是什么？"

"想睡懒觉才干这行。"苏唱赖床赖得理直气壮。

"你这么不上进。"于舟捧着手机嘟囔,继续想借口。

苏唱蹙眉:"你说什么?"

"好话不说二遍。"于舟随口答。

"听起来不像好话。"

"坏话谁还说第二遍?傻。"于舟乐了,很乖地给齐姐发语音消息,"齐姐,我那个……生理期来了,肚子很痛,想请一天事假。没去医院,所以开不了单子,您给我记事假就行。要是可以的话,我现在就上OA(办公自动化系统)走程序。我可以在家里处理工作,电脑昨天带回来了。"

她的语气乖巧里带着虚弱,苏唱仔细品味刚刚她说的"我特别不会说谎"这句话。

听到手机发出声响,于舟小小地"耶"了一声,熟练地登录办公系统提交申请。

之后,她放下手机,准备缩回被窝。苏唱问:"所以今天没安排了?"

"什么没安排?你没听到我刚刚说的吗?我要在家办公的。"

"那你的电脑呢?"

"哦,客观条件限制,只能用手机简单处理一下了。"

鬼马精灵的"小蚂蚁"。

临近中午,苏唱拉于舟到主卧卫生间洗漱。这是于舟第一次好好打量苏唱的洗漱台,高高低低的瓶瓶罐罐,一眼望去上面全是英文或者法文,看不太懂功效。

吹风机旁边还立着三台护肤仪器和一小块刮痧板。最夸张的是,旁边有台小冰箱,通过透明门看到里面放的是一些面膜和需要低温保存的护肤品。

救命,她以为苏唱是天生丽质,没想到人家在浴室里负重前行。

于舟跟在苏唱旁边简单清洁,然后下楼吃饭。早午餐一起吃了,煮的清汤面,打了两个鸡蛋。苏唱的胃口还不错,安静地拿手机回复消息。

于舟简单处理了一下工作邮件,然后点开微信,"火锅"终于舍得回消息了:"圣诞节好玩吗?"

"昨天有局,喝多了。"她继续说。

圣诞的局？

"约会啊？"

"火锅"发来摇头的表情包："卡颜局。"

"'卡颜局'是什么意思？"于舟没听说过。

"只邀请帅哥美女，你去了之后，如果长得好看，就让你进去。""火锅"解释。

这么神奇。

"你被选上啦？"于舟在心里给她搭了个选美的舞台。

"我被卡了。"

于舟："那你还喝多了？"

"火锅"："卡了我以后，估计不好意思让我白跑一趟吧，毕竟我怪积极的。组织的那人给了我两百块钱打车费，我走着去的，根本用不着。于是在楼下约桃子她们喝了几桶扎啤。"

"噗。"于舟笑出声。

苏唱看了她一眼。

"我跟'火锅'聊天呢。"于舟解释。

吃过饭，她们上楼换衣服。苏唱让于舟去衣帽间帮她挑，于舟跟逛精品店似的，在一排排衣架上拨弄来拨弄去，挨个儿取下来看。

"你记得你有多少件衣服吗？"于舟好奇地问。

主卧里的这个衣帽间是苏唱常用的，放着黑色和茶色的玻璃柜，陈列的数量没有想象中那么夸张，没什么包。苏唱平时不拿包，也没有多少饰品，最多的是项链，还有几枚基本款的戒指，就是素圈类型的。

旁边有几块表，苏唱日常比较偏好简单的款式。品牌都是之后于舟才逐渐了解的。当时的于舟并不知道，其实她一眼认出苏唱开的车，抑或是"火锅"查到的衬衫品牌，不过是她们这样的普通家庭，对富裕生活一部分特别小的想象。

她想象不到的部分是——苏唱的一块表，价格就能抵一辆车。

那时，于舟还处于很新奇的阶段，什么衣服都想往苏唱的身上试一下。

苏唱好脾气地换上她挑的衣服，然后问她要不要也挑一套，她们的身形差不多，她应该也能穿。

165

于舟忽然恍惚，愣怔片刻，站在能闻到新鲜衣料味的衣帽间，问苏唱："我们俩能好到什么程度？"

很奇怪的一个问题。苏唱一怔："怎么这么问？"

"你的这些衣服，嗯……"她不知道应该怎么说，自己可以随便穿吗？

于舟只是猛地意识到，自己可能对于闺蜜关系想得有点浅。假如她们是同桌，兜里都有两颗糖，她们在拉钩做好朋友的那一天，会把兜里的糖拿出来分享和交换。

可是，于舟的兜里没有几颗糖，而苏唱有太多糖，显得所谓的分享像是馈赠。

好在这样的想法刚冒出来，于舟立刻嘲笑自己想太多了。

"没事，我就穿昨天的吧。你看，你这身搭黑的是不是好看多了？"她偏头。

苏唱笑着点头。

午后，她们一起去逛商场。于舟说还是更喜欢棉质睡衣，苏唱便带她去买了套新的，还有护肤品和毛巾什么的，都买一套放在苏唱家，于舟可以随时过来住，不用再拎小包包。

苏唱对一个朋友进入自己生活的接纳程度，比她自己想象的要高，可能是因为做足了准备。但即便如此，伊始仍然伴随不安。

贫瘠的心里发了一棵嫩绿的芽，看到时自然很惊喜，它意味着自己这块田地原来并不荒芜，你会不由自主地期待它结出果子，或者开成花圃。但它过于细嫩，总担心一用力便折了，因此也不太敢碰。

买完东西，于舟要回家，她真的不能再耽误工作，两个人在门口道别。

回到江南书院，苏唱将于舟的物品一件件放好，睡衣挂到衣柜里，新的带兔子头的毛绒拖鞋摆到玄关处，还有一双洗澡用的带按摩功能的凉拖鞋。毛巾拆开剪了吊牌，苏唱想起于舟说要过一遍水，便用手洗了。她不确定衣物清洁剂放在家政间的哪一格，也不确定能不能用来洗毛巾，因此用沐浴露洗了一遍。

苏唱很少做这些杂事，频频想起于舟，总觉得她忙忙碌碌的身影比自己好看很多。

再一次从二楼自上往下望，家里空荡荡的。

原来她也会依赖人，原来她也有这么弱小的时刻。

后来，苏唱思考，于舟对她来说意味着什么呢？不仅仅是安稳，也不仅仅是后盾，而是这个世界的生命力。于舟告诉她："你不要怕去感知更多，你可以期盼一个真正意义上的家庭。并非血缘关系，不是在病床前，因为脐带曾连接双方而不得不进行的探望。"

不同于那个叫"妈"时没放下的包，于舟会将大包小包拎进屋里，说："看我给你带什么好东西了。"

她连买的杯面都很可爱，她会把杯面一个个掏出来，摆成一排，说："你看，它们长得好小，是宝宝面。"

于舟令苏唱直面守在病房时的执拗，它应该叫作恐惧。她不知道，如果有一天自己像外婆这样，被冰冷的仪器监测时，会有几个人来探望；记忆衰退时，又会认得几个人。

她等亲友来探望外婆，像在计算往后自己被探望的次数。

苏唱希望，如果自己真的有面临躺在病床上等人探望的一天，能等来于舟的探望。

工作日，于舟在工位上接到苏唱的电话："午休了吗？下来吃饭。"

啊？她乘电梯下楼，见苏唱站在大厅里，穿着黑色羊毛大衣，头发用鲨鱼夹挽起来，露出天鹅似的脖颈。

于舟挺得体地走过去，东倒西歪地看："怎么是这个发型啊？"好成熟。

"下午要去录音，没时间洗头，也不想戴帽子。"苏唱说。

没时间洗头……

于舟带她往楼下食堂去，给她介绍食堂里好吃的，带她吃重庆鸡公煲。

苏唱竟然没吃过，而且表示，她去过重庆，当地人告诉她没有这道菜，似乎是虚假宣传。于舟很无语，说这道菜的创始人叫张重庆。

哦。苏唱点头。

苏唱也有不懂的东西啊？于舟笑眯眯地刷卡。

元旦过后，苏唱的嗓子完全恢复，工作的忙碌程度也迎来小高峰。以前是把时间半天半天地给剧组，那几天是按小时算，一个小时一个小时地给。于舟很自觉地不打扰她，每天晚上写作更文。

洗完澡，会收到苏唱下班的信息，于舟就很踏实，像悬而未决的一天终于顺顺利利地翻了日历的那种踏实。

星期六，于舟迎来双休，苏唱还有工作，两个人约了去棚里。很巧，还是于舟去过的那个棚，不过这次配音导演是彭婠之，主役（主要配音演员）是苏唱和纪鸣橙。

苏唱和于舟到的时候，同事们已经先进录音室了。于舟打算和上次一样，坐在外间的沙发上等。这次，苏唱工作的时间比较长，便去茶水间给于舟买了一瓶橙汁，递给她，依然是弯腰把手撑在膝盖上，轻声跟她说："今天收五期，大概要四五个小时。如果无聊了，可以出去逛逛。"

苏唱想起小时候捡到那只流浪狗时，她曾经幻想过一件很幸福的事——它陪她去上学，她可以小心翼翼地把狗揣在衣服里，或者放在书包里。偶尔低头看一眼，发现狗狗用等待的眼神看她。

然后小苏唱和小狗狗之间，会有一个共同倒数放学时间的秘密。

现在于舟等她下班，她们也可以一起倒数。

交代完后，她径直进了里间。彭婠之把椅子转过来，招呼打得永远像揶揄："哟，唱姐到了。"

苏唱脱了外套，搭在椅背上，跟坐在旁边的纪鸣橙打招呼。

彭婠之开她俩玩笑："你们说咱这部剧有人听吗？赞助商咋想的呢？让俩木头谈恋爱。"

"我俩等待你的二十分钟里，纪老师就跟我说了三个字——嗯，好，是。"彭婠之气笑了。

纪鸣橙是油盐不进的，就知道捧着保温杯喝水，然后用嫌弃电线杆上的老斑鸠太吵了的眼神看彭婠之。

"为什么没人听？"苏唱笑了笑，推开玻璃门和纪鸣橙一起走到录音设备前，坐下戴好耳机，"你在质疑我跟纪老师的专业能力。"

咦……见鬼，没听错的话，苏唱在开玩笑，还说了个长句子。

彭婠之愣住，更诡异的是，纪鸣橙竟然也悠悠一笑。

"纪鸣橙，苏唱撑我，你在笑。"彭婠之回过神来，眯眼。

"没有。"纪鸣橙喝一口温水，波澜不惊，"剧本的第一行，情绪提示是笑。"

苏唱又笑了。

彭婠之想捶她俩。搞什么？怎么突然有种她被全世界孤立了的感觉呢？

她冷哼："行，你俩行，等于说这部剧就靠你俩的业务能力呗？没我的事呗？"

"有。"苏唱调整耳机，扫一眼剧本。

"细讲。"

"拿铁，谢谢。"苏唱说。

"你……"

身边的纪鸣橙用手抵着鼻尖，悄悄笑了，这回是真的。

苏唱这天的心情不是一般的好，所有人都看出来了，包括正在犯困的录音师。

墙上的时钟没上电池，早就停摆了，时间定格在三点零三分。于舟发现了这个 Bug（故障），觉得好巧啊，正好是她生日的日期。于是她拍了一张发给"火锅"。

"生日快乐。"火锅懂她的意思，随口送祝福。

于舟一看是秒回就知道她此刻正闲着，笑着跑到楼道里给她打电话："这是她工作的地方，时钟竟然正好坏在这个时间，我感觉有点意思。"

"她工作的地方挺简陋的。""火锅"毫不留情地说。

无语，瞧不起谁呢？苏唱以后红了，就能去高级的地方录音了。而且她自己开录音棚也不是不行，她可有钱了。于舟在心里组织语言，准备撑"火锅"。

"火锅"怕她真生气，赶紧说："啥时候一起出来吃饭啊？"

"啊？"这于舟倒是没想过。

"啊什么啊，大家都是朋友，不得互相介绍介绍，出来吃顿饭啊？何况机场都见过了。""火锅"一直没提，希望于舟懂点事，但于舟真的不懂事。

"哦，"于舟说，"那我请你，你选地方吧。"

"我要你请啊？我差你这顿饭啊？你让她请，我喊上桃子、大钱、沈萝筠，咱们喝个酒，再唱个歌。"

啊这……

于舟想了想，好为难。

"咋，她不愿意？"

"不是，不是，但酒就别喝了吧，她是女孩子，别灌人家……"

"于舟。""火锅"连名带姓地叫她。

"嗯？"

"你平时跟着她们起哄要我喝生死局的时候，想没想过奴婢的性别？"

啊哈哈哈——

"哎呀，手机没电了。"于舟装模作样地看一眼屏幕，"挂了啊，回头说。"

那天下午的录音，苏唱比任何一次都要认真，想要早一点收工，因此一直没有休息。两个小时后，她收到一条微信。

当时纪鸣橙在单收，苏唱坐在旁边打开手机看一眼，竟然是于舟。

"卫生间，有空请出现。"

很简短的一句话，苏唱扬了扬眉。正好一幕收尾，她跟彭姁之说："去一下洗手间。"

彭姁之和纪鸣橙没其他想法，在棚里等她回来。

苏唱快步往卫生间去，一把拉开门，看到于舟捧着手机站在中间。

"怎么了？"苏唱担心遇到什么事了，仔仔细细地看她，从头到脚，又扫一眼后面的隔间。

于舟摸摸鼻子："有合理的理由和不太合理的理由，你想听哪个？"

见她没事，苏唱眼里隐隐带着笑："都要。"

"合理的呢，是看你录很久了，想让你出来活动活动。你腰不好，是吧？"于舟扫她一眼。

"不合理的呢？"

"我无聊得想死，"于舟低头，踢了踢脚尖，"能不能陪我玩啊？"

于舟又继续说："我以后不跟你来上班了。

"玩手机都玩不好，总觉得你是不是要出来了啊。

"你们这儿又很安静，可能隔音很好吧，我刷视频也不知道该不该笑。"

苏唱温柔地笑道："好，下次不来了。"

那天，苏唱先收完自己的音，和于舟提前走了。于舟坐上副驾驶座时，一直在想怎么跟苏唱开口说自己的朋友想约她这件事。

等红绿灯时，苏唱看于舟一眼，于舟在看后视镜；再看于舟一眼，于舟在看手机。

苏唱沉吟片刻，开口问："在想什么？"

于舟想了想，实话实说："我朋友想约你吃饭，你有没有空啊？"

"'火锅'？"

"嗯，还有几个别的朋友，大钱、桃子、沈萝筠什么的。吃完饭，她们还想去唱歌。"于舟用手机的一角轻轻敲手心。

苏唱抿唇，没说话。

"你要是不愿意的话，我就推了。"于舟看她眼色，连忙说。

虽然"火锅"很积极，已经在选地址了。

"为什么推？"苏唱眨眨眼，看前方。于舟是觉得自己不合群吗？

于舟的心缩了半秒，苏唱不了解她那群朋友，也不懂她们的相处方式——很闹腾，叽叽喳喳的，她怕吵着爱安静的苏唱。

但显然苏唱误会了，于舟尽量解释清楚："我们平常出去很爱玩，真心话大冒险什么的。还爱喝酒，不是咱们那样喝，我们还会猜拳啊什么的，我担心你不喜欢。"

苏唱心下舒展，原来于舟在为她考虑。

"如果我不去，她们会说你吗？"苏唱问。

"不会，她们都是很好的人。主要是她们对你挺好奇的，想看看你是什么样子。"

苏唱温声问："你想让她们看吗？"

于舟抿着嘴唇，笑了："说实话，有点想。我也有那么点虚荣，哈哈哈，想让她们看看我有个特别好的朋友。"

"但我没有一个特别好的朋友。"苏唱在红绿灯处停下，看着人行横道，轻声说。

什么意思？于舟心一紧。

苏唱看她一眼："你明明知道我不会唱歌。"

还约KTV。苏唱刚刚就有些委屈，但她忍着没说。

哦……原来点在这儿呢。于舟乐了，难怪刚刚气氛不太对，她晃晃手机："我跟她们说了，我说我俩不唱歌，就听着。"

"听可以吧？"

苏唱没说话，继续开车。

"哎，你这意思，是答应去了？"于舟突然反应过来。

苏唱笑了一下："我回去看看时间。"

"啊,你真好,"于舟心花怒放,笑吟吟地哄她,"大小姐真是天下第一。"

"谁?"

"苏唱,苏唱唱,苏唱唱天下第一。"

朋友聚会约在下个星期六晚上,大家都比较有空。苏唱特意将这一天的时间都排出来了,之后便跟于舟商量订餐厅。她询问于舟朋友的口味,于舟不好意思地笑着说:"我们都喜欢吃火锅,不是霍元艺那个'火锅'。"

然后于舟又嘱咐她不要订太贵的,如果有不舒服的地方,要她悄悄跟自己说。

"我会护着你的。"于舟笑着说。

她看着苏唱一言不发地换衣服,换了整整四套,又"啧"一声,拧眉把搭配的手链拆下来。

"那个……"于舟想说这条手链这么细,她大大咧咧的朋友们根本注意不到的。

但她看着苏唱的指尖滑过衣架,坐在床上就笑起来。

苏唱疑惑地看向她。

"她们不值得,真的,"于舟乐得很,"不值得你这么开屏给她们看,我见她们都不洗头的。"

"开屏?"苏唱蹙眉反问。

"对啊,你现在好像孔雀哦,哈哈哈。"于舟笑眯眯地说,觉得此刻应该有一桶爆米花,一边吃,一边欣赏苏大小姐的变装秀。

"孔雀?"苏唱扬了扬眉尾。

"对。"于舟不知死活。

苏唱抿了抿自己的嘴唇。

很过分,苏唱从来没有参加过这类活动,为了于舟才去的,她竟然嘲笑自己像孔雀,还是开屏的那种。

下午六点,她们提前到达周氏火锅的包厢。苏唱穿得很休闲,外套脱掉,是灰色的毛衣和颜色相近的阔腿裤,搭配平底鞋,头发也是简单的黑长直。而于舟也差不多,深棕色的毛衣、牛仔裤和球鞋。

等人的过程中,她一一跟苏唱交代人物背景:"一会儿来的'火锅'你见过,咱俩是发小。桃子是我的大学同学,一个寝室的,大钱也是。本来还有沈萝筠,但她跟她男朋友闹分手,说眼睛都哭肿了,就不来了。然后火锅问我要不要约昭昭,我说可以。她是我的高中同学,高中那会儿我俩关系特好,她去香港上大学后我们疏远了一点。她去年才回江城,我们聚了几次,还是很亲的。"

"你比我们都大,我想想你怎么打招呼啊……"

于舟咬咬手指,开动脑筋,三十秒后认输:"我想不出来。"

苏唱笑着看她碎碎念,说是不紧张,但每次这么一倒豆子,苏唱就知道她已经在桌子下面小幅度地跺脚了。

这时,"火锅"她们推门进来了。

神色如常的苏唱清淡地笑了笑,跟"火锅"她们说:"哈喽。"

"姐,要不咱们还是算了吧,不唱歌了。"

开席三十分钟后,"火锅"给于舟递眼神,去洗手间。然后,"火锅"在洗手池旁边皱着脸,快哭了。

"你唱姐哪儿是在吃饭啊,我感觉她在面试。""火锅"仰天长啸。

刚进包厢时还好,她们几个还算正常地跟苏唱打了招呼,互相看两眼,然后无声地拉开凳子坐下。大钱咳嗽两声,低下头摆弄筷子;桃子盯着桌子中央的圆洞出神;"火锅"挠挠头,坐到于舟旁边;昭昭还好,正在回微信,侧过身子对着手机说:"哎,好的呀,我回去就跟。"

等话音落下,气氛突然就尴尬了。

大钱揉揉鼻子,跟昭昭说:"你坐过来点吧,凳子有点远。"

"火锅"双手搭在桌边,越过于舟,跟苏唱打招呼:"唱姐。"

"咱俩在机场见过。""火锅"尬笑。

苏唱淡淡地弯了弯嘴角,说:"是,上次回家还顺利吗?"

"哎哎哎,顺利的,顺利的。""火锅"连忙点头,手扶着碗壁,"那天正好有地铁。"

什么叫正好有地铁?地铁不天天都有吗?

于舟奇怪地看"火锅","火锅"也回瞥,她的意思是刚到站台,地铁就到了,于舟根本不懂她意思。

苏唱轻轻笑了,点头:"那就好。"

不夸张,"火锅"莫名其妙就脸红了,明明只是随口的一句话,跟认真地注视着你似的。"火锅"第一次知道,嗓子里也是有眼神的,有态度的。

她收回身子，摸下巴沉思。

于舟见昭昭讲完电话了，便一一介绍，苏唱修养很好地颔首说"你好"。右侧的大钱动了动身子，看见苏唱的手腕轻轻搁在二郎腿的膝盖处，手指下垂的弧度既从容又随性。

她们的朋友圈里没有这样的人物，毕竟都毕业不久，每次出来玩还觉得自己是女大学生呢。苏唱的气质和学校完全没有关系，换句话说，她身上没有任何青涩感或局促感，她像个被社会规则偏爱的人，甚至像可以制定规则的人。

哪怕她并没有年长她们几岁，但在刚出校园的大钱和桃子的眼里，就是不一样。

所以不怪"火锅"会生出被面试的感觉，苏唱的眉目是不可以被审视的，倘若你要与她对视，你将在心里审视自己。

这顿饭，原本想来审视苏唱的姐妹团，被苏唱月亮似的眼神凝视了。

好在苏唱身边还有于舟，她叽叽喳喳地跟大家开玩笑，把平板电脑递过去："我们俩先点了一点，你们再看看有没有什么要加的。别客气，毕竟下一顿不知道有没有了。"

接着她用"对吧"的眼神笑着看苏唱，苏唱也笑着。

于舟看"火锅"在走神，戳戳她的大腿，不解地悄声问："你今天为啥一直在翻白眼？"仰着头，支棱着脖子。

"放你……""火锅"看了一眼苏唱，后半句拐了个弯，"我在思考。"

"哦，我还以为你的隐形眼镜没戴好。"于舟把面前的菜品挪开。

随后她招呼大家下菜开吃，殷勤地张罗着，时而侧头小声叮嘱苏唱"这个特吸油，有点辣，你别吃"，时而说"这肉用辣椒腌过，你也别吃"。

而苏唱轻声跟她们闲聊，偶尔不大明白的地方，于舟便接上。

于舟一边接话，一边把苏唱碗里的花椒挑出来。

"火锅"突然挺惆怅的。于舟平时很照顾人，也会记得自己不吃香菜，牛肉面上来的时候，几筷子就被她挑出来。但她给苏唱挑花椒的时候，收敛呼吸，耳朵还顾着她们的聊天，嘴角还挂着笑。

她也不会像对"火锅"那样说："好了，赶紧吃。"而是什么也没说，又给苏唱烫毛肚。

"火锅"心里挺感怀的，于舟看来是有了更好的朋友了。

"火锅"没怎么说话,听大钱和桃子两个人辩论大学食堂里什么菜最好吃的时候,于舟给苏唱递了张纸巾,小声问她辣不辣。

苏唱看着她笑,轻轻地吸了两下鼻子,低声答:"还好。"

一顿饭光把辣度挂嘴边,"火锅"算看明白了,苏唱应该很少吃辣,是为了迁就她们几个才来的。

甜点是于舟最喜欢的抹茶绵绵冰,一大盘,桌子比较大,桃子那边够不着。苏唱让服务员拿来几个小碗,于舟一一分好,苏唱站起来欠身递给她们。

昭昭接过甜品,又伸手拿勺子,对着苏唱说了声"唔该(麻烦一下)"。苏唱递给她,顺口接"冇嘢(没事)"。

昭昭很惊喜,问苏唱是粤语区的人吗?苏唱说:"我妈妈是。"

吃完饭,去KTV继续下半场。包厢是苏唱早就订好的,但"火锅"她们没像之前计划的那样灌酒,只规矩地点歌唱歌,玩的游戏也不是真心话大冒险,而是摇骰子和"十五二十"。

她们不找苏唱时,她就坐在沙发的角落里听她们唱。她们过来找她玩游戏,她便放开,认真地听游戏规则,和她们一起猜大小。

她连玩游戏都和别人不一样,说点数时轻声细语,赢了勾勾嘴角,输了也不叫,只是指指酒杯问:"喝这个吗?"

之后,她不紧不慢地喝完。

于舟望着她的侧脸,在乌烟瘴气的声色中,她安静地喝了一杯酒,液体的光晕打在她的睫毛上,琥珀似的。

于舟悄悄说:"少喝点。"

夜深了,苏唱有些醉,大家也就没聚太久,很有礼貌地谢谢她们的招待,然后在KTV门口分别。于舟给她们都打了车,逐一送走,才进到苏唱的车里,坐到后排等代驾。

于舟这才知道,苏唱其实不太能喝啤酒,比红酒要不耐受一点。哪怕她尽量保持清醒,呼吸仍重重的,坐好后就不动了。

第二天是星期天,于舟睡得迷迷糊糊的,苏唱来叫她时,她半张脸都在被子里。

解除瞌睡虫的"封印",两个人下楼洗漱。

一人一个白煮蛋，吃完之后，下楼去超市买食材做午餐。一如既往地吃饭洗碗，于舟不要苏唱帮忙，苏唱便坐在沙发上看剧本。

风平浪静的一天。

午饭吃得晚，晚上两个人便不想动了。于舟两天没更新了，明天又要上班，所以抓紧时间去卧室里码字。苏唱在客厅为自己做配音导演的项目约演员和做排班表。

她想在过年前收完音，排期还挺紧的，甲方那边的最后期限又不能推迟，压力有点大。

有个压轴出场的彩蛋型客串角色，她想问问晁新，不过平时联系得不多。她正在翻通讯录，于舟从卧室里出来了。

苏唱放下手机："饿了吗？"

于舟摇摇头，走到她身边坐下，问："你在工作啊？"

"嗯，不过如果你想出去吃饭的话，可以先放一放。"

于舟仰头望她，顿了三四秒，凑上前说："没事，就是你这条项链有点漂亮。"

苏唱抬眼看她："喜欢？给你。"

于舟悠闲地摆手："不了，不了，就是闹你一下，你先忙吧。"

苏唱把手机递给她："想玩我的手机？"

于舟"嘿嘿"一笑，苏唱怎么这么了解她呢？她捧着苏唱的手机玩游戏，得到允许后，又翻她的相册，一张一张看她生活的痕迹。相册里照片很少，有些排班表的截图，然后她发现苏唱偷拍过她两张。

"嗯？"于舟瞳孔地震，什么时候？

她放大仔细看，一张自己在炒菜，被呛到了，弯腰在一边咳嗽，手里还拿着锅铲，一张应该是从二楼往下拍的，自己盘腿坐在沙发上看电视，缩着背，放大看头顶还有点油。

五雷轰顶。

"能删了吗？"她绝望地问苏唱。

苏唱看一眼："很可爱啊。"

可爱个……于舟把不礼貌的话咽回去，瞬间不想玩了。

苏唱笑着拿起一个橘子问她："吃吗？"

于舟趴在抱枕上点点头，依然绝望。苏唱没看她，专心致志地剥橘子。

于舟默不作声地接过苏唱剥的橘子，默不作声地吃，把破碎的心粘好，才说："我先上去了。"

　　"嗯，我再工作一会儿。"苏唱用湿纸巾擦手。

　　于舟穿好鞋，上楼去了。

第5章
我会救你的

苏唱只要没有工作，便会跟于舟约着去看电影、散步。如果是工作日，苏唱会将于舟送回出租屋。周末，如果两个人都不加班，于舟会在苏唱家留宿。

于舟是天底下最勤劳的朋友，打扫房间和买菜、做饭等家务活都被包揽，她还学会了怎么按照苏唱的习惯，帮她将衣服按照颜色分门别类，以及按照材质预约哪种类型的干洗。

转眼快到二月，苏唱给于舟递来旅游的邀约，理由是快过春节了，她想跟于舟出去玩一玩。

于舟开心死了，殷勤地做攻略。由于她不能请假太久，两个人便找了个江城远郊的山谷里泡温泉。这个山谷是比较大的旅游品牌联合开发的，虽然新开放不久，但已经有挺多人慕名前来。

高速公路两旁是只剩光秃秃石头的群山，道路宽而干净，配上蓝天白云别有一番风味。于舟坐在副驾驶座，担心苏唱犯困，全程没睡觉，时不时掏出手机找好听的歌，或者拍一两张好看的云朵照片。偶尔苏唱手不方便的时候，于舟会帮忙递东西给她吃。

于舟已经能很熟练地操作苏唱的车的中控台了，加完油，眼看着快到目的地了，她关掉音乐播放器，然后拿着攻略跟大小姐报备："等下你进A1停车场，别转错弯啊，那儿离我们订的酒店最近。然后要走一段路，大概八百米的样子吧，可以提前预约摆渡车，不过我们行李不多，走过去吧。"

"摆渡车现在还能约吗？"苏唱打着方向盘，看后视镜。

"啊？"于舟愣了两三秒，随即眯眼，"八百米你都不想走啊？"

她震惊了，真是身娇体贵啊。

"不想。"苏唱很直接。

"理由呢？"

"不想。"

"……"

于舟动了动嘴，忍住，打电话给酒店让派人来接。

和苏唱出来旅游的体验一点都不好，她不爱走路，上摆渡车后先要了一份山谷内的地图和谷内摆渡车停靠的各个站点。苏唱对周边的小店也没有多少兴趣，于舟每次进小店，她总是一句："嗯，买。"

她还对住宿环境和吃的要求极高。

于舟又一次发现了自己和苏唱的区别。

她是旅游，苏唱是度假。

旅游是在有限的时间和金钱内尽量欣赏更多风光，而度假则是换一个环境放松，尽量享受更多服务。

于舟说不如跟"火锅"出来玩，苏唱还生气，表现为低头回手机消息，不理她。

于舟瞄了她一眼，给"火锅"发消息："我又把唱姐惹生气了。"

"为什么？"

"我说她不如你。"

火锅发过来一个五雷轰顶的表情包："我没得罪你吧。"

于舟忍不住乐出声。苏唱没抬头，眨眨眼，更沉默了。

于舟清清嗓子，放下手机，花了十五分钟哄苏唱。她说她就是穷游惯了，总觉得多玩多跑两个地方才够本，以后一定改正，学习有钱人的享受方法。

说完，她觉得有点好笑，反省自我并改正的方法是学做有钱人。

苏唱看了她一眼，没说话，但在吃完饭出门逛街的时候，主动说："这顶帽子不错，你要看看吗？"

于舟的心里一下子冒出了小泡泡，两个、三个。

后来每次出门，她都要买一顶帽子。她总是记得当时苏唱站在冬天的阳光里，问自己要不要那顶帽子时，自己的心情。

温泉酒店在山谷的尽头,整个山谷修得像一个小型的古镇,沿着蜿蜒的小溪错落分布着古宅和中式别墅。开发商财大气粗,引进了许多网红店铺,也邀请了不少大V或者小明星来游玩,以此作为宣传。路上时不时能看见有人举着手机支架直播,每次镜头扫过来,于舟都捂着脸。

于舟又在苏唱的"嗯,买"里起了坏心思,她带苏唱去看开发商的地产项目。售楼处就在游客中心旁边,开发商致力于打造商住一体的旅游小镇。

"哇。"于舟看着精致的沙盘,觉得自己挽着苏唱的样子,特别像视频短剧里小人得志的反派。

她故意说:"这里的房子好漂亮。"

苏唱也扫了一眼沙盘,然后拿起旁边的宣传册看。

老天爷,她不会这个也想买吧,离谱了啊。

于舟见有销售过来,赶紧拽苏唱:"走,走,走。"

但不得不说,跟有钱人出行是很爽的,感觉想要的都能得到。

她们住的酒店是当地最好的一家,新中式风格,高端大气的厅堂和颇有设计感的回廊。

办理入住时,于舟偷偷看苏唱的身份证。哈哈,这么好看的人身份证的照片也一般。她瞬间心理平衡了,背着小背包跟着管家到房间。

管家将她们的行李放好,仔细讲解房间的各种物品和能够提供的服务,询问是否要将温泉水放好,晚安甜品要哪一种,以及是否要开夜床。

于舟打量这个房间,精致的大套房,比图上还要漂亮些。咖啡色的木质装修,外间是客厅,连着室外的院子,里面是大床房,再往里走则是温泉区,干蒸室和汤泉池分开,汤泉池是半开放的,高高的围墙圈住午后的阳光。

Respect(尊敬)。于舟对人民币肃然起敬。

她坐到沙发上,把小包包拿下来:"我在泰国都没住这么好。"

她想起当初苏唱在电话里说要跟自己出去旅游的时候,竟然恍如隔世。

晚上,她们开了一瓶红酒,是于舟之前准备给苏唱的生日礼物,度数不高,所以也不妨碍她们泡温泉。

于舟过来的时候,苏唱已经在泡了。夜色如纱,雾气升腾,她的轮廓掩在其中,虚幻得像个倒影。有时于舟觉得,她就是月亮在人间的倒影,尤其是在水里的时候,她的眉目清冷得仿佛碰一下就要碎了。

苏唱抬眼，见于舟裹着浴巾，背对着自己下水，肩膀沉下来的时候，浴巾飘在水上。

她捞起浴巾放到池边，然后自水里走过来，波纹一层一层。

她们偶尔抬头看看月亮，偶尔低头吃点点心。

于舟跟苏唱说这瓶酒的来历。

"苏唱，我听说喝酒不能泡温泉，如果我醉了，你要救我。"

"嗯，"苏唱带着酒意，笑道，"我不会醉吗？"

"我不知道，"于舟有点晕，可能泡得有些缺氧，"但我觉得你醉了也会救我，你永远都会救我。"

于舟转过身说："我也会救你的。"

慢慢地，于舟的脸上有不正常的酡红，和触手即烫的温度。苏唱觉得不大对劲，轻轻摸她的脸，呢喃："粥粥。"

于舟迷迷糊糊地应她，叫她："苏唱，苏唱。"

苏唱摸她的额头，心一紧，打电话给前台："有体温计吗？我朋友好像发烧了。"

于舟在被子里睡得很乖，尽管呼吸还是沉的。酒店管家送来温度计，苏唱量了，38.5℃，果然发烧了。酒店管家又找来医生，问题不大，应该就是着凉了，医生给她开了点退烧药，询问之前饮酒的时间之后，让苏唱按医嘱用药。

苏唱关上门，将湿头发挽起来，没敢耽搁照顾于舟。

她先烧上水，仔细看完药的使用禁忌和用量之后，把于舟扶起来喂药，然后去卫生间打湿毛巾，给于舟物理降温。

于舟睡了一会儿就醒了，病情还好，但心理防线脆弱些，要苏唱陪她聊天。

两个人有一搭没一搭地说话，苏唱时不时摸摸她的额头，试探温度有没有下降。

这一夜兵荒马乱地过去，第二天于舟也没有恢复力气。餐饮部送来早餐，苏唱一口一口地喂她喝粥。

于舟眼皮肿肿地看着她笑，带着鼻音说："我以前都没想过你会这么照顾我，有点喜欢。"

"可以喜欢被照顾，但不可以喜欢生病。"苏唱又舀了一勺粥，吹一吹，喂到她嘴边。

"哦。"于舟嗓子哑哑地答应,但她舍不得苏唱照顾她,昨晚都没睡好,时不时起来给她换毛巾。所以她会减少生病的次数,毕竟她是全天下最不让人操心的朋友。

下午依然是养病,于舟对自己作废的攻略很怨念。晚上,她的烧退了。

第二天下午,她们去溪边逛了一会儿,没等天黑就回酒店了,因为于舟还是有点咳嗽。

晚上吃过饭,酒店管家送来热茶,告诉她们外面下雪了。两个人搬了把椅子坐到院子前的回廊下,苏唱用毯子裹着于舟,于舟说:"今年这么晚才下雪啊。"

一片一片鹅毛似的,落在院子里,压了枝头,又堆砌在石头缝里。这才下了几个小时,院子已经银装素裹了。

于舟心里很满足,很充盈。她们在即将分开的春节前一起看了一场迟到的大雪,哪怕两个人没有说话,只时不时喝一口旁边的热茶,也很惬意。

她忽然想问苏唱,她们能经常出去玩吗?能做一辈子的好朋友吗?

她又觉得太矫情,毕竟两个人的友谊还没有撑过一个四季。但她很想跟苏唱一起赏冬,追秋,弄夏,赶春。

"下一次旅行去海边吧?夏天去。"于舟说。

她想告诉苏唱,自己至少已经想到了下一个夏天。

"好。"

"你冷不冷?毯子也给你。"于舟吸吸鼻子。

"不冷。"苏唱的话永远那么清冷。

过了一会儿,苏唱轻声问她:"喜欢这里吗?还想再来吗?"

"嗯?"于舟想了想,"挺喜欢的,而且应该会再来吧,这次都没怎么玩。"

苏唱沉吟道:"你看的那套房子,把宣传册带上吧,回去看看。"

她的意思是……

于舟转头看她:"什么意思啊?"

苏唱见她紧张的样子,笑了,眉眼温和,声音轻得似茶水里捞出来的一样:"不是喜欢吗?可以考虑考虑。"

"苏唱。"于舟伸手捧住苏唱的脸,往中间一挤,做了个挺可爱的鬼脸。

苏唱皱了皱眉头，不解地望着她。

"我发现你虽然跟人有距离感，但是有了朋友，就什么都愿意给她。那可是房子啊。"于舟又把苏唱的脸挤得更紧了一些，看她这个样子，没忍住又笑了，"还好我是个好人。"

还好是她于舟啊。虽然这里属于江城郊外，又在偏僻的山谷里，还是小产权房，总价并不贵，但那可是房子啊。

"我是看宣传册上说，这里买下来可以托管，回去计算一下收益率，或许当作文旅产品投资也不错。"苏唱说。她经常跟着家里人投资，这个项目不算大，而且开发商的打造让这处房产看起来很有前景。

"你不要解释，"于舟摇头，开玩笑，"你就是看我喜欢，想立马刷卡。"

"对。"苏唱被逗笑。

"你可不可以答应我一件事？"于舟歪着头，缓声问。

"什么？"

"你说你不会有比我更好的朋友了。"

"我不会有比你更好的朋友了。"

"哈哈哈哈哈，大家都听到了啊。"

"大家？哪里还有人？"苏唱笑着问。

"我这就去堆雪人。"

话是这么说，于舟却没动，年轻时的幼稚话怎么都说不完，语气太轻，承诺也像个玩笑话。奇异的是，倘若很久之后再回头看，最轻的语气里，往往有最重的真心。

她们没有选择在这里投资，却将初雪下的承诺永远埋在了山谷里。

结束旅程后，她们一起回了于舟的出租屋。早上，于舟去上班，苏唱不知道去哪里，就想在于舟的小房子里待一天。她翻于舟的工作笔记本，翻到乱画的一页，给于舟拍照发过去，又拍了一张窗台下的小仙人掌，发微信问："要浇水吗？"

"……"

于舟无语："它是仙人掌。"

苏唱发来仙人掌干枯表面的特写："它好像在说，想要喝水。"

过了一会儿，于舟又收到一张枕头的照片，苏唱说："你掉头发好像蛮严重的。"

"……"

于舟在打开的各类文件框里回微信:"你是不是很闲啊?"

"嗯。"

写完一份项目总结,于舟见苏唱消失了,有点疑惑,打字发过去:"你别乱翻我的东西啊。"

她有几双破了洞的袜子什么的,虽然不算很丢人,但她很怕苏唱拍照发过来问要不要扔掉。

四十分钟以后,苏唱才回复,说:"没有。"

"我刚刚在睡觉。"

中午,她们没有见面,于舟一点半就要开会,所以在便利店买了点关东煮,带到食堂吃。苏唱给她打视频电话,她把手机竖在食堂的桌面上,戴着耳机问苏唱:"中午你吃什么?"

"煮水饺吧。"

"不点外卖啊?"

"不好吃。"于舟早上给水饺调的蘸料,还用保鲜膜封了一些放在冰箱里,苏唱觉得那个好吃。

于舟咬了一口牛肉丸,点头:"那个饺子你从冷冻柜里拿出来,先把水烧开,然后煮九分钟就行,你一般吃六个左右就饱了,别煮多了。"

不太清晰的画面里,苏唱看着她笑,眨了眨眼睛。

"干吗?不说话。"

于舟把她的习惯记得这么清楚,细节到能吃得下几个饺子。

苏唱安静地注视着她,之后轻声问:"什么时候下班?"

"你不是知道吗?"

"嗯,知道。"

下午三点半,于舟敲着鼠标,点开和苏唱的对话框,看聊天记录。

对话框上突然冒出小红点,是苏唱的消息。

于舟拉到最底下,看到一个表情包——小猫伸爪子在招手,表情包上配字:"苏唱,苏唱,苏唱"。

于舟"扑哧"笑了："这是什么啊？"

"表情包，你可以用。"

于舟可以发这个"召唤苏唱"的表情包，或许会召唤成功。

她笑着皱眉，不是很理解："你怎么会有自己的表情包？"

这么高级的吗？

"朋友发我的。"

苏唱在超话里看到的，也算是网络朋友做的吧。

"哪个朋友？还会做表情包？怎么你从来没有提过？"

于舟想知道，苏唱却没回复。

于舟一口气给她发了十个"召唤苏唱"的表情包。

苏唱仍旧没回复。

于舟眯着眼，鼓了鼓腮帮子："我生气了。"

一分钟后，她收到苏唱发的"粥粥"。

于舟没回。

"粥粥。"

于舟没回。

苏唱发来含米粥的照片，十张不重样的，有腊八粥、小米粥、八宝粥、紫米粥……

"这是什么啊？"于舟没忍住，回了。

"你的表情包，你也有了。"

有没有人能治治这人冷到家的幽默感？有人能管管吗？于舟笑着把手机放下。

下午五点半，苏唱说她在楼下等了。

六点，于舟把卡交给同事，让同事帮忙打卡，自己鬼鬼祟祟地收拾东西早退。

于舟跑到苏唱的车前，苏唱正坐在驾驶座低头看手机。于舟拍了一把引擎盖，然后蹲下去。可苏唱没有反应，于舟被自己傻到了，好幼稚。

她清清嗓子，走到苏唱的车门边，敲窗。

苏唱抬头看她，笑了，把车窗降下来："哈喽。"

"开罚单，不要嬉皮笑脸的。"

"罚什么？"苏唱将手机攥在手里，偏头看于舟。

"这个位置，是六点半才开放的，你五点半就来了，害我早退了，知不知道？"于舟义正词严。

"哦，"很有道理，苏唱点头，"罚多少？"

于舟抿嘴笑："罚你今晚请我吃饭。"

苏唱也笑了："好。"

第二天下午，于舟拉着苏唱去逛街，苏唱要给她买衣服。于舟这下长见识了，都不用排队，她可以狐假虎威地跟着苏唱，被相熟的销售请进VIC（超级贵宾）室。销售拿出甜点和饮品，向苏唱推荐新到货的成衣。因为苏唱不爱包，所以向来不拿包，但销售看到她这次带了朋友来，又看看于舟的气质，拿了三款包进来，侧蹲到于舟身旁，轻声细语地介绍包款。

于舟很不适应。

她求助般看向苏唱，苏唱说如果没有喜欢的就不要。于舟摆手说"不要，不要"，背后起了一阵冷汗。

销售很有眼色地说："好的，那您先看看。"随即退到一边。

苏唱挑了一件毛衣和两个配饰，没拎袋子，品牌直接送到家里。

出门时，于舟有点沉默，不像刚进门时那么雀跃了。苏唱能看出来，但她不知道该不该开启这个话题。

其实她对所谓的大牌或者新款没么感兴趣，这家品牌的VIC门槛不高，有一次她太忙，换季扫货，一次性消费达到了标准，就自动升级了。

"我还是第一次被这么接待呢。"于舟拎着她的小挎包，清清嗓子小声说。她听说VIP（贵宾）也有等级的，有的还要闭店，更夸张的还走秀什么的。还好苏唱的级别低，没那么大阵仗。

"不喜欢？"苏唱捏捏她的手，轻声说，"我只在这个牌子是VIC，如果不喜欢，下次去别的牌子。"

"人家都说大牌销售的眼睛很毒的，能根据你的包啊什么的，看出来你是什么档次的。你说，像我背这种杂牌包，她能看出来吗？"能看得出来是两百块包邮的吗？刚刚推荐包时，销售一直在观察她，以此推测她的喜好，令她很不舒服。

苏唱见她情绪低落，看她一眼，眼里带了些紧张。

于舟观察到了,她不想苏唱不开心,便弯弯眼睛,笑道:"我就是在想,我背杂牌包进那些店,她们看我还不跟扫地僧似的,无招胜有招。"

两个人又逛了超市,于舟想起苏唱的母亲是会说粤语的,于是晚餐给她做了干炒牛河,第一次试验很成功,她很喜欢。

不过于舟想了想,自己做的饭,苏唱从来没说过不喜欢。

晚上,于舟接到赵女士的电话,还没出声,那边劈头盖脸地就说:"我说粥粥啊,你们今年怎么放假放这么晚啊?你说你除夕才回来,这像话哦?你公司领导讲不讲人情啊?他们不回家过年吗?还是因为你刚工作,他们欺负你啊?你是不是脸皮薄,不敢请假啊?我跟你讲,你不要脸皮薄,我看现在街上的小姑娘们都回家了,一年到头嘛,和家人聚一次,有什么不好开口的。"

赵女士的嗓门很大,于舟偷偷看旁边的苏唱。苏唱无声地勾勾嘴角,把头枕在于舟的肩膀旁偷听。

"嗯……"于舟小声撒谎,"我们是外企嘛,就是不太好请假的,大家都按法定节假日休,而且我的同事们都是除夕才回去。"

于舟又清清嗓子,补充道:"而且我去泰国把年假用完了呀,你又不是不知道。"

苏唱笑了。

"欸?你那边有人啊?"赵女士愣住。

"哦,我室友。"于舟的脸红透了,"之前还跟你打过招呼的。"

"阿姨好。"苏唱轻声说。

"哦哦哦,你好,你好,怎么你也没回家呀?"好在赵女士没多想,听到旁边有人,顺口就问。

"是的,阿姨,"苏唱说,"我也在外企,请不了假。"

这下于舟快憋不住了,她憋着笑。苏唱也眼里带笑地看她。

"哦,那我是不懂你们大城市了。"赵女士叹气,嘱咐了于舟几声,就挂断电话。

第6章

太阳见过了年轻的月牙儿

于舟的家乡是一百八十线的小城,属于肃城旁边的县级市。于舟回家要先坐高铁到肃城高铁站,再开车四十分钟。家乡虽然小,但也挺热闹,春节的气氛比大城市还浓,各处张灯结彩,街边时不时有鞭炮声。

于舟的家在迁城是不错的家庭,北部新城修的一个纯别墅小区,她上高中时父母买的,买的时候房价还没破万,因此总价也不贵,和装修、买家电的费用差不多。

前两年,外公外婆还在迁城时,于舟会到外婆家过年。外婆家是老城区的自建房,后来拆迁了。生活环境随着城市发展变化,老一辈们住不惯,回了乡下祖宅。因此过年时,七大姑、八大姨都会先聚在于舟家,初二、初三再回乡下祭祖。

于舟这次回来漂亮多了,出了社会就是不一样,穿衣、打扮上心,头发也烫了大卷。她穿着驼色的羊毛大衣和牛仔裤、长靴,脱了不少稚气,人也沉默了许多,坐在沙发上回微信,也不怎么跟亲戚聊天。

这个年于舟过得很不得劲。表弟拉她出去买鞭炮,以前的她会兴致勃勃,但她这回把手揣在兜里,表弟问她咋样,她快快地说:"嗯,买。"

中午吃团圆饭,亲戚们热热闹闹地喝酒,也起哄让于舟喝两杯。她喝得晕晕乎乎的,热火朝天的话左耳朵进,右耳朵出。于舟掏出手机想看看有没有苏唱的消息,被赵女士用筷子头敲手:"又看手机又看手机。"

于舟撑着额头听大人们聊天,兜里的手机振动。她心头一跳,掏出来一看,是苏唱。

于舟跑出门,屋内带出来的热气还未散,她在寒风中打了个寒战,笑盈盈地接起来,声音很轻:"喂?"

"吃饭了吗?"苏唱的声音金贵里带点慵懒。

于舟带着酒意,努力睁了睁眼睛,想要去对面的花园,又听到那边小孩儿放鞭炮的声音很吵,于是跑两步到安静一些的地方:"正在吃,你呢?"

"我去机场,接我爸妈,还有爷爷。"苏唱说。

"那你吃饭了吗?"于舟说得很慢。

苏唱没回答,只低低地问她:"喝酒了?"

"嗯,喝了一点。"

"别喝多。"她轻声嘱咐她。

"没有喝多,"于舟踢着街边的小石子,"而且喝多了也没关系,在家里呢,我睡觉。"

两个人挂断电话,于舟捧着通红的脸,吐出几口气,这才发现自己没穿外套,缩着肩膀跑回家。刚在桌子旁坐下,赵女士见她一身寒气,问:"干吗啦?跑出去。"

"没什么,接了个电话。"于舟吸吸鼻子,弯着眼睛,抿着嘴唇笑,夹了块鱼。

下午的江城机场,苏唱站在接机处等待亲人的归来。和接于舟时很不一样,她既没有忐忑,也没有紧张,甚至期待都很少。她穿着千鸟格纹的长款双排扣大衣,头发随意地披在脑后。

过了一会儿,家人出来了,走在最前面的是苏意,穿着细格子的羊毛西装厚外套,里面的丝质低领内搭若隐若现,金属链条包和一对颇有设计感的耳环相得益彰。已经五十岁的年纪,她仍旧很干练,看着不过四十岁上下。

而李总和苏唱的爷爷在后面,助理推着行李车。

苏意这个人很神奇,她并不高傲,但所有人都觉得她高傲,因为她看人时要先眨一下眼,视线先在地上,然后再决定要不要挪到对方的脸上。

见到苏唱,她把电话挂断,踏着高跟鞋走过来,和苏唱拥抱:"小唱。"

她保养良好的脸上笑出了淡淡的鱼尾纹,是很想念苏唱的体现。

"妈妈。"苏唱笑了笑,接着跟李总和爷爷拥抱,李总和爷爷拍拍她的背,表示也很想她。

苏意挽着苏唱的胳膊,扶着脖子说坐飞机累坏了,问江城有没有好一点的按摩师,苏唱说等下问问。

一行人坐电梯去停车场,有行李车进来,苏唱拉住苏意的胳膊说:"小心。"让她往自己这边靠一下,之后再没说什么。李总询问车停放区域的号码有没有记,苏唱说放心,自己拍照片了。

车上很安静,爷爷说江城这些年变化真大,李总也很感慨。路上经过某个集团的总部,他指了指,跟助理确认:"明天中午是不是约了袁总?"

坐在前排的苏意眨眨眼,意味不明地说:"明天初一。"

李总没说话,助理答:"是,中午十二点,在望江国际。"

"明天要我送你吗?"苏唱轻声问。

"不用。"助理备车了,晚上开过来。

"那今晚是在我那里住,还是……"

苏意说提前让人把奶奶家打扫出来了,住奶奶家。苏唱的复式房爷爷上下楼不方便,而且只有一间书房,她和李总都需要办公。

"好。"苏唱笑了笑。

苏意将手搭到她的大腿上,温声说:"你这两天也住过来,好不好?"

"嗯。"

晚餐是苏唱提前订的包厢,吃苏意喜欢的粤菜,开了一瓶酒,在偶尔的杯盏碰撞中,聊起各自的近况。不到晚上十点,他们穿好外套走出餐厅,没饮酒的助理开车,把他们送回奶奶家,又送苏唱回家收拾行李。

苏唱坐在后排,望着除夕夜空旷的江城,街上很安静,许多人都回老家了,高楼大厦里只有稀稀拉拉几盏灯。天上有云,没有星星,也没有月亮,因为禁止燃放烟花爆竹,也没有肆意绽放的花火。

助理说:"唱唱,你话又少了。"

"是吗?"苏唱笑笑。

助理挺感慨:"长大了。"

苏唱的大拇指摩挲着手机屏幕,低头刷开,打开微信界面,看着置顶的猫猫头像发呆。

苏唱家没有看春晚的习惯,加上长途飞行,众人很疲乏,爷爷洗了澡,早早地就睡了,李总也准备休息,苏意仍在书房工作。

苏唱洗完澡,给苏意送了一杯助理准备的热牛奶,又问她空调温度高不高,如果头晕就调低一些。

苏意说不用,还高兴地称赞小唱越来越贴心了。

回到房间,苏唱侧卧在床上,就着台灯的灯光翻看粉丝发来的私信。没翻完,她退回首页,发了一条微博:"除夕快乐。"

祝福争先恐后地涌来,真是无比热闹的互联网。

晚上十一点四十五分,苏唱收到了视频请求,是于舟。

苏唱动了动肩膀,点开,小小的屏幕里出现了小小的于舟。她应该也在被窝里,台灯的灯光要亮一些,脸红红的,看到苏唱就笑了。

"怎么了?"苏唱的笑意染上嘴角。

"哇,我差点被我妈打死。"于舟刚钻进被窝,有点冷,轻呼了一声,抖抖脖子。

苏唱扬眉:"为什么?"

"我说我不看春晚了,我妈说都快十二点守岁了,十几、二十分钟都撑不住。我说我困得要死,今天坐车了。我妈说我不孝顺。我说不守岁怎么就上升到孝顺不孝顺了?我妈要打我。我对她使用了'大过年的'攻击,我说大过年的,你要打我,来年我一年都不顺的。她忍住了,然后我就跑上来了,哈哈哈。"于舟一股脑说完,狡黠地笑着。

苏唱也被逗笑了,视频里的于舟双眼亮亮的,窗户里透进来的烟花光芒一闪一闪,忽明忽暗,让她的轮廓更加生动。

那头有噼里啪啦的鞭炮声,于舟嘟囔:"以前怎么没发现过年这么遭罪?闹死了。"

苏唱还没说话,于舟忽然在密集的鞭炮声里转头,看了一眼窗外,又迅速转回来,提高声调:"十二点了!"

"新年快乐,苏唱唱。"她笑盈盈地说。

"新年快乐。"

"你要说'新年快乐,于舟舟'。"

"新年快乐,于舟舟。"

苏唱握着手机淡淡一笑,大拇指轻轻地触碰屏幕里于舟的眼睛,神采飞扬、顾盼生辉,好像把江城缺少的烟火都收藏在了瞳孔里。

吃热汤圆的初一,于舟在打麻将哗啦啦的搓牌声里无聊。

吃臊子面的初二,于舟在贺岁片鸡飞狗跳的片段中无聊。

回乡祭祖的初三,于舟在田野边给苏唱打电话,搓着手指望着光秃秃的山,她说下过雨,泥地很滑,她差点就摔了。

于舟低下头,吸吸鼻子,掉眼泪了。她忽然觉得很孤独。

友情在每个人身上的投射都不一样。

于舟让苏唱想到阳光,想到春风,想到"年年岁岁花相似"的永恒;苏唱让于舟想到天空,想到小雨,想到"岁岁年年人不同"的萧索。

于舟蹲下,扯着田边的野草,没告诉苏唱自己哭了,只跟她说,她们家祖坟很灵的,以前每年她都跟祖坟求发财。

初五上午,赵女士在门外骂于舟懒得要死,天天睡懒觉,恨不得把她赶回江城去,眼不见心不烦。

于舟很委屈地说自己上了一年的班,怎么春节还不让人睡懒觉了。她迷迷糊糊地刷完牙,接到苏唱的电话。

"我在肃城高铁站,你可以来接我吗?"

她清贵的嗓音在嘈杂的环境声中好听得惊人,于舟差点怀疑自己还没醒。

她坐到马桶上小声问她:"你过来了?

"你……你怎么过来了呢?

"你爸妈呢?你不过年啦?

"天哪,你自己坐高铁过来的啊?"

"是不是真的啊?苏唱。"她的眼睛瞬间酸酸的。

苏唱慢悠悠地笑了,轻声道:"来找你玩。"

于舟觉得自己要疯了,挂断电话的时候手都在抖,三下五除二换好衣服,喊了一声"妈,我出去啦",便往外跑。在门口跺着脚等了十几分钟才来了一辆出租车,她"砰"地甩上车门,没坐稳就说:"师傅,去肃城高铁南站。"

膝盖摇啊摇,她扒拉着驾驶座的椅背,看着司机师傅输入目的地。她和苏唱的距离变成弯曲的绿色线条,激动得要命。

导航提醒,见面倒计时四十一分钟。

没办法不感动。此刻,她紧紧握着车门扶手,望着窗外飞逝而过的路灯、树木和摇摇欲坠的红灯笼,眼前一片模糊。

她吸吸鼻子,用手背迅速把眼窝擦干,给苏唱发微信说:"旁边有家快餐店,你去坐会儿。外面冷,我还要四十分钟才到,你去买杯咖啡喝,别冻着了。"

苏唱常年开车出门,不习惯穿很厚的衣服,迁城又比江城更冷一些。于舟怕她着凉,嘱咐得很细致。

苏唱发来猫猫点头的表情包。

于舟攥着手机,紧紧盯着导航地图上的箭头。

漫长的四十分钟,于舟好像过了一生那么长。

于舟刚下车就看到了苏唱,她坐在靠近玻璃门的地方,方便于舟看到。她真的只点了一杯咖啡,正低着头回消息。

于舟先跑了两步,然后放慢步子走过去,顺了顺自己的头发,突然想起第一次在机场见苏唱的样子。

她站在灯光明亮的大厅里,也是抬眼看着快餐店的招牌,于舟跳上前打招呼。

那时她们都没有想到,之后她们会这么要好。

于舟推门,走到她面前,不知道该讲什么,说了句:"喂。"

苏唱抬眼,月亮落到小城里,更有故事感一些。她抿着唇对于舟笑:"好久不见。"

于舟戳戳她的肩膀:"是啊,好久不见。"

苏唱望着她笑,也不说话。

"你怎么来了?"于舟仍旧重复电话里的问句,"你爸妈呢?"

"回去了。"

啊……这么快就回去了。于舟观察苏唱的脸色,一切如常,便没有多问。

"冷不冷?"

苏唱摇头。

于舟皱皱鼻子,继续问:"那你就这么跑来找我啊?也不提前说一声,你住哪儿?"

"还没订酒店,我对这里不熟悉,你帮我订。"

于舟收回手,揉揉自己的鼻子,看了一眼桌上的咖啡:"喝完了吗?那走吧,春节期间房间应该还挺多的。"

说完,于舟帮苏唱拉着小小的行李箱,等她收拾好,两个人一起出去。

于舟打开 App 和苏唱一起选酒店,她把酒店信息给苏唱看:"这家是五星级的,我们这里最好的酒店。以前我姨的亲戚来住过,我也去看过房间,还不错。但跟江城的比，感觉五星级的标准不一样，你凑合凑合住吧。"

苏唱瞥了一眼，问："离你家多远？"

"嗯，这家有点远，我家在北部新城，这个在南边。"

"换个近的。"

"你以为我们这里是什么大城市啊，只有这一家五星级的，我家附近都是快捷酒店啥的，你这辈子都没住过的。"于舟无语，但她懂苏唱的意思，便也有一点开心。

苏唱很坚持，于是于舟在自己家小区附近找了家不太远的四星级酒店，帮她办理好入住，并把犄角旮旯都检查了一遍。酒店还算是干净整洁，除了房间小一点，大堂没那么气派，不比那个五星级的差到哪里去。

送苏唱住进酒店，于舟接到了赵青霞的电话。

"你去哪里啦？午饭还吃不吃啦？"赵女士的嗓门穿透力依然很强。

于舟顿了顿，说："哦，在外面有事，我就不回去吃午饭了。"

赵女士那边传来用鸡毛掸子打灰的声音："晚上呢？晚上回来吃不？"

"嗯……"于舟瞟了一眼苏唱，"我看情况吧。"

"那你看看啦，提前跟我讲哦，我好烧饭的。"赵女士说。

"晓得了，晓得了。"于舟赶紧挂断。

于舟转头，见苏唱盯着她，便问："你过年开心吗？"

"开心。"苏唱双眼雾蒙蒙的，淡淡地笑了笑。

于舟也开心了，然后说："那你这样还挺好的，开开心心把年过了，还能跑出来找我玩。我就是在家里待的时间太长了，我妈总看不惯我，每天早上都想来掀我的被子。"

苏唱被逗笑。

"中午想吃什么？晚上我还是回去吃饭吧，吃完饭再出来找你。"于舟想了想，"要不这样，我先带你去超市买点东西，这样我不在的时候，你能吃点水果什么的。"

"好。"

她们去逛超市，于舟推着推车，给她买了好多零食，还有酸奶和牛奶，生怕她饿着，或者一个人在酒店无聊，总问她这个吃不吃，那个吃不吃。

苏唱摇头说不吃，于舟还是往车里放，说："买吧，你不吃我吃。"

下午五点多，苏唱把她送下楼，看着她上车。

车子启动，开出小半条街时，于舟回头看，苏唱手揣在兜里，转身低着头往酒店走。

她突然觉得苏唱好瘦啊，尤其穿着黑色的长款大衣，更显清瘦了。在没有那么繁华的小城镇里，月亮也凋敝了些。

到家正好开饭，于舟换着鞋，囫囵叫了声"妈"，便径直冲去卫生间洗手。然后她磨磨蹭蹭地在桌子旁坐下，吸吸鼻子就开始吃饭。于父不在，桌子上就她和赵女士两个人。

赵女士目不转睛地看着她。

于舟抬头，眼神飘忽。

"干吃饭啊？"赵女士端着碗，问。

"没有啊，我这不正夹菜嘛，就是有点饿了，先吃两口饭垫垫肚子。"于舟清清嗓子。

她迅速吃完，用纸巾一抹嘴，说："上去了。"

她关上门，跳上床给苏唱发消息。

于舟从没这么盼过天黑，她总担心苏唱一个人在酒店无聊，或者觉得被冷落了什么的。

晚上十点，小别墅安静下来，客厅里也只剩隐约的月光。

于舟轻手轻脚地关上大门，像被狗追似的跑出小区，气喘吁吁地在街边停住，正要掏出手机打车，扭头却在路灯下看见了苏唱。

于舟又惊又喜，但不消片刻便皱紧眉头，三步并作两步跑过去，说："你干吗呀？不是说好我过去找你吗？你怎么知道我住的小区啊？"

"你打车时说的，莫奈花园正南门，我听到了。"苏唱说。

"那你也不能这么跑出来啊，"于舟有点急，"这大晚上的，快十一点了，你人生地不熟，很不安全的。"

也不知道她等了多久。

苏唱在路灯下安静地注视着她："你来找我，不也是晚上出门吗？"

她们都担心对方。

于舟感同身受，便没话可讲了。她兴致勃勃地说："我带你去吃咱们这儿的小烧烤吧，特好吃，江城吃不到的。"

苏唱的笑声比话语更轻:"好。"

后来于舟终于观察到苏唱的特点,通常她在不开心或者孤独的时候,最依赖自己。

苏唱开心时,有一点幼稚,有一点傲娇,有一点想要捉弄于舟。

苏唱没那么开心时,会对于舟什么都说"好",微笑着,温和的。

只是这些,当年的于舟还没有总结出来。

小城的深夜不好打车,于舟索性在街边扫了一辆蓝色电动车,带苏唱兜风。她其实不大会骑,但苏唱更不会。因此她东倒西歪地尝试了几次,上手后,自认为很帅地让苏唱坐到后排。

苏唱第一次被人带着兜风。于舟骑得很慢,乌龟似的,问她:"冷不冷?"

苏唱说:"不冷。"

"冷的话你就躲我后面,稍微缩着点。"于舟当时手都冻红了。

苏唱轻声问:"你不冷吗?"

"说实话,有点。呵呵,耳朵都快冻掉了。"于舟讪讪地笑。

苏唱靠着于舟,觉得很安心。她没有跟于舟说,大年初三,于舟回老家祭祖的时候,苏唱他们在陵园。

于舟掉眼泪,苏唱听到了。当时苏意在稍微里面一点的房间里签合同,苏唱一个人站在玻璃门前,看不远处旁人扫墓时放下的花。于舟很多愁善感,苏唱怕她觉得大过年的要签墓地合同会替自己难过,因此没有告诉她,怕她再一次蹲下来哭。

但就是那么巧,于舟那天也蹲在田边,哭了。

一个面对一块块冰冷雕刻的墓碑,一个背对一个个杂草丛生的土坟。

那时苏唱觉得,于舟好像在替自己哭,两个朋友之间产生了共同的情绪,让苏唱很想来见见于舟。

"小鹌鹑"载着她的月亮来到烧烤摊前。也只有在小城里能见到这种摊子了——一辆小推车,烟火缭绕的,炭烤的香味很浓,也很呛人。烤了二十几年的小摊贩头发都白了,皱着黝黑的脸,用缺了一半的老蒲扇扇火星子。

架子支起的灯被风一吹就晃,影子也在四周的小矮桌上晃。

虽然很冷,也很晚了,但仍有不少人坐在矮凳上一边吃烧烤,一边喝酒,吵吵嚷嚷，热火朝天，根本不似冬日。

这里好几个摊子连着，后面的大棚里还有卖卤味的，当地人叫它"烧烤城"。

于舟带苏唱去的是最好吃的一家，她把小电驴停好，自己的手都快冻僵了，还是捧着苏唱的手搓，嘴里哈着白气。

她站在一旁等前面的人拿串儿，一边跺脚，一边跟苏唱说："这个小摊我上小学的时候就在了，蜜汁鸡翅巨好吃，还有烤豆腐块，里面加了他家特制的萝卜丁，酸酸辣辣的。哎呀，我的口水都要流下来了。"

说着，她吸了一下口水。

苏唱没见过于舟说的这类豆腐块，又新奇又开心。

前面的人走开了，于舟上前拿一个塑料篓子，跟苏唱说要吃什么就装进这里面。她们挑了十几样菜，于舟递给老板娘，领好牌子，然后嘱咐："少放辣啊，我们这桌少辣。"

老板娘一看是于舟，很热情："哎呀，回来啦？"小姑娘以前念书时经常来吃的。

"哎，对。"于舟乐呵呵的，看着就喜庆，"过年好啊。"

"过年好，过年好。"老板娘把串儿放到一边备着，"哎哟，你以前很能吃辣的，现在不吃啦？"

于舟没说什么，嘿嘿笑，拉着苏唱到一边找小板凳坐下。

刚转身，她就听到表弟的声音："姐？"

啊这……

于舟的视线移动，对上表弟那桌，瞬间僵在原地。

表弟是姨妈的儿子，就比她小一岁，缩在稍远些的矮桌旁，身边有一个姑娘。

四目相对，表弟看看苏唱，于舟看看那个姑娘。

于舟清清嗓子，跟苏唱说："我表弟。"

表弟和他女朋友把烧烤盘子挪了挪，于舟和苏唱便走过去，在同一桌坐下："这么晚出来吃烧烤？你妈呢？"

"打牌。"表弟舔舔嘴角的辣椒，跟于舟介绍，"罗小圆，我同学。"

随后他望向苏唱。

于舟拿纸巾给苏唱擦桌子上的油："苏唱，我朋友。"

"吃串儿吗？这几个刚上的。"打完招呼，罗小圆轻声细语地问苏唱吃不吃东西。于舟忍不住打量她，偏分刘海黑长直，很清纯、很文静的样子，羽绒服里面是小裙子和小靴子。哎呀，乖得不得了。

高攀了，她那个小时候炮仗都放不明白的表弟实在是高攀了。

她扬扬下巴，手揣在兜里："罗玉湖，走，跟我去看看我的好了没有。"

"无语。"表弟最讨厌别人叫他大名。本来姨妈想生个女儿，没如愿，但又舍不得这个名字，最后还是用上了。

表弟不情不愿地站起来，脚还拖泥带水地踢踢板凳，懒懒地迈着步子跟于舟走到摊前。

于舟望着滋滋流油的羊肉串说："她跟你一个姓啊？"

"对啊。"表弟说。

于舟很感怀，表弟谈恋爱了。她说："你这多少钱？姐请你。"

"谢谢姐。"表弟接过递来的盘子，跟着她回座。

几个人默不作声地吃着，表弟问苏唱喝不喝酒，正要给她倒，于舟一把按住："不喝。"

"我姐好凶。"表弟对着苏唱撇撇嘴。

苏唱清淡一笑："还好。"

什么叫还好……自己什么时候凶过苏唱啊？不让她喝酒是为了谁啊？于舟有点委屈，自己吃鸡翅。

过了一会儿，表弟说："姐，你再点只牛蛙呗，我想吃。"

"你刚才自己怎么不点啊？"

"那个贵，我俩没钱。"表弟说完，罗小圆偷偷笑了。

"……"

"我也没钱。"于舟不想搭理他。

"那姐姐请。"表弟看向苏唱。

"没礼貌！"于舟急了。

表弟和罗小圆都笑起来，表弟对苏唱抖抖眉毛。苏唱也抿唇笑，睫毛落下来，看向于舟。

"罗玉湖，你真的不要脸，刚见面就让人请客。"于舟咬牙切齿地用气声说。

苏唱对表弟轻声道："点吧。"

"谢谢苏唱姐姐,以后你就是我亲姐。"表弟起身去点菜。

吃完串,表弟带着罗小圆去人民广场散步。于舟把他们送走,嘱咐表弟早点回去,别玩太晚,记得把罗小圆送回家。

叮嘱完,于舟再回来牵苏唱的手,两个人吃了不少东西,决定消食走回酒店。于舟一边走,一边跟苏唱讲,这个表弟可没出息了,六岁了还被鞭炮声吓得尿裤子,抱着她的大腿喊姐姐救他。

于舟又说他现在在洛城读大学,姨妈想让他毕业后回老家,他死活想去锦阳。于舟之前还纳闷,原来是罗小圆在那儿读书。

回到酒店,苏唱开始肚子痛,有些拉肚子,还在洗手台干呕了两下。于舟很懊恼,应该是吃串儿吃坏了肚子,赶紧叫外卖送药,又给苏唱烧水。

"怪我,怪我,"于舟忙忙叨叨,"你的肠胃本来就不好,我还带你去吃路边小摊儿。"

苏唱拉她坐下:"很好吃,我也想吃。"

于舟把药放到她手心里,盯着她吃完药,才说:"我明天中午再过来,如果你好点了,就想想吃什么,可以用手机看看。如果还吐,只能喝点粥。"

第二天上午十点,于舟提前下楼在客厅里晃,跟赵女士一起看春晚重播。苏唱给于舟打电话,于舟接起电话,听到那边一声淡淡的"喂"。

好好听啊……

于舟莫名其妙地笑了。

赵女士打着毛衣,瞥了她一眼。

于舟清清嗓子:"咋了?"

她的颧骨仍在上扬。

"想约你吃饭。"苏唱慢悠悠地说。

于舟故意把音量提高:"哦……啊?中午啊?"

电话那头的人悠然一笑:"对,有空吗?"

"呃,我在家呢。行吧,你把地址发我,我一会儿过来。"

挂断电话,于舟鼓着腮帮子,把眼底的笑意压住,喝了一口水才跟赵女士说:"中午我不在家吃了啊,我要出去,有聚会。"

"哦。"赵女士若有所思地瞄了她一眼。

于舟如坐针毡,起身绕到沙发后面,准备上楼换衣服:"可能会玩得挺晚,要唱歌什么的,我到时候跟你说吧。"

"哦。"

总觉得有什么不对……

于舟站在楼梯上看赵女士,觉得她镇定得过头了,反常。

苏唱仍旧是等在街边的路灯下,换了一件黑色的羊毛大衣,是廓形的,很长,腰带把身形修饰得像凹凸有致的瓶身,特别欧美范儿。

于舟笑吟吟地跳过去:"你好了啊?"

"嗯,没事了。"苏唱唇红齿白的,皮肤细腻得跟薄胎瓷一样。

"好耶,那你想到去哪儿吃了吗?"

苏唱摇头:"没有。"

"那……去我中学那边?好吃的比较多。"

两个人打车去于舟的母校——迁城四中。下了车,于舟在校园里跑了两步,转身倒着走:"搞笑,咱俩都多大了,还混在学生里。"

苏唱眼睛一眨,定格下冬天的香樟树,和树下跳着的于舟。

初六,有些补课的班级已经开课了,同学们背着书包,穿着校服,三三两两地上台阶。苏唱望了一眼,问于舟:"你以前也穿这样的校服吗?"

"对,不过我当年比她们鸡贼一点,会故意要大几号,衣服变成长款的,觉得潮。"

苏唱笑着扬了扬眉。

"你呢?"于舟问。

"我们的校服不是这样的。"

"哦……"于舟发挥想象,"你们是不是那种小西装、小裙子,英伦风啊?"

苏唱偏头眨眨眼,没否认,于舟很兴奋:"天呐,你小时候真的会穿那种小裙子啊?格子裙,还是纯色的?天呐,苏唱,天呐。"

于舟左看右看她,想象更小一点的她穿套装小裙子的样子。一定超级可爱。

忽然,学校内响起了铃声。

两个人经过图书馆,走过于舟每次大课间都去买烤肠的食堂,经过课桌上堆着一摞摞书的教室,办公室门口有干了很多年的值班老师出来洗茶缸。

最后,于舟带苏唱去看只有她一个人发现的小秘密——花圃中央,名人雕像旁边的石头,她怀疑是块墓碑。

她拉着苏唱蹲下来,用纸巾擦上面的灰尘,指着角落让苏唱看:"你看,这上面有字。"

"新元多少年至新元什么什么年……"她俩一起屏气凝神地看,字迹很小,又被岁月侵蚀过,看不大清,后面依稀有个"向"字,但只有一半,她们认不出来。

于舟说:"以前我们上晚自习的时候,那些男同学喜欢讲鬼故事吓人,说我们学校以前是个坟场,又说地下其实是空的,有古墓。他们盗墓文看多了。

"不过这里是我发现的。我那时候就想,他们说的不会是真的吧?你看这像不像块墓碑?也不知道是不是个女孩子的?"

"像,"苏唱点点头,仔细观察,"你怎么发现的?"

"我那会儿就喜欢写小说了,"于舟有点不好意思,"但教室里吵,我就跑到这里来想故事。"

新元是什么朝代的年号,于舟不知道,高中的知识上了大学后被一键清零,何况新元很短,在教材里没出现过。

其实这个小秘密,于舟也早忘了,还是刚才抬头看见雕像,蓦然想起来的。

苏唱在脑海里勾勒着小于舟的样子,眼神像荡在温水里。

回忆总是令人遗憾,与于舟想要了解穿校服的苏唱一样,越感知到彼此的重要性,越遗憾过往岁月中对方的缺失。

于舟带苏唱经过自己的青春,介绍十几岁的于舟给苏唱认识。她尽量讲述更多,潜台词是,如果她们认识得更早一些就好了。

如果她们从出生就认识就好了。

不过,现在也不晚。

"走吧,吃饭去。"于舟对苏唱笑笑,拍拍手上的灰尘,站起来,和苏唱一起走出校园。

于舟带苏唱去吃校门口的小炒,这家店门脸虽然小,但不脏。

她说以前上晚自习,都吃食堂。攒一周的钱,可以点一次小炒,和几个要好的同学拼。没长大时,她的愿望也很稚嫩,就是以后不用跟别人拼,把小炒都点一遍。

但毕业之后,她再一次来,就是带苏唱来了。

"那都点一遍。"苏唱说。

"没有你这么浪费的！"于舟随即靠过去，跟她讲什么菜好吃。

于舟点完菜，问苏唱："你小时候喜欢吃什么啊？"

苏唱想了想，说："我以前在深城念书，吃食堂比较多，有一阵子我的饭卡总是丢。"

"啊？"于舟好奇，"为啥？"

"有人偷拿我的饭卡，给我充钱，再还回来。"苏唱有点不好意思，睫毛低垂，落下薄薄的阴影。

"天哪……"于舟脑补了一下总丢饭卡的苏唱，萌翻了，"真想看看你以前的样子。"

"哎，我突然在想，从小到大追你的人不少吧？"于舟习惯性地咬手指，笑问。

苏唱伸手拿筷子："无可奉告。"

于舟瞥她："整得跟明星接受采访似的。咱俩不是好朋友吗？不应该真诚以待吗？"

苏唱一本正经："不包括这方面。"

于舟鸡贼地笑："你害羞了。"

苏唱将筷子递给于舟："吃饭。"

吃过饭，她们去看了场电影，于舟又带苏唱在迁城玩 city walk（城市漫步）。遇到寺庙，她们进去拜一拜，于舟说她小时候在这里捐过功德，功德碑上还有她的名字。苏唱蹲下来一个个地找，找到她的姓名，用手机拍了一张。

"看，上面的赵青霞是我妈，于军是我爸，还有罗玉湖，在这儿呢。"于舟敲敲旁边的空隙，"如果这里有个苏唱就完美了，咱俩一起行善积德。"

有些话落在时间的耳朵里，是会被听到的。

比如说，后来这块功德碑上果然出现了苏唱的名字，但没有在于舟旁边，因为于舟的周围都写满了名字，苏唱孤零零地跟在最后几排，前后左右都是陌生人。

像在人海里与于舟遥遥相望。

晚上，她们又去了人民广场，广场挨着江边，是迁城最热闹的地方。有民俗表演，舞狮和打铁花什么的，还有固定的几支广场舞队，滑轮滑的年轻人绕过露天KTV的话筒线，腰鼓声和音响声非要争个高低。

她们漫步在沙滩边，看四散的烟火，硫黄味和烟一样熏人，但也是春节限定的味道。

于舟买了两盏孔明灯，跟苏唱一人一盏，两个人借了笔，坐到石板梯上写字。

孔明灯有四面，于舟决定许四个愿望——健健康康，团团圆圆，快快乐乐，朝朝暮暮。

而苏唱的孔明灯是空的，于舟拿过来看，三面都没有字，只在第四面写了两个字——于舟。

"让你写愿望。"于舟生怕大小姐没听明白。

"嗯。"

"嗯是什么意思？你只写个名字，老天爷知道你想干啥啊？她怎么帮你实现啊？"

"提醒她，再看一次于舟的愿望，把你的都实现。"

于舟望着苏唱，几秒后眼圈就红了。

苏唱一愣，笑着抱她："怎么了？"

"你怎么是这么想的啊？"于舟有点受不了，"你都不知道我许了什么愿望。"

"你得许愿，你不能做一个没有愿望的人。"于舟狠狠地吸着堵住的鼻子。

"可是，我真的没有，我就是希望你开心。"苏唱认真地说。

许完愿，她们仰头，看着孔明灯消失在空中。

然后她们买了一点仙女棒，苏唱盯着水珠一样四溅的火花，绕个圈，又画几条有梯度的横线，看不出她在想什么，但眉眼特别好看，火光映在她的脸上，像给蝴蝶印上纹路。

于舟不由自主地拿出手机拍照，又觉得不能只拍照，于是拍了条一分多钟的视频。

视频里，苏唱看看烟花棒，又看看她，在嘈杂的背景音中轻声问："粥粥，你在拍视频吗？"

于舟说："对啊。"

苏唱用手中的仙女棒在镜头前画了只小舟。

于舟在镜头外哈哈笑，说："你要烧了我的手机啊？"

苏唱也笑，将烟花棒收回去，放低。

这么生动的苏唱，仍旧像一幅有延迟的、有画外音解说的图画。

晚上十点，于舟带着热闹的年味回到家里。赵女士还没睡，坐在沙发上看之前追的连续剧。她听见动静，转头瞥了一眼于舟，把电视机声音调小："回来啦？"

声音比往常低，也没有那么抑扬顿挫。

于舟心里的硬币转了一个圈，走过去，在另一个沙发上坐下："还没睡啊？"

"你明天就要走了，我不得等你回来说说话呀？"赵女士对着茶几努努嘴，"喏，这几包坚果你带不带呀？往年你很爱吃的，今年是怪了，拆都不想拆了。

"往年嘛，也不爱参加什么同学聚会，让你起床跟要你的命一样。"

赵女士电视看不进去了，就拿出毛线打。

毛线在食指上绕了三四个圈，她问于舟："你的同学会几个人参加啊？"

"嗯……"于舟有点紧张，"十几个吧，没有都去。"

她捋捋头发，别到耳后去。

"你们吃完饭去哪里啦？"

"唱歌，然后……嗯，溜达了一下。"于舟吸吸鼻子。

"那个……妈，没事的话我先上去了，收拾收拾箱子。"于舟端着水，在赵女士身后说。

"去吧去吧，没良心的，明天要走了，还懒得讲话，真是白养一场了。"赵女士永远是这么几句话。

于舟往楼上去。

她没开灯，而是躺到床上，打开微信，看苏唱发来的消息："到了。"

她盯着苏唱的头像看了五分钟，最后打字说："明天高铁站见吧。"

苏唱赶来之后，于舟就改签了，往后延了一班，时间晚差不过二十分钟，好在还有两个挨着的二等座，这样可以一起回去。

苏唱很快回消息："好。"

"洗个澡，盖好被子，早点睡，东西要收拾齐，退房前再检查一下。"

于舟特别爱嘱咐苏唱，明明知道有些话是没必要的，但还是操心。

她们聊了一会儿天，各自说晚安，于舟却睡不着。

她睁着眼睛像死鱼一样躺在床上，用月光把自己晒干。

于舟发了好一会儿呆，抓起手机看，已经凌晨一点了。

她鬼使神差地打开微信，找到苏唱，打开她什么都没有的朋友圈看了一遍，这么晚了，她估计已经睡了。

她试探着给苏唱发过去"召唤苏唱"的表情包："苏唱，苏唱，苏唱。"

下一秒，聊天框里，就出现了另一个表情包，是苏唱曾经做的那个。

"于舟，于舟，于舟。"

于舟捧着手机笑起来，原来苏唱也没睡啊。

初七返工潮，高铁站人很多。于舟拎着箱子和父母一起下车进站，赵女士拎着两袋年货，叮嘱于舟香肠要煮了再切，如果蒸着吃会太咸。

于舟左耳朵进右耳朵出，往涌动的人潮里张望，终于在安检区的队列旁边看到了苏唱。她穿着薄薄的长款羽绒服，旁边放着一个银色的小旅行箱，站在角落，一只手插兜，一只手回微信。

于舟排安检队列时，偷偷给她发消息："我进来了，在安检。"

苏唱抬头，茫然地看过来，视线搜寻到于舟时，弯了嘴角。于舟对她笑笑，悄悄指着身后说话的两位中年人，用口型说："我爸、我妈。"

苏唱笑着点点头，指指里面，示意她先进去。

于舟赶紧安检完，拉着箱子背着小书包快跑两步，跟在苏唱后面，欣赏她有气质的影子。

"粥粥啊，你有没有听到啊？"赵女士仍在啰唆。

"听到啦，听到啦。"于舟说，"我不懂的就给你打电话、发视频，你教我，好吧？"

"哦，那也行的。"赵女士点头。

候车厅里，于舟坐在苏唱身后，不动声色地用自己的头去够她的脑袋，悄悄碰一碰，缩回来。

几秒后，苏唱的后脑勺也碰了碰她的。

她们像两只小蚂蚁，在人类的眼皮子底下伸出触角。

205

开始检票，赵女士和于军依依不舍地送于舟进站，把塑料袋交给她，又给她掖了掖小书包。

苏唱在一旁排队，看着赵女士一边嘴里说着"哎哟，抱抱，抱抱"，一边拍拍于舟的背部。苏唱不动声色地抿唇笑，好似知道于舟为什么那么吃别人哄她这一套了。

告别时耽搁了些许时间，于舟进车厢时，苏唱已经坐好了，在靠近过道的那个座位上翻杂志。于舟自力更生，自己把行李在前面几排的行李架上放好，随后背着小书包走到苏唱面前："不好意思，借过一下。"

苏唱跷着二郎腿，杂志放在膝盖上，抬头道："你的箱子呢？"

"我放上去了。"

苏唱蹙眉："你的箱子很重。"

"刚才有个大哥路过，搭了把手。"于舟说。

列车行进，苏唱放下小桌板，把杂志放在小桌板上看，于舟趴在小桌板上看苏唱。这样的她们特别像高中的同桌，苏唱是认真的好学生，于舟是偷懒的那个。

看着看着，于舟有点无聊，打开自己的小书包，拿出笔记本和笔在上面写写画画。

她写了几个字，撕下来，将小字条叠成小方块，从苏唱的胳膊底下塞过去。

苏唱打开，摊在杂志上，上面写着："美女，你好靓。"

于舟目不转睛地观察苏唱的反应，苏唱却没有表情，安静地将它又叠好，放到一边。

哇……无动于衷。

于舟还故意学了深城的常用词，模仿高中同学对她的仰慕，可是唱姐不接戏啊。

她埋头继续写，又递过去第二张："你看书的样子好美。"

苏唱平静地看了两眼，仍然放到一边。

于舟趴在小桌板上从下往上看她，明眸皓齿的。

她埋头抬笔写第三张："加个微信。"

她看着苏唱摊开字条，看完，但没急着放到一边，而是转头看了自己一眼。

于舟福至心灵，双手奉上笔。

苏唱在字条上面写了一行小字，递给于舟。于舟打开，是苏唱的微信号"suchang930627"。

"哇，要你的微信号这么容易。"于舟开心了，把这张字条宝贝地叠好，放到包包里。

下车时，苏唱也将另外两张小字条收好。

她们的第一个春节，结束在学生时代的字条里。

学生时代留在老家，而在江城，她们可以无法无天地做大人。

初八，两个人投入到江城川流不息的繁忙中。

某天下午，正在工作的于舟收到一封信。

她打开一看，呼吸蓦地停住。

信封里只有一张照片——苏唱剪了头发，变成略短的锁骨发，坐在一个校园的花圃边，穿着深蓝色的校服套装，长袖西服，到膝盖上方的短裙，长筒袜和黑皮鞋。

她双腿并拢，坐得很乖巧，手扶在身体两侧，看上去像是一个文静的高中生。

是中学时的苏唱，但又不是。于舟一眼就能看出来，是现在的苏唱。

于舟跑到楼梯间给苏唱打电话。

"喂？"

"你……"于舟语塞，"你这张照片是怎么回事啊？"

"你不是说，想看我高中时的样子吗？"

苏唱找不到那时的照片，就买了一套相似的校服，拍给于舟看。

于舟想起二人逛校园时，苏唱没怎么说话，但她原来都懂，懂于舟详尽的讲述是因为遗憾。

懂得后的苏唱默不作声，没有表态，也没有许诺，却在几天之后，用自己的方式替于舟，或者说替她们二人，弥补了遗憾。

于舟尽量不出声地抹眼泪，平复了好一会儿，才小心地收敛了呼吸，问她："你一个人？怎么拍的啊？"

"我问婳之借了自拍支架。"

她不太会用，拍照时风又大，倒了几次，她蹲在旁边研究了一会儿，好歹算是搞定了。

然后她用照片打印机打印出来,再用信封装好,叫了同城快递送给于舟。

于舟感动得要命,下楼打了辆出租车,往苏唱家赶去。

同样的出租车时间,但和在老家时不一样。

可能是因为江城太忙,也太冷漠,街上的行人没有老家的那么喜气洋洋。他们的步伐有目的性,面色灰白得像生活,轻而易举地拉住于舟快要飞腾的少女心。

她盯着车窗外,突然意识到,苏唱是她汲汲营营的生活中,华丽而虚幻的一场梦,她和在老家时幻想的少女并不相悖,但她和庸碌的生活矛盾。

她像那块被掩藏的墓碑,老家的人没有那么在意它的价值,因此它藏于校园的石堆里,成为学生一不小心发现的秘密。

如果在大城市,它或许会展览在考古的陈列室,被灯光照耀,被玻璃罩困住。所有人都知道它的珍贵,但它不会成为于舟私有的幻想。

而此刻,于舟生出的所有勇气,就是关掉一个个乏味的excel,逃离生活,奔赴幻想。

门开了,于舟在玄关处换鞋,苏唱听见响动,从二楼下来。那时应该是下午三四点钟,阳光像被过滤过,和煦地照耀着,于舟抬头便见到头发短了的苏唱。

她穿着灰色的家居服套装,锁骨发让她显得干净利落许多,清透中带着帅气。

于舟突然不开心了,等苏唱走到面前,笑着问她"怎么了",她也没说话。

好一会儿,她才把包放下,说:"你高中时的发型也太好看了。"

于舟想自己就该跟苏唱一个班,坐到她旁边,守着她,所有喜欢苏唱的人如果想要看苏唱,都要到于舟这里交费。

搭话两块钱,递字条十块钱。

然后她把钱攒下来偷偷请苏唱喝汽水。

于舟往客厅走:"你那件校服给我看一眼,我觉得好好看,我也想穿。"

苏唱抬抬下巴:"在卧室。"

于舟三两步跑上楼,苏唱则坐到沙发上处理工作。

窗外有微风进来,窗帘缓缓飘动,她听见了一声脆生生的"苏唱"。

苏唱抬头看，穿着校服的于舟趴在二楼的栏杆上。小裙子略长，西装外套也有一点点大，衬得她人更小了，她笑眯眯地望着自己，像在教学楼的另一头跟自己打招呼。

苏唱阖了阖眼帘，两个人在下午三四点钟的阳光里对视。

然后苏唱合上电脑，笑得清透。月亮与太阳相遇，太阳见过了年轻的月牙儿，又将自己的光芒收敛，装扮成稚嫩的小太阳。

于舟没穿袜子，趿着拖鞋走下来，一边走，一边拨弄自己的头发："我中学时扎的是马尾，怎么样？我很喜欢，不过后来我听说扎马尾发际线会后移，就不梳了。"

"好看。"苏唱由衷地称赞她。

于舟嘿嘿笑，坐到沙发上，也学着苏唱的姿势装乖："你也给我拍一张，回头我找人修图，放到一起，这样就有合照了，嘿嘿。"

苏唱靠坐到茶几边给她拍照，将明眸皓齿的于舟收藏到镜头里。

拍好后，于舟跑过来看，轻声道谢："我好喜欢这个礼物啊苏唱。"

"是吗？"苏唱扇动睫毛，偏头看她。

"嗯，反正比那些包什么的好多了。"于舟说完，好笑地看着苏唱无奈的样子，"如果咱俩在一个学校，你就是我的学姐。"

"是吗？"苏唱笑道。

"是呀，学姐。"于舟清甜地望着她笑。

第7章
我希望你能一直开心

第二天,苏唱正好要早起工作,她把于舟送到公司。晚上她到于舟家吃饭,于舟做了红烧鱼,两个人在小矮桌和坐垫上吃。吃完饭,苏唱在书桌旁工作,于舟趴在床上码字。

夜幕降临,于舟下楼送苏唱开车回家。

二月底,苏唱的一部广播剧爆了,剧集点击量过千万时,上了热搜。

当天下午于舟眯着酸涩的眼睛,正在一个一个地对数据,上厕所时刷了一下微博,看到热搜"青玉案",没点进去,没兴趣。

第二天热饭,听到新来的小姑娘说,做近视手术时总听广播剧,发现广播剧还真好听,于舟想起苏唱说也会配广播剧,想搭个话,但小姑娘说她爱听男声,那就跟苏唱没关系了,于舟便也没继续聊。

对这个领域一无所知是这样的,根本不会想到网上还有另一片天地。

于舟只知道,苏唱更忙了。

星期四,于舟到苏唱家里等她吃饭,故意没告诉她,想给她一个惊喜。但等她回来的时候已经是深夜,她说在工作室吃过了,因为录得太晚,又去吃了些点心。

这部剧的配音导演是苏唱,因为录得比预计结束的时间晚,她过意不去,收工时便请大家吃饭。她想到于舟说下班要写报告,就没去打扰。

于舟渐渐不太开心,她找不到人说,跟"火锅"倾诉。

她说:"我觉得我跟苏唱最近没那么好了,她太忙,我们没时间聊天,要渐行渐远了。"

"火锅"给她想办法:"反正你也是住合租房,要不你跟她合租呗?这样能天天一块儿吃饭。而且你俩之前也住得挺好的。"

合租……于舟没想过,可也觉得这个提议不错。她决定问问,苏唱想要合租吗?

不知道是谁说过,江城是一个连阳光都懂得分寸的城市。

苏唱在录音棚里没来由地想到了这句话,太阳很关照江城,它并不毒辣,江城也没有太多绵绵的阴雨天,它在这里均匀地、平等地爱人。

"看什么呢?"晁新问她。

她俩录音时碰到了,休息时间坐在沙发上喝水,苏唱望着外面的太阳发呆。

她想的是,如果太阳能够有偏好就好了,如果能再热烈一点就好了。

手机振动,她打开一看,于舟的消息:"我们可不可以合租啊?"

苏唱嘴角上扬,莞尔一笑,太阳有偏爱,她知道的。

这次的游戏收音,苏唱完成得很快,是录一个甜妹。往常苏唱需要找找声线的感觉,但这次配音导演开她的玩笑:"唱姐,你怎么这么甜啊?"

"太甜了是吗?"苏唱鼻翼微动,唇红齿白地笑。

"你这也……都给我整不会了,苏老师。"年轻的配音导演听着耳机里传来的苏唱软软的尾音,有点抓狂,不自觉地跟着苏唱笑。

苏唱眼神柔和,抿着唇笑着看台词本:"对不起。"

配音导演往椅子上一躺:"救命,苏老师,你别这样。"

录音师也跟着乐:"苏老师今天捡钱了。"

"嗯。"苏唱点头。

"哎哟,多少钱?请我们吃饭。"录音师厚着脸皮提要求。

"今天不行,等杀青请你们吃饭。"苏唱轻声道。

配音导演对录音师投去崇拜的目光:"你可以啊,讹到了苏老师。"

苏唱的手抚在锁骨处,清了两下嗓子,伸手:"把我的澳瑞白递给我一下,谢谢。"

配音导演递过去,而后竖起手掌捂住嘴唇,笑眼看向录音师:"我的天哪。"

苏唱知道她们在调侃自己这天说话软,但她没说什么,调整好耳机便开始录音。

苏唱端着咖啡下楼,一边解锁车子,一边想给于舟打电话,抬头却见"一只小猫"从车子的另一头蹿过来:"碰瓷。"

"碰什么?"苏唱勾勾嘴角,端着澳瑞白的左手很稳,右手拿着车钥匙,轻轻扶住于舟。

"我是蹲在你的车底盘下面取暖的流浪猫,你刚才没有蹲下来检查,启动车子很容易弄伤我。所以你要带我回家,看看我有没有受伤。"于舟说。

"我现在就可以看。"苏唱偏头,跟她的眼睛对视,清透的双眸璨若星辰。她看看左边,又偏头看看右边。

于舟不好意思了,拿过她手里的咖啡,喝一口,绕到副驾驶座:"我自己救济自己。"

苏唱愉悦地笑,开车往家里去。

车辆稳步行进,从阴暗的地下空间重返阳光融融的街道。

苏唱看看于舟,仍旧只背了个小挎包,便曼声逗她:"小猫要流浪,没有带行李吗?"

"没有。"

正好于舟侧过身,坐直了身子,跟她说自己的困扰:"虽然你说可以合租,但我想了想,我去你那儿住特别不方便,上班太麻烦了。你搬来我这儿吧,又住不下。"

"那……"苏唱思索,"要不要在你的公司附近看看房子?"

她的工作时间比较灵活,又能自己开车,住在哪里都没有关系。

于舟眨眼:"我想跟你确认一下,你说的看房子,指的是租,对吧?"

苏唱愣住,于舟倒吸一小口凉气,明白了,这姐想的是买。

真是把她给穷笑了。

她揉揉鼻子,坦白道:"我没有钱买房子,我只能租。而且考虑到我的经济能力,咱俩AA也租不了太好的,你看看能住吗?不行就算了。"

苏唱蹙眉:"什么叫不行就算了?"

"就是说,"于舟听她的声音这么轻,有点紧张,"我也不想你因为我,勉强住到不太适应的地方,嗯……如果你觉得还是自己家好,咱俩也可以不合租。"

车停下,靠在路边。

苏唱不大明白，提出合租的是于舟，说可以不合租的也是她。

好像这件事对她来说，挺随便的。

她抿抿嘴唇，手落到装澳瑞白的杯子上，扶了一把，但没拿起来。几秒后，她偏头看着于舟："那你是怎么想的？"

"我……我有点纠结。"于舟说实话。

"根据我的工资吧，我省点，能拿出五千块来租房，咱俩顶天了能租个一万块的。一万块的我看了一下，这个地段附近的小区都不是太好。"于舟动了动脚尖。

苏唱道："我出一万块，你出五千块。"

于舟一愣："为什么啊？"如果因为她穷，苏唱要多出钱的话，她会有点难受的。

苏唱温柔地看向她，说："我还需要一个房间来录音，我占两个房间，对不对？"

"哇，好有道理。"于舟捧着她的脸，"你怎么那么聪明啊，一下子就解决了我想了半天的问题。"

她不是那种矫情的人，也很清楚地知道自己的物质条件比不上苏唱，但只要给她一个苏唱不吃亏的理由，她愿意正视这种差距。

然后，她在做饭等地方多照顾一下苏唱就好了，这样她们俩之间就很公平。

解决了关键性的预算问题，于舟很开心，趁午休的时间偷偷看房子。她对着房子的图片想象要怎么布置，在购物软件上收藏了一大堆沙发抱枕、浴室脚垫之类的。

以后，她就能每天给苏唱做好早饭，晚上两个人一起吃饭。然后苏唱办公，她偶尔加班，偶尔码字，或者看看短视频。

她挑选房子的时候很注意，主卧的衣柜要尽量大，这样才能放得下苏唱的漂亮衣服。她自己的要求倒不多，实在不行，再买个斗柜。

她又问苏唱，江南书院要租出去吗？苏唱说空着吧，她有些东西还需要放在里面。

于舟肉疼了一下，但也觉得有道理，如果苏唱的家当都塞进小家，那估计没地儿落脚了。

她细心地搜索附近有没有苏唱习惯去的连锁洗衣店品牌，她怕换了店家把她的衣服、床品什么的洗坏了，还问能不能租地下车库，有没有离单元楼比较近的车位。

这么挑选下来，可选择的余地就很小了。

于舟在"摸鱼"时做了个PPT，把几套房子的图片和位置都发给苏唱，如果觉得OK，她就约中介看房。

苏唱很享受于舟跟自己说这套房子的哪里哪里是她很喜欢的样子，每一个细节都是她对生活的规划。

比如她说："这套是单卫，其实我还是想要双卫，最好有一个浴缸，我发现你还挺喜欢泡澡的。"

又比如她说："这套附近有个挺高端的中医馆，能调理身体的那种，如果搬过去，我带你去办张卡。"

苏唱就问她："你呢？"

怎么都在说苏唱的想法？苏唱也想知道，于舟理想的家是什么样的。

于舟看着她，声音温软："我理想的房子啊，这几套都是。"

"可它们的户型和装修相差很多。"

于舟笑了，说："真的啊，我喜欢的要素就是离公司近，通勤方便，有落地窗。"

她嘿嘿地笑了。

此刻的于舟月薪到手八千块，她拿出五千块租房，自己只剩三千块。她在Excel上列了一下每个月大概的花销，从肉、蛋、米粮到瓜果蔬菜，她用的护肤品不是很贵，衣服也可以上网淘一淘。

一番计算下来，还真挺紧巴巴的。

苏唱目前的房子周围没有公共交通，如果苏唱不送她的话，她的通勤时长要增加一个小时左右，来回多花两个小时，短时间住还好，长期下来既压缩生活空间，也容易令人暴躁。

通勤实在是太影响当代年轻人的情绪和生活质量了，于舟很懂。

挑选对比了几套后，于舟把她们合租的房子选在一品珠江。

高档小区，二〇一一年的房子，不算新，但很有品质，刚开盘时就有不少富商盯上。正好有一套出租，于舟在网上看过VR（虚拟现实），装修什么的都不错，有很新的全智能家居，物业也是苏唱习惯的管家式。这套房子挂牌价是一万四千八百块，如果长租，价格还能再聊点下来。

于舟决定下班后去看看，观察一下小区环境和门禁之类的。

看看日历，三月一日了，离于舟的生日就差两天，如果能定下来，那就是最好的生日礼物了。

她给苏唱发消息："我待会儿去看那个房子，你有没有什么要求呀？"

那几天苏唱在出差，参加一个外地的漫展，于舟不知道具体的工作内容，只遗憾了一下生日可能不能一起过了。

但她担心影响苏唱的工作，所以并没有刻意提特殊日子，回来再补过也一样。

"选你喜欢的就好。"苏唱回复。

于舟很开心，同时又有些为难。如果定下来，对方要押一付三之类的，她一时拿不出那么多钱。

她更不想问苏唱要，这样苏唱可能会问她："方不方便说说积蓄有多少？月薪是多少？五千租金是不是很有压力？"

那还挺……尴尬的。

她正琢磨要不要问"火锅"借点钱，苏唱的下一条消息就来了："钱收到了吗？"

"啊？"

"我预付了我这边一年的房租，打到你卡上了，应该是三天前。今天去看房子，可能要签合同，你查一下。"

于舟惊呆了，赶紧点开银行 App，一查，真的多了十二万。

她这边向来没什么钱款往来，所以关闭了短信提醒，要不早就该发现了。

于舟捧着手机，停留在她和苏唱的对话框，不知道该说什么。苏唱有没有可能是她的一个梦啊？为什么苏唱能这么轻而易举地解决所有的问题呢？

好得像仙女一样。

于舟没来由地叹了口气，又看了一遍 App，确认苏唱的钱还在，然后打电话跟中介约时间。

"对，我想看一品珠江的那个房子，麻烦你帮我约一下。我大概晚上七点能到，之后的时间都可以，晚一点也没关系。"

中介说那套房子刚挂出来，钥匙现在不在她那儿，要去提前预约一下。

于舟说："好的，好的，麻烦了。"

挂断电话，她轻轻地呼出一口气，回过神，敲键盘继续工作。

过了一会儿，她收到中介的微信："姐，这套房子今天看不了，最快星期天，我给您约了星期天，您白天过来，白天看比晚上看好。"

于舟回复："好的，那就约星期天，下午两点。"

刚好是她的生日，挺有缘。

因为耽搁了工作时间，午休时，于舟便留下来处理了一点项目问题，之后一个人去餐厅吃饭，同事Bella（贝拉）给她发消息。

"粥粥，你上来的时候去便利店给我带瓶酸奶，谢谢。"

于舟答应，并确认好牌子和口味，买单的时候随口问了句："你怎么知道我在食堂啊？"

"林姐她们说看见你了。"

这句话很普通，但于舟细想觉得不太对——看见她，没打招呼，可回去的时候Bella听到了，那林姐她们是刚好在聊她吗？

于舟本来不太敏感，可前段时间她在食堂碰到林姐，林姐对她笑了笑，没像往常一样说一起吃饭。

于是她想了想，打字说："最近林姐她们都不找我一起吃饭了。"

Bella在公司跟她关系是最好的，一起进来过试用期，以前还坐在一起。转正后Bella调到销售部，她俩坐大办公室的对角，但"摸鱼"时偶尔也会在微信上聊八卦。

"最近是有人说你，但不是林姐。"Bella懂她的意思，说话很直接。

"啊？"于舟拿着酸奶按电梯，心里毛毛的，"说我什么啊？"

"我忘了谁说的，反正是我吃饭的时候听到的，说你最近总有挺好的车接送，还说有人送你包。哦，今天他们还说你要去看房子了，看一品珠江的。"

于舟当时想找合租的房子，很多同事都知道。因为她现在住的房子是从林姐手里接过来的，而且没住多久就要搬，还是搬去那么好的小区。

按她之前租房的预算，肯定不是自己能负担得起的。

于舟觉得后脑勺都热了起来，咬咬嘴唇："他们什么意思啊……"

虽然Bella很委婉，但想也想得到，这种背后的话，好听不到哪儿去。

"我只是交朋友，他们想什么呢……"于舟性子软，站在楼梯口回复，手心里出了汗。她有些犯怵，不敢进去。

两个不太熟的同事刷卡拉开玻璃门，互相说着话，没跟旁边的于舟打招呼。

于舟很容易想太多，埋着头就想，人家是不是听了什么风言风语，对她有意见了？

"嗐，这些人无聊，就不爱把人往好了想。"Bella说。

于舟发过去表示无语的表情包，抬手挠了挠自己的脖子，头垂下来，视线落到黑灰色的格子地毯上。

她在门口待了一会儿，才收起手机进门，经过排列整齐的办公桌，有的人趴着睡觉，有的人对着电脑敲键盘，有的人在戴着耳机追剧，还有人经过她身旁去茶水间倒水喝。每个人都很专注于自己的事情，没有人看她。

技术部的朱哥瞟了她一眼，她无端感到忐忑，打招呼："朱哥。"

"哎，小于，吃完饭啦？"

"嗯。"

不知道说什么，她尴尬地笑了笑，走到Bella的工位，把酸奶给她。

Bella插上吸管，跟她说谢谢，问多少钱要转给她，看她脸色不好，又给她发了消息。于舟拿起手机看，Bella说："你别理他们。"

于舟回到工位，打开电脑，Bella的消息又来了："我想了一下，你旁边那个同事，我不知道叫啥名字，但好多话是他说的，说听到你打电话去看房子啥的。"

"背着他点。"

于舟没转头，用余光瞥了一下旁边的同事，戴着眼镜，看着挺稳重的。

"还有，你最近别早退了。林姐她们跟人事关系好，你再请假估计还得说你。"

最近是提前下班了两次。于舟向来都是拿全勤的，还总留下加班，现在到点就走，跑得飞快，同事们都看在眼里。

于舟沉默地处理下午的工作，晚点有上个月的总结汇报，轮到她时，她站起来展示上个月的工作进度，没怎么看台下的人，总觉得有人戴着有色眼镜看她。

于舟坐下后，无人说话，和往常一样。但这天于舟觉得会议室里格外安静，连同事的咳嗽声都能听出些意味深长来。

于舟觉得自己一直安分守己，一想到这些认识的人可能正用想象力撕咬她，她就快哭了。

她还不敢去对峙，她得有份稳定的工作，她需要这份工资，好挤出五千块跟苏唱一起合租。其实她还想表现得更好一些，升职加薪，多赚一点。

于舟从来没遇到过这样的事，挺无助的，她下班不再急着走，而是坐在工位上加班。

晚上八点，于舟回到出租屋，没力气做饭了，于是给自己煮了泡面。

泡面的香味惊动了戴萱，她从屋里出来，好像是在于舟回家前刚洗了头，头发还没干透。天气已经没那么冷了，但暖气还没停，她穿着短袖T恤，习惯性地不穿外裤，斜倚在门边看于舟。

"你把叉子叼嘴里？不怕被扎到吗？"戴萱双手环胸，好奇地问。

于舟把叉子拿出来："塑料的，不会吧。"

戴萱安静了几秒，问她："你这几天在打包东西？"

"对，我要搬走了。"

戴萱一愣，随即又笑了，仍旧是近似于冷笑的那一种："跟苏唱住？"

这个小朋友也挺好玩的，脸很臭，仿佛五官不能恰到好处地表现情绪，需要她皱着眉头挑挑拣拣，才能给话语安上一个差不多的表情。

于舟盯着锅里的泡面，点头："嗯。

"等我走了，你就不用天然气了吧？要不要去停掉啊？我不知道，你回头问问物业。"

戴萱点头，过了一会儿，若有所思地说："我也要搬走了。"

"那你要搬去哪里啊？"

看面煮得差不多了，于舟用筷子夹出来，放到汤碗里。

"我签公司了，可能要送我去选秀，先搬到宿舍里上课。"戴萱说。

"啊？"于舟的筷子险些掉了，转头目瞪口呆地望着戴萱。

"咋了？"戴萱嗤笑。

"啊这……"

选秀啊、明星啊、爱豆啊，离她这么近的吗？她难以控制地上下打量戴萱，这个外裤都不穿的室友，有可能上电视，有可能当明星，有可能会红？

天哪……她激动起来了，感到心里有火苗要燃起来了。

戴萱好笑地看着于舟的眼睛"唰"一下就亮了,"社畜姐"永远那么喜怒形于色,跟她小时候玩的换表情的机器猫玩具似的。

"那你要当明星了?"于舟捂了捂嘴巴,用怕隔墙有耳的音量说,"妈呀,萱萱……"

"远着呢,"戴萱皱眉,"签公司跟当明星是两码事,相差十万八千里。"

"那你也很了不起,我长这么大,在生活中还没见过名人。"

于舟蓦地想起了苏唱,这个最接近艺人气质的人。其实于舟觉得苏唱特别适合当明星,她根本不用费心保持形象,因为无论从哪个角度看,都有种雾里看花的美。

"你搬过去了,是不是要换电话号码啊?我还能跟你打电话吗?咱俩还能出来喝酒吗?"于舟有很多问题想问,说着说着想起要紧的事,"你是不是要出道得包装一下啊?能说你在这儿合租过吗?你放心,我肯定不会说出去的……"

豆子倒完,于舟觉得自己倒得有点多。她尴尬地闭嘴,把调料包撕开,倒调料。

"这有什么啊?"戴萱吊儿郎当地说。

行,行,行,她自己都不操心,于舟多余在意了。

她捧着汤碗,用筷子搅啊搅,尽量拌匀,想着出租屋认识的女孩子有可能被很多人看到,挺感动的。她的"中二魂"熊熊燃烧,很感慨:"真好,你有机会红了,可以实现梦想了。"

"红不是我的梦想,"戴萱嗤之以鼻,"红是现实。"

音乐是她的梦想,但音乐不是一定要被人看到。只不过,她需要红来养音乐,用现实来养梦想。

于舟愣住了,但无端又被鼓励到了。

于舟端着汤碗要回卧室,快进门时,她顿了顿,跟戴萱说:"其实我挺舍不得你的,虽然咱俩没合住多久。"

但总归有各奔东西的洪流感,这是她生活中萍水相逢的一个人,往后也将经历更多分离。

"你呢?"戴萱突然问。

"啊?"

"你就没点什么想做的事?"

黑漆漆的客厅里，戴萱站着问于舟，于舟沉默了三秒，想不到。

她唯一想的就是写点东西，可根本没人看，也不可能用这个来养活自己。

于舟的梦想是一棵小嫩芽，还在生活的缝隙里被精心照料着，不太可能长得遮天蔽日，成为给于舟养分的支柱。

所以她摇摇头，说："我这人从小就没什么理想。"

戴萱笑了笑："睡了。"

"这么早？哦，你晚点还出门是吧？"

"嗯。"

"那……晚安，萱萱。"不知道搬家的时候自己能不能碰上她，所以先道别。

"晚安，'社畜姐'。"

那晚于舟睡得很不好，闭上眼睛就开始胡思乱想，一会儿想戴萱，一会儿想那些在背后议论她的同事。她觉得毛骨悚然，觉得恶心。她毕竟才二十一岁，很难做到对这种事保持平常心。

她提前许了个愿望，希望二十二岁的自己能坚强一些。

于舟打开手机，搜索选秀的视频。去年夏天有偶像团体出道，很火热，所以戴萱被签走似乎也算顺应时势。于舟不关注这些，但也挺为她高兴，对着直拍视频想象她在舞台上唱跳的样子。

于舟不知道以后能不能在电视上看到戴萱，到时候她一定要发动身边的人给戴萱投票。

现在她先什么都不说，她决定把遇到过戴萱这件事守口如瓶。

这是一个让人失望又充满希望的夜晚，和露水一样，千头万绪，天一亮就散了。

第二天，于舟满血复活，在家里刷鞋、洗衣服，把该洗的都清洗晾晒好，再继续打包东西。

隔壁的戴萱拨弄几下吉他，整理自己之前写的手稿。

身在武城的苏唱经过印着她大照片的等身立牌和易拉宝，跟远道而来的听众朋友们挥手。

午饭小助理买了快餐，小助理是主办方临时安排的，帮苏唱对接妆发，在她坐着签名时维持一下秩序什么的。

苏唱停下筷子，给于舟发消息，说这边的生煎包好吃，下次带于舟过来吃。

于舟回复:"那你中午吃的什么呀?"

苏唱给她拍照片。

于舟放大照片,是牛肉饭,不是当地的好吃的,看起来是匆匆买的一份快餐,桌子也像是一块随意找来的板子。她说:"你们行业环境真的挺差的,我出差参加会议都能有星级酒店的自助餐吃。"

不知道红了以后能不能好点。

苏唱淡淡一笑,其实是她没胃口,看到旁边有连锁快餐店,就让小助理帮忙买了一份。如果不是有于舟,她其实没有那么热衷于吃好吃的。

"我晚上不一定能赶回来,但我尽量。"苏唱另起话题。

主要是签名的时长不太可控,她好不容易有一次线下,也希望能多跟听众朋友交流一下。

"没事,你工作要紧,"于舟回完,不放心地继续嘱咐她,"不要赶啊,千万不要赶,我也不想你很累地回来给我过生日。"

"来日方长。"她说。

小助理看见苏唱望着手机屏幕,嘴边勾起小括号,生动得令人失神。

苏唱发过去小猫点头的表情包,结束了跟于舟的对话。想了想,还是决定把蛋糕先订上,她打开 App 仔细挑选,手指在屏幕上滑来滑去。

小助理正在吃鸡肉饭,忽然听见旁边金贵的嗓音轻声叫她:"裴裴。"

"哎,苏老师。"她赶紧放下筷子,看过去。

"可以帮我看一下这两个哪个好看吗?"苏唱很少举棋不定,这回罕见地犯了难,不过她不习惯和别人讨论这种事,语气有些生硬。

小助理愣了一下,凑过去看,指:"这个吧,我喜欢这个,蓝色的,上面有鱼,感觉好浪漫。"

苏唱眨了眨眼睛,对她笑道:"谢谢。"

妈呀,小助理心里跟放了烟花一样,脑子里自动生成:"'i唱'+1(喜欢苏唱的听众多了一个)。"

苏唱的签名时间果然比预计长,她没有在零点前赶回去。蛋糕提前送到,于舟打开看,笑了,拍给她看,说蛋糕上面的鲸鱼的头撞到盒子上了。

一只头破血流的小鲸鱼。

苏唱回复她一个挤眼泪的表情包。

于舟笑得更开心了，上一次见到这个表情包，还是于舟先对着苏唱大哭。

她突然觉得自己很幸运，能交到苏唱这么好的朋友。

于舟把蛋糕小心翼翼地装好，放到冰箱里，跟苏唱说明天等她回来吃。

苏唱回复她："好。"

然后，于舟跟苏唱打视频电话聊天。

零点，于舟的微信变得热闹起来。

赵女士、于老爹、"火锅"、二羊、沈萝筠都发来了祝福的消息，还有在酒吧驻唱的戴萱，发来了一小段视频——她用吉他弹唱的生日快乐歌。

于舟跟苏唱说要挂断视频电话，去看戴萱的视频，听她唱歌。

苏唱没说话。

于舟对着她清冷的脸，不知死活地说："让你不给我唱生日快乐歌！你不爱唱歌，但唱两句生日歌总可以吧，我又不嫌弃你。"

"不唱。"

"好，我给你备注，苏不唱。"

苏唱"扑哧"一声被逗笑了，又矜持地抿着嘴唇："你去看视频吧，我睡了。"

于舟跟苏唱说拜拜，继续欣赏戴萱的歌声。

嘈杂的酒吧环境，带点 R&B（节奏蓝调）风味的生日快乐歌，戴萱的手轻轻叩着吉他打节奏，于舟在挡不住月色的出租屋里放了两遍。

另一边的苏唱，在发漫展大合照感谢粉丝的微博里加了一张照片。

是一张专属签名明信片，当天来漫展的听众朋友告诉苏唱，明天是她的生日，希望苏唱祝她生日快乐。

"生日快乐。"苏唱也将这张明信片放在了相片合集里。

她签名时特意看了这位听众的眼睛，和于舟一样，温暖、明亮，但比于舟更怯生生一些。

因此再祝福她一次，希望这位敏感的小双鱼也能被生日祝福包围。

于舟改变了苏唱，她有让身边的人更能感知温暖，更乐于释放善意的能力。

她没有意识到自己的能力有多难得。

凌晨四点多,于舟被细碎的动静惊醒。

"萱萱吗?"她有点害怕,凝神听了听动静,然后在黑夜里扬声问。

来人似乎怕吓到她,脚步声消失了,随即安抚性地笑道:"粥粥,是我。"

于舟的心像被打了一闷棍,弹起来,一下子冲到嗓子眼。她狠狠地揉了揉眼睛,睡眼蒙眬地打开灯,趿拉着鞋开门,借着卧室的灯光,看到了站在客厅里的苏唱。

天哪……她捂住胸口,没敢动。

"你怎么回来了?"声音微弱,像是从脖子里挤出来的。

苏唱又笑了一下,没说话。

风尘仆仆的苏唱把被撞得头破血流的小鲸鱼蛋糕拿出来,有点可惜地端详片刻,然后点上一支蜡烛。出租屋里没有像样的桌子,于舟坐在床边,苏唱蹲在她面前,把蛋糕捧着递给她,示意她吹蜡烛。

灯被关掉了,于舟的眼睛里只有小小的光晕,笼罩着蹲在一旁的眼眶红红的苏唱,还有地上她蜷缩的影子。

那一刻,于舟觉得自己像卖火柴的小女孩,苏唱与她的影子是自己饥寒交迫时的幻境。蜡烛熄灭,幻觉就会消失,自己可能会死亡。

苏唱眨眨眼睛,睫毛垂下来,投下安静的阴影。之后,她抬眼轻声问:"你想听我唱生日快乐歌吗?"

"啊?"于舟轻轻地、压抑地回她。

苏唱抿了抿嘴唇,呼吸起伏,随后开口唱:"祝你生日快乐,祝你生日快乐,祝粥粥生日快乐,祝你生日快乐。"

苏唱的声音有点抖,比平时说话的声音要薄一些,听得出来很不自信。不算好听,但于舟听着她在隔音不好的木板隔断房里小声唱着歌,突然就哭了。

她望着苏唱,眼泪吧嗒吧嗒地往下掉。

然后,她呼吸急促地把蜡烛吹熄,捂着脸痛哭失声。

苏唱慌了,将蛋糕放到一边,问:"怎么了?"

于舟抽泣着说:"有人欺负我,苏唱。"

"谁?"苏唱抿唇。

"我同事在背后议论我,他们连饭都不跟我一起吃,还要说我不合群。我平时帮他们复印,还帮他们带咖啡,我对他们可好了,他们背地里在吃饭的时候说我。"于舟哭得上气不接下气。

苏唱给她擦眼泪,眉头蹙起来:"怎么这样呢?因为什么?"

于舟摇头,她担心苏唱自责,说谎了:"我也不知道为什么,我要骂他们。"

她其实本来不想说这件事的,可忍了两天,终于在苏唱回来的时候忍不住了。

苏唱拍拍她的背:"你骂。"

"我骂不出来。"于舟号啕大哭。

苏唱既难过,又觉得于舟可爱,没忍住笑了一下。于舟也笑了,捂着脸,哆哆嗦嗦地跟苏唱说:"你帮我拿张纸巾,我擦擦鼻涕。"

"好。"

"为什么每次你哭,我都觉得这么可爱呢?"苏唱抽了一张纸,细致地给她擦眼泪,很认真地思索这个问题。

"你有'朋友滤镜'吧。"于舟哽咽着推理。

她顿了顿,又说:"要不你也哭一个试试,我看看可不可爱,就知道了。"

"我不哭。"苏唱抿着嘴唇笑。

"你怎么不哭?你没有伤心事吗?"

有啊。比如这次漫展,有个合作的同事的粉丝不喜欢她,在旁边排队签名时对她翻了个白眼,她看见了;又比如她发了微博之后,总有一些人转发到私人好友圈骂她。这些转发不被显示,但她每次看到数量,也知道。

她有时也会动用想象力,审视自己这条微博有什么值得骂的。

但当偶尔收到不礼貌的私信时,她仍然感到自己的想象力比较匮乏。

"有,可是……"苏唱稍显苦恼地蹙眉,嘴边挂着淡淡的笑,"我哭起来没有那么可爱。"

"扑哧。"于舟笑了,"其实我看你特别可爱。"

"是吗?"

"嗯。"于舟又抹了一把眼泪,"但你还是不要哭了,因为你一哭,我也会哭,这样我们两个没办法互相哄。"

"我的生日愿望是,我希望你能一直开心。"于舟泪眼蒙眬地望着苏唱,诚恳地说。

吹蜡烛的时候,她在心里说,希望苏唱一直能开心。

她真的是这样想的。

睡觉之前，于舟对苏唱说："这是我过得最好的一个生日。"

没有豪华餐厅，没有美味佳肴，没有鲜花蜡烛，连蛋糕都是破损的，可她有一个风尘仆仆归来的朋友，为她送上了凌晨四点钟的祝福。

她想，即便自己白发苍苍，记忆衰退，行将就木，苏唱端着蛋糕蹲在床前的样子，也会是她人生倒带里定格的最后一张胶片。

于舟求助："我现在的这个房子，是我同事林姐推荐给我的，我当初也没请她吃个饭什么的，她会不会对我有意见？"

苏唱认真地思考："为什么会对你有意见？"

"好像也不会，"于舟有点苦恼，眉头微微皱起来，"那我搬走要请她吃饭吗？她会不会觉得我在炫耀？"

"正常人，不会。"苏唱说，"而且我不觉得你搬家会是请一位并不熟悉的同事吃饭的理由。"

"唉，是哦，好烦。"于舟想来想去。

苏唱又问："什么时候去看房？"

"下午两点，等一下我们一起去。"

莺啼燕语的中午，她俩吃喜欢的清汤面。

昨天剩下的蛋糕没坏，于舟怕浪费，又加了一小块，两个人吃得饱饱地往新家去。

一品珠江果然是还不错的小区，一排排板楼颇有气势地排列，楼间距很宽，里面的花园水系修建精致，小区内没什么人，只有巡逻的保安。

一品珠江靠近江城第二大商业圈，小区内部却出奇安静。小区分为几个园区，每个园区之间用内部的单行道隔开。进入大门，喷泉后是下沉式的会所，她们看的八号楼离大门不远，门厅里有一个管家，提供二十四小时酒店式服务。

于舟跟在中介后面对苏唱说："这座桥还不错吧？"

"哎，竟然有这么漂亮的凉亭。"

"保安的制服也好好看哦。"

于舟的嘴没停过，听起来像邀功，一副很想苏唱夸她的样子。

"这个会所里面有健身房，以后我们去办张卡好不好？"

苏唱看穿了她的小心思，抿了抿唇，轻声道："来之前你告诉我要砍价，让我要表现得不那么满意。"

所以苏唱一句话都没说。而于舟一进门就像被放飞的山雀，恨不得把树上结的早春果叼下来，堆到苏唱怀里。

"啊这……"于舟讪讪地闭嘴。

是哦，她表现得跟这儿的业主似的干吗？

"其实那个喷泉水有点黄。"按电梯时，她旱地拔葱似的跟苏唱说了一句。

"啊，姐，黄吗？"中介纳闷。

"嗯，黄。"

一梯两户，楼道明亮而干净，于舟怎么看怎么喜欢，连门上的电子锁都高级。进门是宽敞的客厅，窗帘被送去洗了，还没装上，所以落地窗特别亮堂，好似一整面玻璃幕墙。

比VR上的大很多，气派很多。

茶几是黑色的大理石，不大，但很有设计感。米色沙发配灰色抱枕，装修色调和苏唱的房子有些接近。

LDK（客餐厨）一体化设计，餐厅正对着"U"字形的大开间厨房，灰色柜板和内嵌式冰箱，推拉门能关上，隔绝油烟的同时，能看到于舟在厨房里忙碌的身影。

于舟和苏唱阅读彼此的眼神，于舟喜欢宽敞的厨房，苏唱喜欢透明的推拉门。

苏唱有条不紊地与中介聊订房的事项。她说她们要长租，可以先一次性付一年的租金。她参考了之前的签约价和朝向、楼层，月租在此基础上减少一千五百块比较合适，并且因为要添置一些家具，希望租期可以从三月二十日开始算。

如果没有问题，当天就可以签合同，并且进行物业交接。

中介出去打了个电话，回来说没问题。于舟马不停蹄地跟着下楼办手续，幸好她带了身份证。

租房流程比较简单，没有耗费太多时间。只是刷了苏唱的卡。

搞定租房手续后，她俩又上楼看新家。于舟"哒哒哒"地跑进去，想起中介说刚做完深度保洁，便放心地坐到沙发上，拍拍旁边，让苏唱也坐过来。

天色渐晚，天边出现紫红色的夕阳，装在落地窗里，跟裱进了画框里似的。没有窗帘的点缀不免单调,四时景色却更一览无余。

"等窗帘回来,我看看是什么样子的,"于舟说,"如果不好看,就不挂了,我们另外买新的。"

"好。"

"哎,那个钱,我转回给你吧,刚刚是你刷的卡,我还要把我那份房租给你。"

"房租可以给我,"苏唱说,"不过我给你的钱,先放在你那里。"

"为什么啊?"

"日常的开销,我的餐费,还有,你到这边要安排新的家政阿姨。"

"用不了那么多钱啊,"于舟坐直了,面对苏唱,食指戳戳沙发缝,"那些我本来就是顺手做的,你要给我钱啊?"

感觉挺奇怪的。

"粥粥,"苏唱望着她,偏头思忖片刻,很认真地将一些考量娓娓道来,"或许你觉得顺手,不计较那么多。但对我来说,劳动是非常具有价值的,你的劳动,更有价值。

"我们两个人合租在一起,可能会以各自更擅长的方式为共同生活而付出,比如我不会做饭,需要你的帮助。而我比你年长几岁,社会经验更多,有能力在日常开销方面多付出一些。

"你喜欢公平,我也一样。我也希望在我们两个人的相处中,我有为你付出的部分,有能做贡献的部分。"

苏唱用眼神告诉于舟,她尊重于舟的自我坚持,但在小事上,不需要那么泾渭分明。

她们力求对等,是人格独立,也需要互相依靠。

于舟听完这一席话,很感动,她说:"你怎么这么好啊?"

苏唱挑眉:"你不是因为我好,才跟我做朋友的吗?"

好有道理,于舟早就应该知道苏唱很好了。

她和苏唱挤在沙发上,突然想到什么,她抬头,没留意轻重,狠狠地撞了一下苏唱的下巴。

"啊——"苏唱手捂着下巴,轻轻皱眉。

"啊,对不起,对不起。"于舟赶紧坐正。

"怎么不说话?"她凑过去捏着苏唱的下巴,探头探脑地看,"有咬到舌头吗?"

苏唱神色复杂地看着她,她的动作像是要把自己的下巴给卸了。

于舟很紧张:"你别不说话,要是咬到舌头,可大可小啊,电视里还有咬舌自尽来着。"

"……"

她们认识的时间不算短,苏唱依然会困惑,这只"外星小蚂蚁"的思维方式到底师从哪里?

搬家工作从第二天开始。于舟的行李很少,一个行李箱加一个大纸箱,邮寄到新家就算搬完了。走的时候戴萱不在家,于舟给她留了张字条,其实明明有微信,但于舟觉得字条有仪式感一些。

在家居卖场买的坐垫、小矮桌和新家格格不入,她不准备带走了,不过餐具是要的,还有阳台上的小盆栽。她一样样收起来,又环视一遍连月光都遮不住的小群租房,突然生出了强烈的不真实感,她就这样迈入生活的新阶段了。

就这样结束短暂的一个人"江漂"的生涯了。

激动之余,她不免有些迷茫。

苏唱这边则完全显示出了富家女的优越。第二个周末,她请了专业的搬家团队,上门将所有的东西分门别类地打包好,搬到一品珠江后,依次拆出来,把东西都放好。

连衣服都按照事先拍好的照片,复原性地在衣柜里挂成一排。

于舟看得目瞪口呆,在搬家团队清理垃圾,开始做消毒保洁的时候,她还表情呆呆的,像傻了一样。

她坐在沙发上,说自己有两点感想。

"第一点,有钱真的可以为所欲为。"

"第二点呢?"苏唱问她。

"第二点,见识到了真正有价值的劳动。"

她玩苏唱手机的时候看了下订单的价格,心疼得快晕过去了。

她要跟这些养尊处优的有钱人拼了。

搬来的定制床垫和床品铺到主卧,于舟简单的小书桌也弄好了,她把书一本一本放上去，再把笔记本电脑摆上，还有之前在夜市淘的复古小台灯。她掏出手机拍了一张照片，特别有氛围感。

等搬家公司的人走了，于舟坐在客厅，把自己大纸箱里的东西一样样往外掏，都是些生活必需品。

苏唱愉悦地坐在沙发上，半靠着扶手，看"小蚂蚁"快快乐乐地搬家，"噔噔噔"跑到这边，又"噔噔噔"跑到那边，偶尔眨眨眼睛思索摆件放到哪里比较好，偶尔又叫她："苏唱，苏唱。

"这块地垫，你觉得放到浴室门口好，还是淋浴间出来的地方好啊？"

"我觉得花纹很好看，放里面可惜了。

"但放外边又有点破坏装修的和谐。"

她纠结地碎碎念，随即又对比两块擦手巾哪块更漂亮，最终决定将有兔子图案的那块放到客卫，显得比较有生活品质。

简单整理完，于舟没力气做饭了，两个人点外卖吃。

于舟自我安慰说，这天不宜开火，皇历上说的。等她选个好日子正式起灶，算入宅仪式。

苏唱不懂这些，但也笑吟吟地应下来。

晚上，苏唱到书房工作，书房布局跟江南书院的很像，一张办公桌，还是那把人体工学椅，以及她的录音设备和两台电脑。

她戴上耳机准备录音，于舟切了水果端进来，放到桌面上，饶有兴味地看看她电脑上的 AU（音频编辑和混合环境）软件界面，波形和按钮什么的都看不明白，但一看就高级。

于舟又拿起苏唱手边打印好的剧本，逐字逐句地阅读。

"阮清宁是你吗？"这个角色的台词都标蓝了。

"对。"苏唱坐在椅子上抬头看她。

于舟抠着自己下巴上长出来的痘痘，好奇地问："在哪里可以听你的作品啊？你有没有音频？发我一下。"

苏唱偏头："那你的小说可以给我看吗？"

她的手攀上鼠标，食指意味深长地敲了敲。

"不行。"于舟一把按住，讪笑道，"咱俩还是互不干涉事业为好。"

这也太羞耻了，她羞耻于让苏唱看"她动了动眉，流下一行清泪"，苏唱肯定也羞耻让自己听"为什么？为什么？你为什么要这么对我"。

咦……她想想都起鸡皮疙瘩了。

苏唱意料之中地勾起嘴角的小括号,面对电脑,问她:"想试试录音吗?"

"啊,我可以吗?"于舟有点紧张,圆圆的眼睛挺不好意思地对上苏唱的。

苏唱的手越过她,拿起鼠标简单操作几下,把输出设备设置为音响输出,输入设备依然是内置声卡的麦克风。

她新建了一个声音文件,对于舟说:"等一下我按下录音键,你就对着麦克风说话,像这样。"

右手按下鼠标键,发出"咔嗒"声,苏唱凑近麦克风,轻轻道:"于舟。"

录制完毕,她播放一遍。

"于舟。"

这一声从音响里放出,似从四面八方而来。

于舟的天灵盖都发麻了,更真切地意识到苏唱究竟有一副多金贵的嗓音。"于舟"两个字被她念出来,回荡在深夜里,什么背景音都没有,却让人听到了海的声音,听到了船只的声音,听到了广袤无垠与漂泊流浪。

于舟还清晰地听到了胸腔内的回响,咚咚,咚咚。

原来世间真有这样的职业,仅靠声音便能让人听到自己内心的轨迹。

"试试。"苏唱说。

于舟紧张又忐忑,紧盯着软件界面,当指针开始游走的时候,她对着麦克风,快速吐出两个字:"苏唱。"

说完,她不好意思地缩起脖子。

"你不要回放,删了。"她小声说。

"为什么?"

"我声音都抖了。"

气氛活络起来,苏唱无声地笑了,点开音频。

"苏唱。"

她把两次录制中间的停顿剪掉,波形靠到一起,再次播放:"于舟……苏唱……"

"救命,"于舟更不想抬头了,"这两个声音差别也太大了。"

音响里停了几秒,又放出:"救命,这两个声音差别也太大了。"

"喂!"于舟急了,站起身来。

苏唱对录音界面抬了抬眉尾,轻轻提醒:"还录着。"

"你干吗?!"

"录音。"

"你录我干什么?"

"没什么。"

"你幼稚!"

"是吗?"

"幼稚得要死。"

苏唱淡淡地笑了笑,将录音停止,保存下来,文件名定为"于舟"。

这是她所有录音文件中,格式最不规范,内容也最混乱的一个。

苏唱工作完去洗澡时,于舟还在主卧趴着码字。她写完一章,动了动酸痛的脖颈,听见浴室里传来淅淅沥沥的水声。

薄薄的热气从门缝里淌出来。

于舟走过去,敲敲门:"哈喽,苏女士。"

水声停了。

"水热吗?水温合适吗?"刚搬来,她要做一下采访,不好的话,得让房东赶紧处理。

"合适。"浴室里面传来苏唱带着混响的清音。

水流声又起,但很快被于舟第二次敲门声打断:"那……水流大小合适吗?"

于舟在门口笑。

与江南书院不一样,这个家她有掏一份房租,是主人之一,她想要过问每个细节。

"小蚂蚁"怀揣着小心思,问了一次又一次,越问越满足。

"合适。"

"哦。"于舟"吧嗒吧嗒"地走开了。

过了一会儿,于舟收到了赵女士的消息,点开手机一看,是赵女士给她推送了相亲对象的名片。

于舟大惊。

她嘟囔道:"急吼吼地给我相亲干吗?我还这么小,我还是个宝宝。"

她仔细斟酌用词,删删减减,回道:"知道了。"

赵女士很快回语音:"你要加哦,你姑姑已经跟人家说了。"

"那他为啥不加我?"于舟撇嘴,也用语音回。

又和赵女士掰扯两句后,于舟拗不过,加了相亲对象的微信。相亲对象姓武,名字比较复杂不好打字,她带着被迫相亲的怨气给他备注"大郎",又觉得太缺德了,心怀愧疚地改为"武某"。

合租的第一天完美落幕。

于舟进入"有唱万事足"的阶段,每天上班笑眯眯的,懂得约同事们一起吃午饭,偶尔还会买一些奶茶、水果什么的请同事们吃。以前她很社恐,跟其他人拼奶茶都仿佛要她的命,有时起送价不够,她就自己点两杯,还怕别人发现,悄悄把第二杯藏起来。

她决定要上进一些,跟同事们搞好关系,做个前途大好的白领。

于舟现在每天干劲十足,按时下班,苏唱时常来接她,两个人一起回一品珠江。穿过地下车库,靠近单元门的地方有果蔬自动供应机,她们会在橱窗前停住,于舟看一眼,如果比较新鲜,她会买一些水果。

她负责挑选,苏唱自觉扫码付款,再拎着上楼。

于舟关注了几个做菜的短视频账号,白天在外卖软件上下单需要的食材,送到家门口,晚上拿进去,不用怎么休息,就马不停蹄地开始做饭。

苏唱接活也开始有了规律,她每天得在五点半之前完成工作,到点她就要回家。

于舟做饭时是不需要人打下手的,她觉得教苏唱做事反而更慢,因此把苏唱赶去工作。苏唱偶尔在沙发上看书,偶尔在书房处理文件。

等香气来敲门时,苏唱便出来洗手,于舟会先观察她吃菜时的反应,如果神情舒展,于舟就会很开心。

于舟会煲汤,所以苏唱吃饭前会被递上一碗汤。

周末没有太大区别,不同的在于,她们会一起逛超市。

于舟果然将小区的会所利用起来,报了一个瑜伽班,每周上课。苏唱不喜欢这些,但有空时会坐在旁边等她。

苏唱发现,于舟偶尔也会闹脾气。有一天不知道为什么,于舟身上痒得死活睡不着,她坐起来,脸上带着泪痕。

苏唱问她怎么了。

于舟皱着眉头说:"你太长一条了,不许你这么长。"

苏唱欲言又止。

又有一次,于舟睡到天蒙蒙亮,爬起来挠苏唱的脚心。

苏唱问她做什么。

于舟说:"我刚才突然想起来,小时候我妈跟我说,假如你把一个人挠痒痒挠醒。她都没生气的话,那她的脾气一定很好。"

苏唱第二次欲言又止。

于舟是苏唱遇到过最天马行空的人,各种意义上的。除了很罕见的两次闹脾气,其他时刻,她的鬼马精灵都是褒义的。

比如,她将手边的饮品一饮而尽,苏唱提醒她:"这个需要搅拌。"

"哦,"于舟动了动肩膀,"来不及了,在肚子里摇一下。"

第8章
她想与月亮对话

　　四月草长莺飞,五月告别春日,六月是一年中最好的一个月。
　　因为苏唱的生日要到了。
　　于舟说,好快啊,转眼又是一年,她和苏唱竟然已经认识一年多了。
　　合租之后的日子快乐又安稳,虽然偶有摩擦,但都能很快解决。如果不需要和武翊蕤时不时联系,于舟会更无忧无虑。
　　武翊蕤就是她那个名字很复杂的相亲对象,他的工作也很忙碌,偶尔问两句于舟的状况,还好他并不猥琐油腻,偶尔分享一点猫猫狗狗的,于舟回一两个表情包。
　　三月他们开始联系,武翊蕤后来约她吃饭,一直被她推拒。四月他在外地深造,五月初回来,再次提出想请于舟吃饭。
　　于舟想,去跟相亲男见一面,把这件事彻底了结,也算个解决办法。于是她答应下来,捧着手机打字回复:"可以,你什么时候有时间?"
　　武翊蕤回复:"你呢?我周末都可以。"
　　于舟转头问苏唱:"星期六中午去可以吗?晚上还要上瑜伽课。"
　　"问我做什么?"苏唱不解。
　　"我不想一个人去啊,你要是不去,我就叫上'火锅',我和他单独吃饭多尴尬,又不熟,"于舟把下巴搁在苏唱的肩上,"怎么样?求求你。"
　　苏唱想了想。
　　好,成交。
　　星期六中午很快到来,武翊蕤约在一家西餐厅。

于舟穿了撞色的针织背心，牛仔短裤，外面是一件敞开的纯色衬衫外套。

苏唱则是灰色宽袖衬衫，袖子捋起来，下身搭一条阔腿裤和休闲平底鞋。两个人走过去，苏唱站在桌前，手揣在兜里，垂眼打招呼："哈喽。"

清贵的嗓音引得武翮蕤抬头，他穿着烟灰色的针织衫，也将袖子捋上去一半，卡其色的裤子，戴着眼镜，看着很斯文的模样。

"于舟？"他笑着站起来。

"苏唱。"苏唱勾勾嘴角答道。

武翮蕤愣住，看向旁边，于舟这才笑着摇了摇苏唱的胳膊："你好啊，我是于舟，她是我的朋友，叫苏唱。"

"你好，你好，你们好，"武翮蕤想握手，但又收回去，一只手按着衣服，一只手做出请她们坐到对面的手势，语气挺和气的，"我是武翮蕤，初次见面……"

"请多指教？"苏唱落座，望着他，淡淡一笑。

于舟没忍住笑出声。

武翮蕤见苏唱开玩笑，也笑了："不好意思，太正式了，认识你们挺高兴的。先点菜吧，咱们边吃边聊。"

他把菜单递过去，递给于舟，于舟接过来，问："你点过了吗？"

"没有，lady first（女士优先）。"武翮蕤笑笑，于舟活泼又乖巧，他对她的印象不错。

于舟给自己和苏唱点了两个套餐，之后将菜单递给武翮蕤。他招手叫来服务生，点完菜，站起身给于舟和苏唱倒水，两个人一前一后说"谢谢"。

武翮蕤坐下，温和地问于舟："怎么过来的？"

于舟用胳膊肘戳戳旁边："她开车过来的。"

"你会开车？"武翮蕤的目光对上苏唱的。

苏唱对这类没话找话觉得有点好笑，她看着武翮蕤："嗯。"

武翮蕤的嘴唇无端有些干燥，因为他在苏唱的眼里看到了莫名其妙的、隐约的笑意。

"怎么？"见武翮蕤愣住，苏唱轻声开口，提醒他回神。她拿起桌上的温水，喝了一口。

"噢，"武翮蕤也喝一口，"我平时也开车。"

"是吗？"

"嗯，对。"

于舟听着他俩一来一回的对话，快要无语了，这什么情况啊……

苏唱不言语了，喝完水低头看手机。武翊蕤咳嗽一声，对于舟道："上菜有点慢，要不，我们先聊会儿？"

"哦，好呀。"于舟也捧着温水。

"嗯。"武翊蕤很少相亲，其实有点尴尬，尤其对方还带了朋友，但这种情况，他认为男的应该主动，于是斟酌一番，率先道，"我先自我介绍一下，阿姨应该说过，我老家也是迁城的，我妈跟你姑姑是同事，我中学是在迁城四中上的，听说你也是，咱俩算同校。"

"啊哈哈，对。"

"你来这边多久了？"武翊蕤问。

"我大学考来的，毕业后就留下来了。"

"我也是，听说你是科大的？"

"对，"于舟吸吸鼻子，用余光看苏唱玩手机，她很怕尴尬，把问题抛回给武翊蕤，"你呢？"

"我本科是江大的，保了本校的研，又读了博士，也才刚毕业。"武翊蕤说。

"哦，那你很厉害啊。"于舟点点头，不走心地夸他。

武翊蕤推推眼镜，笑了，又问苏唱："我们是不是差不多大？你是哪个学校毕业的？"

"苏黎世联邦理工。"苏唱礼貌性地放下手机，说。

哈哈哈，让这姐炫耀到了。于舟在心里跳转圈圈的舞。

武翊蕤一愣，正好服务员走过来上菜，他张罗着收拾收拾桌面，三个人边吃边闲聊。

好在聊了一会儿老家认识的人之后，他和于舟熟悉多了，气氛松弛下来，于舟也会主动提问。

眼看饭局要进入尾声，于舟去了一趟卫生间，回来之后，接着刚才的话题："你现在是留在了中宇集团，是吗？"

"对。"武翊蕤用纸巾擦嘴。

"好厉害，那你解决户口问题了吗？"于舟望着他。

武翊蕤谦虚一笑："解决了。"

"那……是不是可以买房了啊？"

武翮蕤一怔，苏唱也看了一眼于舟。

"还没有，怎么呢？"武翮蕤问。

"哦，因为我妈说想让我早点结婚，"于舟垂眼，切着盘子里的土豆，"我觉得我们俩聊得还挺好的，嗯，其实都是经人介绍，我也不太想兜圈子，我也二十二岁了，希望是奔着结婚去谈恋爱。"

"对，我也是。"武翮蕤很赞同。

"我想在二十五岁之前生孩子，那二十四岁就得怀，也就是说，二十四岁就得领证。现在开始谈，开始备婚也不早了，所以不想浪费时间再谈没有结果的感情。我这么说，你能理解吗？"她目光闪闪地看着武翮蕤。

武翮蕤愣住，道："能。"

"所以我想先问一下，婚房要怎么准备呢？我的想法是，至少要四居室，咱俩一间，大宝一间，小宝一间，还有一间留给来照顾月子的老人。其实五居室是最好的，还能有间书房，但我觉得五居室压力有点大。"

武翮蕤没反应过来："大宝、小宝是……"

"哦，我是一定要生二胎的，我想要姐姐和妹妹一起做伴，我从小就觉得独生子女特别孤独。"

武翮蕤欲言又止，苏唱也欲言又止，盯着于舟，抿起嘴唇。

"你……"武翮蕤有点不知道说什么了，过了好一会儿才问，"你还这么年轻，就想着生孩子吗？"

"嗯，早生早恢复嘛，"于舟很诚恳地说，"等咱俩订婚，我就把工作辞了。所以我觉得房子得全款买，不然你的工资既要还房贷，又要养孩子和负责家里开销，会很难的。"

"这……"

"车的话是不是得准备两辆呢？你上班要开车，我也需要一辆接送孩子。不过这个不着急买，等孩子上学了再买也行。"

苏唱转头看着窗外，抬手，用手背掩着鼻尖。

她想起当初说"我特别不会说谎"的于舟，心情有些复杂。

很显然，之前武翮蕤对于舟挺积极的，但这些话说出来之后，他不太想多聊了。吃完饭，他准备买单，于舟说刚结过了，她带了朋友来，不能让他请。

武翱蕤推了推眼镜,笑着说下次请于舟。

他觉得于舟做朋友还是不错的,谈恋爱就算了。

于舟拉着苏唱,很客气地跟他道别后,两个人往地下车库走去。上了车,于舟有点愧疚:"我这样是不是不太厚道啊?这么骗人。"

现在才意识到自己在骗人?苏唱轻轻笑着。

"唉,但我要说我不想谈恋爱啥的,他会跟我姑姑讲的,之前他跟我姑姑说我没时间出来吃饭,我妈给我打了好几个电话。"于舟撇嘴,一瞬间便心安理得了。

"而且他之前跟我说,刚毕业就相亲,也是想赶紧安定下来,好去拼搏事业,那我这么讲不是挺适合他吗?我编的这套,'安定'死了。"

于舟"啧啧啧"地皱着鼻子,成功把自己说服。

正说着,于舟的手机振动了一下,她打开一看,是武翱蕤的消息。

"谢谢你请客吃饭,刚刚走得比较匆忙,忘了跟苏唱打招呼,方便推我一下苏唱的联系方式吗?下次一起出来吃饭。"

于舟冷笑一声,把手机举到苏唱面前,像令牌一样展示。

"所以要给他微信吗?"苏唱瞥了一眼。

"我给他个鬼,"于舟忿忿不平,"这种男的看着学历高,其实可封建了。我说那些话的时候,你看到他的反应没有?他没觉得这种婚恋观有问题,明显就是觉得要求太高,负担不起。"

于舟又痛心疾首地摇头:"本来这些话我也不想说,背后议论人不是我的性格,但他也太那个了,眼看这个不行,立马找下一个,这车都还没开出去呢。"

"癞蛤蟆想吃天鹅肉。"于舟鼓鼓腮帮子。

苏唱目视前方道路,微微一笑。

车辆从出口通道徐徐开出,阳光透过挡风玻璃照进来,铺在写满温柔的面庞上。

于舟回武翱蕤的消息:"我刚问了苏唱,她不愿意加,而且我并不想相亲,所以咱俩还是别联系了吧,后会有期。"

删掉武翱蕤,于舟给她的小姑姑发语音:"姑,我觉得你介绍的那个人可欺负人了,他没看上我就算了,还看上了我朋友,把我气死了,他问我要我朋友的微信,这是什么人啊?然后我把他删了。"

在苏唱略带佩服的笑容里，于舟如释重负地把电话锁屏，在车里养了一会儿神，突然问："哎，你说你是苏黎世联邦理工学院毕业的，是真的吗？"

"怎么？"

"你看起来不像学霸吧，你可别是学霸啊。"于舟仔细端详她。

苏唱看了她一眼。

"讲道理，我能接受我的朋友特别有钱，也能接受我的朋友特别漂亮，但如果再特别会念书，就有点没天理了。"于舟琢磨着说，"你的优点已经够多了，如果……"

如果再多，她会很自卑的。

"所以你是吗？"于舟的眸子里燃着微小的、需要被呵护的火苗。

苏唱笑了笑，打转向灯："编的。"

于舟小小地吁了一口气，也笑了："那你是哪个学校的啊？"

"我成绩一般，申请的学校也不大好。"苏唱说。

"哦。"于舟对国外的大学了解不多，听她这么讲便也不再追问。她打开手机，看到姑姑回过来的一连串信息，还有她母亲赵女士在吃饭时问她怎么样的消息。

于舟用拇指抚摸屏幕，突然觉得很疲惫。

下午，于舟上完瑜伽课，两个人去社区超市买菜，于舟调馅儿包馄饨吃。牛肉碎里加上少许芹菜，料酒去腥提鲜，再加一点姜末。调味后闻着已经很香，于舟说让苏唱尝尝馅儿的咸淡。

苏唱很诧异："生的。"

"对啊，"于舟用筷子沾了一点馅儿，自己尝了一口，"我觉得还可以，你试试。"

苏唱还没从她尝馅儿的动作里回神，再看一眼馅料，确认："生的？"

"就是生的时候尝呀。"于舟用"你很没见识"的眼神看她。

"不尝算了。"她放松了一下脖子，洗了手，开始包馄饨。

苏唱平常不怎么观摩她做饭，但这次她站在对面，看着在于舟灵巧的手里迅速成型的一个个"元宝"，觉得挺有意思。

于舟让她去洗手，教她包馄饨，然后感叹说很多人在国外留学都烧得一手好菜，再不济也会包个饺子、馄饨，而这位大小姐竟然啥都不会。

苏唱学得很快，但馅料填充的多少总不及于舟有经验，所以立不起来。她抬着手，观察于舟的动作："你包得很漂亮。"

"我妈教我的，我妈包得才漂亮呢，"于舟又捏好了一个，"有机会的话带你去看她包的，比这些整齐多了。"

六月初，于舟跟苏唱说，她有个发小结婚，要回老家一趟，星期五晚上回去，星期天回来。

发小的婚礼在星期六中午，在迁城最好的酒店举行，就是于舟曾经想让苏唱住的那家五星级酒店。

婚礼现场布置得很浪漫，白色和紫色相间的花艺，香槟色的梦幻灯光，大屏幕上播放着新郎和新娘相知相爱的过程，地上有礼炮的碎屑和跑来跑去捡糖果的小孩子。发小盘着头发，穿着婚纱，与新郎一起在门口处迎宾。

于舟的记忆里，在老家参加的很多场婚礼都是这样，只有迎宾牌上的两个名字有所区别。

婚礼流程开始，赵女士、于老爹和于舟坐在中间位置的大圆桌，听台上的司仪熟练地采访，于舟抓了一把干果吃起来。

"男方是鹃鹃的初中同学是不是？爸妈都在银行，跟大姐是高中同学。"赵女士八卦。

小地方就是这样，关系一竿子便能打着。

新人拥吻环节，赵女士又哭了。

她抓着餐巾纸抹眼泪，哭得十分伤心。等敬完酒，散了席，于老爹留下来续摊，于舟叫车回家，赵女士坐在车上看鹃鹃父母发的朋友圈。

她用拇指和食指把照片放大："哪里能想到她就结婚了？以前我们还是一个厂里的，都住家属院。粥粥，你还记不记得啊？"

说着说着，赵女士就伤感起来："妈妈如果看你结婚，不晓得要哭成什么样子。"

于舟望着窗外这条从小上学的必经之路发呆，她一直以来都是很按部就班的小孩，赵女士说要走这条路上学，她就从来没想改过。有时放学回家，同学说"于舟，我带你走条小路"，她都说不，她一点好奇心都没有。

于舟毕业后留在了江城，虽然没有按父母所想的回老家，但也很近。

赵女士总觉得，如果于舟干不下去，早晚要回来的。回来考公，或者和老家介绍的人在一起，两个人在江城安家。他们会逢年过节一起返乡，再过几年带着小朋友一起。

她就有外孙了。

当初买这套房子时，于舟才是高中生。但赵女士望着花园，一下就想到了于舟和她未来的老公把车停在别墅前，牵着小朋友下车的样子。赵女士就站在门前的楼梯上，听小朋友喊"外婆"。

这样子过年才热闹。

于舟很乖的，赵女士梦想中的生活，于舟都大差不差地实现了，所以她根本没想过于舟想不想这么早就相亲结婚这个问题。

她想象着，有一天，于舟会找一个赵女士很满意的女婿，生一个机灵可爱的小团子。最好是个女孩子，如果于舟没有时间，她可以去江城照顾，有养于舟的经验，她一定能将外孙女养得更懂事。

车辆在别墅前停下，于舟一言不发地把手揣在兜里下车。

上台阶时，赵女士过来挽她。

于舟突然问："你今天份子钱送了多少啊？"

"啊？两千块呀，你的这几个阿姨，我们以前院子里的，小孩子结婚，我都是送这么多的。"

于舟进门，坐在沙发上玩手机："你不心疼啊？"

"那心疼还是心疼的，"赵女士穿的是靴子，坐在换鞋凳上拉拉链，"我指望你呀，你到时候结婚，我给你大办，全都收回来。"

"如果收不回来呢？"于舟刷着微博，轻声问。

赵女士愣了一下，回过神来，用力把鞋一拽，放到一边，脚伸进拖鞋里，拖鞋有些软了，一下子没蹬进去，她俯身将鞋面拎起来："怎么会收不回来？"

"哪怕慢一点，你也不用着急，但总是能收回来的呀。"赵女士穿好拖鞋，满意了，洗完手走到客厅坐下，"你吃苹果不？"

于舟摇头，她不敢看赵女士，仍旧木然地望着手机屏幕，不断地把微博首页往下拉，不断地看它弹回去。

像在用橡皮筋弹自己的心脏。

还没开口，她就已经很难过了。

从小到大，赵女士对她都特别好，别人家小朋友有的东西，不用她开口，赵女士都会买给她。上小学，班里流行复读机和随身听，赵女士来接她，看到了，问她："你不想要这个呀？"

"我不想要，我不听磁带呀，妈妈。"小于舟说。

"那我们粥粥也要的，你就放在书包的侧面，看起来很潮流的。"赵女士笑得和春天的花一样。

初中的暑假，于舟报了古典舞班。那时于老爹工作忙，没法接送她，赵女士每天骑自行车送于舟，下班后又载着她回去。

赵女士自行车骑得不好，歪歪扭扭地的，于舟坐得心惊胆战，赵女士笑她胆子小，说："要摔也先摔妈妈的呀。"

如果于舟跳得太热了，想要在路边喝一碗冰凉的桃羹，赵女士会把她放下来，把自行车停在路边，说："你不要跟你爸爸讲哦。"

两个人一起喝一碗，然后又歪歪扭扭地骑着自行车回家。

初中毕业，江外附中来招生，高中去这里念，比较好申请国外的大学。

赵女士看那些宣传资料，看也看不明白，只问于舟："粥粥呀，你想要去哦？"

"这个很贵的，留学更贵。"于舟说。

"那有什么关系啦，你老娘我这点钱是有的，卖一套房子就有了。"

于舟思前想后，还是决定不去，说离家太远。赵女士高兴了，拍拍胸脯说："那就最好了，我真是几天没睡好。我跟你爸讲，你要是去了，我会很担心的，你那么小，住校会不会被欺负呀？"

她一直都尽力给于舟最好的。于舟虽然总是跟她顶嘴，心里却一直在想，自己长大后，也要给母亲最好的。

她很难定义什么是最好的，但别人的母亲有的，她也想赵女士有。

赵女士翻别人朋友圈的时候，很羡慕；看新郎和新娘携手走红毯的时候，很羡慕；看鹃鹃的母亲穿着旗袍坐在台上被敬茶时，她双手交叉，手肘搁在桌子上，脸稍微枕着手背，很羡慕。

可是，这些她恐怕给不了妈妈了。

手机屏幕花了，因为于舟的手在出汗，她轻轻吞咽了两次，盯着微博首页说："妈妈，我不想结婚。"

赵女士望着她，足够了解女儿的母亲，仅仅从称呼便能判别一切。

于舟成年后，通常管她叫"妈"，有时短促，有时拖长。烦躁时，于舟会皱着眉头说"赵青霞，你干吗"。"妈妈"这个称呼，只出现在于舟很小的时候，而二十二岁的于舟，用它来示弱。

赵青霞哽咽了，吸吸鼻子，眼泪就掉下来了。

于舟不乖了，对她用心眼了。

"哎哟，"赵女士呼出一口气，慌不择路地看向手机屏幕，"她这个朋友圈配文写得太好了，'此生相伴，唯你不可'。哎哟，真的是感人。"

她说完，稳着手腕擦去眼泪，停了几秒，才问于舟："怎么不想结婚呀？你要是不喜欢这么多人，不办婚礼也是可以的。"

说到后半部分，赵女士没忍住，鼻翼动了动，眼睛红透了。

"妈妈，"于舟望着黑漆漆的手机屏幕，眼泪一颗一颗砸下来，她忍着一阵阵的酸涩，哽咽道，"我真的不想结婚。"

鼻腔一瞬间被塞住，她抽泣得肩膀都抖起来，拼命压抑情绪，仍然无法平静地开启这个话题。

赵青霞沉默了，颤抖着气息，一呼一吸，盯着茶几的边缘，像一个被抢劫一空的人。

她知道于舟是认真的，没再说什么，擦了眼泪便上楼，关上房门没动静了。

于舟开了一条门缝朝里看，赵女士背对着门侧躺着，偶尔用床头柜上的纸巾擦眼泪。

很多时候，年轻一代活跃在网络上。筛选志趣相投的人社交，很容易给人一种全世界都理解并接纳自己的错觉，像在冬天有暖气的屋子里，太阳暖融融的，总以为出门也不冷。

直到推开单元门，扑面而来的寒气总将人打得措手不及。

于舟眼中开明且尊重自己的父母，在独身主义这件事上，仍然将她看成是一个生病的怪物。

晚上，赵女士没有做饭，仍然维持侧躺的姿势，擦擦眼泪，刷两下手机，又把手机放回去，吸着鼻子，闭眼睡觉。

于舟回到自己的房间，坐在床上抹眼泪。

再晚一些，于老爹回来了，小别墅一片安静，他以为大家都睡了，于是进屋洗澡。

之后，主卧里有隐约的对话声，再之后，爆发了压抑的、小声的争吵。

于舟打开门，站在外头听。赵女士提高声调："怎么就能随便她？从小你就不怎么管她，现在她都不打算结婚，你还是这个态度呀？"

胸无大志的、爱逗鸟下棋的于老爹对这件事展现了相当强烈的"佛性"，他用气声回应："年轻人爱玩，到年纪了还是会结婚的。"

赵女士又哭了："都是你呀，都是你没教好，我嫁到你们家是倒了八辈子霉了，我跟你讲。老公不争气，女儿也这个样子，你还出去喝酒，都什么时候了，你还出去喝酒？"

于老爹坐在床头唉声叹气："那不结婚就不结婚嘛，你能有什么办法？"

"于军，你真是，我真是……"赵女士咬牙切齿，骂骂咧咧，"我要是能指望你呀！"

"唉，气什么？哭什么？"于老爹眉头紧皱。

"我哭什么我？我跟你讲，我要跟你离婚，我要出家去，我眼不见为净！"赵女士狠狠地吸鼻涕。

两个人又小声争辩几句，夜色深沉，吵嚷声被知了声掩盖，再被夏日的风卷走，便不剩什么了。

早上，于舟顶着肿肿的核桃眼起床，洗漱完，蹲在房间里收拾东西。

于老爹进来："粥粥啊，下楼吃饭了，东西等下再收，你看看是几点的车，咱们定好时间出发。"

"哦。"

于舟下楼，赵女士在吃面，没抬头看她，桌上也没有她的碗。

于老爹去厨房帮她盛面，问她加多少卤子。

于舟说："我来吧。"然后进厨房给自己盛面。

于老爹对于舟使眼色，示意于舟出去跟赵女士说说话。于舟当没看见，咬着下唇出来入座。

两个人对坐着低头吃面，谁也没说话。赵女士先吃完，用纸巾擦擦嘴，又擦擦鼻子，随后将自己面前的那一块桌面擦了，拿上碗进厨房，洗干净放好。

于舟很难受。

于老爹在旁边问她："你要不要带点香肠回去？"

"不了，爸，我平常不煮的。"

"那你钱还够用不？"

于舟还没开口，就听见里面洗碗的赵女士嚷道："她怎么不够啦？她钱多烧得慌！"

于老爹"啧"了一声，暗示赵女士少说两句，又小声问于舟："今天的车到站时间晚，回去有朋友接吗？"

赵女士一个箭步冲出来："于军，你故意的是不是？"

于老爹皱眉："你干吗？"

"她怎么会没有朋友接？她就是朋友太多了！不着调。"赵女士指着于舟。

"你啊你，真的是。"于老爹对她的态度很不满。

眼看又要吵起来，于舟不吃了，去厨房洗碗，然后上楼继续收拾行李。

"看嘛，就吃了这两口。"于老爹在楼下低声抱怨。

赵女士寸步不让地撑他："那又怎么样嘛，能饿死了？"

于老爹摇头走开。赵女士也欲言又止地收了声，拿抹布擦桌子，擦完去厨房，看看倒在厨余垃圾里的面，再看看于舟洗好的碗，两只手撑着洗碗池的边缘，又掉下眼泪。

于舟没下来吃午饭，下午于老爹来帮她拿箱子，两个人离家出门，赵女士坐在客厅看电视，瞥都没瞥一眼。

门刚关上，她的眼珠子仿佛被震了一下，冷不丁地一动。

车上只有于老爹和于舟两个人，他们平时也不怎么聊天，所以于舟就坐着玩手机。于老爹清清嗓子，说："粥粥啊，要听话啊。"

于舟抬头看他。

"你妈妈到更年期了，身体不好，你不要气她了。"他说。

于舟顿了顿，低头说："我没气她。"

但她不打算跟于老爹说太多。

于舟意识到，她和赵女士不是没得谈，只不过这是一场旷日持久的博弈。

她大概会赢吧。毕竟，对很多人来说，这是一场豪赌，赌的是父母对自己的爱。

那天，苏唱在出站口接于舟。

"晚上吃什么呀？"于舟等苏唱把行李放到后备厢，坐上副驾驶座，问她。

苏唱的手搭在方向盘上,想了想,说:"蟹黄面,吃吗?"

"你这次竟然能第一时间想出吃什么。"于舟惊讶。

苏唱笑了:"有个同事推荐的,就在三声工作室的棚下面。"

到蟹黄面店已经是晚上十二点多,好在这家店是二十四小时营业的,两个人要了一份面、一份大排和熏鱼,还有一碗鱼汤,吃得满口生香。

回到家,于舟先洗澡睡觉,苏唱赶工作。她最近被三声邀请去当培训班的嘉宾讲师,虽然只讲一节课,但她非常重视,抽空查资料、做课件,想把课备得更好一些。

第二天,太阳照常升起,不会因为任何人的身心疲惫就延缓翻日历的速度,打工人更是没有偷懒的资格。于舟困得要死,买了咖啡,一边打哈欠,一边搞项目。

下午工作时,微信消息来了。于舟以为是赵女士,但没想到是"火锅"。

"二羊来了,晚上出来吃饭,喝酒。"她开门见山。

"啊?"于舟惊讶道,"她来干啥?不上班啊?"

"请假来的,她听说你跟家里闹了,怕你不开心,来找你玩,又不敢直说,怕哪壶不开提哪壶。我说咱粥子哪儿有那么脆弱啊,直说呗。""火锅"发来一段语音。

"不是,她咋知道我跟家里闹了啊?"

"你妈说的。"

啊这……

于舟又好气又好笑。

"那二羊现在在哪儿啊?"

"高铁上,说是七点二十分到,晚上叫上唱姐,咱去接她?""火锅"问。

"她工作呢,咱俩去接吧,你选个地儿吃饭,你下班先过来找我,我这边过去近。"

"好嘞。"

和"火锅"说定后,于舟给苏唱发消息:"我发小来了,晚上约着吃饭,一起玩,我不回来吃了啊。"

苏唱当时正在给学员讲课,这是三声工作室第一次办培训班,教室条件比较一般,椅子不够,学员们便围坐在地上,听苏唱讲配音时有别于日常说话的声音控制。

苏唱觉得,如果自己站着讲,学员们的头仰得难受,因此坐在了讲台的边缘。

她伸出食指,指尖往眉心一碰,用金贵的嗓音轻轻地说:"所以,声音要提起来,应该到这里,再往上一点,对不对?"

"对。"教室里响起不整齐的回答。

"哈喽,"苏唱勾了勾嘴角,在前排的一个学员面前打响指,再次问,"对吗?"

"啊,对对对。"学员回神。

"噗。"其他人轻声哄笑。

"想什么呢?"苏唱问走神的学员。

学员很直接:"苏老师,我觉得你的手好好看啊。"

其他人又笑了。苏唱也偏头笑了笑,声音微哑:"休息一下吧。"

课间休息,胆子大的学员们来跟苏唱聊天,本来年龄相差也不大,很多人之前还追过她的剧,都很喜欢她,想着是苏唱上的唯一一节课,挺舍不得,于是跟她说:"苏老师,晚上一起吃饭呗。"

苏唱下意识地想要拒绝,正好点开于舟的消息,愣了愣,又抿着唇笑了。

她想了想,对学员们点头道:"好。"

下午五点,于舟收到苏唱的信息:"正好我这边也有饭局,你几点结束,要我过去接你吗?"

"到时候看吧,我给你打电话,也可能'火锅'她们打车把我捎回来。"于舟说。

"好。"

一有事情,等待下班的时间便过得飞快,于舟把没做完的项目文件保存好,收拾完小包,跑下楼。和"火锅"会合后,她们马不停蹄地赶到高铁站接二羊。

几个月没见,二羊瘦了一圈,她扎着高马尾,穿着还是那么朴素。

她们直接打车去吃饭的地方,"火锅"找的是一家烧烤店,那儿的冷面特别好吃。

串儿还没端上来几串,先来了半打啤酒,二羊给每人倒了一杯,说:"一共有两件事。第一,坦白局,我可能要订婚了。"

"啊?"

"二脸"震惊。

"我们单位的领导给我介绍的,我俩吃了几次饭,互相都觉得对方还行,他的妈妈也不错,看着挺好相处的。两边一合计,想先订婚,明年摆酒。"

啊……这么快的吗?于舟很伤感,二羊去相亲也没跟她俩说,现在都以八百倍速进展到要订婚了。

"我本来以为我看不上他,就没说,这不亲自来赔罪了。"二羊二话不说干了一杯。

"那你这事办得还像点样子。""火锅"陪着喝了半杯。

"祝你幸福。"于舟陪着喝了一杯。

"第二件事,"二羊放下酒杯,看向于舟,"你的事,打算怎么办啊?"

于舟抠桌子:"我也不知道啊。"

她默不作声地喝酒。

二羊继续说:"我看你妈的心理素质还行,你就慢慢跟她沟通,我最近帮你收集一点情报。"

"什么情报?"于舟抬眼。

"你不想结婚,你就说咱们老家认识的人里面,有很多离婚的、男人家暴的、出轨或者搞外遇还抢孩子的,你三五不时就往这方面引导。"二羊推了推眼镜,"比如咱小学同学梦雨离婚了,你就问你妈,梦雨最近咋样了?挺久没听到消息了。"

"你妈应该会跟你说她那男的可差劲了,可算离了。

"你就说,婚姻不幸还挺折腾人的。"

"懂了吗?"二羊的眼睛里闪着智慧的光。

啊这……

于舟目瞪口呆道:"这是你的经验啊?"

"不说经验不经验吧,"二羊一副过来人的姿态,"反正我妈那会儿是听进去不少。"

"但你没听进去啊,""火锅"的脸皱成饺子的褶子,用看外星人的眼神看她,"你天天吓唬你妈,结果你要结婚。"

"这男的暂时还可以,而且在我们单位,家庭稳定的更好往上升。"

二羊无情地说。

天啊，二羊拿的还是事业型大女主剧本。于舟望着朴素的二羊，刮目相看。

三个臭皮匠聊完各自的近况，又一边撸串，一边聊小时候的事。于舟没胃口，只喝酒，三两杯后叹气说还是小时候好啊，每天的烦恼不过是少考了几分回家会不会挨骂。

几个朋友一聊，心里头舒服不少，二羊好不容易来一趟，"火锅"说带她玩个够本，又往酒吧去。

她常去的一家酒吧叫Hours，她翻译为"小时"，后来又变成"小时候"，约人的时候经常说："走吧，姐妹，去小时候耍一耍。"

酒吧永远那么热火朝天，男男女女在里面现形，用一个夜晚的时间做被欲望驱使的妖怪。二羊和于舟与这些灯红酒绿格格不入，一个穿得跟刚写完代码似的，仿佛是来靠"动次打次"的打碟声醒困的；一个神情跟刚从校园里跑出来似的，仿佛一低头就要看看几点了，宿舍会不会熄灯。

于舟跟苏唱说她们来酒吧了，等一下可能需要苏唱来接她。

苏唱问好地址，本想再等等于舟的消息，放下手机却不放心，跟学员们说了抱歉，便驱车往酒吧赶。

那天，于舟喝了很多酒。

她望着都市的沉溺和放纵，揣着干净的脸，喝了一杯又一杯。

她看着形形色色的人，也在审视自己、二羊和"火锅"的选择，自己在迷茫，二羊要订婚，"火锅"还在玩。她觉得自己像一个火锅，涮下去各种人，烫熟了又捞走，最终什么也没留下。

只有越来越浓稠的锅底。

于舟在雾气弥漫中看见了一个清晰的身影，干净得几乎透明，她从觥筹交错的杯盏中走来，从杂乱无章的乐曲中走来，从尖锐复杂的烟味中走来，从恣意张扬的舞姿中走来。

于舟感觉自己真的回到了小时候，大概是个阴天，没有漫天星辰，只有团团乌云。小小的于舟，光着脚追月亮。

月亮是黑夜的灯火，月亮是思乡的梦呓，月亮是孩子的梦想，月亮是旅人的神祇。

她总会指引一些东西。

如今，于舟不是小朋友了，不再追逐月亮了，她想与月亮对话，她知道月亮不再活在神话里，她知道月亮是可以登陆的，是可以探索的。

于舟长大了，她对父母要求自己掌控自己的人生。

阴雨天，天像被泼了墨，已经过了八点，仍然是蒙蒙亮。

到了中午，于舟给苏唱做了清汤面，因为自己还有饭局，所以只是看着她吃。于舟双手交叠在餐桌上，连手机都没玩，目不转睛地盯着她。

"什么时候回来？"苏唱清清嗓子，抬眼问她。

"晚上。"

"嗯。"苏唱低头挑起面条。

"下午。"

于舟看见苏唱的睫毛一颤，抿了抿唇，吃了一口面："下午几点？"

"五六点。"

"嗯。"

"三四点吧。"

"你可以再早一点回来吗？"苏唱问。

于舟想了想，明白了，说："你大姨妈来了吧？是不是挺难受的，我早点回来照顾你。"

苏唱咬断一口面，温柔地笑了。

于舟把自己的头埋得很严实，鸵鸟似的。苏唱吃完后，把碗筷拿到厨房，水流声哗哗的，开始洗碗。

"哎，"于舟抬头，"你会不会洗啊？"

"不会。"

"那你……"

"我会用洗碗机。"

"哦。"

于舟回屋换好衣服，打了个招呼，便跑出去了。

说是聚餐，但二羊的意见很大，因为整个饭局，于舟都在说苏唱。

她说，苏唱快过生日了，她不知道怎么策划。

她说，她找了家素食店，她想生日当天不杀生。

她说，别看是素食店，可贵了，人均一千多。

她说，但是素食能不能吃饱啊？

她说，而且光吃饭也没什么诚意吧？

她说，她生日那天，苏唱在外地出差，凌晨四点赶回来，给她感动坏了。

"嗯，她还给你唱了生日歌。"二羊接话。

于舟给素食餐厅打电话，问清楚提前一天预约就可以了，于是准备回去跟苏唱商量，是定二十六日好还是二十七日好。

二羊不太明白发生了什么，明明昨天于舟提起她母亲还挺难过的，这天却雀跃很多。

这情绪变换的能力，她们母女是一脉相承的。

说赵女士，赵女士就到。于舟打开微信，是赵女士的消息："粥粥，你没上班？"

"上着呢。"

"上班这么不认真，不学好，一不学好什么都搞坏掉。"

"你以前也没少在上班的时候跟我聊天的。"于舟回道。

赵女士不理她了。

在闹情绪的第四天，她们之间终于有了一场对话。

于舟觉得，她们还是得拉开距离。

或许是隔着千里路途，她们对彼此的思念会浓一点，在拉扯中，关心会占上风一些；又或许是隔着手机屏幕，自己的脸皮会厚一点，也会自欺欺人一些。如果看不到赵女士的唉声叹气，她能幻想赵女士吃得好睡得好，还能跳广场舞，可以狠下心来再收一收拔河的绳索。

赵女士也是，她可以不必放弃自己的骄傲，她也可以自欺欺人地认为将来能说服于舟。

吃完饭，送二羊去了高铁站，于舟和"火锅"各回各家。

打开房门，于舟看见苏唱睡着了，她穿着睡衣，床头柜上有一杯凉了的白开水，应该睡着有一会儿了。

于舟没打扰她，去书房处理工作。

半小时后，于舟收到沈萝筠的消息："小粥粥！"

"Say（说）。"

"去年的那个比赛，你还记得吗？又开始啦，再帮我的主人拉拉票呗。"

"首先,那不是你的主人,她叫女帝。"于舟鄙视她,可回想起一开始是因为这个角色,苏唱才会来留言,又觉得沈萝筠功不可没。

"其次,去年不是春天开始的吗?怎么今年是夏天?"

"嘿嘿,今年我的主人更牛了,我跟你说,"沈萝筠兴致勃勃地科普,"今年她在最受欢迎的女角色里一骑绝尘,已经不需要拉票了,现在跟all(全部)角色pk(挑战),就是男女混打。当然,我主人还是'嘎嘎'乱杀。"

"哦,'嘎嘎'乱杀的话,应该不需要卑职了。"于舟平静如水地说。

"需要,需要,你的票虽然不多,但胜在吉利,添个彩头。"

"吉利?"

"嗯,因为你叫宇宙。"她的主人必须得到宇宙的支持。

啊……

沈萝筠直接将视频发给她:"今年我们做了拉票视频,你不用写文案了,发到朋友圈就行。爱你,永生永世。亲亲。"

于舟嫌弃地点开视频,网速很快,视频开头首先是一句角色的台词,由CV配音的。

"朕要你生便生,要你死便死,即便是要你的人头,也是对你的恩典。"

这……

她没听错吧?

于舟木然地眨了两下眼,看向主卧的方向。

于舟以前一直不知道怎么形容发现一件惊天秘密的感受。

小说里的人会惊呼,电视上的人通常是打碎手上的盘子,主角握着手绢或者背着手快步走来走去,惊愕地说"怎么会这样"。总之,应当是一个情绪的峰值,无论用哪种表现形式。

但当她真正经历的时候,反应其实是木然的。

心尖最娇嫩之处有一点麻,不大明显。她吸了吸鼻子,又觉得腿有点痒,拍一拍,虚张声势地赶走假想中的蚊子,手心就出汗了。

她眨了眨眼睛,拉到视频的最开始,又听一遍,再听一遍。

耳后一刹那沁出冷汗,紧接着头皮发麻。

是苏唱的声音,于舟再清楚不过了。

她站起来,站在书房中央,放轻所有的动作,在太阳穴"突突突"地拉扯中,打开网页搜索"苏唱",输入时,她的手都在抖。网速飞快,搜索结果片刻出现，像一幅画卷铺在她的心上，是从未涉猎过的地图。

她最好的朋友，出现在了百度百科上，像明星那样被记录着出生年月、代表作，以及照片。

于舟觉得头晕晕的，点进去的一瞬间，很想上厕所。她跑去卫生间，坐到马桶上，却一点想法都没有。

卫生间里没开灯，只有她捧着的手机发出的光亮。

这种环境让她觉得很安全，能够把所有刺激的感官隐匿。她像一个偷窥者，偷窥自己从未了解过的苏唱。

百度百科的内容不多，都是些她不怎么了解的广播剧和游戏，还有少许的广告配音。

于舟的眉头越锁越紧，心脏也后知后觉地乱跳，跟死鱼似的，挣扎一下，蹦到嗓子眼，又沉下去，无力地摆摆尾巴。

她深呼吸好几下，眨了眨眼，视线就模糊了，可能因为在黑暗的环境中，眼眶太酸涩。

她极力平静下来，把手上的汗在裤管上擦几下，打开微博，输入"苏唱"。

这种感觉实在陌生，她像潜入一座古宅，紧张万分地输入保险箱的密码。

按下搜索键，保险箱"咔嗒"一声开了。

这是她从未见过的、花团锦簇的场面。

微博页面的最上方是一个叫"苏唱"的ID（账号），蓝色头像，认证是配音演员，头像下方有红V（认证用户）。于舟艰难地调动脑子，回忆红V代表着什么——代表着这个账号月浏览量在千万以上。

热门微博里是几条关于苏唱的视频，有粉丝做的推荐视频，有营销号的盘点视频，再往下翻，有好多好多陌生的ID在讨论她。她们肆无忌惮地表达爱意，她们积极热情地给予评价。

于舟的屏幕花了，但她顾不上擦，抿着嘴唇，用出汗的拇指一下一下地往下翻。没有尽头，苏唱的热度没有尽头，于舟的思绪也没有尽头。

她晕乎乎的，像在做梦。

她抬头轻点两下屏幕的最上方，滑到苏唱的ID处，点进去，看了一眼可观的粉丝数，口干舌燥地咽了一口口水。

再往下，是苏唱的微博内容，她发的频率不高，几乎没有原创，都是转发宣传作品什么的,但每一条微博下都有几千条评论,点赞数量更是夸张,不亚于于舟想象中的一些小明星的点赞数量。

怎么会这样呢?于舟的额头也出汗了,她在心里不断问自己。

她不是个配音演员吗?

是啊,她是配音演员,认证也是这么写的。

她不是配广播剧吗?

是啊,她配广播剧,但不是在广播里播放的那种,而是于舟不曾了解过的创作形式——以声音为主角,搭建场景,精细度不亚于闭眼听电视剧。

苏唱配的广播剧,是会上热搜的那种广播剧。

还有她配的游戏,即使于舟没玩过,也曾听身边的人讨论过。

于舟终于明白为什么自己为女帝拉票的时候,苏唱会来评论了。因为这个角色是她配的,她就是大热游戏角色——女帝的声优。

于舟望着苏唱的微博主页,有些不知所措。

她的脑子里像有一座断了的桥,一边是垂眼夹着面条,说"你可以再早一点回来吗"的苏唱,一边是女帝的声优,在微博上有红V的苏唱。

噼里啪啦的电流声响了几次,但桥怎么也连接不起来。

这……她……就……不是一回事啊……

于舟把手机放下,坐在马桶上仰头望天花板,飞快地给自己做心理建设。

她的思绪像走马灯一样乱逛。

先是"怪不得"。苏唱这种条件的人怎么可能还没出头,这么忙碌的程度怎么可能是糊(不出名)CV,甚至收过甲方的电影票,带自己去过有网红的首映礼。

其次是"为什么"。为什么自己没想过要搜索一下苏唱呢?为什么她在网上热度这么高,自己却一无所知呢?她连马甲都没用啊,坦荡得很。

但话又说回来,对声优和二次元领域一无所知的人,根本不会关注这些方面,不止她,二羊和"火锅"也没发现,"火锅"甚至去搜索了苏唱的衣服,也没想过要搜索苏唱的名字。

话又说回来,哪个好人会去网上搜索身边的人的名字啊?都是实打实交往的,她跟霍元艺有十几年的交情了,也没搜索过啊。

她现在去搜索一下霍元艺,能搜索出什么来吗?

于舟把手机拿起来，开始搜索霍元艺。

果然……啥也没有，但搜到了霍元艺中学运动会时给班上写的新闻稿，登在校网上了。

不是，她有病吧！搜"火锅"干吗啊？于舟无语了，把手机屏幕锁上，又坐在马桶上，撕嘴上的死皮。

她的表情是镇定的，心情是动荡的，四个大字反反复复跟特效一样在心里蹿——

她的天啊……

她好想下楼跑圈。

坐了一会儿，腿都麻了，她忍不住又打开苏唱的微博，点进评论，挨个看里面的评论。

评论一条接一条，要么是说想念苏唱的，要么是对她表白的，要么是问她这天吃什么了，有没有好好睡觉的，还有说听了她什么什么的配音，真是太绝了，她就是天选××——"××"可替换成各种角色。

明明是平面的，可于舟觉得这些评论好像跳出来了，一个个如泡沫般出现在她的眼前。她的眼睛有点模糊，眨了几下，清明了，再继续看，又模糊了。

心里的麻药劲过去，她逐渐控制不住隐隐胀痛的激动。

她望着这些陌生的、倾泻给她朋友的爱意，觉得新奇又恍惚，她逐字逐句地读过去，小心地检查，生怕自己不小心点赞。

没有人认得她，但她像一个躲躲藏藏的小偷，她有见不得人的私心。

她重新认识自己的朋友，由千万个陌生人介绍，一遍遍地告诉她，她的朋友站在她不熟悉的高处，发光发亮，熠熠生辉。

于舟上瘾一样地阅读着这些评论，为苏唱骄傲的喜悦姗姗来迟，与有荣焉也姗姗来迟。

但她的情绪仍然被拉扯得四分五裂，隐隐的不安在惊喜中冒头，仿佛不小心打开了潘多拉的魔盒。

"咔嚓"一声锁上手机，像是陡然关闭一个精彩纷呈的黑洞。

回到现实，于舟的耳朵发烫，脸也发烫，后知后觉地意识到四周安静得出奇。很奇怪，明明那些评论是没有声音的，但刚刚于舟好似去热热闹闹的奇境里遨游了一圈，现在回到地球，回到踏踏实实的日常生活里。

她竟然开始怀疑生活的真实性。

她的脑瓜子嗡嗡的,不开玩笑。

惊吓过后是兴奋,于舟的"中二心"被刺激得飞起,这种场面能让她撞见,她又怕又乐,差点笑出声。

《我的合租室友是网络当红CV》,这标题送给她,她都不敢写。

她走出卫生间,关门时不自觉地跳了一步,又觉得自己有病。她走到主卧门口,打开一条门缝,探头探脑地看苏唱。

天啊,名人啊。

她眨了眨眼睛,关上门,又把自己关在书房里,对着电脑发呆。

于舟想正常一点,回到之前的轨道,继续工作。但她看了两眼PPT,不自觉地又打开浏览器搜索"苏唱"。网页上有苏唱的采访和配音作品的合集,她戴上耳机,认真听。

于舟这辈子不曾有过这种感觉,忐忑、冲击里带着若隐若现的虚荣心。

这些都是新鲜的苏唱,陌生得很带感。

于舟的手还是控制不住地抖,她的心情很复杂,有种身处纷乱中找不到出口的感觉。她思前想后,用电脑上的微信网页版给"火锅"发消息:"你去网上搜一下苏唱。"

"火锅"发来一个问号。

于舟没回。

她漫无目的地敲着电脑键盘,等着"火锅"的反应。

十几分钟后,"火锅"发来一串感叹号,并惊呼:"我的天啊!"

然后是一串问号。

最后是——

"啊?我说啊?

"姐?

"啊?"

于舟平静地看着四处蹦跶的"火锅",安心了不少。

第一,"火锅"跟窜天猴似的反应,说明于舟没搜错,这件事是真实的。

第二,"火锅"跟窜天猴似的反应,让于舟憋屈的情绪有了宣泄点,她舒服多了。

人通常是这样的,如果一件事有其他人能与自己共情,甚至比自己的反应更大，瞬间就会感觉不太严重了。

她把嘴角压下去，回复："对啊，就是那个苏唱。"

"不是，你怎么能这么平静啊？我的天，我刚搜了，她好有名啊。"

"火锅"的夸奖让于舟很满意，她用千帆过尽的语气说："我也是刚知道的，她之前没提过。"

"她为啥不跟你提？"

于舟想了想，说："我没问吧。

"苏唱就是这样，她为人很低调，从来不会乱显摆，所以她可能觉得这就是普通工作。"

才过了没多久，于舟连理由都帮她想好了。

"火锅"受不了，打来语音电话，跟于舟说，如果不方便讲话的话，可以打字回。

于舟戴着耳机，听"火锅"在那头气喘吁吁地说："你不觉得这件事很严重吗？她万一是有心隐瞒呢？她会不会耍你啊？"

"苏唱不是那种人。"于舟摇头。

"不过，我觉得我思想有点问题。"于舟对着电脑打字。

"怎么说？"

"我刚才在想，如果我发现的是苏唱不好的地方，我肯定会生气，会想她是不是故意隐瞒。但现在，我觉得赚了，我人品是不是挺差的啊？"于舟自我检讨。

"那不一样。她瞒着你欠债，是欺骗，但隐瞒优秀程度，是低调。""火锅"说。

"你刚才还说她会不会耍我？"于舟疑惑。

"我突然想通了。"

"火锅"就是这样，经常自己反驳自己说过的话。

不过于舟也觉得"火锅"说得很有道理，苏唱就是超级好的人，而且自己也没什么好骗的。想到这里，她又开心了，悄悄跟"火锅"八卦："你说，沈萝筠要是知道我跟她最喜欢的女帝的CV是朋友，她会怎么样？"

呵呵呵，挺不好意思，但她是真的有点飘。

"你还是别说吧。""火锅"琢磨着说。

"为啥？"

"我听说，有些狂爱纸片人的人，如果跟三次元联系起来，会疯。"

啊这……

"那你别告诉她。"

"嗯。你打算跟唱姐说吗？""火锅"问。

"我想想。"

结束通话，于舟仍旧兴奋，拿着手机在掌心里拍了拍，又听了一遍女帝的声音，还是觉得与躺在卧室里睡觉的那位女士联系起来，感觉怪怪的。

心里邪恶的小老鼠悄悄地踮脚走过，她翻聊天记录，找到沈萝筠，说："你的那个视频我看了，女帝还挺帅的。"

沈萝筠很兴奋："我跟你推荐了这么久，你终于开窍了啊。你下载游戏，我带你玩。"

"玩女帝啊？"于舟的脸红红，感觉自己在做贼。

"对。"

"那……等我手机有内存的时候吧。"

"好嘞，宝子。"

于舟在跟沈萝筠的对话里，完成了对自己虚荣心的驯化，她就这么小小地飘一下，不过分吧？

她用电脑打开微博页面，偷偷关注苏唱。

胸腔里的氧气含量正常了，耳后也没那么燥热了，于舟差不多调理好了。

机灵的"小蚂蚁"决定展开反击。虽然苏唱大概率不是故意隐瞒的，但也不见得很坦诚。而且苏唱实实在在地让于舟受到了惊吓，她决定也让苏唱紧张一下。

她将沈萝筠的拉票视频发到朋友圈，配文："请朋友们给女帝投票，谢谢！"

然后，她去卫生间整理仪容仪表，下一步是把苏唱摇醒。

倒也没有摇醒这么粗暴。于舟走到主卧，在床边坐下，床面一塌陷，苏唱便醒了。

她张开眼皮，软软地笑了笑，伸手要去拿手机："几点了？"

于舟的耳朵一动，把她的嗓音捕捉住，套进麻袋里，捆严实了，再仔仔细细地看她的脸。

就是她，就是这个人。

于舟突然想，一开始苏唱为什么忽冷忽热？是不是和她所收获的网络声量有关系？并不是说她得到了很多喜欢，所以对单独的个体没有那么珍视。而是她习惯性地与人遥遥相望，保持双方都舒服的、远观的距离。

"怎么了？"苏唱的声音让于舟回过神。

网络上的符号与现实中的朋友逐渐重叠，苏唱温柔而清贵的嗓音是摆渡者。

于舟打哈哈："没啥，你要起来吗？现在四点多了。"

不早不晚的，她也不知道该做什么。

于是她又添了一句："要不你再睡会儿？我去把PPT做完。"

苏唱思忖片刻："我也处理一下工作，晚上找部电影看？"

可不敢找电影看，谁知道里面有没有大CV配音。

于舟不动声色地抻了抻眼皮子，说"那行"，便去了书房。

于舟在书房里凝神听着苏唱的动静。

她起床了，她穿上拖鞋了，她懒洋洋地走出来了，她去简单洗漱了，她出去倒了杯水，站在客厅喝了。

然后她没了动静。

于舟打开自己和苏唱的微信对话框，目不转睛地盯着。

果然不出她所料，过了一会儿，顶上的"苏唱"两个字，变成"对方正在输入……"。

半分钟左右，又变回"苏唱"，紧接着再次跳到正在输入的状态，又变回姓名。

于舟迅速切到朋友圈，有小红点提示，点开一看——五分钟前，苏唱给女帝的拉票视频点赞了。

呵呵。

忘忘了吧？不知道该不该问了吧？不确定有没有被发现吧？

你是真的很能忍。于舟心里一字一字地对苏唱说。

她暗暗叹一口气，优哉游哉地将PPT做完，伸个懒腰，出去看看苏大CV。

大CV坐在沙发上，抬起眼皮看了一眼于舟，音调仍旧很轻："做完了？"

"嗯。"

于舟走到她身边坐下，屈着一条腿，埋头刷手机。

她能感觉到苏唱的眼神时不时往自己身上飘，但她现在是"上帝视角"，稳得很。

苏唱看了她两眼，没说什么，继续回复配音导演的消息。

她的耳边突然传来熟悉的嗓音："朕要你生便生，要你死便死，即便是要你的人头，也是朕的恩典！"

苏唱的动作一顿，侧头看于舟。

于舟微蹙眉头，喃喃自语："这个角色的配音还挺好听的，对吧？"

于舟实在不擅长演戏，台词一出口就要笑场，她硬生生忍住，咬着嘴唇内壁，把疑问抛给苏唱。

苏唱眨了眨眼，看着于舟颤动的睫毛，微微鼓起的腮帮子，以及憋得稍显扭曲的眉毛。于舟故作严肃的时候喜欢绷着嘴角，但笑意横冲直撞，令她呈现出想打喷嚏又打不出来的状态。

苏唱上过表演课，于舟的表演实在是……稚嫩极了。

她不动声色地将视线转移回到手机屏幕上，点头："是还不错。"

这么会装。

于舟傻了，自己好像被配音演员上了一课。

"你也是CV，你认识吗？"于舟不死心，捂着脖子从下至上看苏唱，不放过她的表情。

苏唱不紧不慢地把一条消息回完，偏头跟她对视，轻声道："不认识。"

怎么和她想象中的反应不一样……

于舟眨了两下眼，呆了十秒，愣是没反应过来。

苏唱安静地望着于舟，把她的不知所措尽收眼底。见她没有多余的话了，苏唱才将眉尾微微一扬，睫毛悠悠一颤，笑了。

于舟没忍住，也跟着笑了。很显然，苏唱全明白了。

但于舟仍然很气，拿起抱枕就撑进苏唱怀里："就是你！就是你配的，我都知道了！"

"哦，你都知道了。"苏唱笑着说

"你真的很烦！"于舟拍苏唱怀里的抱枕，像在拍苏唱，"你之前还逗我，问我喜不喜欢女帝，我说你车上怎么那么多女帝的周边呢。我说，我说呢！"

苏唱莞尔，于舟张牙舞爪的样子像外星"小蚂蚁"被抢了头上搬运的糖。

"你为什么不说啊？"于舟挺有原则地坐直身子，皱眉审问。

苏唱偏头，沉吟："不知道怎么说。"

职业交代过了，其他的似乎没有必要刻意提起。

于舟看着她，沮丧地把埋怨说出口："我本来觉得咱俩在事业上至少是差不多的，糊CV和糊作者，你怎么能背着我先红了？还红了个大的。"

苏唱为难地拧眉，不知道说什么，只能轻声道："对不起。"

"好吧。"于舟说。

反正要个道歉就行。

她又打开微博，翻到苏唱的主页，当着当事人的面翻看她的作品。她都看过了，但苏唱坐在旁边看的感觉不一样，有种"贴脸开大"的美感。

她翻着翻着，突然说："有个问题我很好奇。"

"嗯？"

"像你这么红的配音演员，配一句话多少钱啊？"

苏唱一愣，没料到是这个问题。

她抿了抿唇，眼里堆着笑，摇头。

"什么意思？你不告诉我？"于舟把她怀里的抱枕拿过来。

苏唱轻"啧"一声，稍微咬着下唇的中间，又很快松开，思索着说："分项目。有的按字句，有的按项目整包，有的按时长。"

"那最贵的是多少啊？"于舟很好奇。

苏唱望着她，笑意淡淡的："为什么想知道这个？请我配音吗？"

"对啊，请你，"于舟说，"看看我每天跟你说话，等于赚了多少钱。"

说着说着，她笑出声，发现自己挺像财迷。

苏唱被逗笑了，直勾勾地看着她："行业机密，你要用什么来换？"

于舟说："我告诉你我写一个字多少钱。"

"你没签约。"

"话不能这么讲，万一我以后红了，你来找我做广播剧，不用知道要花多少钱吗？"

虽然知道于舟是开玩笑的，但苏唱仍然认真地想了想。

于舟贼兮兮地看着她："你配什么赚得最多？"

"游戏。"

"游戏按句算吗？"

"大多是。"

于舟俯身，在她耳边悄悄问："那一句有这个数吗？"她用手指在苏唱的手心里写了个数。

苏唱一偏头，绕到她另一边耳朵，压低嗓音说："比这个多。"

"这个？"于舟重新写数字。

"再多一点点。"

我的天……

于舟瞪大眼睛："这么贵，合理吗？"

苏唱挑了挑眉。

"那我请不起你了。"于舟撇嘴。

"给你的价格不一样。"

"是吗？"于舟眯着眼睛注视她，"给我什么价？"

"友情价。"江城最贵的嗓子，轻轻地答道。

一个下午过去，于舟仍然激动，仍然心潮澎湃。

她有那么一点想要问苏唱："苏唱，我们能一直做朋友吧？"

她又觉得问这个问题很滑稽。她们俩之间什么风波也没有，只是知道了苏唱比自己想象中红一点，怎么就胡思乱想了呢？

她们晚饭吃的外卖，于舟点了粥，吃完把垃圾打包放到门口，准备第二天上班带下楼。

电视里播着综艺，她们有一搭没一搭地聊着，于舟在网上搜了几个苏唱配音的广告播放，然后说："我发现配音也挺神奇的，明明还是你的声音，搭上这个打广告的明星的脸，却听着就像她说的。"

"一般我们会把这个叫作'贴脸'。"

"哦，所以你的声音和那谁贴脸。"

苏唱笑了："可能吧。"

"你给明星的广告配音，你见过明星吗？"于舟又问。

苏唱很耐心地解释："我配广告不会见到明星，但偶尔会在棚里看到。比如有剧组要求用原音，补同期，或者后期通配的时候，演员本人会到棚里来配。上个月，我做过一个组的对白指导。"

哇，于舟长知识了。

"那个组里的谁啊？哪个明星？"

"女主角是孟歆然。"

"我的天！"于舟坐了起来，"'火锅'特别喜欢她，她怎么样？真人好看吗？天啊，你都不跟我说，我也要个签名什么的。"

苏唱微微一笑："好看，很瘦，很白。

"她有一只小狗，带过来了，很可爱。我记得工作那天，我拍给你了。"于舟赶紧翻微信聊天记录，哀号："啊！你也没说是孟歆然的狗啊。"她当时只回复了两个字"可爱"，就没多搭理了。

"会因为它是孟歆然的狗，觉得它更可爱一点吗？"苏唱慢悠悠地眨眼，笑了，不大理解于舟的遗憾。

"你以后如果再有这种机会，帮我要个签名呗。"于舟可怜巴巴地望着她。

苏唱沉吟片刻，说："这种机会不多。"

一般这种影视的配音项目是找配音团队承包，找自由人配音的概率不大。之前三声工作室的老板吴风接项目时缺人，所以苏唱才去帮忙。

"好吧。"于舟把微信关掉，接着看之前没看完的苏唱的采访。

她看两眼视频，捧着脸看两眼苏唱："果然上镜会胖一点，不过你怎么样都好看。"

她的反应很新奇，让苏唱觉得配音这个职业更有趣了一些。"小蚂蚁"忙碌了一晚上，这次不是因为家务，而是因为苏唱。

每次于舟把注意力放在她身上，总是令她心情大好。

于舟看了一晚上微博，翻来覆去到凌晨两三点，仍然毫无睡意。她的脑子里不由自主地回想之前被错过的细节，比如有人给苏唱做表情包什么的……

啧啧啧。

用一个晚上消化这件事，代价是第二天收获一双熊猫眼。

她像个游魂一样上班，猛灌两杯拿铁。午休时，她给苏唱发微信："警惕，今天有没有孟歆然的小狗狗？"

苏唱回复："没有，有苏唱的鱼粥粥。"

她发过来一张午餐喝黑鱼粥的照片。

嘿嘿嘿。

于舟在苏唱的超话里看到了生日直播的通知,于是跟苏唱商量着把生日聚餐定在二十七日中午,这样也挺完美的。

下午,于舟开始"摸鱼",在网上找出苏唱配音的广告视频,发到家庭群里。等了一会儿,赵女士果然忍不住说:"这个洗衣液不好用的,你不要信广告。"

"不是,这个广告的配音是我朋友,她是配音演员。给你听一下,她还蛮厉害的。"

但赵女士没有再回复。

于舟没有用二羊的方法,以那些不幸的婚姻来劝说赵女士,而是逐渐展示自己一个人也可以很幸福。

她会隔三岔五拍自己做的饭,或者整理好的衣柜,以及出去游玩时商场的大型摆件,还有新奇有趣的小吃。

无论赵女士回不回复,于舟都汇报自己的生活。

六月二十七日,苏唱的生日如约而至。于舟"大出血",请苏唱去那家素食餐厅,两个人安安静静地吃了一餐饭,然后苏唱赶回棚里。

收工时,苏唱碰到了吴风,本来打完招呼就要离开,却突然停下,问:"风哥,最近有孟歆然的组吗?"

吴风不仅是三声的老板,也是业内很出名的商务,圈子里的生态和影视配音方面的资讯,他都很了解。

通常影视剧的配音是包给后期公司,后期公司再找配音团队。江城有六大后期公司,吴风经营多年,和这六个公司的关系都很好,消息也比较多。

"正好,"吴风说,"你不问我还差点忘了,她的经纪人问我要你的微信。"

"我?"

"孟歆然说上次看你很专业,声音也好听,她有部公益短片,公司自制的,配音找到三声,特别提出孟歆然的配音想用你。"

苏唱扬了扬眉,笑了。

"你这副嗓子啊,真能给自己拉活,"吴风笑着说,"回头我把项目信息发到你的邮箱,你给我个报价啊。"

"好。"

"对了,你问她干啥?她最近有部IP剧,可能要后期通配,听说包给IS了,我还没去跟他们聊。"苏唱是自由人,吴风没什么避讳地跟她聊动态。

苏唱想了想,说:"没事,就有个朋友想要她的签名。"

吴风翻对话的手停下,奇怪地打量苏唱:"嚯。"

"走了。"苏唱拿着手机挥了挥,低声道别。

回到家,于舟在厨房忙碌,炖了酸萝卜老鸭汤,等一下用来煮长寿面,还做了红烧鱼、白灼虾、蒜蓉蒸鲍鱼、菠萝饭和清炒时蔬。苏唱看了一眼桌上的菜式,忍不住惊讶道:"这么多?"

"嗯,我还弄了个蓝莓山药,生日吃点甜的,你长大了也会甜一点。"于舟笑眯眯地将蓝莓山药端出来。

她的手红红的,过敏了。

苏唱接过蓝莓山药,在餐桌上摆好,又问她抹药了没有。她说没有,因为还要做饭,怕药有毒,不过吃了过敏药。

"不要做了。"苏唱抿了抿唇,轻声说。

苏唱心里胀胀的,但不知道该说什么,第一次这样过生日,于舟做的菜丰盛到可以招待从小到大的苏唱。

从一岁到二十六岁。

"嗯,没有了。"于舟解下围裙,让她去洗手,自己摆好筷子,拿出手机拍了几张菜肴的照片,"我买了蛋糕放在冰箱里,晚点再吃,所以你留着肚子啊。"

她选出一张最好的照片,发到家庭群里,说:"妈,今天是我朋友的生日,她二十六岁了,祝她生日快乐。"

赵女士没有回复,于舟又发过去一个小蛋糕的表情包。

过了一会儿,于老爹回复:"生日快乐!"

没有等到赵女士的生日祝福,于舟先认真地跟于老爹说:"谢谢爸爸。"

之后她又发了一句:"也谢谢妈妈。"

说完,她放下手机,等苏唱出来吃饭。

苏唱说她可能会再和孟歃然合作,于舟很开心,说她真了不起。

苏唱说是因为于舟提到，她就去问了一下，没想到风哥邀请她了，所以是于舟了不起。

于舟被哄得有点不好意思，给她夹了一个鲍鱼。

苏唱顿了顿，也夹给于舟一个。

于舟再给苏唱夹了一个鲍鱼，苏唱笑着还了于舟一个，于舟"扑哧"一下乐了，说："刘星分饼啊，你一个我一个。"

幼稚！她噙着笑，埋头扒饭。

吃完，于舟把苏唱赶去直播，自己在厨房洗碗。苏唱坐在书房的电脑前，打开直播频道，等为她庆生的听众进来。

屏幕上，ID蜂拥而至，生日礼物的特效令人眼花缭乱。苏唱一边看时间，一边听外面的动静。

她听见于舟走过来了，竟然无端生出一丝害羞。公屏提示正好八点，于是她镇定自若地低头开麦："大家好，我是苏唱。"

于舟站在门边看着苏唱，第一次亲眼看到作为知名配音演员的苏唱。

她的声音是海洋，足够包裹源源不断的爱意，听众能听到她温柔而清冽的问候。而于舟看见了她垂下睫毛时，从门口处收回的余光。

苏唱望着屏幕，不动声色地勾了勾嘴角，堆出隐约的小括号。

苏唱跟听众互动了一会儿，回答了几个问题。于舟坐到书桌对面，押着脑袋看公屏的留言。

苏唱见她好奇，便伸手招呼她过来。

连线的粉丝听见苏唱这边有椅子移动的响声，有人活动的气息，愣了一下，问："苏老师？"

"不好意思，你接着说。"苏唱凑近麦克风，温和道。

于舟的脸红得跟番茄似的，伸手捂住脸颊，侧头平复心情。

粉丝朋友下麦后，公屏问："苏老师，你今天好爱笑，是不是遇到了什么开心的事呀？"

"有，今天过了一个很开心的生日。"

"苏老师，你的声音有点闷。"

"是吗？"她吸吸鼻子，抬起头来，"这样呢？"

"清楚多了。"

"OK。"

"能听清。"

"好了,好了。"

……

"生日吃什么了呀?"又有人问。

"嗯,白灼大虾、红烧鱼、老鸭汤,还有……蓝莓山药。"

"好吃吗?"

"好吃。"她愉悦一笑。

公屏滚动,于舟努力眨着眼睛,仍然觉得酸。

"苏老师今天的心情真的很好。"

"会汇报吃什么了,不错。"

"唱宝,你今年怎么好像小了一点?"

于舟捂住自己上扬的嘴角,指着说苏唱小的那条评论给苏唱看,苏唱看了她一眼,低低地"嗯"了一声。

没看几分钟,于舟的眼睛就受不了了,随即给苏唱使眼色,示意自己出去了。

苏唱一边回答问题,一边点头,她见于舟轻手轻脚地出去了,才将视线挪回屏幕。

在这期间,她不断回忆之前的几次生日是怎么过的,都没有多大区别,直播间的人数从一开始的百来个人,到几千人,再到现在。每次生日都是先吃一顿饭,然后开始直播。

以前,保姆阿姨也会准备一大桌子菜,但她不会说"长大后也要甜一点"。

于舟给了她没有延迟性,没有欺骗性,也没有误解的友情。

很难说这是最好的,但一定是苏唱最需要的。

和听众依依不舍地道别,苏唱又对着电脑屏幕坐了一会儿,看着上面的"直播已结束"发呆。

三十秒后,屏幕黑下来。以前,她不大喜欢这一刻,它会让人从网络的繁华蓦然跳到现实的冰冷。但她现在望着屏幕里的那个人,即便是映在黑暗里,仍然看得出她唇红齿白,眼里闪着微光。

她终于有了期待的神情。

她对着屏幕里陌生的苏唱笑了笑,像在和过去告别。

之后,她起身,去客厅找于舟。

客厅里关着灯,她又往卧室走去,也是一片黑暗。她没敢开灯,怕吵醒睡着的于舟,只是轻缓地坐到床边,想摸一摸床上有没有小小的起伏。

突然眼睛被人从身后捂住,苏唱没有被吓到,她放松肩颈,笑了。

"怎么了?"她问。

于舟没说话,把手收回去,又迅速用一根三指宽的丝带将苏唱的双眸遮住。第一次绑没有经验,她用手指试了一下松紧,然后绕到前方挥了两下手。

"哈喽?"她问。

苏唱闭着眼,回道:"哈喽。"

"看不见吧?"

"其实不绑眼睛也不太能看见。"苏唱坦白讲,因为很黑。

啊这……

于舟不管,将苏唱挪到床头坐着,然后"噔噔噔"地跑到厨房,将准备好的蛋糕拿出来,捧到苏唱跟前晃了一下:"这个蛋糕有两种口味,你猜出来一种,就有一个礼物。"

她嘿嘿一笑,打开台灯,将蛋糕放到床头柜上,用勺子先刮了一点左侧的奶油,她将奶油送到苏唱的嘴里。

"什么味道?"

"芒果。"苏唱轻声说。

她听见了于舟轻轻的笑声,随后感到手腕一紧,被冰冰凉凉的金属质感缠绕。于舟一边给她戴上,一边说:"第一个礼物。"

一条带月亮吊坠的手链,不贵,但很适合苏唱。

苏唱张开嘴迎接第二口蛋糕。

"这个呢?"于舟的嗓子哑了。

苏唱偏头思索:"椰子?"

"你味觉还挺灵敏。"于舟往她掌心里塞了一张卡。

"附近一家养生馆的年卡,根据你的身体情况给你制定调理计划。你得去啊,这个很贵。"于舟再三嘱咐,"我会每周陪你去的。"

"好,"苏唱收拢手指,把会员卡握在掌心,"谢谢。"

一个是愿她快乐,要用漂亮的饰品装点她的脉搏;一个是愿她健康,要她长命百岁。

二十二岁的于舟,想给二十六岁的苏唱一份很好的礼物,希望她能收到。

她伸手,将覆盖在苏唱眼睛上的丝带解开。

苏唱看着她,眨了眨眼睛,眼眶也红了。

尽管人生进程只走了一小半,但她有种强烈的预感,这会是她此生难忘的生日。

第9章

她只回答，能够确定的事

进入七月，一年就过得飞快了，于舟和苏唱在打头阵的暑气里各自忙碌。

于舟听见苏唱接电话说年前挤不出档期了，如果要录长商主役（长篇商业广播剧的主演）的话，最近的档期是在明年一月下旬。尽管她对配音行业了解不多，但她猜想，自己的朋友又上了一个台阶。

而她还是那个庸庸碌碌的小职员，并且借调到了另一个部门，夹在两个部门的领导中间受气。她的第一部小说《白露》接近尾声，看的人却越来越少了。

小说的第一百二十章有条评论说这部小说太寡淡了，没有反派，也没有任何爽点，跟写日记似的，问作者会不会写文。

于舟有点难过，但不多。她暗暗决定下一部写剧情流小说，跌宕起伏、荡气回肠，酷得人想死的那种。

工作的间隙，她开始玩有女帝角色的那个游戏。她玩游戏缺少一点天赋，怎么也玩不明白，打过几次架便搁置了。她想，她还是热爱和平的。

她突然想去看看女帝的票数，果然，完全不需要拉票，她连检验人缘的机会都没有。

她已经习惯去浏览苏唱的微博，偶尔也去看看她的超话，没什么特别的内容，有时粉丝会剪辑苏唱广播剧的一些cut（片段）发在里面。

几回之后，她决定"离苏唱的生活近一点，离她的工作远一点"，和粉丝的口号相反，哈哈。

工作到疲惫的时候，她会去苏唱的微博留言："晚安。"

淹没在很多很多"晚安"里。没有人给她点过赞，苏唱也没有发现过她。

之前，苏唱曾经问过于舟的微博号，于舟说自己不怎么用微博，微博是她用来通知为数不多的读者小说更新情况，以及发布锁章之类的，有时也会和一些读者讨论剧情，她耻于让苏唱看。

因此这个名叫"羞柴采菜"的ID，苏唱自然没有印象。

于舟评论完"晚安"，过两天满血复活，又去删掉，像从来没有出现在苏唱的世界里一样。

有一天，她收到一个点赞，是陌生的ID，叫"唱相思"。她吓了一跳，进入对方主页，是苏唱的狂热粉丝，再看前后的"晚安"都被点赞了，她松一口气，将自己的评论删掉。

她不知道自己为什么害怕，她从小就这样，怕被瞩目，怕被人议论，别人的目光落在她的身上，像是火星子。

上学时，她但凡迟到了，宁愿心惊肉跳地撒谎请假说不去。比起缺勤，背着书包气喘吁吁地打断讲课，接受众人的注目，更让她难以接受。走到座位的那几步像是酷刑，手不是手，脚也不是脚。

她是一个胆小的双鱼座女孩，像鱼一样日复一日地栖息在鱼缸里，用想象力把每天过得不一样时最为滋润。她向往大海，又惧怕大海。

想到这里，于舟时常觉得庆幸，假如自己一开始就知道苏唱算半个公众人物，多半不会那么积极地接近她。

八月，于舟收到戴萱的消息，说她年底要去参加一个酒吧乐队的比赛，虽然练习时间还不长，但公司让她去锻炼锻炼。

她已经报过名了，现在在等录制。

她给于舟发消息，是因为公司想要带她去打美容针，她很抗拒，不知道跟谁说，她说她身边的朋友，嘴巴都松得跟老皮带似的。

于舟被她的形容词逗得直笑，认真地说："其实你长得很好看，又很有特色，坚持一下吧。"

戴萱当时没回复，过了几天说，跟公司商量好了，不打也行。

八月底爆了一部国民仙侠剧，配音加成很大，几位老牌CV成立的新工作室抓住了抢夺眼球的机会，在铺天盖地的营销推广中，配音演员开始破圈，再一次进入大众视野。

上一次是二〇一五年，晁新凭借惊人的业务能力，以一己之力带动整个圈子的热度。

八月，新生代配音演员的代表苏唱收到了鲜橙卫视《他们的名字》节目组的邀约。

这档节目是鲜橙卫视的王牌节目，聚焦三百六十行的行业佼佼者，讲述他们的故事，分享不为人知的内幕。节目主题积极向上，整体氛围比较轻松，分采访和游戏环节，年轻人都很爱看。

而这一期，流量好、形象又好的苏唱作为配音演员的代表，成为飞行嘉宾。

以上是观众所能知道的部分，内部人员更清楚的是，这次节目也有某大型游戏的助推，而苏唱是该游戏大女主的配音演员。参加完节目之后，会有营销号带着即将上线的游戏名进行宣传。

宣传发来注意事项，自我介绍时需要有完整游戏名的露出，再配合主持人和VCR（视频短片），以展示配音的方式介绍一下游戏。

苏唱原本不太喜欢这类露脸商务，但游戏方跟她合作得很好，她又想起于舟对见到明星的激动，便很配合地接下来。她回到家问于舟，想不想跟自己一起去录节目。

二〇一九年的鲜橙卫视还没在江城设置录影棚，她们需要飞去金洲。

于舟当时在摆碗筷，眨了几下眼，没反应过来："你是说，你要去录《他们的名字》？电视上那个节目啊？"

"对。"苏唱洗完手，帮着把抽纸拿到桌子中间。

"我的天啊……"

于舟久久回不过神来。

她的情绪很复杂，除了激动，本能地还有点却步。她看了一眼苏唱，又看了一眼手里的筷子，不知道该说什么。

身边的人要上电视，还是家喻户晓的老牌综艺，这情况太超纲了。

"怎么了？"苏唱偏头，抬眼看她，"你不是说，下次有机会见明星，要告诉你吗？"

"啊？你去录的那一期，有明星吗？"于舟坐下来，端着碗。

苏唱思索着明星的定义："没有，不过那几位主持人很出名，不是吗？"

"也是。"于舟笑了笑。

苏唱抿了抿唇，手指头轻捏着碗壁，不确定地轻声问："不开心？"

她想说，如果不想去的话，她自己一个人去也行，只是有一点失落。她原本以为，于舟得知后，会和上次提到孟歆然一样激动。

那时，苏唱还不完全了解于舟的拧巴，甚至于舟自己都不了解。她有些"叶公好龙"，如果能隔着几个人有交集，她能兴奋得手舞足蹈，但若要让她自己去接触，她往往想要躲在旁人身后。

"挺开心的，就是……啧，说不上来，我还没见过明星呢，呵呵。"于舟鼓了鼓腮帮子，夹起一根蔬菜放到苏唱的碗里，"什么时候啊？要请几天假？就我们两个人吗？我听说这种活动都要带助理什么的，化妆是交给他们吗？你的衣服怎么办啊？就穿自己的，还是电视台会给你准备？"

她叽叽喳喳地说，新奇感冲淡了刚刚的纠结，苏唱看她恢复兴奋，便弯了弯嘴角，安心吃饭。

"不确定，要问一问。所以你愿意跟我一起去吗？"

"你又没有助理，我当然得陪你啊，这么大个节目。"于舟狠狠地吸一口气，憋在胸腔里，再徐徐放掉。

不得不说，经过苏唱"掉马"事件的惊吓，她的承受能力好了不少。

她低头扒饭，余光瞥见苏唱垂眸，挺愉悦的样子，她的心也逐渐舒展。吃两口菜，小声说："那周末我陪你去买衣服吧，不管节目组准不准备，咱们先备两身，好不好？"

"嗯……其他的我再想想。"

她琢磨着，饭也没吃几口，心里七上八下的，但她没有细想，武断地将这类情绪归为紧张。

晚上洗完碗，苏唱照例工作，于舟趴在床上把往期节目找出来看，看看嘉宾们都穿的什么衣服，不能用力过猛，太随意也不行。

之后，她滚到一边躺着，先在家庭群里发了条消息："我朋友要上节目了，卫视的节目，她真的很厉害。"

有些晚了，赵女士和于老爹估计睡了，没有回复。

她又给"火锅"发消息："苏唱要上电视了，《他们的名字》。"

她原以为"火锅"会跟之前一样，很激动地说"我的天"。

但这次"火锅"挺平静，先说自己在洗衣服，又问她："那你呢？"

"啊？"

"火锅"回:"你跟着去吗?"

哦。于舟突然松了一口气,原来"火锅"是指要不要跟着去这件事,还以为……

她皱着眉头,不知道自己在胡思乱想什么。

"应该会去。"

"那你帮我要个赵洁的签名。"赵洁是节目的金牌主持人,人气很高。

"好,我努力。"

于舟笑了笑,答应下来,关了电脑,拿上睡衣,洗澡睡觉。

节目的录制时间在十月,正好是长假之后。三天以上的年假要部门领导面批,于舟去办公室找领导,批是批了,但被领导冷嘲热讽了半句,说:"'十一'都不够你玩啊?"

于舟脸皮薄,耳朵背后热起来,拿着假条交给人事。

她回到工位工作了一会儿,OA审批通过的消息弹出来后,她偷偷给苏唱发微信:"苏不唱在吗?"

"不在,苏唱在。"

于舟勾着嘴角,掩住笑:"我请到假啦,连着周末,我们还能在金洲玩一趟,我这就开始做攻略。"

苏唱发来一个表情包,说辛苦了。

于舟心满意足地把这天的to do list(待办事项列表)完成,上网搜金洲好玩好吃的地方。她打算十一假期就不出去人挤人了,跟苏唱在家里窝着,趁大家都去旅游,正好去商场买衣服,完美。

如她所想,她和苏唱度过了完美的十一假期。

她们突发奇想,换了客厅的布局。她们按照网站上的步骤一起DIY(自己动手)几层小小的木制花架,从出租屋里带过来的绿植可以享受更豪华的套房,又在花市定了几株比较好养的花。于舟淘了几个透明的收纳柜给苏唱装香水和粉丝送的生日玩偶,还给去年的乐高玩具买了个保护罩。

十一假期的尾巴,她们去商场买衣服,为了显得高级点,于舟提议去那家有VIC室的品牌。

她坐在糯米团子一样白软的沙发上,看高挑纤细的苏唱在灯光下试衣服，连见多识广的柜姐都对她的气质赞不绝口。

苏唱挑了一件很有设计感的白衬衣，领口是敞开的，有一条类似领带又如同丝带的黑色的挂饰不规则地垂在领口，随性且风流。

下身是干练的西装裤，包裹她不盈一握的腰身，在视觉上拉长腿型后，比例就更好了。于舟看着镜子里的她，想象她在聚光灯下的模样。

"要不要试着搭一双高跟鞋？"于舟提议。苏唱习惯穿平底鞋，但根据之前做的功课，许多嘉宾上节目都穿着高跟鞋。

柜姐立马将挎包一拎，说："有的呀，我们家新到了几款，我都拿来，您试一下。"

苏唱点头，单手揣兜，偏头看了看镜子，然后坐到一旁，问于舟："好看吗？"

"怕你美到上热搜。"于舟对她"小猫眨眼"。

苏唱笑了，柜姐端着鞋盒进来展示："苏小姐，这几个款式都很经典，很有气质，低调不张扬，鞋跟也不高，前掌的地方加厚了一层小羊皮，穿起来不累。"

要不说人家是大牌销售呢，几下就摸清了苏唱的性格和习惯，推到于舟的心窝子里了。

见苏唱没有表态，柜姐对于舟说："于小姐，您看看什么颜色比较好？"

苏唱不动声色地笑了笑。

于舟的耳朵染上一层粉色："裸色吧？"

她转头轻声问苏唱："你觉得呢？"

苏唱抬眸看："是我的尺码吗？"

"是的。"

"试一下。"苏唱坐正。

她示意柜姐不用帮忙，她自己来，将脚上的鞋脱了，穿上送至面前的高跟鞋。于舟盯着她的脚踝和脚背，在灯光下白得似在发光。

于舟之前一直不明白，像苏唱这种爱穿靴子的人，平常也不怎么露脚，怎么还定期去角质和做脚膜。

现在懂了，做公主是留给有准备的人，如果于舟当灰姑娘，仙女来给她变水晶鞋的时候，还得顺便磨个皮。

哈哈哈，她的天马行空把自己逗乐了。

"笑什么?"苏唱对她耳语。

于舟靠过去:"你那个脚膜给我用用呗,还有面膜,效果很好?"

"好,"苏唱笑着答应,"回去教你用。"

于舟转头看了一圈旁边的衣服,想自己要不要也买两身,但算了算工资卡里的余额,瞬间跟这些吊牌说"僭越了"。她默不作声地等苏唱试完买单,想到飞过去怕衣服在行李箱里压皱了,不好熨烫,于是决定去金洲的品牌店里提货。

两个人一身轻地走出来。

"刚才的店里,没有喜欢的吗?"苏唱轻声问。

"没有,感觉不是我的风格,"于舟指指前面那个牌子,说,"我去看看这个吧。"

虽然她不上台,但也不想穿得太随意,到时丢人。这个牌子她之前查过,西班牙的小众品牌,裁剪都还挺好的,一套买下来也不太贵。

她被苏唱拉着手,认真地挑选,十月的金洲已经转凉,她准备买件大点的毛衣,再戴顶贝雷帽。

苏唱也看上了这个牌子,试了两身,还选了跟于舟同款不同色的贝雷帽,一起买单。

于舟想提出自己买,但又觉得各付各的挺奇怪。而且苏唱挑了好几件,于舟如果全买下来,又比较吃力。

于是,她眼睁睁地望着苏唱付了款,拎起袋子。

上车后,于舟望着苏唱的侧脸,忽然想,也许苏唱并不见得真的那么喜欢这个牌子的衣服,相见恨晚到一口气入手四五件,她兴许只是用这样的方式,将于舟的那一份"顺便"买下来罢了。

她像付房租那样,永远有合理的理由,说自己占了两间房,令于舟无言以对。

可苏唱不知道的是,她越妥帖,越不动声色地保护于舟。在感动之余,会令于舟心里的跷跷板冷不丁地翘起一点。

她的朋友完美到没有短板,连维护她的自尊心,都不着痕迹到令人如沐春风。

于舟很骄傲,但更想为她做点什么,又觉得做什么都不够。

金洲是著名的旅游城市，小龙虾远近闻名，于舟早就想去了。不过此次旅游感受很不一样，机酒的费用都不用操心，电视台原本就有嘉宾助理的差旅名额，因此也给于舟报销了来回机票，又给她俩安排了标准间。

飞行两个小时到达金洲国际机场，节目组派人来接，于舟还以为会有粉丝接机什么的，还好那些"黄牛"（票贩子）什么的没有拿到苏唱的身份证号码，查不到她的航班。

节目组安排对接的助理墨墨是个年轻小姑娘，背着双肩包，穿着帆布鞋和T恤、长裤。因为事先在微信里联系过，她一见到苏唱就很热情，伸手拿上行李，带她们乘坐商务车去酒店。

金洲M酒店是五星级的，离电视台很近，鲜橙卫视的嘉宾都会被安排在这里入住，因此酒店外面总有零星几个追星人或者代拍，有时蹲在路边喝奶茶等明星。司机很有经验地直接开车进地下车库，墨墨径直带她们去了八楼房间，说已经登记好了，但晚一点需要下去补录人脸，现在楼下有综艺在拍艺人出酒店。

她们礼貌道谢后，又问了餐食一类的安排。墨墨让她们好好休息，有事给她发微信。

于舟打开酒店窗帘，天已经黑了，于是决定在酒店吃点晚餐，早些休息，明天还要彩排。

换上轻便的衣服，苏唱一身运动装跟于舟去三楼吃自助餐。她们来得比较晚，餐厅里没几个人，只有身着黑色套装的工作人员在悄无声息地服务，低头问询的声音都很轻，仿佛怕惊扰了钢琴声。

她们随意拿了几样，于舟舟车劳顿，重点吃水果。去拿甜品时，她看见旁边有个画着全妆的姑娘，很眼熟，她看了好几眼。返回座位后，她跟苏唱悄悄说："那个人好像是某个女团的，我在电视上见过。"

具体是谁，她想不起来，因为不太出名，但她的心怦怦跳，忍不住转头再瞥一眼，又做贼似的转回来。

"原来她们是真吃啊？我看她拿了意面。原来上镜的妆要这么浓啊？"

苏唱在她的盘子里叉了一块西瓜，看于舟小心翼翼八卦的样子，觉得有趣极了。

于舟整个大脑像在轨道上高速运行的行星，处于很新奇的状态。从接机的商务车，到透过车窗看见的代拍，到墨墨说有真人秀剧组，再到在酒店里见到的偶像明星……这些她从没遇到过的人和事，骤然出现在生活里，跟"穿书"了似的。

苏唱带她走进了一个光鲜亮丽的新世界，她拽着苏唱的手，谨慎地长见识。

酒店的餐食称不上美味，她们吃得不多，很快便吃完回房间休息。过了一会儿，前台打来电话，说品牌店的衣服到了。服务员送上门，苏唱签字确认，于舟接过衣服挂到衣柜里。

洗了个热水澡，于舟翻来覆去睡不着。

她问："你是不是很紧张啊？"

"嗯？"苏唱垂眸看她，"不紧张。"

"你紧张。"

苏唱笑了："好。"

"他们会问你什么问题？"于舟又问，"你还记得流程吗？你怎么做自我介绍，再说一遍给我听听？"

如夜露般清澈的嗓音娓娓道来："大家好，我是配音演员苏唱。"

于舟佯装采访："说说你怎么进入配音行业的。"

苏唱望着她："婠之介绍我入行的。"

"哦，那第一部作品配的是什么，你还记得吗？"

两个人在房间里走了一遍流程。

第二天下午两点开始彩排，不用做妆造，就简单走个台。墨墨将她们带到录影棚，很熟悉的布景，舞台、大屏幕和两边的灯光设备都不陌生，但整体比电视上看到的要小一些。

舞台下方有摄影机轨道，摄像组和其他 staff（工作人员）在角落就位，摄影师调试机位，另一台设在观众席。

苏唱和两位主持人站在台上，平常有三位，这场有一位没赶过来。工作人员拿着台本去和主持人沟通，赵洁指了指观众席后方的提词器让苏唱看，问字体大小是不是 OK。

苏唱点头说没问题，赵洁凑近看，问她戴隐形眼镜了没有。

她说没有，赵洁很惊讶，说："你一点都不近视呀？"

苏唱笑了，于舟站在观众席前排左侧的阴影里，也不由自主地跟着笑。

空荡荡的观众席里还有几个小姑娘，不确定是日常在录影棚追彩排路透的追星族,还是有消息门路的"i唱"。于舟偷偷看了看,她们看起来熟门熟路,神情也很镇定,不太像苏唱的粉丝。

于舟的目光又回到台上,平时电视里的人,正在跟苏唱聊天谈笑,这种感觉很奇妙,破"次元壁"似的。于舟在台下有点恍惚和紧张,但苏唱不一样,她在任何场合都落落大方。

现场导演来了,要试一下灯光,再过一下流程。她拿着话筒,站在台下说:"无关的人都离开一下,谢谢。"

后排的几个小姑娘放下手机,收拾了背包,走了。

导演放下话筒,又看了一眼于舟。

于舟心里咯噔一下,原本扶着挎包的手一下子放了下来。

她想说,她是跟着苏唱来的,不是无关人员,但没有机会解释。不知道导演把她当什么了,是不懂事,执意要留下的粉丝吗?

她不是……

他们没有赶人,一副见怪不怪的样子,如果不听劝也就算了,卫视的路透向来很多。

但于舟挺难受的,那一眼分明就是觉得她不应该在这里,可她没有半点勇气上去为自己说点什么,没必要,又很突兀。

毕竟人家什么也没说。

苏唱在专心走流程,没有注意到这个小插曲。于舟也不想苏唱注意到,她摸了摸微热的耳后,腿站得有点酸,于是坐到观众席的椅子上,埋头玩手机。

摄影棚里回荡着麦克风空旷的回响,和偶尔的轨道声。

彩排进行得很快,毕竟不是所有环节都要按正式的那样来一遍,苏唱从台上下来,在埋着头的于舟面前打了一个响指。

于舟抬头:"搞定啦?"

"在玩手机?"苏唱扶着脖颈,偏了偏头,有些疲惫。

于舟懂她是什么意思,对她皱了皱鼻子:"没有看你,我刚好回消息。"

苏唱勾勾嘴角:"走吧。"

于舟跟着她走出去,想了想,问:"明天也是这样吗?墨墨不跟着我们吗?明天要去后台对吧?有工作证吗?"

"不清楚,怎么了?"苏唱侧头看她。

苏唱毕竟不是艺人，没有团队，不了解近似于素人的嘉宾上综艺，会是什么对接流程。

"哦，我想如果有个鲜橙卫视的工作证，还挺拉风的，我能回去炫耀一下。"于舟笑笑说。

苏唱轻声微笑："我明天帮你问问。"

"谢谢老板。"

最重要的日子来临，正式录制的当天，时间安排得很紧，早上八点就要去做妆造。由于苏唱团队没有正式商务照做宣传，节目组需要提前拍一组照片备用。

这还是于舟第一次近距离观察卫视大厦内部，大楼有些年头了，大厅里鱼龙混杂。她们往化妆间去，楼道里挂着从九十年代开始的一些胶片照片，还有晚会现场等的新闻简报，跟办事处一样的办公室排列在两侧，有的门上是编码，有的门上临时贴着节目组的名字。

有敞开门的会议室，也有关上门的化妆间。

和昨天看到的演播厅不大一样，和想象中光鲜亮丽的娱乐圈也不大一样。

苏唱毕竟不是有咖位的明星，没有独立的化妆间，而是和其他节目组一起化妆的大开间，十来个美妆镜化妆台排列开来，LED灯带令人脸上的瑕疵无所遁形。

对面有几个演员在做双十一晚会带妆彩排的妆造，苏唱坐到她们对面的一排，左右都没人，戴着工作证的于舟坐在她旁边，看化妆师给她化妆。

化妆师是老手了，很喜欢苏唱，因为她很会护肤，皮肤细腻好上妆。化妆师又问她是不是昨晚敷了补水的面膜，美瞳也提前戴好了，看起来很有经验。

苏唱说有朋友做过艺人，聊起过。

化妆师很感兴趣，一边调粉底液，一边问她是哪个朋友。

苏唱讲了个名字，化妆师笑起来："我给她画过，她后来转做艺人经纪了。"

苏唱淡淡地笑了笑，没再多聊。

于舟靠在旁边看苏唱，更加清冷精致的脸在化妆师手中逐渐成形。

苏唱从镜子里回望她,盖了一层遮瑕的嘴唇微微地勾起来。

化妆师给她画眼线:"她是你的助理吗?"

"朋友。"苏唱配合地往下看,轻声道。

"长得也蛮漂亮的,五官很适合化妆。"化妆师看了于舟一眼。

于舟不好意思了,趴在桌子上看着苏唱。苏唱说:"她不太喜欢化妆,眼线涂深了会流眼泪,还总说刷过睫毛膏的眼睫毛很黏,会犯困。"

说完,她抿唇笑了笑,化妆师若有所思地拿了根棉签。

化妆师用棉签给苏唱的眼线晕染了一下,手法很轻柔。她又对于舟说:"你下次化妆,涂好睫毛膏后五秒钟不要眨眼,就不会总黏在一起了。"

"啊,还有这个步骤啊?"于舟长知识了。

一个妆面画了整整两个小时,包括给前胸和双手,还有脚背涂粉底,然后是做头发。于舟都等困了,坐在旁边直打哈欠,苏唱问她要不要买杯咖啡。

于舟说:"我去买吧,给你也买一杯。"

由于不熟悉路,等她回来已是半个多小时后,苏唱已经被叫去演播室,化妆师收拾完东西也离开了。她端着咖啡在镜子前坐下,将咖啡放到台面上,打开手机,看到苏唱发给自己的消息。

"我得过去了,你回来后让墨墨带你过来。"墨墨说给于舟留了第一排的票。

但于舟觉得有点尴尬,还有点害羞,假如旁边都是苏唱的粉丝……

哎呀,反正她就是害羞。

她决定不去观众席了,跟苏唱说自己在化妆间坐一会儿,时间差不多了再去演播室找她。

苏唱回了一个问号。

于舟说:"太多人了,我害羞,我怕你看我。"

苏唱回复一个戳小猫脸的表情包。

烦人,于舟笑了,又是哪里来的表情包?于舟发过去一个扔砖头的动图,示意她好好工作。

五分钟后,苏唱又发来微信:"没有人帮我拿手机。"

于舟望天,往演播厅走去。

凭借工作证进入演播厅,苏唱在候场区,于舟走过去,小声说:"墨墨就在门口,我看见了,怎么她不帮你拿手机啊?"

苏唱笑了，把手机递给她："嗯。"

"等下墨墨给你发律师函。"于舟接过手机，软软地撑她。

舞台上的璀璨灯光落在苏唱的眼眸里，于舟没忍住，给她理了理衣服，说："去吧。"

这声很小，像是自语，但她憋了有一阵了。

很难承认，从发现苏唱很红开始，于舟心里的天平有一点失衡。

但就在刚才，苏唱不想要别人拿手机，只想把手机交给于舟的时候，于舟好像突然想通了一点。

其实不在于苏唱收到过什么，而在于她想要什么。

她想要于舟拿她的手机，就不会给别人。

于舟理着苏唱的衣服，对她优秀无比的朋友说："去吧。"

站到更高的地方，让更多人认识你，让欣赏你的人为你欢呼，让你热爱的职业为你骄傲，让聚光灯打过来。

而于舟会在后台，为她买咖啡，为她拿手机，为她整理衣服。

苏唱靠过来，于舟嘱咐道："你手上有粉底液，记住不要插兜了，会不会蹭到黑裤子上呀？"

"不会，用过定妆喷雾了。"苏唱给她别了别头发。

于舟点点头，看着苏唱走到台前。

她那时并不知道，苏唱第一次同意这个强度的曝光，是因为自己说想要接触明星，就因为这么一句她随口一说便抛诸脑后的话。

于舟听着演播厅里的混响，听着苏唱在台上游刃有余的话语，听着她谈笑风生。

于舟听着观众的欢呼和鼓掌，听见她之前大概率只对自己展现的冷幽默，让观众发出无意识的、压抑的尖叫。

她连思考时发出的"嗯"带着的鼻音都好听得要命。

苏唱真的是月亮，因为她可以反射别人的目光，当眼神聚焦在她身上的时候，她不必用力，便能熠熠生辉。

天生的好嗓子，天赐的好皮相，天然的好身段，天赋的强气场。她知道什么时候该停顿，什么时候该进退，什么时候目光要流连，什么时候笑容要回避。

这样的人，很适合被仰望，适合活在被幻想雕琢的梦里。

结束三个小时录制，如梦初醒的于舟从幕后到了台侧，和导演组的人站在一起，等苏唱下来。

之前墨墨讲过，通过另外的通道退场，会有保安带她们出去，直接上车回酒店。

观众从左侧大门离场，有工作人员维持秩序。苏唱吸吸鼻子，抿着清冷的双唇踏下台阶，演播厅右边的门开启，她在工作人员和保安的引导下往另一侧通道走去。

有想要再近一点看苏唱和主持人的观众围过来，保安一边拦，一边示意苏唱赶紧走。苏唱回头看了一眼于舟，于舟从保安的胳膊下方钻过去，苏唱见她跟了上来，便快步往退场通道走去。

秩序稍显混乱，演播厅的隔音大门关闭后，走廊霎时安静。但苏唱累极了，不想讲话，墨墨没出声，保安也没有话说，一行人步履匆匆地往电梯去。

空旷的走廊里回荡着脚步声。

按下电梯，苏唱站在最里面，见于舟上来了，放松了一些，对于舟笑了笑。于舟想问她累不累，但看着电梯里的保安和工作人员，又把话憋了回去。

电梯门打开，有几个日常蹲综艺录制的代拍和粉丝围了上来，于舟这才明白为什么连她们这种"小虾米"都要保安陪着。

卫视几乎每天有节目录制，因此后门常年蹲着一些代拍，甚至还有直播的人，他们不见得熟悉每一个嘉宾，但都会拍一些，再到超话里去发帖，问有没有粉丝要。

即便没有粉丝买，他们也能发在自己的社交账号上，吸引一些流量。

他们不认识苏唱，但她总有几个粉丝，蚊子再小也是肉，不拍白不拍。

苏唱在娱乐圈没名气，因此只围上来两三个代拍，没有拿"长枪短炮"，只举着手机，一个人拍视频，其他的人拍照片。

即便人不多，于舟也有一点被吓到，因为有两个代拍的动作比较粗暴，快要撑到苏唱脸上了。

保安一边拦，一边领着苏唱往前走，于舟在后面一点。苏唱本来想等她，但想到如果一起走，可能手机要贴到于舟的脸上了，便没说什么，低头抿着唇，快步往前走。

可于舟在后面看着也很担心，尤其是苏唱穿着不常穿的高跟鞋，她很怕苏唱被撞到，扭伤什么的。因此，她也顾不上别的，就想往前钻，帮苏唱拦一拦也好。

刚跑到苏唱旁边,于舟就被一个大汉的肩膀顶到了。她皱眉,没说什么。然而下一秒,苏唱停了下来。

所有人都停了下来。

她抬手,捂住于舟旁边那个代拍的手机镜头,轻轻一推,看向他,说:"你的手机碰到她了。"

于舟一愣,代拍也一愣,第一次遇到这样的人,毕竟那些明星对这种场面司空见惯,又被工作人员护得比较好,不怎么会跟他们接触。

当然,如果是真明星,他们也不会这么嚣张。

苏唱没再多说,只将他的手机按下去,轻拍两下手机边缘,对于舟和墨墨道:"走吧。"

这场面一出,另一个代拍也举着手机不动了。

她们三两步走出去,车早已停在外边,苏唱俯身上车,等于舟和墨墨上来,门一关,车开走了。

一路沉默,回到酒店,苏唱坐到沙发上,仰着脸,于舟帮她卸妆。

带有酒精味的棉片湿湿凉凉的,敷在她的脸上,洗净铅华后,素着一张清水出芙蓉的脸。

"刚你撑那个代拍,没事吧?"于舟一边捧着她的脸仔细清洁,一边问。

苏唱笑了笑,说:"没事。"

于舟不懂这些,只是隐隐有些担忧,但苏唱给她吃了定心丸,她便乖乖地不添乱。将几片黑乎乎的化妆棉扔到一边,于舟又给苏唱卸手上和胸口的粉底。

苏唱这天身上很香,是那种花团锦簇的香,不是用惯了的木质香。

来到这样的名利场,于舟才发现圈层是有气味的,昂贵的护肤品和化妆品一层一层编织的画皮,本身就带着生人勿近的冷调,香气里满是金属和珠玉的质感。

而于舟喜欢花香,喜欢果香,喜欢木香,它们或疏离,或热情,总是触手可及。

她一条腿屈着搭在沙发上,给苏唱擦手,卸妆液从指缝流过,大概是有点痒,苏唱掀起阖着的眼帘看她。

于舟笑了，说："你这样好像个太后。"

苏唱也笑，沉重的眼皮带着疲态。

于舟低声道："参加这样的活动是不是很累啊？"

光是穿高跟鞋站三四个小时，就跟钉子往脚跟里扎似的，还要在台上神采奕奕，对游戏保持十二分的精神。

苏唱轻声说："还好。"

这时，手机收到消息，她打开一看，墨墨说赵洁老师她们也下班了，有几个别的节目组的嘉宾约着吃饭，在附近吃当地特色的小龙虾，问苏老师去不去。

其实电视台工作人员也很敏锐，苏唱好相处又很有吸引力，虽然只是CV，但可能因为平时营业少，当天现场粉丝十分热情，如果播出效果好，将来说不定还会有合作。

苏唱抬眸问于舟的意见，于舟说有点累了。

于是苏唱用语音回复墨墨："谢谢你，但很不巧，我们刚才在酒店点过餐了，下次约。"

锁上手机，于舟用平板电脑点餐，苏唱说她休息一会儿，然后侧着身子缩在沙发上，睡着了。

连去床上的力气都没有了吗？于舟看着她。

苏唱面对着沙发靠背，手搭在靠枕上，看上去很单薄，很安静，像陈列在落地灯下的孤品。

不一会儿，酒店来送餐，苏唱被吵醒了，于舟放低嗓子跟她说如果累就再睡一会儿，不急着吃。于是她又睡了过去。

过了晚上十点，苏唱醒来，面上没有任何倦意，和她从加拿大回来的时候一样，劳累很乖巧地绕开她的五官，她的面庞永远似新生的露水。

于舟顺手开了电视，两个人一边说话，一边吃凉了的食物，幸好是一些糕点，不热也无所谓。

没吃几口，墨墨的微信又来了："苏老师、苏老师，赵姐她们在酒店的行政酒廊喝酒，你去吗？"

于舟凑过去，苏唱若有所思地看向她，挑眉。

很显然，苏唱在征询于舟的意见。于舟沉吟片刻，小声说："我不想去，我不习惯这些。"

而且她在网上看到过,有人在这个酒店的行政走廊碰到了下节目的李源远,大流量人物,她不敢想象那场面。

苏唱点头,按下语音键就要拒绝,可于舟拦了她一下:"欸。"

她觉得拒绝别人第二次不太好,而且她不懂这些人情世故。苏唱是CV,要给电视剧配音的,是不是人脉广一点会比较好?

苏唱放下手机,用眼神问她。

于舟咬咬手指,说:"要是不累的话,要不,你去吧。"

"你不去,我去?"苏唱轻声确认。

"嗯,我在房间看看电视,等你回来。"于舟语气轻松。

苏唱欲言又止。

于舟看她神情犹豫,担心她觉得去比较好,又不放心自己一个人,便找了个借口:"如果有机会的话,帮我带一张赵洁的签名呗,'火锅'要的。"

苏唱垂下睫毛想了想,说:"好。"

她发微信跟墨墨说很快过去,于舟看她的衬衣睡得有点皱了,建议她换一身休闲的衣服,并从衣柜里拿出来,然后叮嘱她少喝点,时间差不多了就回来。

苏唱穿好衣服,望着她轻轻一笑,换上平底鞋,出了房间。

于舟关上门,继续吃点心,又玩了一会儿手机,一看时间才过了半小时,苏唱她们估计刚开始寒暄。

她拿着房卡出门,打算去顶层的无边泳池看看,这个酒店最出名的便是这个。她进电梯刷卡,径直上了顶楼。

顶楼分为两部分,另一边是行政酒廊,巨大的酒店LOGO(标志)墙遮挡着里面的觥筹交错。于舟在入口处看了看,只能看到一整面五颜六色的酒瓶,酒廊里很昏暗,听不见人们的窃窃私语,连音乐声都不大。

于舟没进去,穿过电梯厅来到露台,眼前豁然开朗。巨大的无边泳池映入眼帘,散发着蓝莹莹的幽光,沙滩椅和休闲沙发区零零散散地坐着几个人,有的穿着酒店的浴袍,有的应该是从酒廊过来的,端着鸡尾酒杯。

泳池里倒是一个人都没有,于舟走到泳池旁边,靠着栏杆看金洲的夜景。

目之所及似一块巨大的LED屏,闪烁的灯光是乱码,而行色匆匆的人是乱窜的病毒,构成扭曲的、让人沉溺的声色。

于舟从小就这样,每次站在高处看人类的渺小,就诗兴大发,还是颓唐的那种。

她趴在栏杆上,忽然发现另一侧能看到行政酒廊那边的露台酒吧,于是"噔噔噔"地跑过去,抻着脖子往那边望——有三两把高脚椅,还有撑开的装饰伞,但没有苏唱。

吹了一会儿风,视线再次移过去,竟然看见了熟悉的休闲服——苏唱正拿着酒杯倚着栏杆,跟赵洁聊天。

于舟离得远,夜色又迷蒙,看不清她的神色。

于舟想起第一次和苏唱在机场重逢的时候,在形形色色的奔赴中望着她,后来去看电影,又在曲终人散的离场中望着她。

她拿出手机,调大倍镜,在手机屏幕里看苏唱,这下清晰多了,她真的是个人才。

于舟心满意足地拍了几张照片,退出相机,给苏唱发微信:"我出门了。"

苏唱握着手机,抿了一口酒,回复:"去哪儿?"

嘿嘿嘿,刺激。于舟看看手机,又看看远处模糊的苏唱。

"我去楼下便利店逛逛。"

她看见苏唱换了个姿势,面对着栏杆靠着,回复:"等我十分钟?"

于舟不自觉地摇头,打字:"不用,我马上就逛完回房间了。"

"好,注意安全。"

"你也是啊,少喝点。"

于舟收到一个猫猫点头的表情包。苏唱等了一会儿,没有于舟的消息,低头点亮屏幕看了一眼,才将手机放到兜里,又聊了两句,跟赵洁进去了。

于舟也收好手机,蹦下台阶,回房等她。

于舟先洗完澡,边擦头发边看手机。快十二点了,苏唱还没回来,她吹干头发,缩在被窝里,打了个哈欠便眼泪汪汪的了,手机跌到枕头上,她抱着被子睡了过去。

迷迷糊糊中听见细碎的动静,于舟睁眼。苏唱回来了,身上带着淡淡的酒气,俯身手撑着膝盖,在床边低头看她。

"回来了?"于舟坐起来,嗓子哑哑的。

苏唱的嗓子也哑哑的,连笑容里也滞留了醉意:"嗯,睡了?"

"本来想等你来着,太困了。"于舟坐在床上,揉揉眼睛,泪汪汪的,又打了个哈欠。

苏唱对于舟交代:"赵洁说,她可以给我几张签名照,但她今天没有带照片,之后签了让墨墨寄给我。她还问了'火锅'的名字,说把她的名字写上。"

"哇,她人这么好?"于舟眼睛一亮。

苏唱笑了,也很开心。

她之所以答应去酒局,不是因为于舟的鼓动,而是她本来就打算去。

此前,于舟问代拍的事时,眉宇间流露出些许忧虑,苏唱看到了。于是刚才墨墨送她回房间时,她问墨墨方不方便找到那三个代拍,将拍到的东西都买下来。

代拍本就是为了赚钱,应该好谈。墨墨是电视台的工作人员,对代拍比较熟悉,又了解粉圈规则,拜托她帮这个忙,比苏唱自己去谈更好。

墨墨两次邀约,想来是希望苏唱参加聚会的。

墨墨是个年轻的姑娘,工龄不长,级别不高,她极力促成这些聚会,也许是她自己也想跟着参与,拓展一下人脉;也许她接待的嘉宾能和台柱子们交好,说明她对接得不错,台里的形象会好一些。

苏唱不了解具体原因,不过她知道墨墨想让她去酒局便足够了。她去,就是卖给墨墨人情,有来有回,拜托对方去找代拍的事才更好开口。

果然,墨墨一口答应下来,说放心,一定不会出现在网上。

不过苏唱不打算对于舟说。

她十分想保护这只天马行空的外星"小蚂蚁"。

金洲的天气很懂事,丝线般的阳光从窗帘缝隙中荡进来,悬丝诊脉似的,即便未窥全貌,也能诊断出外面是个明晃晃的艳阳天。

房间里响起脚步声,窗帘被遥控器打开,金洲的城市景色映入眼帘,于舟站在窗边伸了个懒腰。

苏唱看着她惬意的模样,道:"换衣服,出门吃饭吧。"

不知道是不是她多心,录制完节目之后,于舟放松了许多,又回到了之前天马行空、奇思妙想的状态。

"好。"于舟望着苏唱,点头。

苏唱这天穿了一件针织条纹线衫和牛仔裤,搭配大象灰色的包包,很休闲。于舟则是宽松款的白色毛衣,领口是不规则设计,同样色系的牛仔裤。

两个人戴了之前买的贝雷帽,一个棕色,一个灰色。

她们在酒店门口打车,去往浅水井小吃街。

这条小吃街远近闻名,晚上还要热闹些,但她们按照攻略把晚上的肚子留给了小龙虾。

炭火上肥瘦相间的牛肉串,油锅里滋滋作响的生煎,臭豆腐几乎人手一碗,还有炸里脊和麻辣烫、清补凉,以及各色甜点饮品,于舟"嗷呜"一声跑过去,如置身于天堂。

于舟发现自己与作家的差距——作家写的仙境,是雕梁画栋、琼楼玉宇、金珠玉翠、奇珍异兽、神仙眷侣。而她写的仙境,是奶黄包、水煎包、小笼包、蟹粉汤包……

这样想着,于舟忍不住笑了。

她们从这个摊逛到那个摊,一路买一路吃,没等苏唱付完上一家的钱,于舟已经奔下一家去了,美其名曰分开排队,节省时间。

苏唱很少边走边吃,偏偏于舟喜欢投喂她,站在路旁目光闪闪地把臭豆腐送到她嘴边,让她咬一口,问怎么样,再把西瓜汁递过去。

苏唱不爱吃这些零食,但她喜欢于舟等待她评价的样子,好似她的评定很重要,能够直接影响一切东西在于舟心里的排名。

吃饱喝足,她们又去爬山,看古代的宗庙和现代的博物馆,在景区还遇到了要拉她们一日游的"黄牛",说可以带她们去观看鲜橙卫视的节目录制现场。

于舟问:"是不是真的啊?"

"黄牛"说:"肯定的,姐,内部票,能看很多明星,你看最近综艺录制的明星,我这里全都有。"

"黄牛"拿出手机,打开微信群里的几张图,上面写着日期和嘉宾名字。

于舟凑过去看,小声惊呼:"哎呀,苏唱昨天录的啊?"

"啊,是啊,""黄牛"把苏唱那一栏放大,"看嘛,昨天录的。"

于舟看看一旁抿唇笑的苏唱,清清嗓子,忍着笑哀叹道:"早知道我昨天找你了,哥,我最近好爱看苏唱的剧。"

"是,她很红,昨天也有人找我拿她的票,不好搞。"他根本不知道苏唱是干吗的,不过是顺着于舟的话胡诌。

"这样啊,"于舟很遗憾,"那下次找你啊。"

"不看看别的吗?"

"不,我就喜欢苏唱。"于舟瞄了一眼苏唱,拉着她走了。

苏唱以眼神点她的鼻尖。无声表达:小姑娘,太坏了。

回到酒店已经是月色低沉,于舟还在因为白天的插曲开苏唱的玩笑,苏唱好笑又无奈,好脾气地给她夹菜。

翌日要回江城,两个人饭后早早地收拾好行李,洗澡休息。逛了半天,还爬了山,于舟累得要死,躺在床上刷微博。

她习惯性地搜索"苏唱",往下滑拉,内容跟平常差不多,刚想退出,却瞟到了什么,登时汗毛倒竖。

她瞪大眼睛,点进那条微博,将照片放大。

是她自己。

是中午她和苏唱出酒店时被拍到的同框照。

第二张是她们俩站在酒店门口等车的照片,苏唱低头看手机,她在一旁侧头跟苏唱说话。

CV到底不是明星,于舟平时跟苏唱出去是不会被拍的,所以她从来没想过这一茬。看微博的内容,应该是几个老粉听说苏唱在这里录节目,嘉宾都会住这个酒店,因此她们也订了隔壁酒店的房间。中午本来想出去吃饭,她们去酒店门口晃了一圈,竟然刚好遇到了。

苏唱走得急,粉丝们还没过马路,她便上车了,没要到签名,也没打上招呼,幸好她们的手机像素不错,拍得挺清楚。

毕竟是偷拍,她们没放到超话里,只发在了个人微博,但互粉的大多是苏唱的粉丝,有些人比较激动,转发了十来条。

于舟瞬间慌了,她就是一个小老百姓,从没想过自己会被偷拍,并且被放到网上。她看到有人在评论区问:"旁边的是谁啊?"

"助理吗?"

"朋友吧,助理应该不会戴一样的帽子。"

第一次被陌生人这样评头论足,她的嗓子眼都在抖,头皮发麻的感觉具体到像有一百只蚂蚁咬着她的发根,要将一整块头皮掀起来。

"粥粥?"苏唱看她沉默了很久,将她唤回神。

"啊?"于舟抬头看她。

"在看什么?"

于舟随便戳了两下手机:"没什么。"

她的头脑一片空白,不停地跟自己说,这也没什么吧,拍得也不算丑,能不能学学苏唱,坦荡一点,自己又没做过什么坏事,干吗怕曝光怕成这样?

瞧瞧眼前这位朋友,百度百科上履历一览无余,出门被谁拍都无所谓,一看就身家清白。而于舟与之相反,一点也不愿意在网上暴露自己。

她也分析不出自己为什么鬼鬼祟祟的,最后的结论是,也许有的人天生适合当公众人物,而有的人天生恐惧被放大观察。

这对她来说无疑是一个恐怖故事,让她能惦记好多天的那种。

关了灯,房间也黑了。于舟去卫生间上厕所,坐在马桶上看那条微博,又新增了五六个转发,还增加了三十几条评论。她挨个点进转发的人的主页看,在她们的转发底下还有别人评论。

她逐一看完,看那些人问这个人是谁,跟苏唱是什么关系,怎么陪着来录节目,互相打听录制的时候看到她了吗,或是问苏唱是不是有经纪人了。

还有人在苏唱的超话发微博说:"什么照片啊?能不能给孩子看看?"

这是于舟第一次卷入网络讨论,比她一部小说的评论加起来都多。

她不懂这些揣测会不会发酵,也不知道应不应该告诉苏唱,但她本能地想把这件事捂过去。

回到床上,于舟背对着苏唱侧卧,时不时搜一搜"苏唱",刷新看看有没有人继续转发。她想,假如转发和讨论不再增加,应该就算过去了。

她辗转反侧到天蒙蒙亮,一看手机已经过了四点。她实在扛不住了,倒头昏睡过去。

身后一只手探过来,将她枕边的手机拿起。

苏唱坐起来,靠在床头,按下指纹解锁。

黑暗中发出略微刺眼的光,乍然出现的是微博搜索"苏唱"的界面,往下翻两页,便是她们的合照。

苏唱抿着唇看了看,而后拿起自己的手机,给偷拍的老粉发私信。

寂静到呼吸可闻的凌晨,皎如明月的她在微弱的光亮中打字。

"你好,我是苏唱,非常感谢你对我的关注,过来参加节目辛苦了,希望下次有机会可以好好打招呼,聊聊天。有一件事想要拜托你,你拍的照片上有我的好友,我希望可以保护她的隐私,所以能不能麻烦你删掉?非常感谢。"

苏唱又给超话的主持人发私信,拜托她将询问照片的微博屏蔽。

处理完后,苏唱将手机轻轻搁在床头柜上,看一眼黑漆漆的电视机屏幕,又看一眼将亮未亮的窗外。

苏唱终于明白,其实于舟对于明星的激动态度,之前说的要签名之类的,都是表象,是圈外人对圈内的向往。实际的她,如果真的置身流量中,会害怕、会忐忑、会紧张。

她们在这方面很不一样。于舟只愿意在自己的花园里玩耍,惧怕外来的血雨腥风。而苏唱从小到大都不怕目光、不怕审视、不怕争议,甚至她在任何社交平台的 ID 都是真名。所以,苏唱之前没有站在于舟的角度,设身处地地思考。

她对于舟感到很抱歉。

现在她知道了,她会好好保护这一叶小舟,既勇敢又脆弱的小舟。

但愿她日日都有一场好眠。

闹铃按时响起,于舟醒来时,手机还在枕边。

她打着哈欠坐起来,先打开微博看情况。她的眼睛酸得要死,飞速地眨了两下眼睛,流眼泪了。

她吸吸鼻子赶走困意,将微博从上翻到下,怀疑自己没睡醒,揉揉眼睛再看,一直翻到昨天下午六点的博文,都没看见那张照片。

她小小地打了个嗝,举着手机,茫然地看向电视机,疑心自己是不是做了一场梦。

她再次仔细检索,发现了一条转发了昨天那组照片的微博,可转发的内容没有了,显示"该微博已被原作者删除"。

啊?

于舟点开那条转发微博的评论区,拍照的原 po(发布者)给她留言,说偷拍侵犯了唱唱的隐私,她删了,最好这条转发也删掉。

于舟心里绽放了一朵小小的烟花,好耶。

她轻快地放下手机。

"什么事这么开心?"苏唱懒懒地问,勾了勾嘴角。

"我跟你说,其实昨天咱俩被偷拍了,我还在想要不要告诉你,但今天一看,删掉了。"于舟忽略了自己半夜刷微博的忧虑,说得稀松平常。

苏唱偏头，认真地听她说，轻声推测："她们可能想保护我。"
"是吧？我觉得你的粉丝还挺好的。"于舟点头。

金洲之行在于舟"小老百姓"的生活经历中担得起"刺激"两个字，然而回到江城，回到她工作的一米多长的工位，无异于重返地球般令人恍惚。

还没来得及好好休整，落下的三天工作便将于舟淹没，紧接着是一个与外国客户的电话会议。于舟拉着苏唱帮她恶补口语，在纸上把所有问题的草稿都打好。

闯关般过了这茬，于舟又被另一个国内大厂客户叫去汇报项目流程。大厂客户能抽出来的时间有限，于舟午饭都没时间吃，拎着笔记本跑到客户办公区，登记完信息后，等待客户的接见。

这原本是她领导的项目，但客户太难缠，领导不想来汇报，便推给了项目中期加入的、打打下手的于舟。

于舟硬着头皮、堆着笑脸跟客户寒暄，去往会议室，客户说只有半小时的时间。于舟暗暗地松了一口气，将项目进度汇报完。原本谈得还好，但对接人接了个电话，说她领导要亲自来问问情况。

领导是个利落的中年女性，作为高龄产妇刚休完产假，出了名的拼命，也是出了名的严格。

她对于舟的 PPT 提了几个问题，但于舟并非项目主控，有点答不上来。

于舟说回去和团队确认一下时，背上冒出冷汗。

第三次如此回答时，对方领导笑了笑，说："就这样吧，你回去确认完，写一份书面报告提交给我们。"

她笑容里的否定意味让于舟有些受挫，回去加班加点地工作。但还没到下班时间，于舟又被大 BOSS（老板）连同部门领导一起叫到办公室。

大 BOSS 说大厂客户反馈对接项目的小姑娘什么都不清楚，看起来合作方并不重视这个项目。

于舟还在犹豫要不要将自己前期没参与的事情说出来，为自己辩解一下时，领导就在 CEO（首席执行官）面前道："小于刚休假回来，准备不是很充分，下次我跟她一起去。"

她顿时失语。

于舟再笨也听出弦外之音了，一是怪她休假，二是领导表明这个项目没他不行。

于是这个周末,她在低气压中加班,把整个项目重新理了一遍,理顺了,又和技术部门挨个核对,星期天晚上完成报告,让部门领导确认后,星期一一早发送到客户邮箱。

这一场兵荒马乱,对她来说不亚于打了场硬战。

接下来的一周,于舟的主要任务是挽回客户信任,并且更小心谨慎地应对新项目。

于舟忙到脚不沾地,金洲之行瞬间被抛诸脑后,甚至没有时间跟"火锅"八卦见闻,告诉她签名有着落了。

好容易挨到星期五,公司却组织了团建,在江城南五环一个新开的园区,那里规划得很全面,一半是新势力企业入驻,一半是商业区,有一些游乐设施什么的。同事们都挺喜欢,说比什么拓展训练、团队拉练好多了。

但于舟不想去,她真的累得快要死了。

她休假之前就开始赶工作,录制节目也不算放松,回来的那个周末没有休息,下一个周末还要团建。

她在内心呐喊:天啊。

看PPT上的团建流程,除了团体活动,每个人要在商业区打卡,几乎要走完整个商业区,晚上还要聚餐。按之前的经验,这种聚餐最恶心了,酒桌文化必然被彰显得淋漓尽致。

可她没胆子说不去,请假时领导的阴阳怪气历历在目,问责时领导不经意提到她的神态也历历在目。

她呼出一口气,把"自愿报名表"填了,收拾好电脑,回家。

于舟在楼下看到苏唱的车的一刻,仿佛疲惫的溺水者看到岛屿,上面绿意盎然、生机勃勃。于舟闭着眼睛,放下椅背。但因为过于劳累,她连眼睛都闭不安生,于是睁眼望向窗外。

看那些近似于赛博社会的霓虹灯被甩在身后,苏唱用车速将高楼大厦扔掉,带她逃离地球。

这一周都没做饭,她趴在沙发上,哀号:"我快要活不下去了。"

苏唱被吓到了,蹙眉:"什么?"

"太忙了,"于舟叹气,"我再也不要请假了。"

苏唱一边点外卖,一边听于舟说团建的那些事,于舟恨恨地说:"把团建定在周末的人都是坏蛋。"

她很少说这种重话,末了又可怜兮兮地抬头问苏唱:"你懂吗?

"你不懂。

"很高兴,你不懂,但愿你永远都不懂。"

于舟埋在枕头里,闷声闷气地说了一连串,招人疼又好玩。

苏唱左手点外卖,右手晃晃她,好让缺氧的小鱼活过来。

于舟抱着生无可恋的心情迎来星期六。公司不许员工各自前往团建地点,安排他们在公司楼下集合上车,因此她要比往常起得还早。

于舟穿着难看得令她想再一次自尽的团服,面有菜色地跟苏唱道别,背着小书包,拎着洗漱用品,在寒风中等大巴车。

于舟在机油味满满的车上收到苏唱的微信,是拍的她背书包等车的照片,衣服很大,她看上去跟个团子似的,有趣得很。

于舟发过去召唤苏唱的表情包。

苏唱回了个小猫点头的表情包。

永远的小猫点头,永远的仿佛线路没搭上的对话。

但于舟的心情值只提升了那么一点点,她忍着头晕到园区,还没办理入住,就被拉去聚餐。

几张大圆桌,老板、高层们一桌,其余的按部门坐。南五环靠近郊区,行政点了些野菜,兴致勃勃地说这里的炒鸡蛋很香。

然而于舟看着他们抬进来的酒就犯怵。

职场的酒桌和爱吹牛的中年男人最配,酒一杯杯下肚,被敬来敬去的各部门领导恭维吹捧,自信心和嗓门一样急速膨胀。在狭小的空间内,这两样都扎眼得无所遁形。

于舟年轻,又长得乖巧漂亮,即便是个小透明,也会有男同事起哄着给她敬酒。

平时看着人五人六的商务,或者腼腆内向的技术员,涨红了脸后,玩笑里不加掩饰的进攻性让人十分不适,称呼也从"小于""粥粥"变成"美女"。

于舟脑子嗡嗡的,幸运的是,跟她关系不错的几个女同事会帮她挡酒,有的撑回去,有的开玩笑绕过去。

没什么社会经验的于舟缩着肩膀吃菜,又变成鹌鹑。

一下午的团队活动后,晚上的饭局更是放飞,划拳、猜谜、玩游戏,领导酒过三巡，拿起事先准备好的话筒讲话。

真刺耳，于舟望着窗外的月亮。

麦克风里的声音应该是清冽而金贵的，带着小颗粒似的磁性，用不紧不慢的腔调娓娓道来。聪明的嗓子知道该如何停顿、如何勾挑、如何引领人的想象力进进退退，像与人的贪念共舞。

而有的声音，在俗气里打过滚，即使包装得金马玉堂，仍旧满是泥土味，听得于舟耳朵里发腥。

晚上，于舟和别的同事住二人间，不方便打电话。于是她趁关灯后，躲在被窝里给苏唱打视频电话。

接通之后，她没有说话，将对面也调成静音，给苏唱发微信："同事睡了，不能讲话。"

苏唱瞟了一眼摄像头的方向，点点头，注视着于舟。

于舟被黑夜遮掩着，静静地与苏唱对望。

她连倾诉的力气都没有，到要挂电话时，才又发过去两个字："好累。"

"晚安。"

她挂掉视频电话，等到苏唱回过来的"晚安"之后，放下手机入睡。

第二天是商业区打卡活动，于舟没有什么好胜心，慢吞吞地溜达，原本还跟几个同事一起，但人家比较积极，她走着走着便掉队了。

商业区里的公共设施不多，网红打卡地却不少，也有各式各样的互动玩法，一看就是为了吸引人拍照发微博或者朋友圈，免费做宣传的。

什么"我在原影中心很想你"这种路标，好几个同事在那儿合影，于舟毫无兴趣。

刚开的园区，哪怕努力吆喝了，除了团建的大部队，也没什么路人。耳机里随机播放音乐，于舟买了杯咖啡边喝边逛，打定主意放慢脚步当最后一名后，她快乐多了。

她时不时还去看看人家怎么拍照的，瞄了一眼别人的手机屏幕，别说，还挺好看。

热闹点的地方是右侧的法式小广场，有一组影音互动设备，是某运动饮料的品牌方准备的。一个精致而小巧的站台，一整块大屏幕，两侧有音响设备环绕，淡蓝色的氛围灯很有科技感，看上去挺高级。

好几个同事在那儿排队，可以和屏幕中的人互动。

于舟站在远处看,大概是屏幕里有个虚拟形象,路人可以站在台子上跟虚拟形象对话和互动。

这种形式她之前没见过,但观察一会儿后,逐渐弄明白了——大概是屏幕后面有一位动作捕捉的演员,通过传感器捕捉她的动作和声音,生成虚拟形象,和台上的观众进行交互。

她感兴趣地走近,是酷飒的女性形象,举手投足之间干脆利落。

虚拟形象不知道说了句什么,台上的同事捂脸直笑,冲着台下的伙伴比画手势。

于舟耳机里的歌与这个虚拟形象很搭,动次打次,都很有激情。

十几分钟后,与虚拟形象互动的几名同事玩完走人,于舟转身也想往下一个打卡点去,但瞟了一眼空落落的台面,时不时挥挥手的虚拟形象因传感而动作略有延迟,竟然显得有那么点孤独。

于是于舟站上台,想与她聊两句,好巧不巧,耳机里开始播放一首自己很喜欢的英文歌。

于舟一愣,想要听完,可屏幕里的人等着,她只能礼貌地将耳机取下来,恋恋不舍地放到衣兜里。

她再抬头,正欲打招呼,屏幕里的人率先开口,月牙儿般的眼笑起来,嘴唇一动:"于舟。"

清冽而金贵的嗓音,这两天于舟想念了无数遍。

于舟呆愣在当场,几乎要忘记呼吸。

她站在台上,人都是晕的。

她能听见自己睫毛交叉触碰的声音,能听见自己脖颈的骨头微微作响的声音,能听见不远处同事嬉笑的声音,像一个御风的袋子,飞速地将周遭的声音回收,最后她听见了自己喉咙里口水下咽的声音。

"苏……"

苏唱?

这两个字没说出口,因为她嘴角发麻。

惊喜是后知后觉的,等屏幕里酷飒而有活力的虚拟形象双手环胸,傲娇地点了点头,她才回过神来。

心湖里有一圈一圈的涟漪,随后是细细密密的水泡,有岩浆在湖底动荡,水快要沸腾起来。

我的天啊。

于舟本能地用双手捂住嘴，又飞速地四下看看，再东倒西歪地打量虚拟形象。好搞笑，她穿着类似于末日战士那种衣服，头发高高束起，眼睛忽闪忽闪的，有股自上而下的睥睨感。

屏幕旁边显示她的名字："御灵姬。"

运动饮料品牌推出的这个系列叫作灵感，大概是由这个名字而来的。

于舟把手放下来，不知道要说什么，生硬地打了个招呼："嗨。"

"嗨。"御灵姬摆摆手。

旁边的工作人员拿着话筒说："小姐姐可以跟咱们的御灵姬互动，猜猜谜、做做游戏都是可以的哟。"

屏幕里的御灵姬望着她，发丝一动一动，手脚一晃一晃，眼睛一睁一闭，静静地等待。

于舟忽然从刚才工作人员的话中想到了很多。

想之前的十分钟，她看到的热情互动的人竟然是苏唱，工作人员还说，可以猜谜、聊天、做游戏。

以于舟对苏唱事业的浅层了解，她从来没接过这样的工作，也不喜欢跟人互动。所以，她是为了自己才这样的吗？

于舟的眼圈突然红了，她很不舍得，仿佛目睹苏唱被困在屏幕后面一般。

御灵姬开口了，声音质感依旧："怎么了？"

这声音配上御灵姬高傲的脸，有一些违和。

于舟吸吸鼻子，极力忍住，低头轻轻踢了踢舞台，说："看到你很开心。"

不止这天，更不止这一刻，她觉得，自己能遇到苏唱，真的很开心。

遇到苏唱之前，她的人生是没有什么意外的，她把所有的幻想都投射到文字里。因为平庸，因为平凡，她只能在编造的故事中想象世间百态，逃离烦琐而枯燥的工作，做一个随心所欲的叛逆者。

而苏唱，是将她的幻想引入生活的那个人。

她的人生里终于有了一本相册，可以记录许许多多值得纪念的瞬间，她会反复摩挲它们，直到页面泛黄。

她彻底懂得友情的形状，是绳索，是铁链，她被它一次又一次围困，一次又一次拯救。

于舟和御灵姬隔着屏幕对视，谁都没有说话。

工作人员看着这个场面,犹豫地开口:"小姐姐如果有什么不开心的事,也可以跟咱们的御灵姬说,聊一聊心情会好很多呢!"

于舟望着御灵姬,摇头:"我没有不开心的事。"

她哽咽了,但下一秒又笑了,眼泪"啪嗒"一声掉下来:"很高兴认识你,你的声音很像我的一个朋友,不过长相不太像,她没有这么热情,也不太喜欢跟别人聊天讲话。"

"我遇到她的时候,可搞笑了,"于舟双手揣兜,笑了一声,"我当时还觉得她性格挺怪的,不知道她怎么想的,有时候约我,有时候又不爱搭理我。"

"我那时候想,怎么会有这种人?她到底是待见我,还是不待见我啊?"

御灵姬沉默了,安静地听她讲话。

"后来我有一次玩游戏,用真心话大冒险当借口,鼓起勇气给她打电话。

"我现在在想,如果我那会儿没打,我们俩是不是就会断了联系呢?"

她语无伦次地说,落下来的眼泪让工作人员吓了一跳。但她也顾不上什么,只望着御灵姬,也透过御灵姬望着另一个人。

一年多前的那个人。

她不知道为什么突然想到这些,可能人性便是如此,在感到非常非常圆满的时候,竟是本能地感到害怕。当初有太多颗纽扣,如果不小心扣错一颗,她俩应该就没可能做朋友了。

"而且,如果不是那天吃饭的时候她刚好来例假,我去照顾她,她是不是就不会再搭理我了?

"我不知道,我都没问过她。

"还有那个中介,如果他不坑我,我就不会住到她家,你知道吗?"

于舟把脸上的眼泪抹去,狠狠吸着鼻子,跟御灵姬说:"我说这些,就是觉得很神奇。

"我俩莫名其妙就成为朋友了。然后,有一天我跟她说'我觉得你会救我'。

"她问我为什么这么觉得。

"我说'我不知道,我就觉得你会救我,永远都会救我'。"

她怎么会对一个清冷疏离的人说出这句话呢?是从什么时候起如此笃

定她会是自己的拯救者的呢?

人与人的关系,真奇妙。

但更奇妙的是,苏唱真的做到了。她在于舟被生活折磨得不成人形的时候出现,仅仅叫了于舟的名字,于舟便从稀薄的空气里醒转,将被压迫了好几日的心脏拧出水来,哭得天昏地暗,哭得头昏脑涨。

就像是生日那次,苏唱风尘仆仆地赶回来,于舟哭着说:"苏唱,有人欺负我。"

这次她没有说这句话,可她知道苏唱懂。

工作在欺负她,生活在欺负她,苏唱永远都会救她。

没有什么惊天动地的出场方式,也没有爽剧里的打脸反转。苏唱连救她都很小心翼翼,怕直接过来会影响到她,所以藏在屏幕里,等她过来时,小声地叫一句:"于舟。"

不用再说什么了,她拉住了溺水的于舟的手。

工作人员递上纸巾和一瓶饮料安慰于舟,又说御灵姬送她一瓶饮料,希望她喝了能快快乐乐。

于舟拿着饮料,抽泣着说:"谢谢啊,其实我挺开心的。"

于舟的样子有些可爱,工作人员忍俊不禁。于舟又问:"她送我饮料的话,会不会扣工资啊?我买了吧,你们别扣她的钱。"

她听见屏幕后面的御灵姬忍不住笑了,笑声里带着不明显的湿意。

工作人员也跟着笑,见她平静了,放下心来,说:"这是我们品牌方送的,每天都有活动名额,不扣我们的钱。"

"哦哦哦,那就好。"于舟想要说点什么,又怕逗留太久引人围观。

她用纸巾把眼泪擦了,看了一眼御灵姬,问工作人员:"你们几点结束啊?"

她不想苏唱工作太久,苏唱的腰不好,挺让人担心的。

"快了。"工作人员说。

"哦,那……"于舟的脚尖动了动,看向御灵姬,"那……再见?"

"再见。"御灵姬偏头,温柔地说。

于舟拿着饮料,一步三回头地离开活动站台,一边喝饮料,一边看着工作人员转到屏幕后面,不知道是不是去跟苏唱说什么。

她很想见苏唱,但她不能。

她捧着差点没哭抽了的小心脏，决定坐到旁边的花台上看着，等苏唱收工。但没过一会儿，同事来找她，说让她过去集合，要坐大巴车回去了。

于舟很郁闷，埋头给苏唱发微信，说自己回城里了，让她不要工作太久，家里见。

她又看了两眼屏幕里的御灵姬，拍下两张照片，和同事一起跑去拿东西上车。

半个小时后，天也快要黑了，商业区空得像还在搭建似的。科技感十足的屏幕暗下来，音响的灯光也关了，工作人员开始拆广告牌、易拉宝，搬运一箱箱的饮料。

舞台后面，负责动作捕捉的staff给苏唱撤下身上的传感器之后，她换下动捕服，交给品牌方。

对接她的小景来了，连声道："苏老师，辛苦了。"

苏唱笑笑，轻声说："不辛苦，很有趣。"

这些在屏幕后演绎的，叫作"中之人"，这类项目向来都是找不知名的CV，因为很累，钱又少，还不能露出半点，连名字都不会留下。

通常来讲，但凡有点名气的CV，都不会选择这种项目。

项目原定的"中之人"突然感冒，嗓子哑了，时间很赶，小景根本找不到人，只好拜托几位配音导演发朋友圈。活动前一天，配音导演说，有人接了。

她没想到，这个人是苏唱。

在得知这个消息时，她非常震惊，向对接的配音导演解释，这个项目预算有限，而且在比较偏的地方，哪怕是苏老师，半天也只能给几百块钱。

配音导演回复："没问题。"

小景怀揣着忐忑的心情等来了苏唱，直到现在工作完毕，仍然恍惚。或许苏唱是真的觉得有趣才来的吧。

她目送苏唱开车离去，拿着动捕服往回走，她能摸到动捕服内部有一层薄薄的汗。

星期天晚上，许多工作党返城。苏唱在路上堵了一会儿，近两个小时车程，回到家时天已经完全黑了。从地下车库走到楼道，仍然是空旷而孤独的路程。

但门一开，有电视的声音，主播正在字正腔圆地播报新闻，厨房里传来锅碗瓢盆碰撞的脆响，抽油烟机的声音不大，功效很好，因此推拉门没有关上，能闻到米饭蒸熟，和花椒、香葱落在热油上的香味。

苏唱低头换鞋，酸痛的肩膀和腰椎乍然放松，顿时觉得没那么累了。

于舟听见响动，穿着拖鞋从厨房"噔噔噔"跑过来，手在小兔围裙上擦了两把："回来啦？"

"嗯，在做饭？"苏唱靠在玄关处放东西。

"红烧牛肉，御灵姬喜欢吗？"于舟偏头盯着她，嘿嘿笑。

"喜欢。"苏唱笑道。

洗完手吃饭。

于舟说："你知道吗？就你今天这个举动，我的小说里都不敢这么写。"

她是有点俗的，就算在脑内报复无良领导，也只会想什么"天凉了把××收购了吧"之类的桥段。

于舟想起那个中途夭折的"霸总观察计划"，竟然像上辈子发生的事了，苏唱默不作声地将它变为"朋友观察计划"。

原来真诚的友情，像在贫瘠的土地里种花。

不是违背常理地命令干涸沙漠开出花来，而是用漫长的时光耐心改造土壤，偶尔引来一把春风，偶尔施布一场春雨。

然后以丰厚的养分，等待路过的于舟，在某个风和日丽的早晨，埋下一颗种子。

她可以种出任何想要的东西。

苏唱思忖片刻，说："那么你可以考虑作为素材，以后写进小说里。"

"嗯……那你再跟我讲讲，具体的。"好奇宝宝于舟上线。

"虽然你感觉我离你很近，但其实我们有一定距离。在你看不到的地方，舞台正后面，有一个动捕房，里面有一块屏幕，我可以通过屏幕看到你所有的反应，再给出相应的反馈，传输过去。"

于舟这才知道，这个项目是运动饮料品牌和VR光学实验室合作的，一方面是宣传饮料，另一方面是宣传光学动捕设备系统，难怪这么有意思，以前很少看到。

"很辛苦，对不对？"

"老实说，有一点。"苏唱笑了。

于舟轻轻地拍她的掌心："辛苦你还去。"

"你说你快活不下去了。"她当然要去看看。

本打算如果时间刚好，可以接她回来。但实际上，两边的工作很难协调。

"苏唱，"于舟叹息，"你对我怎么这么好啊？"

"这几天，你这么忙，我一直在想是不是我要你陪我去金洲，让你工作堆积了。"苏唱缓缓说道。

于舟听明白了，苏唱担心于舟工作疲劳是因为她的原因，因此才更想安慰于舟。

"不是，"于舟摇头，"是我领导太讨厌了。"

苏唱"扑哧"一笑，没料到于舟这么直白。

于舟也觉得自己挺搞笑的，跟着苏唱一起乐。

十一月，地球仿佛被砸了个冰球，一下子冷了下来。这年的雪下得尤其早，还未到下旬，郊外已经堆满雪了。

城市里虽然还好，但人们也逐渐把自己包裹严实，街上出现一个个灰扑扑的粽子。

于舟和苏唱的日子还是一样地过，偶尔也会有小摩擦。

好消息是，于舟迎来了一次涨薪。人事把她叫过去，说领导对她的工作能力比较肯定，继续努力，春节后薪资待遇方面会有提升。

虽然是提前几个月画的饼，但她已经跟苏唱开了瓶酒庆祝。

苏唱的节目播出排期也定在年后，于舟预言她们将迎来一个伟大的二〇二〇年。

"火锅"第三十六次庆祝喜欢的男人脱单，二羊开始在网上给于舟和"火锅"挑选伴娘礼服，戴萱已经进入选秀的封闭录制，去宿舍前给于舟发了条消息——一张她穿着黑色羽绒服的素颜照。

于舟很久没见到戴萱了，大概是集训期间有专门的营养师控制饮食和睡眠，她看上去气色好多了，颓废劲一扫而空，用网络流行语说，现在有一种"例假很准时的美"。

于舟给她回复："加油！"

戴萱说："活下去，'社畜姐'。"

她依然还是那么"语不惊人死不休"，甜美的外表下是桀骜不驯的"死小孩"。

于舟想自己一定会在电视里守着看她的，她不信上了电视对方能不伪装两下。

和赵女士的关系迎来了一个突破口，这个口子便是之前提到的涨薪，她终于对于舟施舍了点好脸色，还竖起大拇指。

于舟趁热打铁，说她的朋友更厉害，收到江城卫视的邀请，要去录《玫瑰有约》了。

这档节目在江城卫视播出了很多年，于舟小时候就有了，所以名字不是那么洋气，但内容还挺好的，是采访一些行业内比较优秀的女性，访谈内容也很有深度。

赵女士一直很爱看，还很崇拜节目知性的主持人高之靓。因此，于舟忍不住说了节目名。

其实这次背后有赵洁牵线搭桥，她和高之靓以前是同班同学，虽然在各自的台里发展，但偶尔也小聚。高之靓不仅是《玫瑰有约》的主持人，还是制片人，正为内容发愁，想要吸引更多年轻人的关注。

而赵洁说，前段时间刚好和苏唱合作过，声音工作者和相关联的游戏二次元领域应该算不错的聚焦点。

高之靓便通过赵洁邀约苏唱，有之前的人情往来，加之苏唱也觉得节目不错，没有理由推拒。

赵女士终于对于舟予以肯定："工作努力，涨薪嘛，是好的。"

于舟很乐观，锲而不舍，水滴石穿，精诚所至，金石为开。她是作者嘛，最会背成语了。

这次的节目于舟不打算陪苏唱去，因为上回体验不是太好，被偷拍什么的还容易惹麻烦。

并且，苏唱误会自己工作的压力是因为请假的缘故，又反过来安慰她。这件事让她决心不再掺和苏唱的工作，免得苏唱还要分心照顾她的情绪，说不定人家自己工作还轻松自在一些。

而且，她实在没脸皮再请假了，受不了领导那副酸不拉几的样子。

然而很快，她就动摇了。

因为这次录制在星期六，不用请假，又在江城，家门口……

于舟心里的小蚂蚁鬼鬼祟祟地怂恿她，她最终对自己说："再悄悄去看一次，最后一次。"

她没跟苏唱讲，这一次想用纯粹的观众视角。

于是她在超话里搜到组织应援的粉丝群，她们有内部票，会集体去。但很尴尬的是，入群要检查超话等级。

呵呵。

不过这也不可能难得住于舟。她找到负责人，说自己是不玩微博的游戏粉，之前已经帮苏唱拉了两年的票了，并翻出朋友圈为证。时间作不得假，管理员看她很诚恳，便放她进群，问她叫什么，她说沈萝筠。

聪明的"小鹌鹑"得意得要死，给苏唱做饭的那几天都在哼小曲。

然而到了录制当天，她就笑不出来了。

粉丝们在场馆外排队，活生生冻了一个小时。别的粉丝很有经验，穿着雪地靴，只有她穿着单鞋，脚都冻僵了。

等举着灯牌入场时，她已经脸色发白，幸好以感冒为借口戴了口罩，看不太出来。

知觉在演播室内渐渐恢复，这个演播厅和鲜橙卫视的比起来更简单一些，舞台也更小，蓝色小方格的屏幕从大荧幕延伸到地面，投影着粉红色的节目 logo，两旁是两张浅灰色的沙发，一张是主持人专座，一张是嘉宾的位子。

现场导演拿着麦克风强调了一下录制纪律，要求把手机静音，接着调动气氛，让大家尽量热情洋溢，又看了看灯牌，说录制的时候尽量不要举起来，可能会挡住后面的观众。

再提前录了几个观众席鼓掌的 reaction（反应）备用，节目录制便要正式开始。

于舟坐在第二排比较偏的地方，被一个设备架挡了小半边视线。她捏着粉丝应援发的手幅，仍有些紧张。

等 VCR 播完，主持人就位，现场倒数："五，四，三，二，一！"

摄像机滑过轨道，主持人穿着红色的长袖套裙，露出知性的笑容开场。

主持人干脆利落地介绍完嘉宾，大荧幕向两边拉开，苏唱朝台上走来。

一套线条干净的白色西装，被她的骨架撑得非常有腔调，锁骨发散落在脸庞两边，戴着领麦。

于舟望着她清冷而温柔地打招呼，自我介绍，鞠躬，随后坐到沙发上，腿自然而然地架起来，高跟鞋仍旧是之前她们一起去买的那一双。

那时她帮苏唱挑颜色，而现在，她望着高跟鞋被挑起的精致弧度，像所有远距离观赏苏唱的人一样，难以窥探苏唱身上任何一件东西背后的故事。

在台上的苏唱，像一个容不得人揣测来处和归处的人，她只给你倾听一段话的时间，从她说第一句话起，时间便开始倒数。

于舟清晰地听到自己心里的秒针跟着转动的声响。

正式落座，于舟静静地聆听苏唱讲述她的职业，介绍她的工作，偶尔提及生活。于舟身子前倾，手托着腮，望着她。

于舟不知道苏唱以后会到什么样的高度，会不会有更多的人喜欢，但自己也曾举过她的手幅，坐在观众席，满心满眼地为她鼓掌。

于舟是苏唱最忠实坚定的粉丝，她由衷地欣赏苏唱的灵魂，她为苏唱感到骄傲。

不过她不会告诉苏唱。

访谈临近尾声，她们聊到关于情绪调节的问题。苏唱思忖片刻，不动声色地将二郎腿换了个方向，之后她抬手将头发别到耳后去，淡淡地抿了抿唇，才开口："其实有一段时间，我的情绪不太好，还去看了医生。"

观众席隐隐传来骚动，苏唱笑了，轻声道："别担心。

"医生给了我一个挺有趣的建议，她说，我可以试着每天记录我的心情。如果当天过得开心，就在日历上画圈，如果不开心，就不画。

"经过一段时间后，找寻每个画圈日期的共同点，总结出让你开心的事情，多去做。"

于舟的心猛烈地跳动起来，她想起之前打扫房间时，看到过这个日历，前面是一片空白。从她们相遇后起，日历上时不时会有一个红圈。再后来，密密麻麻，几乎每一天都有。

她问苏唱这是什么意思，是工作安排吗？

苏唱笑笑没说话。

年后换了新日历，于舟问她，还画吗？苏唱说不了，不用了。

那时，她的眼里像漾着温水，缓缓漫过来，将生动鲜活的于舟包裹住。

"这个方法有用吗？"主持人好奇，"你找到了吗？"

"找到了，"苏唱淡淡一笑，"并且，我每天都在与她相遇。"

观众和主持人以为她说的是"它",代指令人开心的事物,没有人会想到是"她",是一个人。

于舟鼻子发酸,鼓着腮帮子,克制地呼出一口气,她不想在这么多人里莫名其妙地哭。

泪眼蒙眬中,她看见苏唱若有所思地眨了眨眼,说:"将这个情绪疗法分享给你们,不确定是不是对所有人适用,但希望大家能快乐。"

希望享受爱与被爱的所有人,真的很快乐。

观众席响起掌声,在温暖的冬日录制结束。

于舟等待有序离场,听有人脉的粉丝说,苏唱还要留下给节目组签一点照片,问大家要不要去出口等等她,说拜拜。

于舟没有参与,给苏唱发微信,说:"我在凤凰商场,就在你录节目的地方的旁边,你搞定了来找我呗。"

等不到回去了,她好想快一点见到苏唱。

五分钟后,苏唱回复:"好。"

于舟走到凤凰商场,在一层的专柜里逛了一会儿,又出来,跺着脚等了十几分钟,便等到了苏唱。她仍是那身白西装,不过因为要开车,换了平底鞋。

她在江城的冬天走过来,明亮如满月。

于舟赶紧跑过去:"你不知道穿件外套吗?"

"刚停好车,以为离商场大门不远。"

"车停哪了?"于舟想赶紧上车。

"那边的停车场。"

苏唱指了个方向,两个人缩在一起往那头去。

"你今天录得怎么样?"于舟想找话题,明知故问。

"还不错。"

"哇,等你连着两个节目播出,不会要大红了吧?"

苏唱淡淡一笑。

于舟听完访谈,挺受鼓舞,忍不住絮絮叨叨:"我努力跟上你,好吧?我在构思新的小说了,这次是剧情流类型,很炫酷的,绝对能一炮而红。"

这是于舟第二次说"一炮而红",上一次是初遇时住院的时候,她对苏唱讲,她是个写小说的,打算将住院的经历写进小说里,开过刀的作者应该不多,她肯定能一炮而红。

"是吗？"苏唱永远相信她，轻声问，"想好叫什么名字了吗？什么样的故事？"

"叫《神龛》，是都市情感小说，娱乐圈的。我不是跟你去那个鲜橙卫视了吗？我觉得去录过节目的作者应该也不多。"

苏唱笑了，认同地点头："嗯。"

于舟总是这么奇怪，固执地认为像她这样的作者不多，便能"赢得比赛"。

"故事呢，其实是破镜重圆，'火锅'跟我说这种题材吃香，虐中带甜，很让人上头的。"

"所以，"苏唱尝试理解，"从一开始，两个人就分手了？"

"对，怎么样？"

"不错。"

得到认可，于舟很高兴，问："你说，如果有一天我们分开了，会怎么样啊？"

苏唱停下来，看着她。

于舟冻得直哆嗦："咋……咋了？我就假设一下，假设。"

她抬眸，见苏唱抿住双唇，认真地说："如果分开，我会把你找回来。"

哇……这么犯规的吗？于舟开心极了。

"真的找回来啊？"

"嗯。"

"你发誓？"

"我发誓。"

于舟相信她，当然，会一直相信她。

哪怕有天忘了，时间会记得，冬天会记得，《神龛》会记得，苏唱会记得。

她只回答，能够确定的事。

（全文完）

番外

"流星"划过雪道

后来于舟和苏唱一起走过了很多地方。

于舟将她们在世界各地的合影制作成明信片，收集在一个小盒子里，过几年，待记忆模糊的时候打开，像是收到了从前的来信。

第一张，来自瑞士的圣诞节。

认识苏唱之前，瑞士在于舟心里是一个存在于短视频里的地方。无论是夏日绵延的山谷，还是秋日染色一样的林木，都美不胜收。认识苏唱之后，瑞士成了"苏唱学习和生活过的地方"。

那年的年假，于舟交给苏唱安排，而苏唱带她到这个异国小镇过圣诞节。

银装素裹的山间矮屋，如棋盘一般错落分布在阿尔卑斯山脉底下，雪覆盖着屋檐，从透明的玻璃窗散发出温暖的黄光，像一颗颗快要融化的玻璃糖。这里的屋子看起来都很甜，树木也是，于舟第一次见到长得这么像圣诞树的植物，盛着一簇簇雪团子，像裹着一层糖霜。

苏唱带于舟来的是一个高山滑雪场，这里的雪道和江城的很不同，自由地沿山间分布，又宽又长，看起来天然很多。

于舟没太多出国旅行的经验，因此只一副鹌鹑样跟在苏唱身后，看她用流利的德语和金发碧眼的人交谈，租借雪具，攀登雪道，一切都游刃有余得让没见过市面的于舟肃然起敬。

于舟也是第一次知道，原来有人穿滑雪服都这么好看。淡青色的滑雪服包裹着她颀长的身材，一点也不显臃肿，护目镜一戴，只能看见她精致的鼻子和嘴巴，在冰雪间稍稍一笑，清冷得似从雪里长出来的。

于舟不怎么会滑雪，而苏唱玩得很溜，仅仅是热身似的滑了两道，便似坠落雪地的星辰，微屈的双腿和舒展的双肩衬得她潇洒又风流。

冰碴子飞到于舟的护目镜上，她杵着两根雪杖艰难地行走，准备挪到边上去。衣服裹得她行动不便，像个窝窝囊囊的气囊。面前凉风刮过，滑雪板停在她面前，她抬眼看，苏唱闲闲地刹车。

"我恨你。"于舟咬着嘴唇。

看不清苏唱的表情，但她的肢体语言显示她愣了一下。

于舟生气：“有必要在一个初学者面前这么秀吗？”

面前的人胸腔颤动，笑了，向于舟伸出手。于舟放开雪杖，隔着厚厚的手套握住她的手。苏唱双手拉着她，一边后退着滑，一边引导她。她竟然还会这么高难度的动作，虽然这里的坡度不算陡，于舟仍对她刮目相看。

她紧张地盯着前方，生怕苏唱摔了撞了，好在此处人很少，也没什么障碍物。滑了一会儿后，她放松下来，按照苏唱教的技巧，尝试享受这项运动。

连续滑过几段，心仍怦怦跳，于舟觉得这简直是在折磨自己，腿都快弯曲得僵掉了。前方有一个小木屋，几个游客脱掉雪板，坐在木屋边缘聊天，于舟便也卸下脚上的装备，迈着笨拙的步子走过去。

坐下休息了一会儿，她俩走到雪道的边缘，看不远处峻峭的群山，白茫茫的一片，除了有缆车在线条上滑动，此外没什么生气。苏唱站在旁边，轻声说：“以前我不喜欢来这个雪场。”

"为什么？"

"太大了。"觉得很孤独。

但她也不喜欢直通木屋的滑雪小镇，她有一次迎着巨大的落日滑下去，两旁的树枝都被染成金色，身旁三三两两的人奔赴着归家，木屋里有等待他们的一盏灯。

而苏唱没有，她停在蜿蜒的小道边缘，看小镇屋顶上方徐徐攀升的缆车，看小镇中央穿过的小火车，山中雪景越像童话，越显得没有人陪伴的她像被遗忘在童话世界的角落里了。

于舟听明白了，她说：“如果你不嫌弃我不会滑，以后我休假，都可以陪你来。”

苏唱没说话，护目镜下的眼睛望着她。

于舟追问："你会不会嫌我不会滑啊？跟我一起滑雪，是不是没那么开心？"

苏唱笑了笑，温柔地说："玩个游戏。"

"什么？"

"我告诉你两件事，其中只有一件是真的，你猜一猜。"

于舟来了兴致："什么啊？"

"第一，瑞士有一条雪道，很长，可以滑到意大利。"

"假的。"于舟觉得很夸张，从一个国家滑到另一个国家？离谱。

苏唱用落雪似的声音继续说："第二件事，你陪我，我没有那么开心。"

于舟轻吸一口气，很后悔，她希望第一件事是真的。

苏唱看一眼她的表情，笑了："你可以想一想。"

"如果我答对了，有什么奖励吗？"于舟讨价还价。

苏唱稍加思索："在这边过圣诞节，有一个很有意思的东西，你一定喜欢。"

"什么啊？"于舟眼巴巴地望着她，像冰天雪地里的一只卷毛小狗。

"你见过空中的圣诞老人吗？会放烟花的那种。"麋鹿拉着雪橇，圣诞老人从城镇上方的电线上滑过，灯光闪烁，烟火散落下来，落在雪夜里，让人觉得一切都充满希望。

于舟光是听描述就想看得要命，她伸手拉住苏唱，握着她的右手摇了三下："你带我去看吧，求你。"

苏唱拍拍她的帽子："答对了再说。"

于舟跑到木屋边，带起飞扬的雪雾，她手机没电，没办法上网搜，于是坐着等啊等，等到天边有了粉色的晚霞，等到华人面孔的一家三口坐在一旁说着普通话拍合影。于舟大着胆子蹭过去，寒暄几个回合，状似不经意问他们："听说这里有雪道可以滑到意大利，是不是真的啊？"

"真的，真的。"对方给她科普。

于舟认真地听，又转头望着苏唱笑，用口型说："我知道了。"

苏唱递给她一瓶水，示意她穿好雪板，要滑下山了。

"还怕吗？"

"怕的话我就叫你，你牵着我。"于舟说。

苏唱点头,看于舟兴高采烈地拿雪杖。

"这么开心?"苏唱抿着嘴笑。

"原来真的能滑到意大利啊。"于舟正了正护目镜。

"原来你跟我一起滑雪,有那么那么开心啊。"她笑盈盈地说完,当先准备冲刺,"记得带我看圣诞老人,要会飞的。"

"好。"苏唱紧随其后。

两颗"流星"迎着粉色的晚霞划过雪道,雪雾纷纷扬扬。她们还会再来的,已经说好了。